L'inconnue de la plage

Le piège de la séduction

MARIE FERRARELLA

L'inconnue de la plage

éditions Harlequin

Titre original : THE BRIDE WITH NO NAME

Traduction française de MARIE-CLAUDE CORTIAL

HARLEQUIN®
est une marque déposée par le Groupe Harlequin

PASSIONS®
est une marque déposée par Harlequin S.A.

Photos de couverture

Paysage : © ROYALTY FREE / CORBIS
Femme : © STUART McCLYMONT / GETTY IMAGES
Bord de mer : © DAVID P. HALL / MASTERFILE

83-85, boulevard Vincent-Auriol 75646 PARIS CEDEX 13.

Service Lectrices — Tél. : 01 45 82 47 47
www.harlequin.fr

ISBN 978-2-2808-0794-4 — ISSN 1950-2761

- 1 -

Comme il l'avait espéré, Trevor Marlowe était seul sur la plage par cette belle soirée d'automne. L'air était relativement doux malgré la saison avancée, ce qui faisait partie des avantages du sud de la Californie.

Laguna Beach, qui figurait parmi les plus belles plages de la côte, se prolongeait par un magnifique parc planté d'espèces méditerranéennes qui semblait s'étendre à l'infini.

Trevor poussa un petit soupir de satisfaction. Deux ans plus tôt, il avait choisi ce lieu de rêve après avoir décidé de se lancer dans la restauration. Et il ne le regrettait pas.

Se tournant vers le Kate's Kitchen, dont les baies vitrées ouvraient sur la mer, il se mit à rire. Après tout, c'était peut-être plus la vue sur le Pacifique que ses talents de cuisinier qui attiraient les clients qui venaient de plus en plus nombreux. Un jour, il avait fait cette remarque à Kate, sa belle-mère, et cette dernière lui avait affirmé qu'elle ne connaissait pas un cuisinier aussi talentueux que lui à cent miles à la ronde. Considérant que c'était elle qui lui avait transmis son savoir et son amour pour ce métier, il fallait croire que c'était la vérité.

Evidemment, Kate ne prononçait jamais une parole négative ; ce n'était pas dans sa nature de blesser les autres.

Kate Llewellyn Marlowe était la gentillesse incarnée, songea Trevor avec un sourire attendri. Pleine d'amour, elle avait assez de fantaisie et d'humour pour ne pas tomber dans la mièvrerie. Elle l'avait encouragé à réaliser son rêve, lui prêtant de l'argent pour qu'il puisse suivre les cours de cuisine les plus renommés, en Italie, et elle avait continué à le soutenir le temps qu'il perfectionne ses talents déjà très prometteurs.

Kate avait toujours représenté ce qu'il y avait de meilleur dans sa vie, mais aussi dans celle de ses trois frères et de son père. Il se demandait parfois où ils seraient, tous les cinq, si son père n'avait pas rencontré Kate, un jour où elle animait un anniversaire d'enfants avec un spectacle de marionnettes. Selon les propres paroles de Bryan Marlowe, seule Kate avait été capable de canaliser l'énergie débordante de ses quatre démons.

Trevor se laissa aller aux souvenirs. Ses frères et lui avaient été de véritables garnements, c'est vrai. Mais ils avaient une bonne raison de l'être : c'était une réaction de désarroi face à la disparition prématurée de leur mère alors qu'ils étaient encore enfants. Sans Kate, Mike, Trent, Travis et lui se seraient probablement retrouvés en maison de correction, leur père ne pouvant faire face à la fois à son immense chagrin, son travail et les mille et une bêtises de ses fils. Dieu merci, Kate était entrée dans leur vie, apportant avec elle un soleil radieux et indéfectible, ainsi qu'une douce autorité qui avait rapidement fait des merveilles.

Il poussa un léger soupir. Tout cela était-il réellement arrivé vingt ans plus tôt ? Le temps avait passé si vite.

Une vague plus forte vint lécher ses pieds nus, le ramenant au moment présent. Le sable s'effondra doucement sous lui, comme si l'océan voulait l'aspirer avec le reflux. Savourant la sensation de l'eau tiède sur sa peau, il ne bougea pas, profitant de la magie de l'instant.

La raison aurait exigé qu'il retourne au restaurant sans plus attendre, mais il voulait s'offrir encore quelques minutes de détente ; il avait vraiment besoin de décompresser. La semaine avait été longue et harassante, et le week-end qui arrivait ne serait pas de tout repos non plus.

Il fronça les sourcils. Il n'avait pas assez de personnel et, cerise sur le gâteau, Ava, la jeune fille spécialement affectée à la préparation des salades lui avait annoncé ce matin, sans préambule, qu'elle le quittait pour faire une randonnée de deux mois à bicyclette avec son petit copain. Elle ne supportait pas l'idée d'être si longtemps éloignée de lui. Aussi avait-elle rendu son tablier, non sans avoir affirmé qu'elle regrettait énormément.

Trevor poussa un profond soupir. Elle regrettait ? Et lui donc ! Comment allait-il affronter le week-end ? L'agence d'intérim à laquelle il avait aussitôt téléphoné n'avait pas été fichue de lui trouver une remplaçante. Qu'est-ce qu'elle attendait ? Que le week-end soit terminé ?

Il n'aurait plus qu'à faire contre mauvaise fortune bon cœur. Après tout, il s'était toujours débrouillé quand il y avait des imprévus. Naturellement, ce n'était pas toujours facile, loin de là. Mais il voulait rester à la hauteur. Et pour rester à la hauteur, il avait tout intérêt à se détendre, ce qu'il était censé faire avec cette promenade nocturne au bord de la mer.

— Reste zen, mon vieux, c'est le meilleur moyen de t'en sortir, murmura-t-il, les yeux rivés sur l'écume étincelante.

La pleine lune projetait sur l'océan une longue bande argentée parallèle à la grève. Depuis quelques minutes, le vent s'était levé, accompagnant de ses mugissements le cri des goélands et des mouettes, qui s'envolaient à tire-d'aile. Sentant venir la tempête, les oiseaux désertaient la plage pour chercher un abri à l'intérieur des terres.

Trevor huma longuement les embruns. Une bonne pluie serait la bienvenue. Depuis quelques années, la Californie s'acheminait vers une sècheresse chronique.

Brusquement, il plissa les yeux. Etait-ce un bateau, là-bas, qui se découpait sur la ligne d'horizon ? Non, ce devait être une illusion d'optique. Personne ne serait assez inconscient pour prendre la mer alors qu'une tempête menaçait. Décidément, il valait mieux qu'il aille dormir.

Cependant, au lieu de faire demi-tour, il s'attarda encore un instant, les pieds enfoncés dans le sable, ses chaussures se balançant au bout de ses doigts. C'était sans doute ridicule, mais chaque fois qu'il marchait pieds nus au bord de l'eau, il avait l'impression de redevenir un gamin. Un gamin qui avait beaucoup d'occasions de remercier la providence.

Il sourit. Oui, mis à part le terrible drame de son enfance, la vie avait plutôt été généreuse avec lui, et pourtant… il éprouvait souvent une sensation curieuse, comme s'il lui manquait quelque chose. Mais quoi ?

— Tu en demandes toujours trop, voilà ton problème, marmonna-t-il.

C'est probablement ce que son frère Travis lui aurait dit s'il lui avait fait part de cette étrange sensation. Travis était l'une des deux personnes avec lesquelles il partageait non seulement le même sang, mais aussi le même visage. Travis, Trent et lui étaient nés à quelques minutes d'intervalle. Ils étaient des triplés tellement identiques que les premières années, leurs parents eux-mêmes et Mike, leur frère aîné, avaient eu du mal à les identifier. Heureusement, leur père avait mis au point quelques astuces. Il avait notamment inscrit leur prénom sur la plante de leurs pieds, jusqu'à ce que leur mère s'oppose à cette méthode.

En grandissant, les trois frères avaient profité de leur ressemblance pour faire des blagues qui finissaient de semer la confusion dans l'esprit de leur entourage. Ils s'étaient bien amusés, jusqu'au jour où leur mère avait trouvé la mort dans cet accident d'avion, faisant basculer leur univers.

Trevor redressa les épaules. Il ne voulait pas penser à cela, pas pour l'instant. Il enfonça sa main libre dans sa poche. En fait, il préférait ne penser à rien, faire le vide dans sa tête. Après tout, c'était le but de cette promenade. Il était venu pour ça.

Il jeta un coup d'œil à sa voiture, garée sur la promenade, un peu plus loin.

Il devait absolument rentrer, il était très tard et la journée du lendemain serait longue. Mais c'était plus fort que lui, il n'arrivait pas à s'arracher à ce lieu magique et régénérateur. Il fit encore quelques pas, puis, avec un soupir, commença à s'éloigner lentement du bord de l'eau.

Brusquement, il aperçut un mouvement à la surface des vagues, beaucoup plus près que le bateau qu'il avait cru voir tout à l'heure. Ou qu'il avait peut-être bel et bien vu. Il balaya l'océan du regard. Oui, apparemment, il n'avait pas été victime de son imagination. Le bateau était très loin, maintenant, minuscule contre la ligne d'horizon.

Mais ce qu'il venait d'apercevoir était bien plus près… C'était probablement un gros morceau de bois qui flottait, ou un gigantesque amas d'algues.

Ou un requin…

Enfant, il avait été terrifié par le film *Les dents de la mer.* A tel point que même pour prendre une douche, il avait besoin d'être rassuré. Pendant une année entière, il n'en avait pas pris une seule qui ait duré plus de quatre minutes. C'était Kate qui avait compris la cause réelle de sa peur : il redoutait que l'eau attire le prédateur aux dents acérées. Kate les avait emmenés, ses frères et lui, visiter les deux plus grands aquariums de la côte pacifique, et sa phobie avait fini par disparaître.

Mais ce soir, ce n'était visiblement pas un requin qui se débattait dans l'eau. Et si c'était un être humain ? songea-t-il brusquement contre toute logique.

Mais il se mit aussitôt à rire. Qui aurait l'idée saugrenue de prendre un bain en plein océan déchaîné à cette heure de la nuit ? Il était ridicule.

Cependant, ce beau raisonnement n'était pas convaincant.

Incapable de rebrousser chemin, il resta rivé sur place. Tout au fond de lui, il avait une certitude : ce qu'il voyait là n'était ni plus ni moins qu'une personne bien vivante en train de se noyer.

Sans prendre le temps de réfléchir, il jeta ses chaussures et se débarrassa de sa veste en un clin d'œil.

— Hé ! cria-t-il en s'élançant dans les vagues. Vous avez besoin d'aide ?

C'était une question stupide, mais il fallait bien que la personne qui était probablement en train de se noyer sache qu'elle allait être secourue.

Mais seuls le bruit du ressac et le cri d'un goéland lui répondirent.

Les flots devenaient de plus en plus tumultueux. Et plus il avançait, plus sa conviction s'ancrait en lui : il s'agissait bel et bien de quelqu'un en difficulté.

Sans hésiter, il prit une profonde inspiration et se jeta à

l'eau, gardant un œil sur la côte. Il n'était pas question qu'il s'égare et passe la nuit au beau milieu de l'océan.

La mer était plus chaude qu'il ne l'aurait cru. Et les vagues plus violentes aussi. Mais Dieu merci, il nageait très bien. Une fois de plus, c'était grâce à Kate qui avait insisté pour qu'il prenne des leçons de natation, alors qu'il n'en avait pas la moindre envie. « On ne sait jamais, cela peut être utile, un jour », avait-elle dit de sa voix douce et persuasive.

Il avait bien fait de l'écouter.

Il serra les dents tandis qu'une vague plus forte que les autres le submergeait. Les muscles de ses épaules commençaient à protester. Depuis combien de temps n'avait-il pas nagé ? Une éternité. Il n'en avait tout simplement pas le temps. Ces deux dernières années, il les avait passées à lancer son restaurant ; ses efforts commençaient d'ailleurs à porter leurs fruits. Avec le bouche à oreille, sa réputation s'installait. On venait de très loin pour une simple soirée, ou pour fêter un anniversaire, un départ à la retraite, ou encore pour un banquet de mariage.

— Tenez bon ! hurla-t-il dans les vagues de plus en plus déchaînées.

Quelques secondes plus tard, il arrivait près du nageur imprudent.

C'était une femme.

Visiblement exténuée, dès qu'elle le vit elle ne chercha plus à se débattre contre les flots ; ses yeux se fermèrent et elle parut s'évanouir.

— Bon Dieu ! s'exclama Trevor dans un souffle en la prenant dans ses bras avant qu'elle ne coule.

Etait-elle blessée ? Mais que faisait-elle là ? Etait-elle tombée du bateau qu'il avait aperçu tout à l'heure ?

Il jeta un coup d'œil vers la grève. Elle paraissait rudement loin ! Retournant la jeune femme sur le dos, il passa un bras sous sa taille et se servit de l'autre pour nager, comme on le lui avait appris dans ses lointains cours de secourisme. C'était une chance qu'elle soit inconsciente. Ainsi, elle ne le gênerait pas en s'accrochant désespérément à lui, quitte à le mettre en danger, pendant qu'il la ramènerait vers le rivage.

Mais même ainsi, ce n'était pas si simple, et il avançait lentement, sentant ses forces diminuer de minute en minute. Les vagues grossissaient, le rejetant régulièrement à mi-distance du chemin qu'il avait parcouru.

La bataille était inégale, mais il ne pouvait pas se permettre de la perdre. Personne ne savait qu'il se trouvait ici. Sa famille ne penserait pas à venir le chercher là s'il venait à disparaître.

Il ne pouvait pas lui faire cela.

Epuisé, il fit un violent effort, se concentrant sur le but à atteindre. Il *devait* l'atteindre. Il n'y avait aucune alternative.

Cependant, c'était plus facile à souhaiter qu'à faire. Ses poumons et ses biceps étaient brûlants, comme s'ils étaient en feu. A chaque mouvement, il lui semblait qu'il allait couler à pic et ne plus remonter. Avec l'énergie du désespoir, il renforça son étreinte autour de la naufragée.

Quand il atteignit enfin la plage, son cœur était prêt à lâcher, le sang battait follement à ses tempes, et il avait l'impression d'avoir avalé la moitié de l'océan. Crachant et soufflant, il tira la rescapée sur le sable et s'effondra à côté d'elle.

Alors qu'il tentait de reprendre son souffle, il tourna la tête vers celle qu'il venait d'arracher à la mort. Elle ne bougeait pas. A en croire sa poitrine qui ne se soulevait pas, elle ne respirait pas non plus. Elle était aussi immobile qu'un mannequin de vitrine.

— Bon Dieu !

Il se leva d'un bond. Un bref instant, la tête lui tourna. Prenant une profonde inspiration pour lutter contre le vertige, il s'agenouilla auprès de la jeune femme et effectua consciencieusement les gestes salvateurs pour la faire revenir à elle. Encore une fois, il fallait remercier Kate pour sa clairvoyance. C'était elle qui avait insisté : les quatre garçons devaient prendre des cours de secourisme. « Au moins, avait-elle dit en riant, si un jour vos plaisanteries me donnent une crise cardiaque, vous saurez quoi faire ! »

Cependant, il avait beau appuyer sur le thorax de la jeune femme, elle ne respirait toujours pas.

— Allons, faites un petit effort. J'ai failli me noyer pour vous tirer de l'eau. Ce n'est pas pour que vous veniez mourir ici. Respirez, bon Dieu, respirez donc ! marmonna-t-il désespérément.

Redoublant d'énergie, il exécuta des compressions plus rapides. Puis il pratiqua le bouche-à-bouche, ce qui était encore plus difficile car il était épuisé. Mais il s'obstina farouchement, refusant de baisser les bras.

Elle allait respirer, même s'il devait y passer la nuit.

Alors qu'il commençait à faiblir, elle entrouvrit les yeux. Mais dès qu'elle le vit, elle parut effrayée et esquissa un mouvement de recul.

— Qu'est-ce que vous faites ? dit-elle d'une voix rauque, les yeux luisant de colère.

— Je vous sauve la vie !

Toujours à genoux, il se pencha vers elle pour repousser une mèche de cheveux roux qui lui était tombée sur la joue.

Affolée, visiblement désorientée, elle lui administra une claque sur la main.

— Dites plutôt que vous me tripotez ! lança-t-elle d'une voix qui reprenait de la vigueur.

Trevor ouvrit la bouche pour protester, mais il la referma aussitôt. Après tout, la réaction de cette jeune femme était compréhensible. Elle se réveillait et voyait un inconnu penché sur elle, les mains posées sur sa poitrine.

— Je n'ai fait que mon devoir en vous évitant la noyade, expliqua-t-il patiemment.

Mais apparemment, elle n'en fut guère convaincue. C'était plutôt vexant. Bien sûr il ne s'attendait pas à une reconnaissance éternelle, mais un minimum de courtoisie n'aurait pas été désagréable. Un petit « merci », même.

— Très bien, finit-il par dire, exaspéré. J'avoue. Je viens ici chaque soir en espérant profiter d'un corps féminin rejeté par les vagues.

Se levant, il lui décocha un coup d'œil furieux.

— Je vous répète que vous étiez en train de vous noyer. Je ne vous demande pas une donation pour mes œuvres de charité. Un simple « merci » me suffirait.

Fronçant les sourcils, elle le regarda un instant et essaya de se lever.

Voyant qu'elle chancelait, il lui tendit une main secourable, mais elle l'ignora. Cependant, la position verticale ne semblait pas vouloir d'elle. Voyant qu'elle était trop faible pour y arriver seule, la belle inconnue finit par tendre la main.

— Et n'essayez pas encore de…, dit-elle d'une voix faible.

Une fois sur ses pieds, elle chancela. Trevor la rattrapa juste avant qu'elle ne tombe et l'attira contre lui.

La jeune femme poussa un petit cri effrayé et, pour la seconde fois, s'évanouit.

Soupirant, Trevor secoua la tête.

— Rebelote, marmonna-t-il.

Il la souleva dans ses bras et se dirigea vers le banc le plus proche, sur lequel il la déposa avec les plus grandes précautions. Puis il se mit à lui frictionner les poignets et les bras afin de rétablir la circulation du sang.

La robe trempée de la jeune femme, plaquée contre son corps, paraissait presque transparente et n'offrait que peu de protection contre les bourrasques de plus en plus violentes.

Trevor fit un immense effort pour détourner les yeux. Bon sang, cette femme avait un corps magnifique. Quant à son visage, il était tout simplement merveilleux.

Il se leva et la laissa quelques instants, le temps d'aller récupérer ses chaussures et sa veste, dont il la couvrit dès qu'il revint vers elle. Puis il sortit de la poche de son pantalon le téléphone portable qui l'avait accompagné dans son aventure en mer. L'eau l'avait rendu inutilisable.

Poussant un juron, il se pencha vers la jeune femme et recommença à lui frictionner les bras, se préparant à une nouvelle réaction agressive de sa part dès qu'elle reprendrait conscience. Cependant, quand cela se produisit, elle était trop faible pour parler. Elle devait avoir mal à la tête, car elle porta la main à son front d'un geste las. Puis elle tourna les yeux vers lui et demanda d'une voix presque inaudible :

— Quel nom ?

— Trevor Marlowe. Je…

— Non ! dit-elle d'une voix où filtrait de l'impatience. Pas le vôtre… Le mien !

- 2 -

Stupéfait, Trevor la regarda sans comprendre.

— Que voulez-vous dire ? demanda-t-il.

Comme elle tentait péniblement de se redresser, il la força doucement mais fermement à rester allongée. Une lueur de colère traversa les yeux de l'inconnue, mais il tint bon, appuyant sur ses épaules pour la maintenir couchée. Il valait mieux qu'elle ne bouge pas. Apparemment, elle n'avait pas la force de protester, mais elle avait l'air furibond.

— Je veux dire : quel est mon nom ? rétorqua-t-elle sèchement.

Peut-être s'était-elle blessée en se cognant contre un rocher ? Mais Trevor ne vit pas une seule égratignure ni la moindre bosse qui auraient pu expliquer ces paroles étranges.

Il la regarda d'un air sceptique.

— Vous ne connaissez pas votre nom ?

Le ton exaspéré de la jeune femme monta d'un cran, et le regard qu'elle posa sur lui signifiait clairement qu'elle le prenait pour un parfait crétin.

— Est-ce que je vous le demanderais si je le connaissais ?

Il laissa échapper un petit rire. Elle lui faisait le coup de l'amnésie. Mais où voulait-elle en venir ? Peut-être était-ce son sens de l'humour ?

— Vous parlez sérieusement ? s'enquit-il.

Cette fois, la peur se mêla à l'agacement dans les yeux de la jeune femme.

— Est-ce que j'ai l'air de plaisanter ? marmonna-t-elle.

— Je n'en sais rien, je ne vous connais pas.

Elle ne répondit pas et posa cette fois sur lui un regard effrayé.

Il y avait quelque chose de bizarre chez cet homme, se dit-elle. Il la dévisageait sans fausse pudeur, et, sous ses yeux magnétiques, elle se sentait privée de ses forces et de sa capacité de penser clairement. Si toutefois elle avait un jour été capable de penser clairement, ce qui, à cet instant précis, lui semblait peu probable. S'agrippant au dossier du banc, elle fit un violent effort pour se redresser.

Cet inconnu venait de dire quelque chose qui était plutôt rassurant : il ne la connaissait pas, ce qui expliquait pourquoi son visage ne lui disait rien à elle non plus.

— Donc si je ne me souviens pas de vous, c'est normal, dit-elle d'un ton aussi faible que victorieux.

L'homme fronça les sourcils. Visiblement, il était perplexe. Evidemment, la clarté de son raisonnement laissait à désirer, mais ce n'était pas sa faute. Tout se mélangeait dans sa tête, comme les pièces d'un puzzle qui seraient tombées de leur boîte.

— Je veux dire que nous ne nous connaissons pas, c'est bien ça ? insista-t-elle néanmoins.

Trevor sourit. Il n'aurait pas oublié une femme comme elle s'il l'avait déjà rencontrée.

— Non, ni d'Eve ni d'Adam.

— Adam ?

Il ravala une envie de rire.

— C'est juste une expression, dit-il en souriant. Quelle est la dernière chose que vous vous rappelez ? ajouta-t-il, redevenant sérieux.

Apparemment, elle ne plaisantait pas. Le choc qu'elle venait de subir semblait important.

Elle ferma les yeux, comme si cela l'aidait à se concentrer. Mais d'après son expression quand elle les rouvrit, ce n'était pas le cas.

— L'eau, finit-elle par répondre d'une voix mal assurée.

Trevor s'exhorta au calme.

— D'accord… Mais avant ?

Tandis qu'elle prenait une profonde inspiration, il regarda ses yeux. Sous la lumière du réverbère, ils semblaient être d'un vert profond, et son regard paraissait très confus.

Il eut un instant de panique. Le traumatisme était peut-être plus grave qu'il n'y paraissait.

Elle secoua la tête, et il vit des larmes briller dans ses yeux.

— Avant l'eau ? Je ne me souviens de rien, marmonna-t-elle.

Trevor fourra ses mains dans ses poches. « Bon Dieu, il ne manquerait plus qu'elle pleure ! » songea-t-il, excédé. En temps normal, il ferait semblant de ne pas s'en rendre compte, mais là, c'était impossible. Il avait le regard rivé sur elle, et si ses larmes se mettaient à couler, il ne pourrait pas prétendre qu'il ne les voyait pas.

Que pouvait-il bien lui dire ?

— Je n'ai absolument aucun souvenir, insista-t-elle,

faisant visiblement de son mieux pour ne pas se laisser envahir par la panique.

— C'est impossible, objecta-t-il d'une voix qu'il voulait apaisante.

Mais ses paroles eurent l'effet inverse.

— Ecoutez, vous n'êtes pas dans ma tête ! s'écria-t-elle. Moi, je sais ce qui s'y passe ! Et je peux vous certifier que… que je ne me souviens de rien, ajouta-t-elle d'une voix qui frisait la panique.

Trevor jugea plus prudent de ne pas attiser le feu qu'il sentait couver en elle, prêt à jaillir.

— Vous savez parler, c'est déjà quelque chose, fit-il remarquer avec un sourire mi-amusé, mi-convaincu. Vous avez l'accent d'ici, ce qui signifie que vous êtes probablement née en Californie.

— Formidable ! ironisa-t-elle. Voilà qui va me donner une identité au milieu de… combien ? Environ quarante millions d'individus ?

Trevor leva un doigt triomphant.

— Vous voyez, vous vous rappelez le nombre d'habitants de la Californie ! La mémoire vous revient doucement.

Devant son regard furibond, il s'empressa d'ajouter :

— Fermez les yeux et réfléchissez très fort.

Au lieu d'obtempérer, elle s'agita sur le banc.

— A quoi voulez-vous que je pense puisque j'ai tout oublié ? rétorqua-t-elle, de plus en plus irritée.

Trevor retint un petit rire.

— Je crois que nous pouvons affirmer que vous êtes une femme d'affaires. Vous avez un caractère bien trempé… pour ne pas dire emporté. Faites-moi plaisir : fermez les yeux et attendez de voir si quelque chose vous revient.

Visiblement agacée, la jeune femme finit par suivre ses conseils. Plusieurs secondes s'écoulèrent.

— Alors ? s'enquit-il.

— Alors ? J'ai faim, et j'ai froid !

Il fronça les sourcils. Ce n'était pas la réponse qu'il espérait.

— Rien d'autre ?

Elle hésita un instant.

— Et j'ai besoin d'aller aux toilettes, finit-elle par répondre d'un ton sec.

Trevor ravala une envie de rire ; la naufragée au caractère bien trempé n'avait sûrement pas envie de plaisanter.

— Il y en a tout près d'ici ! dit-il doucement.

Il pointa du doigt un lieu public situé à moins de trente mètres du banc. Face à un bâtiment carré à la façade ornée de stucs, deux douches extérieures permettaient aux baigneurs de se débarrasser du sel après leur bain. Occasionnellement, quelques sans-abri venaient se laver là.

La jeune femme se redressa avec mille précautions avant de se lever. D'un pas mal assuré, elle se dirigea vers les toilettes.

Trevor la suivit.

Brusquement, elle s'arrêta et tourna vers lui un regard lourd de suspicion.

— Vous n'allez pas venir avec moi tout de même ?

— Je n'en avais pas l'intention. Je voulais juste m'assurer que vous étiez assez solide sur vos jambes. Vous avez déjà perdu connaissance deux fois, lui rappela-t-il, un peu ironique, sans la quitter des yeux.

Elle avait les sourcils froncés et semblait se méfier de lui comme de la peste. Brusquement, il sentit sa bonne humeur s'envoler. Cette situation devenait vraiment impossible.

Pourquoi cette femme réagissait-elle ainsi ? Après tout, il ne manifestait aucune intention de se jeter sur elle. Et en quoi était-il obligé de la croire ? Elle le menait peut-être en bateau, avec son histoire d'amnésie.

Si elle lui racontait des sornettes, ce serait dans quel but ? Il n'en avait pas la moindre idée. Quoi qu'il en soit, elle paraissait être d'une indépendance farouche.

— Et maintenant ? lança-t-elle en se dirigeant vers le petit bâtiment.

Elle s'arrêta brusquement et observa les toilettes d'un air horrifié. Il n'y avait pas de porte.

— Pardon ? dit Trevor, de plus en plus décontenancé.

Elle fit volte-face.

— Maintenant… vous allez rentrer chez vous ? s'enquit-elle, mal à l'aise.

Trevor hocha la tête. Oui, il en avait eu l'intention quelques minutes plus tôt. Mais les événements venaient de prendre une tournure inattendue. Il ne pouvait pas abandonner sa rescapée amnésique sur une plage, en pleine nuit, même si elle ne se gênait pas pour lui faire comprendre qu'il était de trop. Mais il préféra éluder.

— Il me semble vous avoir entendue dire que vous avez faim.

— C'est exact, admit-elle d'un ton méfiant.

Trevor hocha pensivement la tête. Etait-elle toujours aussi suspicieuse, ou était-ce la détresse dans laquelle elle se trouvait qui la rendait ainsi ?

— Je vais vous emmener au Kate's Kitchen. Vous mangerez quelque chose.

— Kate's Kitchen, répéta-t-elle. Est-ce un foyer pour sans-abri, ou la maison d'un particulier ?

— Ni l'un ni l'autre. C'est mon restaurant.

— Vous travaillez dans un restaurant ?

— Ce restaurant est à moi, précisa-t-il, non sans fierté.

— Oh !

Elle l'observa un instant d'un air songeur. Elle-même possédait-elle quelque chose ? Elle n'aurait su le dire, et c'était terriblement angoissant de ne pas connaître la réponse. Elle avait l'impression de se trouver devant un immense mur blanc qui la séparait de tout. Il n'y avait pas de porte, et elle ne voyait aucun moyen de passer de l'autre côté. Mais le pire, c'était de ne pas savoir ce qui se cachait derrière ce mur.

Elle hésita un instant devant l'entrée des toilettes. Cette impression de vulnérabilité qu'elle éprouvait était odieuse. Mais le plus odieux, c'était encore de le reconnaître.

Cependant, il était préférable qu'elle suive son instinct. Et son instinct lui disait que cette impression était pour l'instant nécessaire.

Jetant un coup d'œil par-dessus son épaule à l'homme qui lui avait probablement sauvé la vie, elle lança d'un ton qu'elle voulait dégagé :

— Vous m'attendez ?

Il acquiesça d'un petit signe de tête, mais un léger sourire flotta un instant sur ses lèvres, elle l'aurait juré. Il devait se moquer d'elle, et, en d'autres circonstances, elle lui aurait clairement expliqué sa façon de penser. Mais là, elle ne se sentait pas vraiment en position de force. Elle ne pouvait pas errer sur la plage, toute seule, en pleine nuit, sans savoir qui elle était ni d'où elle venait.

— Je ne bouge pas, promit-il.

Elle hocha la tête. Dieu seul savait pourquoi, mais elle le crut.

Elle se hâta vers l'une des trois toilettes. Aucune porte ne fermait, et le sol était froid sous ses pieds. Elle frissonna. Ses pieds nus étaient couverts de sable. Où étaient donc passées ses chaussures ? Les avait-elle perdues dans l'océan ?

Ou avant ?

Mais elle n'eut qu'un trou noir pour toute réponse.

Une minute plus tard, elle sortit et se planta devant le lavabo le plus proche de la porte. Elle regarda son reflet dans le miroir craquelé. Qui était cette femme aux cheveux roux plaqués sur le crâne ? Elle l'ignorait.

Seigneur ! Qui était-elle ? Quelqu'un s'était-il mis à sa recherche ?

Elle baissa les yeux sur sa main gauche. Il n'y avait pas d'anneau, mais un mince cercle plus clair entourait son annulaire. Etait-ce la trace laissée par une bague de fiançailles ou une alliance qui lui aurait été dérobée ? Et elle-même avait-elle été assommée dans ce but, puis jetée à la mer ?

Elle poussa un profond soupir. Comment savoir ?

Renonçant à se poser des questions dont elle se savait incapable de donner la moindre réponse, elle ouvrit le robinet. Un gargouillement précéda l'arrivée d'un filet d'eau tiède, qui, par chance, était claire. Réunissant ses mains en coupe, elle prit un peu d'eau et s'en aspergea le visage. Si seulement ce simple geste pouvait lui rendre ses souvenirs, souhaita-t-elle éperdument. Comme un élixir magique.

Mais c'était trop demander.

— Tout va bien ?

Elle sursauta. C'était l'homme qui l'avait sauvée. Trevor, avait-il dit… c'était bien cela ?

— En pleine forme ! répondit-elle d'une voix pleine de colère.

Ce qu'elle regretta aussitôt. Elle se passa une main lasse dans les cheveux, et jeta de nouveau un regard à son reflet dans la glace. Au fond, elle était injuste. Rien n'avait obligé cet homme à risquer sa vie pour l'arracher à une mort certaine. Pourquoi était-elle odieuse avec lui ?

— Désolée ! s'excusa-t-elle. Je n'ai rien contre vous, bien au contraire. Mais je voudrais recouvrer la mémoire. Il faut absolument que je sache qui je suis.

— Ne vous excusez pas. Je comprends. Ce doit être très dur pour vous, répondit-il d'une voix douce.

Trevor lui sourit lorsqu'elle réapparut, l'air contrit. Ce qu'elle vivait devait être une épreuve terriblement angoissante. Il ne pouvait la traiter comme n'importe quelle femme rencontrée par hasard.

— Venez, je vous emmène au restaurant. Il est à quelques dizaines de mètres, par là, dit-il en l'entraînant dans la direction opposée au parking.

Lorsqu'il posa sa main sur sa taille, il sentit qu'elle se raidissait. Il fit comme s'il n'avait rien remarqué mais retira sa main.

— Nous y voilà, dit-il quelques minutes plus tard.

Elle s'arrêta et observa le long bâtiment d'un étage orné de stucs bleus et gris. Les encadrements des portes et des fenêtres étaient peints en bleu marine. Une terrasse s'étendait sur le côté, face à la mer. Les tables et les chaises étaient rangées pour la nuit dans une remise vitrée.

C'était joli et accueillant, même en pleine nuit.

— C'est à vous ? demanda-t-elle.

Sortant sa clé de sa poche, Trevor ouvrit la porte et s'effaça pour la laisser entrer.

— A moi et à la banque, oui, répondit-il avec un petit rire.

Elle passa devant lui. Il appuya sur un interrupteur, à droite de la porte, et la salle s'illumina.

La parcourant des yeux, la jeune femme sourit.

— C'est charmant !

Elle continua son inspection. Ce lieu allait-il enfin lui rappeler quelque chose ? Apparemment, non.

— Suis-je déjà venue ici ?

Il alluma une autre série de lampes.

— Pas que je sache, mais en général, je suis en cuisine et je ne viens que rarement en salle. Je ne connais pas tous mes clients.

La jeune femme releva un sourcil étonné. Quand il avait dit qu'il possédait ce restaurant, elle n'avait pensé qu'à l'aspect financier. Elle l'observa un instant. Il était difficile de l'imaginer en toque et veste blanche devant des fourneaux. Il était grand, avec une carrure d'athlète, un visage taillé à coups de serpe, et illuminé par des yeux d'un bleu profond et un sourire éblouissant. Elle sentit brusquement son pouls battre plus vite. Cet homme était purement et simplement renversant.

Poussant un soupir imperceptible, elle se ressaisit. Ce n'était ni le lieu ni le moment d'admirer comme elle le faisait un parfait inconnu.

— Vous êtes cuisinier ? voulut-elle savoir.

Trevor sourit. Son diplôme de l'école de restauration était accroché au mur de son petit bureau, à l'arrière du bâtiment.

— C'est ce que j'aime à croire, oui.

— Qui est Kate ?

— Ma belle-mère, la seconde épouse de mon père.

Elle laissa échapper un « Oh ! » de surprise. Voilà qui était étrange. La plupart des gens considéraient que ces créatures étaient à fuir. Pourquoi Trevor avait-il immortalisé sa belle-mère en donnant son nom à son restaurant ?

— C'est un peu… bizarre ! fit-elle remarquer. Mais…

Gênée, elle s'interrompit. Il n'était pas question de blesser cet homme, après ce qu'il avait fait pour elle.

— Excusez-moi, cela ne me regarde pas, dit-elle très vite.

Trevor posa sur elle un regard scrutateur. Pourquoi avait-elle semblé si étonnée ? Se rappelait-elle un pan de sa vie ? Avait-elle, elle aussi, une belle-mère ?

— Il y a vingt ans, Kate est arrivée chez mon père en tant que gouvernante après la mort de ma mère, crut-il bon d'expliquer. Elle s'est occupée de mes frères et de moi. Je peux dire qu'elle nous a sauvé la vie. Pas de la même façon que j'ai sauvé la vôtre, mais dans un sens, c'était tout aussi spectaculaire.

Vu de l'extérieur, son père, ses frères et lui offraient l'image d'une famille à peu près normale, à cette époque lointaine, mais à l'intérieur, ils étaient tous repliés sur eux-mêmes pour cacher leur peine après le drame qui les avait frappés.

— Elle a vraiment fait entrer le bonheur chez nous, poursuivit-il, et dès le premier jour, elle nous a tous aidés, même quand nous lui avons donné du fil à retordre.

Continuant d'allumer les lumières, il se dirigea vers les cuisines.

Elle le suivit, mais brusquement, elle s'immobilisa. Trevor venait de dire que sa belle-mère lui avait sauvé la vie. Quant à lui, il avait sauvé la sienne. Pour la première fois, elle prenait la dimension exacte de ces paroles : sans lui, elle serait probablement morte noyée.

Par accident ou par la volonté de quelqu'un ?

Elle frissonna.

Bon sang, pourquoi ne se souvenait-elle de rien ? Elle ne savait même pas son nom ! Son prénom au moins ! Cela aurait déjà été quelque chose.

Elle poussa un profond soupir, tandis que Trevor ouvrait la porte d'une chambre froide, dans laquelle il pénétra.

— Vous rappelez-vous ce que vous aimez particulièrement ? demanda-t-il.

Comme elle ne répondait pas, il la regarda par-dessus son épaule. Elle le regardait, perplexe.

— Vos préférences alimentaires, précisa-t-il.

Elle se creusa la cervelle, et quelques secondes plus tard, elle secoua la tête d'un air accablé.

— Non, je n'en ai aucune idée.

— Eh bien, dit-il d'un ton enjoué, ce sera peut-être votre nouveau plat favori.

Il prit une assiette Wedgwood bleue sur laquelle il déposa quatre grosses cuillerées de poulet au curry avant de la passer au micro-ondes. Une minute et demie plus tard, il la ressortit toute fumante. Ce plat figurait à son menu du jour. Malgré le succès qu'il avait rencontré, il lui en restait pour une ou deux personnes. Chaque matin, tous les restes de la veille étaient destinés au foyer pour sans-abri.

Mais ce soir, le plat était destiné à sa sirène, songea-t-il en déposant l'assiette devant elle, sur la table où se préparaient les salades.

La jeune femme le contempla quelques secondes et se mit à manger.

Trevor l'observa un instant et sourit. Il était toujours heureux et fier lorsque les gens appréciaient sa cuisine, mais son invitée qui venait de la mer, elle, dévorait littéralement. Naturellement, elle aurait probablement apprécié n'importe quoi, après avoir subi un tel choc. En moins de dix minutes, son assiette était vide.

— En voulez-vous encore ? lui demanda-t-il.

Souriant pour la première fois depuis qu'il l'avait sortie de l'eau, elle secoua la tête. Malgré lui il resta un instant suspendu à son sourire. Un sourire magnifique, découvrant des dents régulières, d'une blancheur éclatante.

— Non, merci, je suis rassasiée, répondit-elle en levant sur lui ses grands yeux verts. C'était délicieux. Vous l'avez préparé vous-même ?

Il hocha la tête. C'était l'un des premiers plats qu'il avait appris à cuisiner. Alors qu'il n'avait que sept ans, Kate l'avait embauché un jour où il n'allait pas à l'école. Le tablier qu'elle lui avait attaché autour de la taille traînait par terre, mais il avait passé un moment inoubliable. D'emblée, il avait été passionné par la cuisine.

— C'est un classique, dit-il modestement.

— Classique ou pas, c'est vraiment une réussite, dit-elle d'une voix mal assurée. Merci.

— Que se passe-t-il ? s'enquit-il devant son air préoccupé.

Faisant visiblement un gros effort pour ne pas se laisser gagner par l'anxiété, elle répondit :

— C'est moi qui devrais vous poser la question : que se passe-t-il maintenant ? Qu'est-ce que je vais faire ?

— Si vous voulez mon avis, vous devriez aller à l'hôpital pour vous faire examiner. Par simple précaution.

Elle fronça les sourcils. La seule évocation de ce lieu lui donnait la chair de poule. Quoi qu'il en soit, elle savait ce que c'était. Etait-ce bon signe ou non, elle n'aurait su le dire. Pourquoi en avait-elle peur ? Avait-elle eu une expérience néfaste ? Une personne qu'elle aimait était-elle morte à l'hôpital ? C'était très agaçant de ne rien savoir. Et terriblement déstabilisant.

— C'est inutile, je vais bien, finit-elle par répondre.

— Vous êtes amnésique. Je n'appelle pas cela « aller bien ».

Il passa dans la salle de restaurant, et elle lui emboîta le pas.

— Et vous croyez qu'à l'hôpital on va me rendre la mémoire ? lança-t-elle d'un ton un peu plus mordant qu'elle ne l'aurait souhaité.

— Je ne sais pas, mais vous pourriez savoir si vous avez un problème... Si vous avez reçu un coup avant de tomber à l'eau, par exemple.

— Ils vont me demander mon nom, dit-elle d'une voix sombre.

— Eh bien, nous leur dirons que vous l'avez oublié.

Elle leva sur lui un regard à la fois étonné et reconnaissant. Il venait de parler à la première personne du pluriel. C'était infiniment rassurant ; elle se sentait un peu moins seule.

— Mais j'ai besoin d'avoir un nom ! protesta-t-elle doucement.

— Très bien.

Tirant ses clés de sa poche, il resta un instant pensif avant de lui proposer :

— Que diriez-vous de « Venus » ?

— Venus ?

Elle sourit. Ce prénom était très joli.

Hochant la tête, il referma la porte derrière eux et brancha l'alarme.

— Comme dans le tableau de Botticelli : *La Naissance de Venus…*, précisa-t-il.

— Sur un demi-coquillage géant.

A peine avait-elle prononcé ces paroles que ses yeux s'agrandirent de stupeur.

- 3 -

— Je me souviens de cela ! s'écria-t-elle, surexcitée.

Sans réfléchir, elle se tourna vers lui et s'agrippa à sa chemise. La veste qu'il lui avait posée sur les épaules glissa doucement. Brusquement, elle sentit une espèce de picotement sur sa peau, comme une décharge électrique. Ce devait être dû à la découverte qu'elle venait de faire, songea-t-elle, médusée.

Elle scruta le visage de Trevor.

— Comment est-il possible que je me souvienne de cela alors que je ne sais même plus mon nom ?

Avec une infinie douceur, Trevor prit sa main dans les siennes.

— Vous devez être une artiste, ou travailler dans le domaine de l'art, ou peut-être avez-vous une passion pour Botticelli, tout simplement. A moins que ce ne soit les coquillages. Mais il se peut aussi que votre mémoire commence à revenir. Vous rappelez-vous autre chose ?

Comme un enfant qui a oublié sa leçon, elle s'humecta les lèvres et plissa le front. Trevor ne la quittait pas des yeux. Apparemment, elle faisait un violent effort pour se concentrer.

Mais elle secoua la tête, l'air cruellement déçue.

— Non, je ne me souviens de rien d'autre.

Trevor fourra les clés dans sa poche et se dirigea vers sa voiture.

Elle le suivit.

— Il vaut peut-être mieux que vous ne cherchiez pas, lui conseilla-t-il. Votre mémoire reviendra d'elle-même. Comme pour ce tableau de Botticelli.

— Cela risque d'être très long, dit-elle d'une voix à peine audible.

Trevor l'observa un instant. Venus — puisqu'il l'avait baptisée ainsi — était purement et simplement irrésistible. Il avait une folle envie de passer un bras autour de ses épaules. Mais elle n'apprécierait sans doute pas. Elle était enfin de bonne humeur, il n'allait pas tout gâcher.

— Venez, je vous conduis à l'hôpital, décida-t-il.

Elle parut hésiter.

— Je n'ai pas d'argent, finit-elle par objecter.

Mais elle le suivit néanmoins en direction du parking. Trevor s'arrêta près d'une Mustang. Venus soupira. Elle avait beau en reconnaître la marque, ce véhicule ne lui évoquait rien de plus.

— Et puisque je ne sais pas qui je suis, je n'ai pas d'assurance maladie ! reprit-elle.

Trevor tourna vers elle un regard satisfait.

— Pourquoi souriez-vous ainsi ? lança-t-elle, de mauvaise humeur.

Trevor neutralisa le système de sécurité avant de répondre.

— Parce que vous savez que vous avez besoin d'une assurance maladie.

Venus resta pensive quelques secondes. Cette constatation la rendait mille fois moins heureuse que lui.

— Vous avez raison, dit-elle, mais si je me rappelle un détail aussi trivial, pourquoi ai-je oublié mon nom ?

Trevor s'installa au volant et elle prit place sur le siège du passager.

— Peut-être parce que vous ne voulez pas vous en souvenir, répondit-il le plus sérieusement du monde.

Elle lui décocha un regard furibond.

— C'est ridicule ! Pourquoi ne voudrais-je pas savoir qui je suis ?

Trevor haussa légèrement les épaules. Il avait perdu une occasion de se taire. La psychologie n'avait jamais été son point fort. C'étaient Kate et son frère Trent qui s'en chargeaient, quand le besoin s'en faisait sentir. Mais il en avait assez entendu à la maison, sur ce sujet, pour donner son opinion.

— Je ne sais pas… Peut-être pour fuir quelque chose, une situation pénible…, avança-t-il.

Le front de Venus se creusa brusquement. La jeune femme paraissait très contrariée par cette suggestion.

— Vous ne trouvez pas que c'est un peu tiré par les cheveux ?

— Une idée comme une autre, dit-il doucement en mettant le contact.

Il la regarda du coin de l'œil.

— En tout cas, vous avez pensé à boucler votre ceinture de sécurité !

Venus ne put s'empêcher de lui jeter un regard courroucé. Apparemment, il commençait à se faire de drôles d'idées à son sujet. Il n'allait pas tarder à la prendre pour une criminelle en fuite, au train où il y allait !

— En réalité, je me souviens de certaines choses, ou plutôt, de généralités, répliqua-t-elle. Mais c'est exactement comme se rappeler comment marcher, boire, manger. Vous n'avez pas besoin de me le faire remarquer à chaque fois !

Trevor retint un sourire.

— J'essaie seulement de vous redonner de l'espoir, Venus.

Hochant la tête, elle fit une petite moue. Voilà qu'elle redevenait désagréable, alors qu'il faisait de son mieux pour l'aider.

— Etes-vous sûr que je ne vous connais pas ? reprit-elle d'une voix radoucie.

Trevor sortit lentement du parking et tourna à gauche, en direction de l'autoroute du Pacifique.

— Oui, répondit-il simplement.

Elle soupira. Si Trevor ne la connaissait pas, pourquoi se mettait-il en quatre pour l'aider ? Cela avait un petit air étrange, à la limite du suspect… Elle aurait juré qu'elle n'avait pas l'habitude de fréquenter des gens comme lui, mais plutôt des gens qui ne se dérangeaient jamais pour personne. C'était plutôt triste, comme idée.

— Si vous ne me connaissez pas, pourquoi faites-vous tout cela pour moi ? voulut-elle savoir.

— Après vous avoir sauvé la vie, je ne m'imagine pas vous laissant vous débrouiller toute seule dans l'état où vous êtes.

— Mais la plupart des gens ne trouveraient-ils pas qu'ils en ont déjà assez fait ?

— Je ne fréquente pas ce genre de personnes.

S'arrêtant à un feu rouge, il lui jeta un coup d'œil en coin.

— Mais vous oui, apparemment, ajouta-t-il.

Venus se hérissa.

— Comme pouvez-vous le savoir ?

— Parce que si ce n'était pas vrai, vous n'auriez pas posé cette question, répondit-il doucement. Cela n'aurait pas été dans votre subconscient.

Venus resta un instant silencieuse. Sans le savoir, Trevor venait d'avoir la même idée qu'elle. Sauf qu'elle, elle savait qu'elle était dans le vrai.

— Vous êtes toujours aussi logique ? ironisa-t-elle.

Trevor se mit à rire. Il ne s'était jamais considéré comme quelqu'un de logique, mais plutôt de créatif. Cependant, aujourd'hui, l'évidence lui sautait aux yeux. En fait, la logique avait orienté une grande partie de sa vie. Contrairement à Travis, il n'avait jamais agi avant de réfléchir. Sauf quand il s'était agi de sauver Venus. Là, il n'avait pensé qu'à se jeter à l'eau. Cependant, la logique avait bien dû jouer un rôle.

Mais ce n'était pas le moment de tergiverser.

— Je suis logique la plupart du temps, admit-il en se tournant vers elle.

Apparemment, elle avait abandonné son air sarcastique. Décidément, elle devait avoir l'habitude de souffler le chaud et le froid.

— Alors dites-moi comment vous pouvez *logiquement* m'emmener à l'hôpital alors que je n'ai ni argent ni identité ? voulut-elle savoir. Je ne vais pas être auscultée gratuitement.

— Ne vous en faites pas pour cela.

Il reporta les yeux sur la route, mais ceux de Venus étaient rivés sur lui, il le sentait. A l'évidence, elle attendait qu'il s'explique. Mais il valait mieux rester dans le vague, sinon, elle allait encore monter sur ses grands chevaux. Apparemment, elle était terriblement susceptible, et son amour-propre devait être largement au-dessus de la moyenne.

— Je m'en occuperai, se contenta-t-il de dire.

Venus releva les sourcils. Devait-elle comprendre qu'il allait payer de sa poche ? A moins qu'il ne soit aussi propriétaire d'un hôpital ?

— Pourquoi ?

Décidément, elle n'abandonnait jamais. Il soupira. Pourquoi s'occupait-il d'elle ? La réponse était simple : il avait été élevé pour tendre la main aux autres chaque fois que c'était possible. Mais s'il lui disait cela, n'allait-elle pas penser qu'il lui faisait la charité ? Et dans ce cas, elle était bien capable de se fâcher, de descendre de la voiture en marche et de s'enfuir.

— Dans certaines cultures, commença-t-il, quand vous sauvez une vie humaine, elle devient aussi importante que la vôtre. Ce qui signifie que vous devez en prendre le plus grand soin. Et c'est ce que je fais.

Venus secoua la tête.

— Ce n'est pas la coutume aux Etats-Unis.

— Bien ! Voilà encore quelque chose que vous savez ! lança-t-il d'un ton enjoué. Vous pourrez me rembourser quand vous aurez recouvré la mémoire, ajouta-t-il plus sérieusement pour la rassurer.

Il lui jeta un rapide coup d'œil puis il reporta son regard sur la route.

— Vous êtes satisfaite ?

— Je suppose que je n'ai pas le choix.

Elle resta quelques instants pensive et tressaillit soudain. Un vague souvenir venait de lui traverser l'esprit, mais il était trop fugace pour qu'elle puisse le saisir. Il s'était présenté en fragments épars, mais des fragments qui lui semblaient étrangement familiers. Cependant, tout restait très flou. Et terriblement frustrant.

Elle soupira.

— J'ai horreur d'être redevable à q
d'une voix lasse.

— N'importe qui peut avoir besoin d'aid
fois dans sa vie, je ne vois pas où est le problè

— Moi, je le vois : cela crée une dette envers la
qui vous aide.

— A vous entendre, on jurerait que vos relations avec autrui n'étaient pas des plus agréables.

Venus soupira. C'était exactement l'impression qu'elle avait.

— Je ne sais pas, murmura-t-elle.

Aussitôt, une curieuse impression s'infiltra au plus profond d'elle. C'était une sensation diffuse, incertaine, qui refusait de se laisser analyser.

Trevor hocha la tête.

— Ou alors vous êtes d'un naturel sceptique.

— Peut-être, marmonna-t-elle.

Ce qu'elle était sûre de savoir, par contre, c'est que ces « peut-être » et ces vagues impressions allaient rapidement la rendre folle.

La circulation sur l'autoroute du Pacifique et sur Newport Boulevard était fluide à cette heure de la nuit. La Mustang avala en un temps record le trajet entre le Kate's Kitchen et Blair Memorial.

Tandis qu'il se garait sur le parking de l'hôpital, Trevor sourit. La chance était de leur côté. A voir le parking des urgences presque vide, la nuit avait dû être plutôt calme ici. Dès qu'ils entrèrent, Venus fut reçue à l'accueil. Au lieu de l'attendre sur une chaise, il resta debout derrière elle.

La réceptionniste, dont le badge révélait qu'elle se nommait Rebecca, leur adressa un large sourire.

— Qu'est-ce qui vous amène aux urgences ?

— C'est lui ! répondit Venus en se tournant vers Trevor.

Trevor adressa un large sourire à l'hôtesse.

— Elle a failli se noyer, expliqua-t-il.

Tournant les yeux vers Venus, Rebecca l'examina d'un regard plein d'empathie.

— Vous voulez passer un check-up pour voir si tout va bien ?

Venus restant muette, Trevor poursuivit :

— Le problème, c'est qu'elle ne se souvient de rien : ni de son nom ni de la raison pour laquelle elle s'est retrouvée au milieu de l'océan en pleine nuit.

— Au milieu de l'océan ! répéta la réceptionniste, interloquée.

Venus hocha la tête sans répondre.

Rebecca rentra ces informations sur son ordinateur tout en jetant de fréquents regards à Venus, comme s'il s'agissait d'une extraterrestre.

— Avez-vous une carte quelconque sur laquelle figure votre nom, madame ?

Venus poussa un soupir exaspéré.

— Si j'en avais une, je saurais qui je suis, vous ne croyez pas ?

Du coin de l'œil, elle aperçut Trevor qui paraissait choqué par sa réflexion. Agacée, elle tourna la tête. « Tout le monde ne pouvait pas être aussi gentil que lui ! » songea-t-elle.

— C'est logique, reconnut Rebecca. Désolée. Aucune carte d'assurance non plus, naturellement.

— Naturellement, dit Venus en faisant un violent effort pour masquer son impatience.

Rebecca l'observa quelques secondes.

— Comment comptez-vous…

Mais avant qu'elle n'arrive au bout de sa question, Trevor tira son portefeuille de sa poche et lui tendit une carte de crédit.

— Je règle moi-même la visite.

Rebecca prit la carte et se leva.

— Je vais chercher l'appareil, j'en ai pour une minute.

Tandis qu'elle s'éloignait, Venus soupira.

— C'est très ennuyeux ça, dit-elle doucement.

— Un peu de patience, ce ne sera pas long. Apparemment, il y a peu de monde et…

— Je ne parle pas de cela, mais du fait que ce soit vous qui payez cette visite.

Cette situation la gênait terriblement. Et il lui était difficile de croire qu'il y avait encore des hommes aussi altruistes que Trevor sur cette planète.

— Comment êtes-vous sûr que je vous rembourserai, une fois que j'aurai recouvré la mémoire… ? Si tant est que cela m'arrive un jour, ajouta-t-elle, le front barré d'un pli soucieux.

— Je le sais, c'est tout.

Elle lui coula un regard sceptique.

— Disons que c'est une intuition, précisa-t-il.

— Et moi, je dis que c'est de l'imprudence !

Trevor eut un sourire amusé.

— Avez-vous l'intention de disparaître dans la nature sans me prévenir dès que vous irez mieux ?

— Certainement pas ! s'offusqua-t-elle. Mais vous, vous ne pouvez pas le savoir.

Il plongea un regard pénétrant dans le sien. Brusquement, elle sentit ses jambes faiblir. Cela devenait inquiétant ; c'était la seconde fois qu'elle réagissait ainsi face à Trevor. Ces petits picotements qu'elle avait ressentis dans tout son corps quand il lui avait mis sa veste sur les épaules, tout à l'heure…

« C'est la fatigue », songea-t-elle, hypnotisée par les yeux bleu outremer de Trevor qui la couvait du regard.

— Je le sais, c'est tout, répéta-t-il d'une voix douce.

Ouvrant la bouche pour protester, elle la referma aussitôt. Rebecca revenait, une feuille de papier à la main. Elle pria Trevor d'y déposer sa signature et lui indiqua un siège. Puis elle se tourna vers elle.

— Je vous emmène en radiologie, dit-elle en souriant.

Venus jeta un coup d'œil à Trevor. Il l'encouragea d'un léger signe de tête avant d'aller s'asseoir.

Poussant un long soupir, elle se résigna à suivre Rebecca.

Le radiologue étudia les clichés et jeta un coup d'œil sur le compte rendu du laboratoire.

— Tout va bien, déclara-t-il en glissant les radios dans une grande enveloppe blanche.

— Tout va bien ? protesta Venus. Vous en avez de bonnes ! J'ai tout oublié !

Le médecin resta impassible.

— Il n'y a aucun signe de coups, pas de tumeur ni de lésion. Vous avez probablement un accès d'amnésie hystérique.

— Hystérique ! répéta-t-elle d'un ton furieux.

Elle le foudroya du regard. S'il y avait une seule chose

dont elle était sûre, c'était de ne pas correspondre à ce qualificatif.

— L'amnésie hystérique est provoquée par un traumatisme, qu'il soit physique ou psychologique, expliqua le docteur sans s'émouvoir de sa réaction. Dans l'un ou l'autre cas, la plupart des personnes qui en souffrent recouvrent la mémoire en quelques jours.

Venus eut un petit rire amer.

— La plupart des personnes, mais pas toutes.

— Non, pas toutes, reconnut le médecin.

Il tourna brièvement les yeux vers Trevor, puis il la regarda de nouveau.

— Mais il n'y a aucune raison de penser que vous n'en ferez pas partie, continua-t-il.

— Y a-t-il des gens qui restent amnésiques ? voulut-elle savoir.

Le médecin sembla hésiter un instant, mais, devant son regard déterminé, ne put faire autrement que de répondre à sa question.

— Cela arrive, en effet. Mais très rarement. Et en ce qui vous concerne, je ne vois aucune raison.

L'ombre d'un sourire se dessina sur ses lèvres minces.

— Un peu de patience, mademoiselle, vous vous souviendrez bientôt de tout.

Venus soupira. Croyait-il la rassurer aussi facilement ? Elle voulait des faits concrets.

— Donnez-moi une bonne raison d'y croire.

Le radiologue parut légèrement agacé. Visiblement, il n'avait pas l'habitude de justifier ses diagnostics. Cependant, il répondit :

— Vous êtes jeune, en bonne santé et en excellente

condition physique. C'est cela qui compte. Il faut faire confiance à la vie, et faire preuve de patience.

Il jeta encore un bref coup d'œil à Trevor, comme pour vérifier s'il était du même avis.

— Vous avez failli vous noyer, c'est une expérience très traumatisante, dit-il encore.

Venus poussa un profond soupir.

— Tout comme le fait de ne pas me rappeler mon nom, dit-elle.

Le médecin s'éloigna du lit.

— Vous pouvez déjà vous souvenir d'une chose : vous avez eu beaucoup de chance que monsieur soit là pour vous sauver la vie. Ramenez-la dans deux semaines si elle n'est pas redevenue elle-même, ajouta-t-il en se tournant vers Trevor.

Il gribouilla quelques mots sur la première page de son bloc. Puis il l'arracha et la lui tendit.

— C'est une ordonnance, si jamais elle a des douleurs. Au revoir, dit-il en quittant la pièce.

Venus se tourna vers Trevor.

— Il a l'air de penser que je suis sous votre responsabilité.

Trevor eut un petit rire.

— Il connaît peut-être cette coutume dont je vous ai parlé tout à l'heure. Je vous ai sauvé la vie et maintenant, c'est à moi de vous protéger.

Sans un mot elle lui prit l'ordonnance des mains et la plia. Elle voulut la glisser dans sa poche, mais elle n'en avait pas, et elle ne sut où la mettre. Elle poussa un soupir et la lui rendit.

— Je crains que vous ne soyez obligé de la garder jusqu'à ce que je me procure un sac à main, ce qui est impossible puisque je n'ai pas un sou, et pas d'identité, marmonna-t-elle.

Faisant une pause, elle ravala un flot de mots peu reluisants qui lui montaient à la bouche.

— Restez tranquille, lui conseilla Trevor. Je vais acheter ce médicament à la pharmacie de l'hôpital.

Venus consulta une horloge à sa droite.

— Elle va être fermée, il est plus de minuit !

Il secoua la tête.

— Aucun danger, elle reste ouverte vingt-quatre heures sur vingt-quatre, sept jours sur sept.

Se dirigeant vers la porte, il vit du coin de l'œil qu'elle le suivait.

— Que faites-vous ?

— Je viens avec vous, répondit-elle d'un ton ferme.

Trevor releva un sourcil mi-étonné, mi-amusé. Apparemment, il était inutile de discuter avec Venus quand elle avait pris une décision.

— Je déteste les hôpitaux, expliqua-t-elle. Et ça, j'en suis absolument persuadée.

Trevor hocha lentement la tête. Il comprenait.

— Tout va bientôt s'arranger, lui promit-il en posant sur elle un regard de velours.

Elle sentit son cœur battre un peu plus vite.

— Si vous le dites, murmura-t-elle en lui emboîtant le pas.

Trevor coupa le moteur. Voilà. Ils étaient arrivés au foyer des sans-abri auquel il donnait chaque matin ce qui lui restait en cuisine. C'était là que Kate venait travailler bénévolement dès que son emploi du temps le lui permettait. Lui-même, avec ses frères, y avait passé plus d'un Thanksgiving pour préparer des repas.

St Anne avait été récemment rénové, et l'équipe était composée de personnes sympathiques et dévouées, qui seraient aux petits soins pour Venus.

Trevor soupira. Alors, si ce foyer était idéal, pourquoi hésitait-il à y déposer Venus ? Peut-être parce que le fait de côtoyer des personnes sans abri risquait de la démoraliser. N'avait-elle pas déjà eu son lot d'émotions aujourd'hui ?

Il s'éclaircit la gorge et tourna les yeux vers elle.

— Vous serez bien, ici, dit-il d'un ton qu'il aurait souhaité plus convaincu.

Venus hocha la tête.

— Vous me l'avez déjà dit trois fois.

Prenant une profonde inspiration, elle ouvrit la portière. Mais avant qu'elle n'ait le temps de descendre, Trevor posa la main sur son bras.

— Attendez.

Il remit le contact et fit ronfler le moteur.

— Qu'est-ce que vous faites ? protesta-t-elle en refermant vivement la portière.

— Je vous emmène ailleurs.

- 4 -

Venus boucla sa ceinture et se tourna vers lui.

— Et où allons-nous ?

Trevor esquissa un vague sourire. C'était une bonne question, à laquelle il était incapable de répondre. Où emmener une femme dont les souvenirs ne remontaient pas plus loin qu'à quelques heures ?

S'il avait dû prendre cette décision en plein jour, il n'aurait pas hésité une seconde et serait allé tout droit au commissariat le plus proche. Les policiers se seraient débrouillés. Mais il ne pouvait pas envoyer Venus dormir dans un commissariat.

Le commissariat attendrait donc jusqu'à demain matin. Venus aurait toute la journée pour expliquer son cas, et la police ferait des recherches pour savoir si quelqu'un avait signalé sa disparition.

Mais dans l'immédiat, la femme dont il avait sauvé la vie tombait de sommeil et n'avait besoin que d'une seule chose : un bon lit.

Oui. Mais où ? Sa première idée avait été de l'emmener chez ses parents. Il pouvait compter sur Kate, non seulement pour qu'elle s'occupe de Venus, mais aussi pour qu'elle l'accueille chaleureusement. Quant à son père, il acquiesçait à tout ce que Kate décidait, car elle avait toujours « le cœur bien placé », disait-il. Trevor sourit. Bryan Marlowe adorait sa femme, ce n'était rien de le dire.

Cependant, il ne voulait pas surgir chez eux à une heure aussi tardive pour une chose qui n'était, somme toute, par de première urgence. Ils devaient dormir à poings fermés, et ce ne serait pas gentil de les réveiller, sauf s'il n'avait pas le choix, naturellement.

Et le choix, il l'avait. Il pouvait emmener Venus chez lui.

Il lui jeta un coup d'œil à la dérobée. Comment allait-elle réagir à cette proposition ? Accepterait-elle, ou le soupçonnerait-elle d'avoir une arrière-pensée ? A vrai dire, il ne pourrait pas lui en vouloir d'être méfiante ; l'heure n'était pas des plus innocentes.

— Où m'emmenez-vous ? répéta-t-elle.

Il garda les yeux sur la route.

— Chez moi.

Venus tourna vivement la tête vers lui, faisant danser ses boucles de la couleur des flammes.

— C'est bien ce que je craignais ! Vous n'étiez pas désintéressé en m'aidant ! s'écria-t-elle, furibonde.

Trevor serra les dents. Et voilà ! Il aurait mieux fait de se taire. Mais puisqu'il lui avait fait cette proposition, autant s'expliquer.

— Vous vous trompez. Je prendrai le canapé, et vous, vous dormirez dans la chambre. Il y a une clé sur la porte, s'empressa-t-il d'ajouter avant qu'elle puisse émettre une autre protestation.

— Vous pouvez forcer la serrure !

Les yeux rivés sur la route, il s'exhorta au calme.

— Ce n'est pas un don que j'ai cultivé.

Venus poussa un soupir exaspéré.

— Est-ce que j'ai d'autres choix ? laissa-t-elle tomber d'une voix lugubre.

— Bien sûr. Je peux faire demi-tour et vous emmener au foyer des sans-abri, ou je peux vous déposer au commissariat de police. A moins que vous ne préfériez passer la nuit sur un banc de la plage.

— Très drôle !

Trevor regretta ses dernières paroles. Mais Venus semblait avoir un don particulier pour le pousser hors de lui.

La jeune femme resta un instant silencieuse.

— Cette serrure, sur la porte de la chambre, elle est solide ? s'enquit-elle.

Trevor ravala une envie de rire. Devait-il être vexé ou flatté par l'allusion qu'elle venait de faire ? Mais Venus devait comprendre qu'il n'était pas le genre d'homme à profiter d'une femme, quelles que soient les circonstances.

— Venus, nous étions seuls sur la plage, et seuls au restaurant. Si j'avais voulu abuser de vous, ce serait déjà fait. Je n'aurais pas besoin de vous emmener chez moi. Vous comprenez ?

Elle poussa un soupir.

— Je comprends.

Elle se tut et regarda droit devant elle.

— Alors, vous ne me trouvez pas séduisante ?

Trevor sourit. Pour une question directe, c'était une question directe. Il fallait croire que même une femme frappée d'amnésie qui venait d'échapper à la noyade avait besoin de se rassurer sur son pouvoir de séduction.

— Ce n'est pas ce que je voulais dire. J'aimerais que vous compreniez une chose : quels que soient mes désirs ou mes envies, je peux les garder sous contrôle. Vous n'avez pas à vous méfier de moi. Alors vous avez le choix : le foyer, le commissariat, ou mon appartement.

Venus ne répondit pas tout de suite, songeuse. Trevor venait de lui donner un argument de poids pour gagner sa confiance. Mais ne risquait-elle pas pour autant de regretter sa décision ? Cependant, elle se sentait encline à le croire. Pourquoi ? Elle n'aurait su le dire.

— Très bien. Allons chez vous, finit-elle par décider.

Elle fronça aussitôt les sourcils.

Trevor l'observa un instant. Elle paraissait encore mal à l'aise.

— Qu'y a-t-il ? voulut-il savoir.

Elle haussa les épaules.

— J'essaie de me rappeler si je connais un art martial quelconque, marmonna-t-elle.

Trevor éclata de rire. Décidément, Venus avait un tempérament suspicieux. Mais c'était sans doute très bien ainsi. Dans la même situation, il n'aimerait pas que sa petite sœur Kelsey se fie à n'importe qui.

— Vous n'en aurez pas besoin, affirma-t-il.

Il sourit. Venus était méfiante, n'avait pas un caractère facile, mais il devait reconnaître à sa décharge qu'elle ne manquait pas d'humour.

— Et puis nous sommes à égalité, dit-il.

Venus tourna un regard étonné vers lui.

— A égalité ? Que voulez-vous dire ?

— Après tout, je me mets peut-être en danger moi-même en vous accueillant chez moi. Vous pourriez être recherchée par la police, en quête d'un mauvais coup, ou envoyée par des complices pour préparer le terrain. Vous n'avez peut-être pas considéré les choses de ce point de vue, mais j'ouvre ma porte à une personne qui m'est complètement étrangère, et qui m'a peut-être menti dès le premier instant.

Il s'attendait à une explosion de colère, mais Venus très calme sourit tristement.

— Une étrangère qui est âgée de… deux heures si vous calculez d'après l'ancienneté de ma mémoire, dit-elle d'une petite voix.

Il hocha la tête. Il était ridicule. Venus n'avait rien d'une aventurière à la recherche d'un mauvais coup.

— Cela va bientôt s'arranger, affirma-t-il doucement.

Venus laissa échapper un petit rire désabusé.

— Vous en êtes vraiment convaincu ? dit-elle en scrutant son profil.

— Absolument !

Mais elle voulait des raisons logiques, de celles que le médecin de l'hôpital n'avait pas pu lui fournir.

— Pourquoi ?

— Parce que je suis un optimiste-né.

Elle soupira. Ce n'était pas la réponse qu'elle attendait.

— Eh bien, j'espère que vous avez raison, monsieur l'optimiste-né. Je l'espère vraiment.

« Moi aussi », songea Trevor. Mais il se garda bien de le dire.

Bien que l'immeuble Sunflower Creek compte près de deux cents appartements avec jardin, il ne s'élevait pas plus haut que deux étages. Celui de Trevor se trouvait au second. La situation était idéale, à deux pas de la piscine municipale, et, cerise sur le gâteau, le quartier était particulièrement calme.

A 1 heure du matin, il était presque d'un calme inquiétant.

Venus gravit l'escalier de pierre derrière son sauveteur. Les chaussons de papier que lui avait donnés l'hôpital bruissaient à chacun de ses pas. Malgré la veste de Trevor, qu'elle avait gardée sur les épaules, elle avait froid. Ses jambes étaient glacées. Elle frissonna. Avec ce froid, comment pourrait-elle oublier à quel point elle était démunie ?

Trevor ouvrit doucement la porte de son appartement et alluma la lumière du vestibule. Puis il lui jeta un coup d'œil par-dessus son épaule.

— Entrez.

Comme elle hésitait, il ajouta :

— Je n'ai pas de complices cachés derrière les portes, si c'est ce que vous craignez.

Il ouvrit un tiroir pour y déposer ses clés, mais il se ravisa et les glissa dans sa poche. On ne savait jamais, mieux valait être prudent.

— Attendez-moi ici un instant, dit-il en se dirigeant vers sa chambre.

Hochant la tête, Venus regarda autour d'elle. Si au moins un détail pouvait lui rappeler quelque chose…

Mais non. Rien.

C'était horrible. Elle ne savait même pas si elle était quelqu'un de bien. Peut-être était-elle une aventurière, une voleuse ? Une meurtrière même ? Qui pouvait savoir ? Y avait-il quelqu'un qui la recherchait ? A moins que tous les gens qu'elle connaissait soient ravis d'être débarrassés d'elle ?

Ou pire encore, était-elle seule au monde ?

Elle entendit des bruits de tiroirs et de portes. Elle fronça les sourcils. Que se passait-il ?

Trevor revint dans le salon, portant un jean, un pull-over bleu et des chaussons qui paraissaient neufs.

— Tenez, ils doivent vous aller, dit-il en posant les vêtements sur la table basse.

Venus les contempla d'un air songeur. En effet, ils semblaient être à sa taille. Appartenaient-ils à l'épouse de Trevor ? A sa petite amie ? Où était la femme qui possédait ces vêtements ?

Elle leva les yeux vers lui.

— Comme ils sont trop petits pour vous, j'en déduis qu'ils appartiennent à une femme. Est-ce que cela ne va pas lui déplaire que vous me les prêtiez ?

— J'en doute fort, répondit-il d'un ton amer, sinon elle ne les aurait pas oubliés en me quittant.

— Oh, je suis désolée.

— Il n'y a pas de quoi. C'était une erreur de ma part…

Il tourna les talons. Inutile de s'appesantir sur cette déception, aussi grande soit-elle. Il avait cru qu'Alicia était la femme de sa vie, celle avec laquelle il passerait le reste de ses jours. Mais il s'était cruellement trompé. C'était des choses qui arrivaient à des gens très bien.

Un soir, il était rentré tôt du travail, une bouteille de champagne à la main. Il voulait faire une surprise à Alicia. Mais en réalité, c'était lui qui l'avait eue, la surprise. Et elle était de taille. Alicia faisait ses valises. Il y avait un autre homme dans sa vie, depuis plusieurs mois, et leur relation était devenue des plus sérieuses, lui avait-elle annoncé sans émotion apparente ; et ils allaient se marier. Elle le quittait, et rien de ce qu'il pourrait lui dire ne la ferait revenir sur sa décision.

Abasourdi, blessé, il avait été incapable, sur le moment,

de prononcer un mot. Il aurait voulu lui demander de rester. Mais cela aurait été une telle humiliation ! Et il ne voulait pas d'une relation basée sur l'humiliation.

Mais c'était du passé.

— Je ne suis pas sûr que les chaussons soient à votre pointure, reprit-il. Mais pour l'instant, c'est mieux que rien. Nous irons vous acheter des chaussures demain.

Venus ne le quittait pas des yeux. Il venait de dire « nous » et « demain ». Il faisait des projets pour elle, sans lui demander son avis. C'était en partie rassurant, mais d'un autre côté, c'était un peu comme si elle était tombée dans un piège.

Mais elle se garda de tout commentaire. Après tout, que cela lui plaise ou non, elle avait besoin d'aide. Un besoin cruel. Sans argent, sans mémoire, sans même une paire de chaussures, comment espérer être indépendante et exiger quoi que ce soit ? Non, elle était tout sauf maîtresse de son destin pour l'instant. C'était détestable, mais elle devait se cramponner à une évidence : elle avait besoin de Trevor. Sans lui, la situation serait mille fois pire.

Elle esquissa un bref sourire.

— Merci, murmura-t-elle.

— Je vous en prie. Votre chambre est juste en face, dit-il en désignant la porte du doigt.

Venus ramassa les vêtements et commença à se diriger vers la pièce. Brusquement, elle s'arrêta.

Trevor leva les yeux vers elle.

— Je suis terriblement gênée de vous chasser de votre chambre.

— Vous n'avez pas à être gênée. Il n'y a aucun inconvénient à ce que je dorme dans le salon, affirma-t-il. Le canapé est très confortable. A demain, Venus, dit-il en commençant à débarrasser le canapé de ses coussins.

Pensive, Venus quitta le salon. Ce prénom que Trevor lui avait trouvé, n'était-ce pas celui de la déesse de l'amour ? A moins que ce ne soit celle qui n'avait plus de bras… Quel était son nom, déjà ? La *Venus de Milo* ? Comment en être sûre ? Elle n'était sûre de rien.

Et si c'était la bonne réponse, pourquoi se rappeler un nom comme celui-ci, et pas le sien ? C'était incompréhensible.

Et toujours aussi angoissant.

Elle serra contre elle ses vêtements d'emprunt.

— Bonne nuit, murmura-t-elle.

Elle entra dans la chambre, dont elle referma doucement la porte avant de tourner la clé dans la serrure.

Trevor se tourna et se retourna sur le canapé. Contrairement à ce qu'il avait dit à Venus, son canapé était tout sauf confortable ; il ferait même un excellent instrument de torture.

Il poussa un profond soupir. En général, il n'était pas du genre à rester éveillé pendant des heures. Mais coucher sur une surface dure comme la pierre ne faisait pas partie de ses expériences.

A 4 heures du matin, il finit par s'endormir.

Quatre heures plus tard, l'odeur du café frais, mêlée à celle des crêpes, pénétra dans son esprit embrumé, le tirant d'un sommeil chaotique.

Un bref instant, il interrogea son cerveau désorienté. Il devait être chez ses parents. Kate avait préparé le petit déjeuner, comme d'habitude.

Il ouvrit les yeux et cligna des paupières. Non, il était chez lui. Seul.

Seul ? Mais non. Il avait amené une femme ici, cette nuit. Une femme qu'il avait sauvée de la noyade au risque de se noyer lui-même. Venus. Et c'était elle qui s'affairait dans la cuisine. Comment s'y prenait-elle ? Il aurait parié qu'elle n'était pas vraiment habituée à préparer les repas, fussent-ils aussi simples qu'un petit déjeuner.

S'asseyant au bord du canapé, il glissa ses pieds dans ses chaussons. Il s'était endormi tout habillé, afin de paraître moins inquiétant aux yeux de la belle inconnue, au cas où elle déambulerait dans la maison.

Il se passa une main dans les cheveux pour leur donner un semblant d'ordre et se dirigea vers la cuisine. Faisant une pause sur le seuil, il observa Venus.

Le dos tourné à la porte, elle tenait une poêle à frire à la main. Elle portait les vêtements qu'il lui avait prêtés et qui paraissaient différents sur elle, plus stylés que sur son ex-fiancée... Les formes de Venus étaient plus prononcées, sa silhouette plus svelte. En fait, elle était très belle, mais ce n'était pas une découverte. Et surtout, ce n'était pas le moment de penser à son aspect terriblement séduisant.

— Bonjour ! dit-il en se décidant à entrer.

Poussant un petit cri de surprise, Venus faillit lâcher la poêle. Elle tourna vers lui un regard affolé, sa main libre posée sur son cœur.

— Est-ce que vous surprenez toujours les gens de cette façon ?

Trevor sourit. Il était inutile de lui faire remarquer qu'il n'avait eu aucune intention de la surprendre, mais qu'au contraire, il avait voulu annoncer sa présence le plus discrètement possible.

— Cela m'arrive quand ils sont dans ma cuisine au petit matin, oui, dit-il en riant.

S'approchant d'elle, il regarda par-dessus son épaule.

— Qu'est-ce que vous préparez ? Cela sent diablement bon.

— Si vous n'avez pas deviné, c'est plutôt inquiétant pour moi !

— Vous n'avez pas oublié comment on fait les crêpes ?

— Il faut croire. Cette histoire d'amnésie est apparemment très sélective, dit-elle d'une voix triste. J'avoue que j'aurais préféré me souvenir de mon nom.

Elle lui jeta un regard incertain.

— Le problème, c'est que je ne suis pas sûre d'avoir mis les bonnes proportions…

— Elles sont très appétissantes, déclara-t-il d'un air gourmand. C'est plutôt bon signe !

Venus se mordilla la lèvre.

— Vous voulez les goûter ? proposa-t-elle.

— Avec plaisir, si vous vous joignez à moi.

Elle le scruta quelques instants.

— Vous voulez vérifier si elles ne sont pas empoisonnées ? demanda-t-elle d'un ton désinvolte.

— Non, mais je déteste manger seul quand il y a quelqu'un chez moi.

Elle hésita un court instant.

— Très bien.

Elle déposa trois crêpes sur une assiette qu'elle lui tendit. Trevor s'assit à table et sortit des couverts du tiroir pendant qu'elle faisait glisser deux crêpes sur une autre assiette avant de venir s'asseoir en face de lui.

— Ne vous croyez pas obligé de m'attendre, dit-elle. Dites-moi plutôt ce que vous en pensez.

Elle l'observa d'un regard intense tandis qu'il prenait

une bouchée. Il avait à peine eu le temps de la sentir sur sa langue qu'elle demanda d'une voix faussement enjouée :

— Alors ?

— J'ai l'impression que vous êtes douée pour la cuisine, Venus, affirma-t-il.

Elle lui offrit un sourire éblouissant avant de se mettre à son tour à déguster ses crêpes.

- 5 -

Trevor se sentit soudain très fatigué. La journée qui l'attendait aurait mérité qu'une dizaine de personnes au moins s'y attaquent. Malheureusement, son personnel était beaucoup moins nombreux. Avec une salle de restaurant qui affichait complet à midi et un repas d'anniversaire à préparer pour le soir, il n'avait pas une seconde à perdre. Surtout que l'agence de placement ne lui avait toujours pas envoyé la jeune fille promise pour préparer les salades.

Comment, dans de telles conditions, pourrait-il se consacrer à Venus ? Il fallait pourtant que quelqu'un l'accompagne au commissariat, au cas où un avis de disparition la concernant aurait été lancé. Elle devait aussi s'acheter des vêtements et quelques objets de toilette. Mais ce quelqu'un ne serait pas lui. Du moins, pas aujourd'hui.

D'autre part, ce serait injuste de demander à Venus d'attendre le lendemain. Il y avait certainement des gens qui la cherchaient. Si elle faisait partie de sa vie et venait à disparaître brusquement, lui, en tout cas, se lancerait à sa recherche sans attendre et n'aurait de cesse avant de l'avoir retrouvée.

Il soupira. Quoi qu'il en soit, il fallait trouver une solution. Et vite.

Se servant une seconde crêpe, il tourna et retourna le problème dans sa tête. Finalement, il ne vit qu'une seule chose à faire : emmener Venus chez ses parents. Le trajet ne lui prendrait pas beaucoup de temps — ils habitaient à une vingtaine de kilomètres de chez lui —, et Kate prendrait la situation en main.

Dès qu'ils eurent terminé le petit déjeuner, il en parla à Venus.

— Je ne veux pas m'imposer chez vos parents, cela me gêne terriblement. Pourquoi vos parents accepteraient-ils de s'occuper de moi ? Ils ne me connaissent pas.

— Attendez de rencontrer ma belle-mère, vous comprendrez mieux mon choix.

— Bien. Dans ce cas c'est d'accord.

La circulation était fluide et ils arrivèrent bientôt dans le quartier où se trouvait la maison de Bryan et de Kate Marlowe.

— N'ayez crainte, ma belle-mère ne considérera pas que vous vous imposez, affirma Trevor. Elle trouvera cela tout naturel.

— Ah ? Et il lui arrive souvent de prendre des amnésiques sous son aile ? Remarquez, c'est un passe-temps comme un autre. Et tout à fait honorable de surcroît.

Ignorant le ton sarcastique de la jeune femme, Trevor guida la Mustang dans une allée bordée de chênes. Comment expliquer à Venus que Kate, plus que n'importe quelle femme, était équipée pour assumer ce genre de situation ? Loin d'être une corvée ou un geste charitable pour se donner bonne conscience, c'était sa nature et sa vocation de prendre soin des autres.

— Pour autant que je sache, vous devez être la première, répondit-il d'une voix calme. En fait, elle adore aider les autres. C'est sa raison de vivre. C'est même la raison pour laquelle elle a choisi d'être psychologue pour enfants.

Venus fixa la route sans rien dire. Et elle, qui était-elle ? Quelle était sa raison de vivre ? Comment gagnait-elle sa vie ? Avait-elle un patron, quelque part, qui se demandait où elle était passée ? De la famille ? Des amis ? Y avait-il seulement quelqu'un pour se soucier de son absence ?

A cet instant précis, il lui sembla que sa vie et son univers se résumaient à Trevor et à cette Kate qui était visiblement capable d'accomplir de véritables miracles.

Ils roulèrent en silence et, quelques minutes plus tard, Trevor se gara devant une pimpante maison de deux étages.

Il l'embrassa d'un regard ému. C'était toujours la même joie d'y revenir, même si, au cours des vingt dernières années, elle avait connu d'importantes modifications. Les deux salles de bains et la cuisine avaient été remises au goût du jour, une piscine et un Jacuzzi avaient été installés dans le jardin de derrière.

— Voilà, nous sommes arrivés ! dit-il d'une voix joyeuse.

Venus examina la maison avant de descendre de voiture. Un court instant, la vue de la maison avait fait surgir devant ses yeux la vision d'une autre maison, une demeure imposante, austère. Etait-ce sa maison à elle ?

Elle ravala un soupir. Elle n'eut aucun moyen de le savoir. Déjà, cette vision fugitive s'évanouissait sans laisser de traces, la laissant plus frustrée et excédée que jamais.

Faisant un violent effort pour masquer son désarroi, elle ouvrit la portière. C'était bien suffisant que Trevor l'impose à ses parents sans les prévenir, comme s'il leur apportait un chiot ou un chaton trouvé au bord de la route. Ils n'avaient pas besoin, en plus, qu'elle soit irritable et désagréable.

— Vous êtes vraiment sûr que je ne vais pas déranger vos parents ?

Trevor contourna la voiture et la prit par le bras, d'une main douce mais ferme.

— Absolument sûr !

— D'accord.

De toute façon, même si le fait de débarquer chez des inconnus avec ses problèmes la gênait horriblement, elle ne voyait pas ce qu'elle pouvait faire d'autre pour l'instant. Elle ne tenait plus la barre de son navire. Elle était donc bien obligée d'accorder sa confiance à Trevor.

A peine étaient-ils descendus de voiture que la porte de la maison s'ouvrit. Une jeune fille aux longs cheveux blonds retenus par un bandeau descendit les quelques marches en courant. Elle portait un sac à dos, un sac à main et une impressionnante pile de livres. Elle s'arrêta net en les voyant, et son visage s'éclaira d'un sourire.

— Maman ! lança-t-elle par-dessus son épaule. Je crois que c'est Trevor ! Il est avec une femme !

Venus ouvrit de larges yeux ébahis. Qu'est-ce qui était le plus surprenant dans cette phrase, elle n'aurait su le dire. Que cette jeune fille ne soit pas sûre qu'il s'agisse de Trevor, ou que ce dernier soit accompagné d'une femme ?

Elle jeta un coup d'œil interrogateur à Trevor.

— C'est votre sœur ? s'enquit-elle.

Il hocha la tête.

— Alors pourquoi n'est-elle pas sûre que ce soit vous ?

Trevor sourit en l'entraînant vers la maison.

— Parce que j'ai deux frères et que nous nous ressemblons comme trois gouttes d'eau.

Voyant l'air perplexe de Venus, il précisa :

— Nous sommes des triplés.

Elle prit quelques secondes pour digérer cette nouvelle information.

— Oh. Je vois. Je suppose que vous avez dû avoir des crises d'identité ? dit-elle d'un ton mi-amusé, mi-sérieux.

Il hocha la tête.

— Disons que je suis plus à même de comprendre ce que vous vivez que la plupart des gens, dit-il doucement.

Avant que Venus ait le temps de faire un autre commentaire, une femme sortit de la maison. Elle ressemblait à s'y méprendre à la jeune fille au sac à dos, bien qu'un peu plus âgée. Une intense générosité émanait de sa personne. Elle se précipita vers eux.

— Trevor, quelle bonne surprise ! s'exclama-t-elle en l'embrassant chaleureusement.

Elle le gratifia d'un sourire rayonnant et se tourna vers Venus.

— Bonjour, je suis Kate Marlowe.

Elle fit un geste de la main en direction de la jeune fille au sac à dos.

— Et voici ma fille, Kelsey, la sœur de Trevor. Et vous êtes ?

Venus soupira.

— Je n'en ai pas la moindre idée.

Roulant des yeux étonnés, Kate se tourna vers Trevor.

— Que veut dire ta petite amie, Trevor ?

Ce dernier n'eut pas le temps de répondre.

— Qu'est-ce qui se passe ici ? s'écria joyeusement une voix masculine.

Venus se tourna vers la maison. Un homme brun, de haute taille et vêtu d'un costume gris clair se tenait sur le seuil. Il posa sur elle un regard bienveillant, mais plein de curiosité.

La jeune femme lui adressa un sourire intimidé. Bien que Trevor soit blond très clair, il ressemblait à cet homme. Ce devait être son père.

Brusquement, en voyant Trevor entouré de ses parents et de sa sœur, elle sentit son cœur se serrer. Pourquoi, elle n'aurait su le dire. Mais cette sensation s'évanouit rapidement.

— Trevor a amené sa petite amie ! annonça gaiement Kelsey à son père.

Trevor jeta un coup d'œil à Venus.

— Désolé, dit-il.

Puis, se tournant vers ses parents, il précisa :

— Venus n'est pas ma petite amie.

— Alors, qui est-ce ? voulut savoir Kelsey qui, visiblement, n'avait pas sa langue dans sa poche.

— Ça, c'est une question à un million de dollars, soupira Venus avant que Trevor n'ait le temps d'ouvrir la bouche.

Kate, Bryan et Kelsey échangèrent des regards surpris.

— Pouvons-nous entrer ? demanda Trevor.

— Oh, je suis désolée ! Où ai-je la tête ? s'écria Kate.

Elle fit un large geste en direction de la maison.

— Entrez, entrez, je vous en prie !

Puis elle embrassa sa fille et son mari.

— A ce soir ! Et ne vous en faites pas, je vous raconterai tout !

— Appelle-moi dès que tu sauras ce qui se passe, dit Bryan en regardant tour à tour son fils et Venus. J'avoue que je suis curieux d'en savoir plus.

— Moi aussi ! ajouta Kelsey.

Hochant la tête, Kate leur sourit.

— Je ferai de mon mieux ! leur promit-elle.

— Je ne peux pas t'en demander plus, dit Bryan en l'embrassant une dernière fois.

— Mais moi je peux ! contesta Kelsey.

Kate posa les mains sur les épaules de sa fille et lui fit faire un demi-tour. Puis elle la poussa doucement vers la plus petite des deux voitures garées dans l'allée.

— Si tu ne pars pas maintenant, tu vas être en retard, Kelsie. A ce soir.

Sur ce, elle rentra dans la maison.

Une voiture démarra, puis l'autre.

— Très bien, ton père et ta sœur sont partis, Trevor, annonça-t-elle en entrant dans le salon.

Trevor était installé sur le canapé à côté de la jeune femme qui se tenait au bord, très raide, comme si elle se trouvait sur un coussin de clous.

Kate les observa un instant sans rien dire. Apparemment, Trevor avait un problème.

— Bien ! Qu'est-ce que je peux vous offrir ? Du thé, du café ? Le petit déjeuner complet ? leur proposa-t-elle avec un grand sourire.

— Est-ce que le mot « aide » figure au menu ? demanda Trevor en tournant vers elle un regard anxieux.

Kate sourit.

— L'aide figure toujours au menu, Trevor, tu le sais bien. De quoi s'agit-il ?

— Je vais commencer par le commencement.

Le plus brièvement possible, il lui raconta comment il avait sauvé Venus, et comment le fait d'avoir frôlé la mort avait traumatisé la jeune femme au point de lui faire perdre la mémoire.

Kate l'écouta sans l'interrompre. Dès qu'il eut terminé,

elle hocha lentement la tête et se tourna vers Venus. Elle lui prit la main entre les siennes.

— Vous avez eu beaucoup de chance !

Son regard glissa vers son beau-fils.

— Vous en avez eu tous les deux, précisa-t-elle. Il paraît que la marée était très forte hier soir.

Elle ferma un instant les yeux.

— Il ne faut pas beaucoup d'imagination pour penser à ce qui aurait pu se produire. Vous auriez pu vous noyer tous les deux…

Elle esquissa un petit sourire contrit.

— Pardonnez-moi. C'est une réaction de mère.

Lâchant la main de Venus, elle se tourna vers Trevor.

— Tu m'as dit que tu avais besoin de moi ?

— Oui. J'ai énormément de travail aujourd'hui. Nous sommes complets à midi. Et ce soir, il y a les noces d'argent des Kellerman. J'attends cent vingt-neuf personnes qui viennent célébrer cet anniversaire de mariage, et je…

Kate leva la main.

— Pas de problème, je suis là.

Elle adressa un sourire chaleureux à Venus. La jeune femme était toujours perchée au bord du canapé, comme si elle attendait le moment opportun pour s'enfuir.

— Vous tombez bien, tous les deux, je ne vais pas au bureau aujourd'hui, annonça-t-elle.

Trevor sourit. Il n'était pas dupe. Même si Kate avait eu un emploi du temps surchargé, elle se serait débrouillée pour répondre présente. C'était sa nature, tout simplement. Et c'était une des nombreuses raisons pour lesquelles il l'adorait.

— Merci, Kate. Ce serait formidable si tu pouvais

emmener Venus au commissariat. Peut-être que quelqu'un a signalé sa disparition.

Kate glissa un regard amusé vers la jeune femme.

— Venus ?

Venus haussa les épaules, embarrassée. Elle avait beau faire un effort, elle n'arrivait pas à s'imaginer sous les traits de la déesse de l'amour.

— Parce qu'il m'a sauvée de la mer, expliqua-t-elle.

Kate hocha la tête.

— Oh ! Comme dans le tableau de Botticelli.

Elle regarda Trevor d'un air pensif. Ils formaient un très beau couple tous les deux. Mais il y avait peu de chance qu'ils s'en soient rendu compte, étant donné les circonstances. Et puis ce n'était pas les propos du moment.

— Va travailler, Trevor, je m'occupe de tout, dit-elle en souriant.

Soulagé, Trevor se leva.

Venus l'imita aussitôt.

— Merci infiniment madame, dit-elle.

— J'apprécie vraiment, dit Trevor.

— Allons ! A quoi sert une mère si elle n'est pas là pour rechercher l'identité de l'amie de son fils ? le taquina-t-elle.

— Tu es la meilleure, maman !

Il l'embrassa tendrement sur la joue, avant de se tourner vers Venus.

— Je ne pourrais pas vous laisser en de meilleures mains.

— Venus, si vous raccompagniez Trevor jusqu'à sa voiture ? suggéra Kate. Pendant ce temps, je chercherai quelque chose pour que vous puissiez vous changer. Je crois que nous avons la même taille, déclara-t-elle en l'étudiant un instant du regard avant de quitter la pièce.

Venus suivit Trevor jusqu'à la porte d'entrée. Elle n'avait aucune envie de le voir partir. Pour l'instant, il était son plus vieil ami et, sans trop savoir pourquoi, elle lui faisait maintenant entièrement confiance. Cependant, elle fit un effort pour paraître décontractée.

— Vous avez raison, votre belle-mère est adorable.

Trevor hocha la tête.

— Oui ! Ce qui ne l'empêche pas d'être aussi d'une efficacité redoutable. Je crois bien l'avoir entendue dire qu'elle a une amie au commissariat de Bedford. Cela devrait vous aider. Il n'est pas impossible que vous soyez chez vous dès demain soir.

— Ce serait formidable, en effet.

Mais curieusement, l'idée de retourner chez elle ne soulevait en elle aucun enthousiasme. Au contraire, elle éprouvait maintenant une étrange sensation, comme un mauvais pressentiment. Comme si ce « chez elle » était un lieu que, finalement, elle redoutait de réintégrer.

Elle poussa un soupir imperceptible. Elle était peut-être en train de devenir folle ?

Elle eut brusquement envie de demander à Trevor de rester avec elle. En sa présence, elle se sentait en sécurité, en terrain connu, ce qui était un comble compte tenu des circonstances. Ravalant son impulsion, elle se contenta de murmurer :

— Merci. J'apprécie vraiment votre aide, et celle de votre famille.

Elle eut un léger sourire.

— Votre sœur a paru surprise de vous voir arriver avec une femme.

Il haussa les épaules.

— Oh. Je n'ai pas le temps d'avoir une vie… sociale.

— Vraiment ?

Elle baissa les yeux sur le pull et le jean qu'il lui avait prêtés.

— Je croyais que ces vêtements appartenaient à quelqu'un qui avait compté dans votre vie.

Trevor fronça imperceptiblement les sourcils. Quelqu'un qui avait compté dans sa vie… oui. Alicia. Quant à ce qu'il avait été pour elle, il ne le savait plus très bien. Mais cette histoire était terminée, et il n'était pas près de commettre de nouveau la même erreur. Les blessures du cœur mettaient trop de temps à se refermer.

— Elle est partie, répondit-il d'un ton indifférent. Les relations avec les femmes ne m'intéressent plus. Elles exigent plus d'ingrédients qu'il n'en faut pour réaliser un soufflé ordinaire.

Venus sourit. La comparaison était amusante.

— Peut-être, mais elles durent beaucoup plus longtemps qu'un soufflé si vous savez vous y prendre, répliqua-t-elle.

Il tourna vers elle un regard scrutateur. Etait-elle simplement philosophe ou se rappelait-elle quelque chose de particulier ?

— Est-ce que vous parlez par expérience ? demanda-t-il doucement.

Venus ouvrit de larges yeux étonnés. A vrai dire, elle ignorait d'où venaient ces paroles ; elles étaient sorties sans qu'elle réfléchisse.

— Dieu m'est témoin que j'aimerais le savoir, marmonna-t-elle.

Elle plissa les yeux, comme si cela l'aidait à lire à l'intérieur d'elle-même, puis elle secoua la tête.

— Je ne crois pas parler par expérience, dit-elle enfin.

Trevor s'en voulut de sa curiosité. Il n'aurait pas dû lui poser cette question qui ne faisait qu'aggraver son malaise. Il avait simplement espéré qu'un brin de mémoire lui revenait. Mais apparemment, ce n'était pas le cas.

— Cela vous reviendra, promit-il avec un sourire encourageant.

Il fallait vraiment qu'il parte, mais quelque chose semblait le retenir, l'incitant à rester encore une seconde, puis une autre…

Il observa longuement Venus. Malgré son courage, elle était d'une grande vulnérabilité. Sur une impulsion, il se pencha vers elle pour l'embrasser sur la joue, comme on embrasse une amie pour lui apporter un peu de réconfort dans un moment difficile.

Mais il n'avait pas compté avec la nervosité de Venus.

Surprise, la jeune femme tourna vivement la tête pour se détourner de lui. Mais ils ne purent empêcher leurs lèvres de se rencontrer. Il y eut comme un crépitement électrique. Trevor aurait juré qu'un courant venait de passer entre eux. Et il aurait juré que Venus l'avait senti aussi sûrement que lui.

Venus retint son souffle et ne bougea pas. Qu'attendait-elle pour reculer ? Mais c'était impossible, elle était rivée sur place. Au lieu de s'éloigner de Trevor, elle écrasa un peu plus ses lèvres sur les siennes. Prise de vertige, elle ferma les yeux.

Trevor glissa doucement la main le long de sa nuque, lui caressant la joue du bout des doigts. Même si cela lui avait permis de devenir millionnaire, il aurait été incapable de dire comment ils en étaient arrivés là. Ce baiser, qui se voulait amical au départ, était devenu assez vertigineux pour lui faire perdre la tête.

Venus poussa un petit gémissement de plaisir. La sentant vibrer, il l'attira contre lui. Le corps tout en courbes gracieuses de la jeune femme se moula contre le sien, et les étincelles se transformèrent en feu ardent.

Lentement, il approfondit son baiser. Malgré cette sensation de vertige qui lui faisait peu à peu perdre tout sens des réalités, son esprit était clair. Ce qui était clair, surtout, c'est qu'il souhaitait aller bien plus loin qu'un simple baiser...

Il ne s'en était pas rendu compte jusqu'alors, mais un fait était maintenant certain : il désirait violemment Venus.

- 6 -

Venus sentit son cœur bondir dans sa poitrine Il battait si fort qu'il semblait vouloir s'échapper.

Comme sa tête tourbillonnait, elle s'accrocha à Trevor. Elle devait bien l'admettre : cet homme, qu'elle ne connaissait pratiquement pas, l'attirait irrésistiblement. Jamais, lui semblait-il, elle n'avait ressenti une telle fougue aussi subite pour un quasi-inconnu.

Naturellement, elle n'avait aucun moyen de comparaison, mais elle aurait parié que personne ne l'avait embrassée avec autant d'intensité, de passion, de respect. Autrement, la sensation exquise que lui procurait le baiser de Trevor lui aurait rappelé quelque chose, aurait libéré une avalanche de souvenirs. Mais non. Rien. Aucun souvenir. Aucune sensation connue. Aucune image du passé ne venait troubler ce moment parfait, si parfait qu'elle aurait bien…

Elle tenta de se ressaisir. Elle ne connaissait pas Trevor et, si elle avait bien compris, il ne voulait pas s'encombrer d'une liaison.

Faisant un violent effort, elle s'écarta de lui.

— Désolée, murmura-t-elle dans un souffle. Je ne voulais pas…

Trevor prit son visage entre ses mains, s'attardant un peu plus qu'il n'aurait fallu.

— Il n'y a aucune raison d'être désolée, dit-il d'une voix un peu rauque. Malheureusement, il faut absolument que j'y aille, enchaîna-t-il sur un ton plein de regrets. Ne vous inquiétez pas, Kate prendra soin de vous.

Venus hocha la tête et lui sourit.

— Je n'en doute pas.

Il l'observa un instant. Brusquement, Venus paraissait timide comme une adolescente. Beaucoup trop timide en comparaison de la fougue qu'elle avait mise dans son baiser.

Comme elle levait les yeux vers lui, il sentit un petit chatouillement au creux de l'estomac.

— Est-ce que je vous reverrai ? demanda-t-elle d'une voix à peine audible.

— Vous pouvez y compter, promit-il. Je n'abandonne jamais un projet à moitié réalisé, ni un livre à moitié lu.

— Et je corresponds auquel des deux ? s'enquit-elle, mi-sérieuse, mi-amusée.

Trevor l'examina longuement, prenant sur lui pour ne pas l'embrasser encore.

— Un peu aux deux, finit-il par répondre. A bientôt, Venus.

En temps ordinaire, dès qu'il pénétrait dans son restaurant, le monde extérieur n'existait plus.

Mais aujourd'hui, tout était différent.

Il avait beau avoir du travail par-dessus la tête, il n'arrivait pas à se concentrer. Il attendait une vingtaine d'habitués qui prenaient leur déjeuner entre midi et 13 h 30, et il devait préparer pour le soir le repas d'anniversaire de mariage des Kellerman. Mais la seule chose qui l'intéressait, c'était Venus. Comment allait-elle ? Quelqu'un avait-il lancé un avis de recherche ? Commençait-elle à se rappeler certaines choses ? Avait-elle retrouvé un mari, un frère ou une autre personne folle d'angoisse après sa disparition ?

Il soupira. Mais non. Dans ce cas, Kate l'aurait prévenu. Sûrement. A moins que…

Il donna quelques instructions à son personnel, puis se retira dans son bureau pour téléphoner à sa mère.

Mais il n'obtint que le répondeur.

Il referma son téléphone d'un geste sec sans laisser de message et retourna travailler. Trois quarts d'heure plus tard, n'y tenant plus, il composa de nouveau le numéro de Kate, mais toujours sans succès. Cette fois, il laissa un message.

Bon sang, que lui arrivait-il ? Pourquoi était-il soudain si anxieux ? L'idée que Venus retrouve son identité lui était brusquement devenue pénible. Il s'en voulait de penser cela, bien sûr, mais c'était plus fort que lui.

— Ne rêve pas trop, marmonna-t-il. Elle est peut-être mariée et mère de famille.

Mais cette idée le hérissait. Il lui était impossible d'imaginer Venus embrassant un autre homme que lui.

Il laissa échapper un petit rire. Depuis quand était-il devenu aussi possessif ? Et surtout, depuis quand désirait-il entretenir une liaison ? Il s'était déjà brûlé les ailes avec Alicia, et il n'avait pas envie de recommencer, pas plus qu'il n'avait le temps de rêvasser, et encore moins de fréquenter une femme. Son travail en était encore à ses balbutiements, et il devait y consacrer toute son énergie et sa capacité de concentration, et chaque minute de ses journées. Si les deux premières années avaient été plus que positives, ce n'était pas une raison pour qu'il se relâche. Le moindre écart pouvait mettre son affaire en péril. Dans la restauration, la clientèle était exigeante, et la réputation d'un restaurant se faisait et se défaisait parfois très vite.

Vingt-cinq minutes plus tard, il rappela Kate. Cette fois, elle répondit.

Il sortit de la cuisine ; ce qu'il avait à dire ne regardait pas ses employés.

— Alors, quelles sont les nouvelles ?

Il y eut un court silence, puis Kate répondit :

— Oh, tu veux savoir qui est ta sirène ? Je crains de ne pouvoir te le dire. Nous sommes allées au commissariat. Il n'y avait pas d'avis de recherche, mais ce n'est peut-être que partie remise.

Le ton convaincu de Kate semblait un peu forcé, comme si elle voulait surtout rassurer Venus.

— Sa famille espère sans doute la retrouver sans l'intervention de la police, précisa-t-elle.

— Peut-être…

Ou peut-être Venus n'avait-elle plus de famille. Curieusement, cette idée le réconforta.

— Tiens-moi au courant, je t'embrasse, finit-il par dire.

— C'est promis !

Il allait refermer son portable, mais il entendit encore la voix de Kate :

— Trevor ?

— Oui ?

Kate sembla hésiter un bref instant avant d'affirmer d'une voix chaleureuse :

— Je trouve Venus vraiment adorable !

Trevor sourit. Apparemment, sa belle-mère commençait à se faire des idées. Il fallait absolument qu'il la détrompe. Mais il se contenta de dire :

— Moi aussi !

Il y eut un bruit de vaisselle cassée dans la cuisine, et il poussa un juron.

— Qu'est-ce qui t'arrive ? voulut savoir Kate.

— Excuse-moi… Il faut que j'y aille. J'ai une nouvelle employée qui est enfin arrivée ce matin. Mais elle a l'air de croire qu'elle est là pour procurer du travail aux marchands de vaisselle.

Kate éclata de rire.

— Bonne chance !

Trevor n'en pouvait plus. La journée se traînait, paraissant trois fois plus longue que d'habitude. De plus, tout ce qui pouvait aller de travers allait de travers. Sa commande d'écrevisses et de langoustes s'était curieusement transformée en quinze kilos de saumon. Emilio Juarez, son bras droit, dut aller lui-même faire l'échange.

En début d'après-midi, les choses finirent par rentrer dans l'ordre. Un quart d'heure avant que les Kellerman et leurs invités n'arrivent, tout était prêt, même les bouquets de roses blanches. Le repas fut une telle réussite qu'Alice Kellerman en personne vint le voir à deux reprises pour le remercier.

Trevor sourit pour la première fois de la journée. Il ne s'en lassait pas. C'était toujours aussi exaltant de savoir qu'il avait rendu ses clients heureux. Cela l'encourageait à peaufiner sans arrêt de nouvelles recettes.

Dès que les Kellerman furent partis, Emilio se tourna vers lui, un sourire radieux aux lèvres.

— Beau travail, patron ! Je ne sais pas comment vous avez fait, mais vous vous en êtes bien sorti ! Comme toujours, d'ailleurs. Pourtant ce matin, c'était loin d'être gagné. J'ai l'impression que nous ne saurons plus où donner de la tête quand les Kellerman auront parlé de ce repas à leur entourage.

Trevor sourit.

— Vous croyez ?

— Je parierais ma chemise… si j'étais joueur.

— Mais vous n'êtes pas joueur, répliqua Trevor avec un sourire narquois.

Il n'y avait pas si longtemps, Emilio avait coutume de laisser des sommes rondelettes dans les casinos, mais selon lui, ce temps était révolu.

Il leva la main d'un air solennel.

— Non, je ne le suis pas ! répéta-t-il d'un ton convaincu. J'ai laissé tomber ces idioties. Et je m'en porte beaucoup mieux.

Trevor hocha la tête. Son second, qui était aussi son adjoint, faisait toujours preuve d'un enthousiasme régénérant. Il l'avait rencontré dans le restaurant dans lequel il avait travaillé pour la dernière fois en tant que salarié avant d'ouvrir le sien. C'était un homme vif, qui l'avait impressionné par sa puissance de travail hors du commun, et la rapidité avec laquelle il apprenait. De plus, il avait un caractère jovial, ce qui ne gâtait rien.

Trevor sourit d'un air songeur. Il avait eu raison de proposer à Emilio de se joindre à lui dans cette aventure. Naturellement, il ne lui avait pas caché qu'au début, son salaire serait moins élevé que celui qu'il avait l'habitude de recevoir. Mais dès que le Kate's Kitchen aurait trouvé sa vitesse de croisière, Emilio aurait une situation mille fois plus intéressante.

Emilio avait choisi de courir le risque, ce que Trevor avait approuvé à sa juste valeur. Et tous les deux avaient mis leur talent et leur courage en commun, pour un résultat qui annonçait un avenir prometteur. Trevor appréciait beaucoup Emilio qui lui vouait une admiration sans bornes. D'ailleurs, malgré son statut d'associé, Emilio ne pouvait appeler Trevor autrement que « patron ».

— Je vous laisse fermer, Emilio.

Emilio tourna vers lui un regard stupéfait.

— Fermer ? répéta-t-il.

— Oui.

— Le restaurant ?

Prenant un Tupperware, Trevor hocha la tête.

— Le restaurant.

— Vous voulez dire que je dois envoyer les employés se coucher et que je dois moi-même…

— Laissez-les quand même finir de manger ! le coupa Trevor en riant.

Il déposa plusieurs parts de lasagnes dans la boîte. Mais Emilio paraissait encore décontenancé et le regardait toujours sans comprendre.

— Qu'est-ce qui vous arrive, Emilio ? Vous ne savez pas comment il faut s'y prendre pour fermer un restaurant ?

— Bien sûr que si ! Mais vous ne m'avez jamais dit de le faire !

— Ah bon ?

— Non, jamais ! C'est toujours vous qui partez le dernier. Tous les soirs. Eduardo est même persuadé que vous dormez dans la chambre froide.

Trevor se mit à rire.

— Dites-lui que cela ne m'arrive que les mardis.

Emilio l'observa avec attention pendant qu'il continuait à remplir la boîte. Visiblement, quelque chose le tracassait.

— Il est rudement grand, ce Tupperware, fit-il remarquer.

Trevor lui jeta un regard en coin.

— Je vais passer chez mes parents.

Emilio hocha la tête, de plus en plus intrigué.

— Quelque chose ne va pas, patron ? Je veux dire, avec vos parents ? D'habitude, vous ne leur apportez pas de repas. Ils sont malades ?

Trevor secoua la tête.

— Non, ils vont très bien. J'ai juste l'intention de dîner chez eux.

Bon sang ! Son explication sonnait comme un mensonge.

Emilio contempla la boîte maintenant pleine à ras bord.

— C'est beaucoup, pour trois personnes.

Trevor hésita un instant avant d'ajouter encore deux cuillerées.

— Ma sœur sera là, aussi, dit-il d'un air faussement détaché.

— Les filles de son âge ne mangent jamais de choses aussi bourratives. Vous pouvez me croire sur parole. J'ai cinq sœurs !

— Merci pour le renseignement, répliqua Trevor d'un ton un peu sec.

Cette discussion commençait à lui taper sur les nerfs. Qu'avait donc Emilio à chercher la petite bête ?

Emilio poussa un soupir imperceptible.

— Bien. Transmettez mon bonjour à vos parents.

Trevor se tourna vers lui.

— Ecoutez, si vous n'avez pas envie de fermer…, dit-il d'une voix radoucie.

Emilio l'interrompit vivement.

— Ne vous inquiétez pas pour ça. Je sais où va chaque chose…

Il eut un petit rire.

— Y compris vous, ce soir. Passez une bonne soirée, patron. Et ne vous faites pas de souci.

— Je ne me faisais aucun souci, affirma Trevor en fermant la boîte. Jusqu'à maintenant.

— Croyez-moi, c'est inutile.

Emilio ouvrit la porte de derrière.

— *¡ Vaya con Dios !* lança-t-il.

Trevor sourit. Il comprenait l'espagnol, qui était la langue natale d'une partie de son personnel. Mais il ne faisait pas confiance à son accent. De plus, il avait une fâcheuse tendance à se tromper de mots. Aussi se contenta-t-il de murmurer :

— Merci ! Vous aussi.

Le soir, quand il arriva chez ses parents, Kate l'accueillit avec un sourire taquin.

— Eh bien, en voilà une surprise ! Je ne m'attendais pas à te voir ce soir alors que tu m'as téléphoné six fois !

— Cinq ! corrigea-t-il.

Kate lui prit le Tupperware des mains et la tendit à Bryan.

— Sept, en réalité, mais qui cela intéresse-t-il ? précisa-t-elle d'un air malicieux en lui adressant un clin d'œil.

— Venus est dans le salon. Elle fait répéter Kelsey.

— S'est-elle souvenue de quelque chose ?

— Oui. Qu'elle sait lire. Elle donne la réplique à ta sœur pour la répétition qui aura lieu demain.

Trevor sourit. Kelsey avait toujours adoré le théâtre. Elle travaillait consciencieusement et, au fil des ans, elle était passée du rôle de fleur posée dans un coin de la scène au personnage de Dulcinée, la femme dont Don Quichotte est amoureux. La pièce, mise en musique, allait être donnée pendant l'hiver.

Trevor se dirigea vers le salon et s'arrêta sur le seuil. C'était fascinant d'entendre Venus dans le rôle de Don Quichotte. Il n'y avait rien de plat ni de maladroit dans sa façon de donner la réplique à Kelsey. Au contraire, sa belle voix veloutée était pleine d'assurance et d'enthousiasme. C'était absolument captivant. Quand Kelsey eut envoyé sa dernière réplique, il ne put s'empêcher d'applaudir.

Surprise d'avoir été observée sans s'en rendre compte, Venus se tourna vivement vers lui, les joues en feu. Kelsey, au contraire, lui adressa un sourire radieux en faisant une petite révérence.

— Merci, merci ! Je signerai des autographes dans le hall pendant l'entracte !

— Les applaudissements étaient pour Venus, précisa Trevor en entrant dans la pièce. *Elle* était excellente, continua-t-il, alors que toi, tu étais…

Il fit un geste de la main en signe de désintérêt. Kelsey se jeta sur lui et lui donna un petit coup sur la tête avec son livre.

— Rien que pour cela, je ne parlerai pas de toi quand je recevrai mon Oscar ! Merci Venus, vous m'avez beaucoup aidée !

Venus referma son livre et le posa sur la table basse.

— Je suis très contente de vous avoir donné la réplique, dit-elle doucement.

— Faites attention ! intervint Trevor. Si vous donnez le petit doigt à Kelsey, elle vous prendra le bras entier.

Kelsey haussa les épaules avec dédain.

— Ce n'est pas parce que tu es méchant avec moi que tout le monde doit l'être !

— Trevor a apporté le dîner ! annonça Kate en passant la tête par la porte du salon. Tous ceux qui ont envie de lasagnes maison sont invités à passer à table !

Kelsey fila comme une flèche vers la cuisine, suivie de Trevor et de Venus.

— Un plat que vous avez préparé vous-même ? Il ne faut surtout pas rater cela, commenta Venus en souriant.

Trevor ne releva pas. Pour une fois, les compliments sur ses talents de cuisinier le laissaient complètement indifférent.

— Dites-moi plutôt ce qui s'est passé aujourd'hui, demanda-t-il d'un ton plus impatient qu'il ne l'aurait souhaité.

— Eh bien apparemment, je ne manque à personne, si c'est ce que vous voulez savoir, répondit-elle avec un soupir.

Il le savait déjà, bien sûr, mais il ne voulait pas que Venus sache qu'il avait harcelé sa belle-mère à coups de téléphone toute la journée.

— Peut-être que les personnes de votre entourage ne savent pas encore que vous avez disparu ? suggéra-t-il.

Venus eut un petit rire amer.

— Dans ce cas, je ne leur ai pas laissé une impression très forte. Ou ils ne prenaient pas de mes nouvelles tous les jours.

Trevor sourit et ne répondit pas. Qui étaient donc les

proches de Venus pour ne pas remuer ciel et terre pour la rechercher ? S'il avait la chance d'être…

Voyant que Kelsey les observait d'un air très intéressé, il prit un air faussement désinvolte. Il ne manquerait plus que sa chère petite peste de sœur commence à faire des réflexions malicieuses ! Venus serait horriblement gênée.

— Vous pouviez être en vacances dans un lieu très éloigné de chez vous, poursuivit-il. Rappelez-vous, je vous ai trouvée en pleine mer. Vous êtes peut-être tombée d'un bateau de croisière. Ou alors, vous étiez sur votre propre yacht et vous avez eu un accident. Si vous étiez seule, personne ne peut s'être rendu compte que vous n'étiez plus là.

Venus écoutait la voix calme et douce de Trevor, et une fois de plus, elle sentit son pouls s'accélérer.

— Il y a un tas d'explications possibles au fait que personne n'ait lancé un avis de recherche pour vous, continua-t-il en la dévorant du regard.

— C'est peut-être quelqu'un qui a essayé de vous tuer, et qui croit avoir réussi ! lança Kelsey, surexcitée.

— Kelsey ! intervint Bryan en venant s'asseoir à table. Plus d'enquête criminelle pour aujourd'hui, jeune fille.

Kate posa la main sur celle de son mari.

— A mon avis, il est impossible de freiner son imagination, mon chéri.

Elle fit signe à Venus de s'asseoir.

— Installez-vous et servez-vous. Les lasagnes ne peuvent plus attendre !

Trevor s'installa en face de sa belle-mère, et Venus s'assit à côté de lui.

— Je ne mange jamais ce que je prépare moi-même, fit remarquer Trevor.

— Jamais ? s'exclama Venus en se servant deux grosses cuillerées de lasagnes.

— Eh bien, presque jamais.

Kelsey se pencha vers lui.

— Ce genre d'argument ne tiendrait pas devant le tribunal, Trev. Alors si tu essaies de nous empoisonner, il vaut mieux le dire tout de suite.

Trevor se mit à rire. Du bout de sa fourchette, il prit une bouchée dans l'assiette de Venus et la porta à sa bouche. Une fois qu'il l'eut avalée, il se tourna vers sa sœur :

— Rassurée, mademoiselle la méfiante ? s'enquit-il en clignant de l'œil.

— Bien ! Maintenant, il serait temps de manger ! intervint Kate. Kelsey, essaie de te conduire comme une jeune fille bien élevée, pour une fois !

— Je serais bien la première à le faire ! rétorqua Kelsey d'un air faussement fâché. Tu as oublié toutes les bêtises que Trevor et les autres faisaient quand ils avaient mon âge ? Ce n'est pas toi qui m'as raconté qu'ils arrêtaient les escalators dans les grands magasins, qu'ils boxaient les mannequins, et qu'ils essayaient de traîner des arbres de Noël par les branches entre les rayons ?

Venus se tourna vers Trevor.

— C'est vrai ? demanda-t-elle d'un air amusé.

Trevor fronça les sourcils. Il n'avait aucune envie que Venus ait les récits détaillés des quatre cents coups que ses frères et lui avaient faits.

— Kelsey a tendance à inventer pas mal de choses, répondit-il. Cela fait partie de sa *créativité*.

— Maman, soutiens-moi ! supplia Kelsey.

— Oui, maman, soutiens-moi ! se moqua Trevor en l'imitant.

Prise entre deux feux, Kate choisit la voie diplomatique.

— Trevor et ses frères étaient… disons… espiègles.

— Espiègles ? s'exclama Bryan en coulant à son épouse un regard plein d'amour. Le mot est faible. Ils auraient fini par me rendre fou si je n'avais pas rencontré Kate. Avant cette date bénie des dieux, j'avais engagé trois gouvernantes au cours de la même année. Aucune d'elles n'est restée plus de trois mois.

— Vous étiez si terribles que cela ? s'enquit Venus, amusée.

Trevor haussa les épaules.

— Ces femmes n'avaient pas de cran, se contenta-t-il de répondre.

Kate se pencha vers Venus et déclara d'un air de conspirateur :

— Mon habit de superhéroïne est dans le placard de l'entrée, si vous voulez le voir, tout à l'heure.

— Mensonges, rien que des mensonges ! déclara Trevor d'un air faussement indigné.

Venus se mit à rire. La chaleur qui régnait autour de cette table était réconfortante. Quelque chose lui disait qu'elle n'avait jamais connu une telle ambiance.

- 7 -

Kate poussa un long soupir de satisfaction.

— Si je ne me décide pas à débarrasser cette table tout de suite, je risque de ne plus jamais pouvoir bouger.

Venus se leva aussitôt.

— Je vais vous aider !

Trevor se leva à son tour, mais Kate leur adressa à tous les deux un petit signe de la main.

— Venus, il n'est pas question que vous m'aidiez ! Vous êtes notre invitée. Quant à toi, Trevor, tu as autre chose à faire. C'est toi qui as amené cette belle inconnue dans notre maison. Maintenant, tu dois prendre soin d'elle. En revanche, vous pouvez vous porter volontaires pour m'aider, vous deux ! ajouta-t-elle en riant en se tournant vers sa fille et son mari.

Bryan pencha la tête d'un air songeur.

— Hmm, je ne me sens pas porté au volontariat, ce soir.

Il jeta un coup d'œil complice à sa fille.

— Et toi, Kelsey ?

Kelsey secoua énergiquement la tête, faisant voltiger ses boucles blondes.

— Moi non plus !

— Très bien, je précise ma pensée : vous devez vous sentir parfaitement libres et heureux de m'aider, vous deux. Et sans plus attendre, insista Kate.

Bryan poussa un soupir faussement résigné.

— Tu vois Kelsey, c'est comme dans l'armée, on t'oblige à te porter volontaire. Et avec le sourire !

— Très bien, soldat, en avant toutes ! ordonna Kate. Toi aussi, Kelsey, à la cuisine ! Et ne pars pas les mains vides.

Elle jeta un coup d'œil à Trevor et Venus qui s'étaient rassis.

— Il y a un beau clair de lune. Pourquoi n'iriez-vous pas le contempler dans le patio ? leur suggéra-t-elle.

— Je ne crois pas que tu puisses être plus transparente, Kate, dit Bryan d'un ton amusé tandis qu'il la suivait vers la cuisine.

Kate commença à passer les assiettes sous le robinet avant de les installer dans le lave-vaisselle.

— Je voulais juste que vous les laissiez tranquilles, ces deux-là, se justifia-t-elle.

Kelsey posa un plat sur le comptoir.

— Ne te monte pas la tête, maman. Trevor est un bourreau de travail, tu ne l'as pas oublié ? Et après ce choc qu'Alicia lui a fait subir, je doute qu'il ait une liaison avant très très longtemps.

Kate sourit.

— Ton père aussi était soi-disant un bourreau de travail, quand je l'ai rencontré. Les Marlowe sont des durs à cuire, mais ils finissent toujours par s'attendrir. Il suffit de les faire mijoter le temps nécessaire.

Dans la salle à manger, le silence s'était installé entre Trevor et Venus. Après le tourbillon incessant des conversations durant le repas, ce calme soudain parut étrange à Venus.

— J'ai cru comprendre que votre mère aimerait que nous sortions, dit-elle enfin en souriant.

— Je suis désolé, dit Trevor. Ma belle-mère est parfois…

— Ne soyez pas désolé ! dit Venus. Il est évident que votre belle-mère vous aime énormément. Pendant que je me régalais avec vos lasagnes, je me disais que l'amour qui régnait autour de cette table était presque palpable. Vous avez une famille vraiment adorable, Trevor. Vous avez beaucoup de chance.

Trevor se leva et conduisit Venus jusqu'au patio.

— C'est vrai, reconnut-il, j'ai une chance inouïe : une famille formidable sur laquelle je peux toujours compter, et un restaurant qui attire plus de monde que je ne l'aurais rêvé…

Venus tourna un regard interrogateur vers lui. Visiblement, il n'allait pas jusqu'au bout de sa pensée.

— Vous n'avez personne dans votre vie ? s'enquit-elle.

Repoussant des bribes de pensées qui flottaient dans sa tête, il l'observa un long moment sans répondre.

— Pas pour le moment, non.

Venus se mordilla la lèvre et regarda droit devant elle.

— Ah. Cela explique pourquoi votre mère tenait tant à ce que nous venions contempler le clair de lune.

Elle reporta son regard sur Trevor. Au lieu de regarder le ciel étoilé, c'était elle qu'il semblait contempler.

— Vous ne regardez pas la lune, fit-elle remarquer.

— Ce n'est qu'un astre lointain. Je préfère regarder un astre plus proche de moi.

Il fourra vivement ses mains dans ses poches. Bon sang !

s'il ne restait pas sur ses gardes, il était bien capable de l'embrasser de nouveau. Ce qui entraînerait vraisemblablement une myriade de problèmes. Il était impensable que Venus n'ait personne dans sa vie, un homme qui devait être en train de remuer ciel et terre pour la retrouver. Et qui pouvait venir frapper à la porte d'une minute à l'autre.

Il prit une profonde inspiration. Mieux valait se dominer.

— Moi aussi, dit-elle d'une voix à peine audible.

Le cœur de Trevor bondit dans sa poitrine. Pendant cette soirée, il pouvait toujours faire comme si elle n'était que la femme qu'il avait sauvée, comme si elle savait qui elle était. Il pouvait toujours croire qu'aucune menace ne rôdait dans l'ombre, et que rien ne changerait la véracité de cet instant. Demain, il serait toujours temps de retrouver la réalité.

Il voulait vivre le moment présent. C'était la seule chose qui leur appartenait vraiment, à Venus et à lui. Pourquoi ne pas en profiter ?

Il plongea un regard pénétrant dans le sien.

— Dites-le encore !

Elle hocha imperceptiblement la tête.

— Moi aussi…

Trevor l'observa longuement, faisant un gros effort de volonté pour ne pas la prendre dans ses bras. Mais s'empêcher de se laisser aller à son désir donnait à l'instant une ampleur et une sincérité qu'il n'avait jamais connues jusqu'à présent.

— Est-ce que cela vous paraît normal ? Je veux dire, le fait de prononcer ces mots ?

Venus hésita une seconde.

— Tout ce que je peux dire, c'est que cela ne me paraît pas bizarre.

Trevor sourit.

— Rien de particulier ne vous revient en mémoire ? voulut-il savoir. Pas la moindre lueur de toute la journée ?

Venus secoua la tête. C'était vraiment terrible de n'avoir aucun souvenir qui remonte à plus de vingt-quatre heures. Elle poussa un léger soupir de découragement.

— J'ai eu un ou deux flashs, comme des papillons traversant mon esprit, répondit-elle. Mais ils ont filé avant que j'aie eu une chance de les saisir.

Le regard anxieux, elle serra les lèvres et se tourna vers lui.

— Et si je ne recouvre jamais la mémoire ?

— Vous la recouvrerez, affirma-t-il.

Il paraissait si sûr de ce qu'il affirmait.

— Mais si ce n'est pas le cas ? insista-t-elle.

Trevor haussa les épaules. Il n'était pas du genre pessimiste. Kate les avait élevés, lui et ses frères, dans la certitude des lendemains qui chantent, même dans les situations les plus pénibles.

— Eh bien, si c'est le cas, il sera toujours temps de réfléchir à ce que nous pourrons faire ! lança-t-il d'un ton assuré.

Elle sourit. L'enthousiasme de Trevor lui plaisait. Grâce à lui, le drame qu'elle vivait semblait n'être plus qu'un mauvais moment à passer ; encore quelques jours et tout rentrerait dans l'ordre.

— Et en attendant ? demanda-t-elle.

Tendant la main vers elle, il écarta une mèche de cheveux de son visage.

— En attendant... profitez de l'hospitalité des Marlowe.

Elle secoua la tête. Elle ne pouvait pas apprécier une situation dans laquelle elle se sentait parasite.

— Je ne peux pas vivre aux crochets de vos parents ! protesta-t-elle.

Trevor se mit à rire doucement.

— Comme vous avez pu vous en rendre compte, ma mère est très altruiste, et mon père adore la voir heureuse. De mon point de vue, il n'y a pas le moindre inconvénient à ce que vous restiez chez eux. Au contraire, il n'y a rien que des avantages.

Glissant ses mains dans les poches de la veste que Kate lui avait prêtée, Venus soupira. Ils avaient marché jusqu'au milieu de la cour, vers la fontaine que Bryan avait offerte à Kate pour le dixième anniversaire de leur mariage. La jeune femme regarda un instant le petit jet d'eau dont le bruit l'apaisait.

— Ce bruit d'eau est très apaisant. Et ce patio fait penser à…, commença-t-elle avant de s'interrompre brusquement.

Elle tourna vivement la tête vers lui.

— Je viens de me rappeler quelque chose ! s'exclama-t-elle, les yeux élargis. Oh, ça m'échappe déjà, murmura-t-elle, accablée.

— Cherchez bien ! Est-ce que vous pensiez au Mexique, ou à l'Espagne ? C'est là qu'il y a des patios. A Grenade, par exemple. Grenade, cela ne vous dit rien ?

Venus lui jeta un coup d'œil éploré.

— Non, rien de rien. Mais vous apparemment, vous y êtes allé ?

— Oui, à une époque, j'adorais voyager. Et puis, un beau jour, je me suis rendu compte que la seule chose qui me passionnait vraiment, c'était de faire la cuisine.

— Apparemment, je me souviens aussi de la nourriture.

— Vous avez dû manger une fois ou deux dans votre vie, la taquina-t-il.

Il posa sur elle un regard amusé. Elle était vraiment adorable… et terriblement séduisante.

— Quelle perspicacité ! dit-elle en riant.

D'un geste vif, elle trempa ses mains dans la fontaine et l'aspergea.

Il poussa un petit cri de surprise et répliqua aussitôt. Quelques secondes plus tard, ils étaient tous les deux trempés.

Trevor ne pouvait détacher son regard de Venus. Elle riait aux éclats, elle semblait heureuse. Mais brusquement, son rire s'évanouit, et elle le regarda avec des yeux fixes, comme si elle était hypnotisée. Il retint son souffle. L'attirance qu'il avait soigneusement gardée sous clé depuis qu'il connaissait Venus reprenait le dessus. Elle était plus forte que sa volonté, et pourtant… il avait déployé des efforts surhumains pour la tenir à distance.

Plongeant son regard dans celui de Venus, et oubliant de réfléchir, il prit la jeune femme dans ses bras et posa un baiser brûlant sur ses lèvres. Il l'embrassa comme s'il avait été privé d'oxygène depuis une heure et qu'elle représentait son premier apport d'air frais.

Les lèvres pulpeuses de Venus étaient plus savoureuses que le dessert le plus subtil jamais imaginé dans son restaurant. S'il n'y prenait garde, il risquait de devenir dépendant d'un baiser comme celui-ci. Et de Venus elle-même. Si ce n'était déjà fait.

Au milieu du tourbillon qui l'entraînait, une partie de son cerveau continuait à lutter malgré lui. « Si tu te laisses aller sur cette pente, la situation te conduira inéluctablement vers une ribambelle d'ennuis ». Au diable la raison ! songea-t-il avant de serrer plus fort Venus contre lui.

Cependant, la faible lumière qui brillait encore dans sa tête l'incitait inlassablement à la prudence. Comment nier que, s'il nouait une relation avec Venus, même superficielle, toute sa vie bien ordonnée volerait en éclats ? Sans parler du fait qu'il ne savait même pas qui était réellement Venus.

Faisant un effort surhumain, il relâcha son étreinte et releva la tête.

— Désolé, marmonna-t-il. Je n'aurais pas dû…

Venus ouvrit lentement les yeux.

— Si j'ai bien compté, nous étions deux, répliqua-t-elle d'une voix à peine audible. Deux à ne pas *avoir dû*…

Une idée désagréable lui traversa soudain l'esprit : elle était peut-être en train de tromper un mari… Elle regarda sa main gauche. Une marque plus claire se dessinait sur l'annulaire. Mais qu'est-ce qui prouvait que c'était une alliance qui avait laissé cette trace ? Ce n'était peut-être qu'une bague héritée de ses parents, ou offerte à l'occasion d'un de ses anniversaires. Si seulement elle pouvait se rappeler !

Cependant, si elle avait un mari ou quelqu'un susceptible de lui offrir une bague, ou encore une famille qui la lui aurait transmise, pourquoi ne la recherchaient-ils pas ? Pourquoi la police n'avait-elle reçu aucun signalement de disparition concernant une jeune femme d'une vingtaine d'années… c'était à peu près l'âge qu'elle devait avoir, non ? Seigneur, elle ne connaissait même pas son âge non plus !

Elle ferma les yeux. Peut-être une étincelle allait-elle jaillir, mettant quelques souvenirs en lumière. Comme rien ne se produisait, elle ravala une grosse boule qui s'était formée dans sa gorge. Cette situation devenait de plus en plus effrayante. Elle avait beau fouiller sa mémoire, rien ne lui revenait.

Poussant un profond soupir, elle leva les yeux sur Trevor.

— Je devrais travailler, aussi ? dit-elle d'une toute petite voix.

Trevor réfléchit un instant.

— Oui, probablement.

Venus secoua la tête.

— Je veux dire, ici. Maintenant. En tant que Venus.

Elle répéta plusieurs fois dans sa tête le prénom que Trevor lui avait donné. Venus… C'était loin d'être désagréable, et ce nom ne lui était pas inconnu. Devait-elle comprendre que Trevor avait trouvé son véritable prénom, par le plus grand des hasards, ou est-ce qu'elle s'y était tout simplement habituée ?

Que de questions, songea-t-elle, effarée. Sa vie du moment n'était qu'une succession de questions. Et toujours pas la moindre réponse.

— Si je travaillais, je ne me ferais pas entretenir par votre famille, expliqua-t-elle après un court silence.

Trevor ouvrit la bouche pour lui dire que ce n'était pas nécessaire, qu'avant de trouver un emploi, il valait mieux qu'elle se concentre pour savoir qui elle était. Mais il hésita. Il venait d'avoir une idée, une idée qui lui permettrait de garder un œil sur Venus et d'être près d'elle si elle avait besoin de lui.

— Aimez-vous les salades composées ? lui demanda-t-il.

— Je ne déteste pas.

— Je veux dire… aimez-vous les préparer ?

Avec un peu de crainte il observa sa réaction, espérant

que cette proposition n'allait pas la vexer. Quelque chose lui disait que Venus appartenait à un milieu privilégié, et qu'elle n'avait pas l'habitude de travailler. Encore moins de recevoir des ordres.

Elle ouvrit de grands yeux étonnés.

— Je ne sais pas, mais cela ne doit pas être très compliqué.

— Cela ne vous ennuierait donc pas, de préparer des salades ? s'enquit-il en fixant Venus d'un regard inquiet.

Venus l'observa avec attention, de plus en plus étonnée.

— Dites-moi plutôt ce que vous avez en tête, exactement.

Prenant une profonde inspiration, il se jeta à l'eau :

— J'ai besoin de quelqu'un pour préparer les salades au restaurant.

Elle se rembrunit et une foule de sentiments défila au fond de son regard.

— Si je comprends bien, vous voulez me faire la charité !

Un bref instant, ce mot fit vibrer en elle une corde très lointaine, mais tout s'évanouit rapidement sans laisser de traces.

Trevor prit un air offusqué.

— Pas du tout ! J'ai réellement besoin de quelqu'un ! Demandez à mes parents, vous verrez bien. Je leur ai dit hier que j'avais une employée qui confondait la restauration avec une entreprise de démolition, et que j'avais dû la renvoyer.

Venus ne put s'empêcher de rire.

— Je ne savais pas que l'on fabriquait des salades dans les entreprises de démolition.

— Seulement pour Thanksgiving, en remplacement de la dinde, répondit-il du tac au tac.

— Alors, dans les entreprises de démolition, on célèbre Thanksgiving avec des salades ? C'est une coutume du coin ?

Il fit un effort pour garder un air faussement sérieux.

— Oui, et le pire, c'est que les salades sont souvent flétries.

Une petite voix horrifiée les fit sursauter.

— Tu prépares des salades flétries ?

Trevor fit volte face. C'était Kelsey.

— Bien sûr que non ! Et d'abord, que fais-tu ici ? Pourquoi n'aides-tu pas maman à la cuisine, comme prévu ?

Kelsey se hérissa.

— Ce n'est pas très long de remplir le lave-vaisselle quand on a mangé des restes.

Trevor lui jeta un regard étonné. Des *restes* ? Il n'aurait pas décrit ses lasagnes en ces termes. Mais après tout, sa petite sœur n'avait pas tort. Cependant, il n'allait certainement pas le lui dire.

Il fit un geste en direction de Venus.

— Kelsey, je te présente ma nouvelle préparatrice de salades.

Les yeux bleus de Kelsey s'élargirent de surprise.

— Préparatrice de salades ? Tu vas la faire travailler ? dit-elle comme si Trevor venait d'enchaîner Venus à une machine infernale.

Avant qu'il n'ait le temps d'ouvrir la bouche pour lui expliquer toute la noblesse du travail, Venus intervint :

— C'est moi qui veux travailler. Je veux gagner un peu d'argent pour subvenir à mes besoins.

Elle s'interrompit, songeuse. Subvenir à ses besoins. Il lui était vraiment étrange de ne pas avoir le moindre centime. Avait-elle un emploi avant de devenir amnésique ? Elle aurait donné n'importe quoi pour connaître la réponse à cette question, et à toutes les autres.

Kate, qui venait de les rejoindre en compagnie de Bryan, prit ses mains dans les siennes et les contempla un instant.

— Je peux vous assurer, ma chère Venus, que vous n'êtes pas obligée de gagner votre vie. Au moins par un travail manuel.

Venus releva un sourcil étonné.

— Vous lisez les lignes de la main ?

Kate éclata de rire.

— Non. Je remarque la peau, c'est tout, lui expliqua-t-elle en libérant sa main. La vôtre est aussi douce que la soie. L'équation est facile à comprendre : vous ne faites aucune corvée ménagère. De plus, votre vernis à ongles est parfait, ce qui me dit que vous l'avez appliqué récemment.

— Si vous voulez mon avis, intervint Bryan, amusé, je crains que ma chère épouse n'ait regardé trop de séries policières à la télévision et qu'elle ne joue les détectives.

— J'observe les gens, pas les émissions de télévision, mon chou, répliqua cette dernière en lui caressant la joue d'une main affectueuse. Mais qu'est-ce que c'est, cette histoire d'emploi ?

Kelsey ouvrit la bouche pour répondre, mais Trevor fut plus rapide qu'elle.

— Je viens d'embaucher Venus pour la préparation des salades.

— Si j'en suis capable, ajouta Venus.

— Un singe en serait capable ! rétorqua Kelsey avant de baisser les yeux, gênée. Sans vouloir vous offenser, s'empressa-t-elle de préciser, consciente que ses paroles pouvaient être prises pour une insulte.

— Contrairement à ce que tu crois, ma petite sœur, il faut un cerveau plus grand que celui d'un primate pour ce travail, jeta Trevor. Mais dis-moi, pourquoi es-tu là ? Tu n'as rien à faire pour le lycée ?

Kelsey haussa les épaules. Elle était bien trop grande maintenant pour recevoir un ordre de son frère.

— Je ne vois pas le rapport ! Mais ce sera plus drôle de faire mes devoirs que de parler avec un primate comme toi ! répliqua-t-elle pour avoir le dernier mot, avant de s'éloigner en traînant les pieds.

S'approchant de Venus, Kate glissa un bras sous le sien.

— Vous savez, rien ne vous oblige à trouver du travail. Vous êtes libre de rester ici aussi longtemps que vous en aurez besoin. Vous êtes notre invitée.

— C'est très généreux de votre part, à vous deux, répondit Venus avec un sourire reconnaissant. Mais je me sentirais plus à l'aise si je participais aux frais.

Kate l'observa un instant, cherchant à savoir si elle était sincère ou si elle disait cela par pure politesse.

— Eh bien, si cela vous permet de vous sentir plus à l'aise, je ne peux pas discuter plus longtemps ! dit-elle enfin en souriant.

Bryan éclata de rire.

— Bien sûr que si, tu le peux, ma chérie ! s'exclama-t-il en lui enlaçant la taille. Tu peux discuter avec n'importe qui, à n'importe quel moment, à n'importe quel endroit. Et la plupart du temps, gagner la partie haut la main. J'aurais dû t'embaucher dans mon entreprise.

Kate déposa un léger baiser sur sa joue et baissa les yeux sur le verre qu'il tenait à la main.

— Prépare-moi une boisson comme la tienne. Ou plutôt, montre-moi comment faire ! dit-elle d'un ton léger en entraînant son mari vers la maison, laissant Venus en tête à tête avec Trevor.

— Hmm, tu n'es pas toujours très subtile, maman ! lança Trevor en souriant d'un air embarrassé.

— Je ne vois absolument pas de quoi tu veux parler, mon chéri ! rétorqua-t-elle par-dessus son épaule. Je veux juste que ton père me montre comment il réalise ces boissons qu'il aime tant.

— Il n'y a pas beaucoup de mystère dans un verre de rhum-Coca maman !

Un peu gêné par l'attitude de sa belle-mère, il se tourna vers Venus.

Elle avait un sourire radieux. Ce sourire lui était-il destiné, ou était-il dû à l'attitude de Kate ? Il n'aurait su le dire. Mais une chose était certaine : il était encore plus magnifique que le plus beau des couchers de soleil.

- 8 -

Le lendemain matin, à 7 heures, Venus entra dans la cuisine, d'où se dégageait un délicieux arôme de café.

Kate était déjà là, disposant les bols sur la table, et lui sourit en la voyant.

— Bonjour, Venus. Avez-vous bien dormi ? Comment vous sentez-vous ?

— Eh bien, je…

Venus se mordilla la lèvre. Bon sang, elle ne voyait pas comment décrire ce qu'elle ressentait.

— Quel est le mot juste ? murmura-t-elle, comme pour elle-même.

Kate s'approcha d'elle et posa une main sur son épaule.

— Vous avez le trac, c'est cela ? demanda-t-elle d'une voix douce.

Venus hocha vaguement la tête. C'était peut-être le mot qu'elle cherchait, mais comment en être sûre ?

— Je suppose que oui, répondit-elle, de plus en plus frustrée.

Kate sourit.

— Vous n'avez aucune raison d'être nerveuse.

— C'est-à-dire que je ne sais pas si j'ai déjà travaillé, avoua Venus.

Kate remplit un bol de café et le lui tendit.

— Tenez. Installez-vous. Un bon café va vous donner du courage.

— Et si je fais n'importe quoi, si je déçois Trevor ? poursuivit Venus d'une voix à peine audible.

Elle but une gorgée de café et fixa un point sur la table, pensive et préoccupée.

Kate remplit un autre bol, dans lequel elle versa une généreuse cuillerée de sucre et une bonne lampée de crème, et vint s'asseoir en face d'elle.

— La dernière chose dont vous devez vous soucier est de décevoir Trevor, lui assura-t-elle.

Venus fronça légèrement les sourcils et la regarda sans comprendre.

— Qu'est-ce qui vous fait dire cela ?

— De tous mes fils, Trevor est le plus patient, répondit Kate avec un sourire chaleureux.

Elle se garda bien de préciser que la façon dont Trevor la regardait quand il croyait n'être vu de personne n'était pas celle d'un homme qu'une salade ratée risquait de décevoir.

— Il n'attendra pas de vous que vous soyez la meilleure préparatrice de salades dès le premier jour, reprit-elle. Mais il l'exigera dès le lendemain, conclut-elle en riant.

Elle s'approcha de Venus et lui pressa l'épaule d'une main rassurante.

— Je plaisante, bien sûr, précisa-t-elle.

— C'est ce qu'elle fait toujours pour que les autres se sentent mieux !

Venus jeta un regard horrifié vers le sucrier en cristal qui se trouvait à sa gauche.

— Oh mon Dieu ! Vous avez entendu ? Le sucrier a...

— Parlé ?

Reconnaissant la voix de Trevor, Venus tourna vivement la tête. Adossé au chambranle de la porte, Trevor la regardait en souriant.

— Apparemment, ma mère a oublié de vous dire qu'elle était ventriloque, poursuivit-il.

— Je n'en ai pas encore eu l'occasion, se défendit Kate d'un air innocent. C'est de cette façon que j'ai attiré l'attention de leur père, expliqua-t-elle en se tournant vers Venus.

— Ta capacité à faire parler des objets inanimés a été la *seconde* chose que j'ai remarquée en toi, précisa Bryan en entrant à son tour dans la cuisine.

— Et la première, qu'est-ce que c'était ? voulut savoir Kelsey, qui le suivait.

Cette dernière se précipita vers le comptoir et dévora du regard les tartines grillées, comme si elle n'avait pas mangé depuis trois jours.

— S'il te plaît, Bryan, pas devant les enfants ! le supplia Kate.

— Je ne vois aucun enfant ici ! claironna Kelsey en regardant Venus et Trevor avec insistance. Vas-y, papa, raconte !

Bryan eut un large sourire.

— Kate était délicieuse... en jean, se contenta-t-il de dire. A cette époque, ma vie était réglée comme du papier à musique, et j'avais oublié que je pouvais être autre chose qu'un juriste et un père.

— Un père et un juriste, corrigea Kate.

Saupoudrant de sucre deux tartines grillées, elle les

enveloppa d'un film alimentaire et les glissa dans un sac en papier avec deux serviettes jetables.

— Tes enfants ont toujours passé au premier plan, poursuivit-elle.

Trevor se redressa. Il était temps qu'il parte, avant que tout le monde soit rattrapé par la nostalgie. Il se tourna vers Venus.

— Vous êtes prête à attaquer ?

La jeune femme ne répondit pas. Elle paraissait un peu décontenancée par cette avalanche de paroles.

— Ils sont terribles, non ? lui lança Bryan. Mais vous n'aurez rien vu tant que vous ne connaîtrez pas Trent, Travis et Mike.

— Sans oublier Miranda ! renchérit Kelsey, les yeux rivés sur le grille-pain.

— Miranda ? demanda Venus.

Elle n'avait pas encore entendu ce nom. A moins qu'elle n'y ait pas fait attention ?

— Qui est Miranda ?

— Mme Mike, répondit Kelsey. Ou plutôt, elle le sera dès qu'ils seront mariés. Est-ce que vous aimez les mariages, Venus ? J'essaie de les convaincre d'avoir un supermariage, mais Mike préfère se marier dans l'intimité, comme il dit et…

— Tais-toi, Kelsey ! la coupa Trevor d'un ton sec.

Venus, qu'il ne quittait pas des yeux, était soudain devenue très pâle, et elle semblait voir quelque chose qui était invisible aux yeux des autres.

Furieuse d'être interrompue, Kelsey monta sur ses grands chevaux.

— Quoi ? J'ai bien le droit de parler si je…

Mais Trevor lui fit signe de se taire sans quitter des yeux

Venus. Maintenant, la jeune femme semblait être encore plus absente que quelques secondes plus tôt.

— Venus ? dit-il doucement. Est-ce que ça va ?

Bien qu'elle entende sa voix, Venus fut incapable de lui répondre. Tout, autour d'elle, semblait s'être éloigné, emportant la lumière. Et brusquement, quelques bribes de souvenirs lui traversèrent l'esprit. Le mot « mariage » résonnait dans sa tête comme s'il avait été prononcé dans une vaste salle d'écho.

Une de ces bribes était une robe de mariée. La sienne. A moins que ce ne soit une photographie dans une revue de mode ?

Elle ne savait plus. Une sensation de chaud et de froid l'envahissait, et elle avait mal au cœur.

Des mains douces se posèrent sur elle, semblant la retenir, comme si elle tombait. Mais où ? Dans l'eau ?

Soudain, sentant un objet humide contre sa bouche, elle eut un mouvement de panique ; elle se noyait ! Il ne fallait pas que sa prochaine inspiration soit la dernière !

Et lentement, tout redevint net autour d'elle. Elle était assise sur une chaise, dans une cuisine baignée de soleil. Des gens qu'elle ne connaissait pas l'entouraient et lui parlaient... Non, pas des gens qu'elle ne connaissait pas. Il y avait Trevor, l'homme qui l'avait empêchée de se noyer.

Penché sur elle, il lui tenait la main.

— Mon Dieu ! dit-elle d'une voix haletante en se jetant à son cou.

Son cœur tambourinait dans sa poitrine tandis que l'angoisse s'emparait d'elle. Pourquoi une telle anxiété ? Elle n'en avait pas la moindre idée.

— Qu'y a-t-il ? s'écria Trevor en la serrant contre lui. Vous tremblez comme une feuille.

Elle jeta un regard affolé au verre d'eau que Kelsey tenait encore à la main après avoir voulu la faire boire.

— Cache ce verre, Kelsey, lui ordonna Trevor. Apparemment, il lui rappelle quelque chose de désagréable.

Très pâle, Venus essayait désespérément de reprendre pied dans la réalité.

— Vous devriez vous allonger, lui suggéra Kate d'une voix douce.

Prenant une profonde inspiration, Venus fit un violent effort pour se ressaisir. C'était ridicule de se donner ainsi en spectacle. Surtout qu'elle ne pouvait pas expliquer ce qui lui était arrivé.

Elle secoua la tête.

— Non, je vais mieux. Je suis désolée, j'ignore ce qui s'est passé. J'ai eu une absence.

— Où étiez-vous ? lui demanda Bryan.

Elle leva les yeux sur lui.

— Je ne sais pas. J'ai eu l'impression de me rappeler quelque chose, qui m'a entraînée Dieu sait où.

— Où ? insista Kelsey.

— Laisse-la tranquille, dit Trevor d'une voix un peu plus rude qu'il ne l'aurait souhaité.

— Peut-être faites-vous trop d'efforts pour retrouver vos souvenirs, ma chérie, dit Kate. Ne forcez pas, laissez les choses se faire d'elles-mêmes. Cela prend du temps. Votre mémoire reviendra si elle doit revenir.

— Que veux-tu dire par « si elle doit revenir » ? demanda Trevor en posant sur elle un regard sombre.

— Notre mental nous protège, expliqua Kate. Il tire un rideau autour de ce qu'il nous croit incapable de supporter. Venus se souviendra quand elle aura trouvé assez de forces pour affronter ses souvenirs.

Sans faire de commentaire, Trevor serra les dents. Pourquoi Venus aurait-elle à affronter ses souvenirs ? Pourquoi ce terme qui laissait supposer un combat ? Kate laissait-elle entendre que Venus avait été agressée ? Peut-être même avait-on tenté de l'assassiner ? En réfléchissant bien, y avait-il une autre raison objective pour qu'elle se soit retrouvée au beau milieu de l'océan en pleine nuit ? Soit elle avait sauté d'un bateau pour échapper à quelqu'un, soit quelqu'un l'avait fait passer par-dessus bord. Un bain de minuit par un temps pareil était à exclure.

— Vous croyez ? demanda Venus d'une voix à peine audible.

Se redressant, elle ravala les larmes qui menaçaient de nouveau de la submerger. Pourquoi ne se souvenait-elle de rien ?

— A votre place, je la croirais, intervint Bryan. Elle se trompe rarement, vous pouvez vous fier à mon expérience.

Un peu rassérénée, Venus hocha la tête et esquissa un pâle sourire. Prenant encore une profonde inspiration, elle se leva.

— Veuillez m'excuser. Je suis vraiment désolée.

Kate balaya ses paroles d'un signe de la main.

— Vous n'avez pas à vous excuser. Nous sommes heureux de voir que vous allez mieux.

Venus se tourna vers Trevor.

— Nous ferions mieux d'y aller si vous voulez avoir le temps de m'expliquer en quoi consiste mon travail.

Hésitant, Trevor baissa les yeux. Etait-ce vraiment une bonne idée de lui faire commencer son travail maintenant ?

— Il vaudrait peut-être mieux que vous vous reposiez

aujourd'hui, suggéra-t-il en la regardant d'un air préoccupé. Vous pourriez ne commencer que demain matin.

— Demain, le trac m'aura achevée. Et vous, vous serez obligé de refuser des commandes de salades, faute d'avoir eu quelqu'un pour les préparer.

Elle sourit, apparemment complètement remise.

— Je vais bien, je vous assure.

Voyant qu'il n'était pas convaincu, elle insista :

— Laissez-moi venir. J'ai besoin de m'occuper, de me rendre utile. Cela me fera du bien, je vous assure.

Trevor soupira. Il avait de gros doutes quant à la sagesse de la laisser travailler aujourd'hui. Il tourna des yeux interrogateurs vers Kate. En tant que psychologue, c'était elle qui était le plus à même de savoir ce qu'il fallait faire.

— Si Venus se sent en forme pour commencer, laisse-la faire, lui conseilla-t-elle.

Il hocha la tête sans rien dire. Il n'était toujours pas convaincu à cent pour cent, mais quand Venus le regardait ainsi, avec ses grands yeux verts, il ne trouvait pas la force de refuser.

— Vous avez entendu ? dit-il en faisant un signe de tête en direction de sa mère. Alors allons-y !

— Merci, murmura Venus.

— Ne le remerciez pas avant de savoir combien il va vous payer ! lança Kelsey derrière eux.

Lorsqu'ils arrivèrent au restaurant, l'équipe n'était pas encore arrivée. Trevor voulait prendre le temps de montrer à Venus comment les choses fonctionnaient en cuisine pendant un service. Elle devait s'habituer à ce nouvel environnement pour se sentir aussi bien que possible. Rien n'était pire que de ne pas savoir exactement ce que l'on avait à faire, au milieu d'une demi-douzaine de paires d'yeux vous épiant avec plus ou moins de discrétion.

— C'est vraiment simple, affirma-t-il d'un ton rassurant.

Il passa en revue les ingrédients de base pour les cinq principales salades servies au Kate's Kitchen. La salade du Chef, la César, la Grecque, la Texane et la salade maison, un mélange de ce qu'il y avait de meilleur dans les quatre autres, agrémentée de quatre fromages différents.

— Je vous garantis que vous les confectionnerez les yeux fermés à la fin de la journée, lui assura-t-il.

Hochant la tête, Venus se força à sourire. C'était bon de voir que Trevor avait confiance en elle, et qu'il l'avait engagée sans hésiter.

— Je voulais vous remercier, dit-elle.

Trevor ouvrait la bouche pour protester, mais une porte claqua, et Emilio apparut. Son sourire perpétuel s'élargit quand il vit Venus.

— Hé, vous êtes la nouvelle ? lança-t-il en se dirigeant vers eux.

Trevor posa un regard protecteur sur Venus. Pourvu qu'Emilio ne la bouscule pas ! Ce dernier ne faisait pas toujours dans la dentelle.

— Emilio, je vous présente Venus.

— Venus…, répéta Emilio savourant visiblement ce nom comme une friandise.

Il la parcourut de ses yeux très noirs. A l'évidence, il la trouvait parfaitement à son goût. Sentant la moutarde lui monter au nez, Trevor prit une profonde inspiration.

— Joli nom, dit Emilio. Venus comment ?

Venus jeta un coup d'œil affolé à Trevor. Il ne lui avait pas trouvé de nom de famille.

— Venus, tout simplement, répondit Trevor.

— Eh bien, Venus tout simplement, je suis Emilio tout simplement !

Lui prenant la main, il l'embrassa avec cérémonie.

— Emilio, si vous ne voulez pas être licencié dans la minute, vous avez intérêt à dégager sur-le-champ, lui conseilla Trevor d'un ton mi-amusé, mi-menaçant. Préparez cinq salades de chaque, Venus, je vous prie, ajouta-t-il. Je reviendrai vous voir tout à l'heure.

Prenant Emilio par le bras, il l'entraîna loin du plan de travail.

— Bien, bien, bien…, déclara Emilio avec un petit sourire narquois.

Trevor lui décocha un regard agacé.

— Qu'est-ce que cela veut dire « Bien, bien, bien » ? lança-t-il d'un ton un peu plus sec qu'il ne l'aurait souhaité.

Emilio eut un petit rire.

— Vous êtes un peu possessif avec la nouvelle employée, vous ne trouvez pas ?

Penchant la tête, il observa Trevor d'un œil malicieux. Comme celui-ci ne répondait pas, il poursuivit :

— Il se passe quelque chose d'intéressant entre « Venus tout simplement » et vous ?

Trevor fit de son mieux pour paraître impassible, mais il bouillait intérieurement.

Il haussa les épaules.

— C'est une situation très particulière, se contenta-t-il de dire, espérant que son second s'en tiendrait là.

Mais sa réponse énigmatique décupla la curiosité d'Emilio.

S'appuyant contre le mur, ce dernier croisa les mains sur son torse, comme quelqu'un qui a toute la journée devant lui.

— Racontez-moi un peu !

Trevor le regarda du coin de l'œil. Emilio avait une réputation de séducteur. Il fallait le mettre en garde.

— Je vous préviens, Emilio, si vous vous approchez trop d'elle, je n'aurai plus qu'à vous fourrer dans la chambre froide.

Emilio prit un air faussement effrayé, qui fit bientôt place à un sourire ravi.

— C'est bien ce que je pensais… Je croyais qu'aucune femme ne pouvait avoir cet effet sur vous. Ah, je suis vraiment content ! dit-il en lui administrant une claque amicale dans le dos. Je vais vous avouer une chose, Trevor, pendant un temps, j'ai eu un doute à votre sujet… Mais il faut reconnaître que vous savez choisir.

Trevor haussa les épaules. Ce n'était même pas la peine de demander à Emilio ce qu'il entendait par « j'ai eu un doute à votre sujet ». Il n'avait pas le temps de discuter, surtout que lorsque Emilio commençait, il pouvait parler pendant des heures.

— Personne n'a choisi personne, laissa-t-il tomber en baissant la voix.

Il n'était pas question que ce petit échange soit entendu de tout le personnel.

— Venus est amnésique, expliqua-t-il.

Emilio ouvrit de grands yeux et tourna la tête vers la jeune femme. Cette dernière s'affairait devant son plan de travail ; apparemment, elle ne se rendait pas compte qu'ils parlaient d'elle, trop occupée par ses salades.

Emilio le regarda de nouveau d'un air stupéfait.

— C'est vrai ?

— C'est vrai.

— Elle vous l'a dit pendant l'entretien d'embauche ?

— Elle me l'a dit après que je l'ai sortie de l'océan en pleine nuit.

Trevor regretta ses paroles. Il n'avait pas voulu en parler, car rien ne l'horripilait autant que de passer pour un héros. Mais il ne pouvait pas mentir à Emilio.

— Elle se noyait, précisa-t-il.

Les yeux d'Emilio s'éclairèrent d'une admiration sincère.

— Dites donc, patron, vous êtes un héros !

— Ce n'est pas pour cela que je vous l'ai dit. C'est parce que je veux que vous gardiez un œil sur elle, et que vous l'aidiez si elle en manifeste le besoin.

Emilio hocha la tête.

— Les temps sont si durs que vous soyez obligé d'aller pêcher les employées dans l'océan ? dit-il avec un sourire malicieux.

— C'est elle qui veut travailler. Elle ne veut pas être un *parasite*, comme elle dit.

— Cela en dit long sur son caractère.

Son regard s'illumina de nouveau.

— Où habite-t-elle ? Je dis cela parce que j'ai beaucoup de place chez moi et…

Trevor lui jeta un coup d'œil dissuasif. Bien sûr, Emilio pouvait se conduire très honorablement quand la situation l'exigeait, mais si Venus dormait chez lui, ce serait tout de même introduire l'agneau dans la tanière du loup.

— C'est fait, elle a un toit, dit-il.

Emilio ne put refréner un sourire entendu.

— Vous l'abritez chez vous, hein ?

— Non. Elle reste chez mes parents.

Emilio secoua la tête d'un air dubitatif.

— Oh. C'est plutôt dur !

— Pas du tout, c'est très bien ainsi ! dit Trevor en fronçant les sourcils.

Qu'est-ce qu'Emilio allait s'imaginer ?

— Je ne fais qu'aider quelqu'un en difficulté, un être humain comme moi, crut-il bon de préciser, sachant que sa phrase ne sonnait pas juste.

Emilio se mit à rire.

— Si vous pensez qu'elle est comme vous, je vous envoie illico dans le cabinet d'ophtalmologie de ma sœur !

Trevor lui lança un regard menaçant.

— Emilio ! Il y a du boulot !

Emilio fit une petite révérence narquoise.

— Bien vu, chef !

Il s'éloigna avec un sourire jusqu'aux oreilles.

- 9 -

Trevor soupira. Ses sentiments pour Venus n'avaient certainement rien de paternels, et pourtant, il éprouvait cette anxiété mêlée d'espoir que les parents devaient ressentir pour leur enfant le jour de la rentrée scolaire. Le plus surprenant, c'est qu'il s'inquiétait moins pour son restaurant que pour Venus. Pour une fois, la réputation de son établissement passait au second rang. Comment réagirait la jeune femme si elle rencontrait des difficultés dans son travail ? Elle se sentirait mal, peut-être même humiliée.

Et il ne voulait pas qu'elle se sente mal ou humiliée.

Cependant, au fur et à mesure que les heures passaient, l'évidence s'installait dans son esprit : son inquiétude était ridicule. Venus ne savait peut-être plus qui elle était, mais quand il s'agissait de cuisine, elle connaissait son affaire. De plus, elle ne semblait pas se douter que les autres membres de l'équipe étaient prêts à l'aider à tout instant. Que ce soit le pâtissier ou le chef de partie en passant par tous les intermédiaires, sans compter Emilio, ils étaient plus que volontaires pour lui donner un coup de main, ou tout simplement un conseil.

Trevor sourit. Il avait choisi une bonne équipe.

Et apparemment, Venus s'y intégrait parfaitement.

*
* *

— Bien joué ! dit-il après que la dernière commande fut partie.

Tandis qu'ils commençaient tous à ranger la cuisine, Venus hocha la tête. Elle était épuisée, mais c'était plutôt à cause de ses nerfs tendus comme des cordes de violon qu'à cause du travail en soi qui demandait, certes, de la concentration mais peu d'effort physique. Elle était à la fois fatiguée et surexcitée.

— Tout s'est bien passé, renchérit-elle en souriant.

Elle avait horriblement mal aux pieds, mais c'était un petit prix à payer pour l'exaltation qu'elle éprouvait.

— En tout cas, il n'y a pas eu d'incidents, poursuivit-elle avec fierté.

Trevor se mit à rire.

— Est-ce que vous vous attendiez à ce qu'il y en ait ?

Venus lui jeta un coup d'œil amusé. Emilio lui avait raconté comment les choses s'étaient passées avec la jeune fille qui l'avait précédée.

— Je mentirais si je vous disais que je n'avais pas peur de casser la vaisselle ou de laisser tomber par terre un plateau de salades, répondit-elle.

Au diable Emilio qui ne savait pas se taire !

Il ouvrit la bouche pour parler, mais Emilio entra au même instant.

— Hé, patron, je peux fermer, comme hier, si vous voulez ramener Venus chez vos parents, proposa-t-il.

— Merci, mais je ne veux pas abuser, répondit Trevor.

En fait, il ne voulait pas donner l'impression de se relâcher au niveau de ses responsabilités. Et puis Emilio n'aurait pas fini de lui faire des remarques malicieuses de plus ou moins bon goût.

Mais ce dernier insista.

— C'est vous qui voyez, patron. Mais si vous voulez connaître mon avis, je trouve que c'est dommage de gâcher une si belle soirée pour être le dernier à sortir de cet établissement.

Tournant les talons, il hocha la tête et se dirigea lentement vers la porte.

Trevor le suivit du regard en souriant. Si Emilio marchait encore plus lentement, il se retrouverait sûrement en train de reculer.

— Est-ce que je peux vous aider ? s'enquit Venus. Cela irait plus vite.

Trevor hésita un instant avant de répondre. Disait-elle cela pour lui faire comprendre qu'elle avait hâte de rentrer ?

— Fatiguée ? demanda-t-il.

Elle secoua vivement la tête, faisant voler ses cheveux roux.

— Non, je veux seulement me rendre utile. Il faut croire que la poussée d'adrénaline de ce matin continue à me donner du tonus !

Trevor se mit à rire.

— Je n'ai jamais entendu une chose pareille ! dit-il.

Il haussa la voix.

— Hé, Emilio !

Emilio, qui n'était toujours pas arrivé à la porte, fit volte-face et se hâta de revenir vers lui, un large sourire aux lèvres.

— A votre service, patron !

Trevor l'observa une fraction de seconde. Ce garçon n'aurait jamais pu être agent secret, il manquait trop de subtilité.

— Je vais peut-être vous laisser fermer, après tout, finit-il par déclarer.

— Je savais bien que vous finiriez par vous rendre à la raison !

Il se tourna vers Venus.

— A demain, Venus. Vous avez fait du bon boulot aujourd'hui.

— Merci, murmura-t-elle.

Elle sentit son cœur se gonfler de satisfaction. C'était bon d'avoir été efficace et de faire partie d'une équipe. Il lui semblait que jamais elle n'avait éprouvé ce sentiment-là.

Elle leva les yeux vers Trevor.

— Tout le monde a été adorable avec moi ! Vous devez aimer venir ici, le matin.

— C'est vrai qu'il y a de bons moments, dit-il en se dirigeant vers la porte.

Il attendit qu'elle sorte et il la suivit, laissant la porte se refermer derrière eux. Dehors, une bouffée d'air chaud les accueillit. Il soupira.

— On dirait que les vents de Santa Ana recommencent à souffler, fit-il remarquer.

Serrant les bras autour de sa taille, Venus respira longuement. La brise était bien moins chaude que celle qui soufflait habituellement dans le désert.

— J'espère que les incendies ne vont pas reprendre et que…, dit-elle d'un ton préoccupé.

Comme Trevor tournait vivement la tête vers elle, elle s'interrompit.

— Je viens d'avoir un vague souvenir !

— J'en ai bien l'impression. Continuez ! Faites un effort !

Il l'entraîna vers sa voiture.

— C'est très bon signe. Vous n'en aurez plus pour longtemps avant que la mémoire vous revienne, affirma-t-il.

Il ouvrit la portière passager. En réalité, même s'il faisait tout pour encourager Venus, il n'était pas sûr de souhaiter qu'elle se souvienne de son passé. Cela risquait de faire apparaître une femme très différente de celle qui le captivait chaque jour un peu plus.

Comme chaque matin depuis plus d'une semaine, Trevor passa prendre Venus chez ses parents. Et comme chaque soir, il la ramènerait à la fin de la journée.

Les deux premiers jours, la jeune femme l'avait regardé du coin de l'œil tout en s'activant, ignorant qu'il s'en rendait compte. Elle l'observait pendant qu'il préparait les différents plats de la carte mais aussi pendant qu'il en inventait d'autres. Dès qu'il se tournait vers elle, elle détournait vivement le regard. Il avait fini par lui faire signe de s'approcher.

— Voulez-vous apprendre cette recette ? lui avait-il proposé.

Elle avait accepté sans l'ombre d'une hésitation.

C'est ainsi qu'il avait commencé à lui donner des leçons de cuisine. Elle buvait ses paroles comme une fleur qui aurait été trop longtemps privée d'eau. Il l'avait ensuite encouragée à imaginer de nouvelles recettes en fonction de ses goûts pendant les heures creuses de l'après-midi.

Et elle l'avait vraiment étonné par ses inventions et ses mariages des goûts et des couleurs. Elle avait vraiment l'âme d'un grand chef.

Passant la quatrième vitesse, il la regarda à la dérobée. Elle avait les yeux fixés sur la route et paraissait très songeuse. Que se passait-il donc dans sa tête ? se demanda-t-il. Avait-elle retrouvé quelques souvenirs ? Allait-elle rester toute sa vie Venus, une jeune femme au passé disparu ?

Venus regardait défiler les arbres. Trevor était adorable avec elle, et depuis qu'il lui donnait des cours de cuisine, la relation entre eux s'était étoffée ; le fait de partager une passion commune les avait inconsciemment rapprochés. Mais il y avait un hic. Cette passion partagée pour la cuisine ne faisait que renforcer l'attirance qu'ils éprouvaient déjà l'un pour l'autre. Devait-elle s'en réjouir ? Elle l'ignorait. Ce qui était sûr, c'est que sa mémoire s'obstinait à jouer les Arlésiennes.

Elle poussa un léger soupir. Parfois, cette constatation quotidienne était plutôt réjouissante. Au fond, qu'importait le passé et qui elle était ? Au lieu de vouloir à tout prix retrouver ses souvenirs, n'était-il pas préférable qu'elle vive intensément le présent, et qu'elle s'épanouisse en exerçant un métier qui lui plaisait de plus en plus ?

A vrai dire, elle était extraordinairement heureuse. Elle avait beau avoir tout oublié de sa vie, elle n'avait jamais connu un tel bonheur, elle en avait la certitude intime.

Et si son ancienne vie n'était pas aussi agréable, c'était peut-être bien la raison pour laquelle elle ne se souvenait de rien. Son inconscient devait la protéger en lui faisant oublier ce qu'elle avait vécu avant que Trevor ne la sauve des eaux tumultueuses du Pacifique. Oui, c'était la seule explication plausible : la vie qu'elle menait avant de frôler la mort ne la rendait pas heureuse.

Alors qu'ici, elle se sentait bien. Tout le monde prenait soin d'elle : Trevor, bien sûr, mais aussi sa famille et tout le personnel du restaurant.

Elle sourit malgré elle. Que pouvait-elle souhaiter de mieux ?

Même en ayant perdu la totalité de sa vie passée, jamais elle ne s'était sentie aussi sûre d'elle.

Un mois passa, puis un autre. Venus ne savait toujours pas qui elle était. Elle avait beau se dire qu'elle devrait faire plus d'efforts, c'était plus fort qu'elle, elle n'en avait pas envie. A vrai dire, cela l'intéressait de moins en moins. Après tout, qui pouvait l'assurer que ses souvenirs avaient autant de valeur que la vie qu'elle menait actuellement ? C'était tellement mieux de vivre au jour le jour et de savourer chaque seconde. Et non seulement chaque seconde passée près de Trevor, mais aussi avec sa famille.

La seule chose qui la reliait au passé était le sentiment très fort qu'elle n'avait jamais rien connu de tel. Jamais elle n'avait éprouvé une telle plénitude, et jamais elle n'avait eu cette impression d'être vraiment à sa place.

C'était un excellent argument pour ne pas faire remonter ses souvenirs. L'idée de recouvrer la mémoire était devenue plutôt effrayante.

Elle ne demandait pas mieux que de rester Venus jusqu'à la fin de ses jours.

— Venus, pouvez-vous aller ouvrir, je vous prie ? cria Kate depuis la cuisine. J'entends une voiture qui se gare.

Venus était seule dans le salon. Elle s'élança vers la porte pour l'ouvrir.

Là, elle se figea sur place. Avait-elle une hallucination ? Deux Trevor se tenaient sur le seuil. Elle poussa une exclamation de surprise.

— Seigneur ! Mais vous êtes absolument identiques ! Lequel des deux est Trevor ?

L'un des deux se mit à rire.

— Ni l'un ni l'autre. Vous devez être Venus, la sirène de ce bon vieux Trevor. Moi, c'est Trent. Et voici Travis, dit-il en faisant un signe de la main vers son frère.

S'approchant de Venus, il la prit par les épaules et l'observa longuement tandis qu'elle laissait aller son regard de l'un à l'autre.

— Ma mère nous a dit que vous étiez une beauté, et elle n'a pas menti ! déclara Trent avec un sourire appréciateur.

Gênée, Venus s'éclaircit la gorge.

— Pardonnez-moi de vous dévisager ainsi, mais on jurerait que vous êtes des clones…

Travis sourit.

— Pas de problème, nous avons l'habitude.

Se ressaisissant, Venus les laissa entrer. Ils allèrent directement à la cuisine. Trent se dirigea tout droit vers le réfrigérateur, d'où il sortit une canette de bière.

— Nous en avons l'habitude ? répéta Trent en riant. Je ne dirais pas cela… En fait, nous en avons profité un maximum quand nous étions gamins. Nous échangions nos devoirs. Travis était fort en maths, et moi j'étais meilleur que lui en anglais.

Décapsulant la canette, il but une longue gorgée.

— Et Trevor, en quoi était-il le plus doué ? demanda Venus, piquée par la curiosité.

— Il ne trichait pas, *lui*, répondit ce dernier en entrant dans la pièce.

Il portait un plateau de hors-d'œuvre, qu'il déposa sur la table d'appoint.

— Je vois que vous avez rencontré mes clones ! dit-il en désignant ses frères d'un signe de tête.

— Ce n'est pas parce que tu es né une demi-minute avant nous que nous sommes tes clones ! protesta Travis d'un air faussement fâché.

S'approchant d'une assiette de hors-d'œuvre, il prit un champignon farci qu'il dégusta lentement.

— Bon sang, c'est fantastique, Trev ! Tu pourrais travailler dans les cuisines présidentielles.

Il se servit encore.

— Laisses-en pour les autres ! dit Trent en lui administrant une petite tape sur la main.

Puis, se tournant vers Venus, il ajouta :

— Un jour, une femme aura la chance de vivre avec lui, et il la rendra heureuse.

Trevor haussa les épaules.

— Toi, tu ne fais pas la différence entre un champignon et un crapaud rôti…

Il fut interrompu par Kelsey qui entrait bruyamment dans la cuisine. Cette dernière se dirigea vers Venus et lui prit le bras d'autorité.

— C'est effrayant, leur ressemblance, vous ne trouvez pas ? S'ils étaient vêtus de la même façon, ce serait certainement impossible de les différencier.

— Moi, je pourrais reconnaître Trevor, affirma Venus.

— Ah oui ? Et comment ?

Venus sourit. Elle avait eu tout loisir d'étudier les trois frères.

— Pour commencer, le sourire de Trevor est plus relevé sur la gauche que sur la droite. Et quand il réfléchit, il a un sourcil qui remonte plus haut que l'autre.

— Est-ce que c'est vrai ? s'étonna Trent en inclinant la tête. Allons, souris, Trevor ! ordonna-t-il à son frère.

— Ou fais semblant de réfléchir ! renchérit Travis.

— Oui, Venus a raison ! annonça Kate en s'approchant de la table de la cuisine pour y déposer un panier de petits pains chauds. C'est un des signes particuliers que j'ai remarqués quand j'ai commencé à venir ici, dit-elle en se tournant vers Venus. Mes trois garnements étaient bien déterminés à me mener la vie dure en se faisant passer les uns pour les autres, mais ils ont eu du mal car j'avais décidé de voir chacun d'eux en tant qu'individu. Et j'ai gagné ! conclut-elle triomphalement.

— Heureusement que ce n'étaient pas des quadruplés ! lança Kelsey en prenant le plus gros champignon qu'elle put trouver.

Il disparut dans sa bouche en un temps record.

— Mike leur ressemblait assez pour que ce soit possible, continua Kate. Il était juste un petit peu plus grand que les trois autres.

— Et pas aussi charmant, intervint Travis.

Il étudia un instant les hors-d'œuvre et opta pour un troisième champignon. Ou peut-être un quatrième ? Il n'aurait su le dire.

Bryan toussota.

— Ce n'est pas l'adjectif que je choisirais quand je pense à vous à cette époque, les garçons. Vous étiez tout, sauf *charmants*.

— Pour tout dire, ils représentaient un véritable défi, dit Kate d'une voix chaleureuse.

Venus sentit une étrange nostalgie l'envahir. Ce n'était pas la première fois qu'elle s'en rendait compte depuis qu'elle vivait sous leur toit, mais les Marlowe étaient unis comme les doigts de la main, et elle aurait juré que des sentiments aussi forts lui étaient inconnus.

Sans se rappeler le moindre détail sur sa propre vie, elle sentait que sa famille n'avait rien de commun avec ces gens. Mais peut-être qu'après tout, elle n'avait pas de famille.

— Où sont les fiancés ? demanda Kelsey, la tirant de ses réflexions.

Elle consulta sa montre.

— Ne devraient-ils pas être arrivés ? Ce dîner est bien prévu pour eux, non ?

— Ce dîner est pour nous tous, répondit Kate d'un air mystérieux.

— Mais surtout pour eux, insista Kelsey. Et ils sont en retard. Je meurs de faim !

Trent eut un sourire malicieux.

— Ils ont peut-être eu un empêchement… de dernière minute.

— Empêchement ou pas, ils viendront s'ils savent ce qu'ils veulent, commenta Trevor.

Il se dirigea vers la fenêtre qui donnait sur la rue et tira le rideau.

— C'est vrai, renchérit Travis d'un ton faussement solennel. Ils ne peuvent pas ignorer un repas entièrement imaginé et préparé par Trevor le Magnifique.

Laissant retomber le rideau, Trevor lui jeta un coup d'œil par-dessus son épaule.

— Au moins, tu as trouvé le nom qui me convient.

Venus les regarda tour à tour, puis elle se tourna vers Kate.

— Est-ce qu'ils sont toujours ainsi ? s'enquit-elle en riant.

Kate posa au centre de la table le plat principal que Trevor avait passé beaucoup de temps à peaufiner.

— Presque toujours, répondit-elle. Mais quand je suis arrivée dans cette maison, ils étaient très introvertis. C'est à peine si j'arrivais à leur tirer un mot. J'ai fini par comprendre qu'ils me mettaient à l'épreuve. Croyez-moi, je préfère mille fois qu'ils soient ainsi.

Prenant une canette de bière, Bryan soupira.

— Si tu le dis.

— Ah, les hommes ! soupira Kate en riant. Au fond, que savent-ils des subtilités des caractères ?

Brusquement, elle tendit l'oreille.

— Trevor, sois gentil, va chercher les pommes de terre à la cuisine. Je crois que ce sont eux.

— Et si ce ne sont pas eux ? dit-elle.

— Eh bien, nous inviterons ceux qui vont arriver, quels qu'ils soient ! répliqua joyeusement Kate.

Venus sourit. Kate parlait sérieusement, c'était certain.

Les gens comme Kate devaient être très rares, surtout dans le monde dont elle-même venait, pensa-t-elle. Elle ne s'en souvenait toujours pas, mais une chose paraissait évidente : elle avait de moins en moins envie de se rappeler quoi que ce soit de son ancienne vie.

En réfléchissant bien, le fait d'avoir perdu la mémoire était peut-être ce qui avait pu lui arriver de mieux.

- 10 -

— Eh bien, il y en a encore trois…, dit Kate d'un air rêveur en faisant couler l'eau dans l'évier.

— Trois gâteaux ? s'enquit Bryan en parcourant la cuisine des yeux d'un œil gourmand.

Il poussa un petit grognement en se tenant l'estomac.

— Je n'ai pourtant vraiment plus de place pour…

Kate se mit à rire.

— Je ne parle pas de gâteaux, Bryan. Je parle des enfants, précisa-t-elle en s'essuyant les mains. Il reste Trent, Travis et Kelsey. Mike est marié avec Miranda, Trevor a rencontré Venus…

Bryan fronça les sourcils d'un air pensif.

— Attends un peu ! Il ne se passe rien entre Trevor et Venus ! De plus, cette jeune femme ne sait même pas qui elle est !

Kate haussa les épaules.

— Quelle importance ?

Elle posa sur son mari un regard attendri.

— Et si tu crois qu'il n'y a rien entre eux, c'est que tu es juste aussi délicieusement naïf et aveugle que le premier jour où je suis venue travailler chez toi.

Bryan se hérissa légèrement. Sa formation de juriste

exigeait de lui une réflexion à multiples niveaux qui n'avait rien de naïf.

— Je t'assure que Trevor ne fait qu'aider Venus, Kate, c'est tout.

Kate plongea quelques verres dans l'eau de vaisselle.

— Je n'ai pas dit le contraire. Mais je ne crois pas que ce *soit tout*, dit-elle en insistant sur les derniers mots. Est-ce que tu as remarqué la façon dont Trevor la regarde quand il croit que personne ne le voit ?

Bryan se mit à rire. Décidément, les femmes étaient programmées pour déceler des histoires d'amour partout.

— Ah bon ? Et comment la regarde-t-il ?

Kate lui tapota la joue.

— Exactement comme tu me regardais.

— Et comment je te regardais ? demanda-t-il d'un ton amusé.

Kate ferma un instant les yeux. Rien n'était plus extraordinaire que de découvrir l'amour dans les yeux d'un homme.

— Comme si j'étais la lumière de ta vie, finit-elle par répondre d'une voix lointaine.

Bryan se leva et s'approcha d'elle. Glissant ses bras autour de sa taille, il l'embrassa tendrement dans le cou.

— Tu l'es toujours, ma chérie, murmura-t-il.

Kelsey entra en trombe dans la cuisine.

— Hé ! Il y a des chambres pour cela ! s'écria-t-elle en détournant les yeux d'un air faussement offusqué.

Bryan jeta sur elle un regard amusé.

— C'est très vrai. Et tu en as une, toi aussi. D'ailleurs pourquoi n'y es-tu pas en ce moment ?

— Parce que je pensais que maman avait besoin d'aide ! répliqua-t-elle, l'air innocent.

— Voyez-vous ça ! Mieux vaut tard que jamais. Tu viens proposer ton aide quand tout est rangé !

Kelsey écarta les mains.

— Je n'y peux rien si j'ai beaucoup de travail scolaire !

Elle jeta un coup d'œil à la pendule.

— Il faut que je retourne à la bibliothèque de l'école. J'ai une dissertation à rendre la semaine prochaine. Et je n'ai même pas commencé !

Bryan éclata de rire.

— Le contraire m'aurait étonné !

Faisant une petite moue, Kelsey attrapa son sac et le glissa sur son épaule.

— Sois prudente, Kelsey, dit Kate.

Une main sur la poignée de la porte, Kelsey poussa un soupir théâtral.

— Maman, nous sommes à Bedford. C'est une ville où il n'arrive jamais rien !

— Jusqu'au jour où il arrive quelque chose ! Dis-moi, est-ce que Trevor est encore là ?

— Non ! répondit Kelsey en prenant un air mystérieux, comme si elle était investie d'un grand secret. Et Venus non plus…

Kate lança un regard entendu à Bryan.

Kelsey se dirigea lentement vers la porte. Faisant une pause, elle lança en se retournant :

— Trevor a dit à Venus qu'il avait un aquarium et il lui a demandé si elle voulait le voir. Elle croit se souvenir qu'elle aime les poissons, mais elle n'en est pas sûre.

— Un aquarium…, répéta pensivement Bryan. Est-ce que c'est la version moderne de : « Venez voir mes estampes japonaises » ?

Kate émit un petit gloussement.

— Cela se pourrait bien !

Venus fit deux fois le tour de l'immense aquarium. Rien. C'était curieux mais quand Trevor avait prononcé ce mot, elle avait eu l'impression que cela éveillait un écho dans son esprit, sans qu'elle puisse vraiment savoir de quoi il s'agissait. Mais maintenant, alors qu'elle examinait le grand rectangle de verre, rien ne se passait. Aucun flash, aucune impression de déjà-vu. Rien de rien.

— Comment trouvez-vous le temps de vous en occuper ? demanda-t-elle.

— Ce n'est pas comme si c'était un chien. Je n'ai pas à promener les poissons deux fois par jour. Il suffit de les nourrir. De plus, leur présence ici est provisoire. L'ami qui me les a confiés est parti en Europe pour trois mois seulement. J'avoue quand même que ce n'est pas vraiment ma passion.

Venus contourna encore une fois l'aquarium. Peut-être allait-elle voir ressurgir dans son esprit la vague réminiscence qu'elle avait eue en entendant Trevor prononcer le mot « aquarium » ?

Comme rien de tel ne se produisait, elle soupira et fixa son attention sur les poissons dont certains étaient des merveilles de couleurs.

— Regardez-les dans la lumière qui tombe du plafond, finit-elle par dire doucement. Ils sont absolument superbes, non ?

Trevor ne répondit pas. Ce n'étaient pas les poissons, aussi beaux soient-ils, qu'il avait envie de contempler. Venus était éblouissante. Elle ne s'en rendait probablement pas compte, mais elle était superbe… et terriblement tentante.

— Si vous le dites, murmura-t-il.

Elle releva la tête.

— Vous ne trouvez pas ces couleurs magnifiques ? s'enquit-elle d'un air étonné.

— Je trouve que le mot « magnifique » devrait être employé avec parcimonie. On devrait l'appliquer à ce qui touche vraiment l'âme.

— Par exemple ? dit-elle.

— Par exemple, un beau coucher de soleil…

Faisant une pause, il plongea un regard pénétrant dans le sien.

— Ou une femme particulièrement belle…

Venus retint son souffle. Brusquement, le salon semblait avoir rétréci. Elle entendait son propre sang battre dans ses veines.

— Je vois…

— Non. C'est moi qui vois, dit-il en l'enveloppant d'un regard de braise.

Venus baissa un instant les yeux. Trevor se tenait près d'elle. Beaucoup trop près. Peut-être allait-il faire ou dire quelque chose qui lui ôterait le fardeau de prendre elle-même une décision. Mais il fallait qu'il prenne la bonne décision… Elle-même ne souhaitait-elle pas aller plus loin et provoquer des situations, au lieu d'attendre ? Elle n'eut pas longtemps à réfléchir. Elle voulait mordre la vie à pleines dents avant qu'il ne soit trop tard.

D'où lui venait cette impatience, elle n'aurait su le dire. Peut-être avait-elle peur de se souvenir de quelque chose qui l'éloignerait de Trevor… Ou alors, elle craignait de n'avoir pas assez de temps, parce qu'elle se sentait inconsciemment dans une situation extrême ? Peut-être encore qu'avant de tomber du bateau — ou d'en être jetée ? — elle était trop timorée ? Quoi qu'il en soit, elle n'avait aucune envie d'être un pion sur un échiquier ; elle voulait prendre sa vie en main.

Elle se faufila dans l'espace étroit entre l'aquarium et Trevor.

— Que faites-vous ? s'étonna Trevor.

Elle lui adressa un sourire éblouissant.

— Vous ne devinez pas ? dit-elle en se haussant sur la pointe des pieds.

Le cœur de Trevor se mit à battre plus fort. Il ne le devinait que trop. Prenant un air faussement désinvolte, il répondit :

— On dirait que vous allez m'embrasser…

Une expression amusée se peignit sur le visage de Venus.

— Oh, mais vous êtes très perspicace, dites-moi…

Trevor prit une profonde inspiration. La tentation était grande, mais Venus ne connaissait pas sa situation réelle. Si quelqu'un l'attendait, un homme qui se faisait, à cet instant précis, un sang d'encre pour elle ? Un homme qu'elle aimait, peut-être ? Elle n'apprécierait pas de l'avoir trompé quand elle le retrouverait.

— Vous êtes bien sûre de le vouloir ? demanda-t-il d'une voix un peu rauque.

— Tout à fait sûre, murmura-t-elle en lui enlaçant le cou et en se serrant contre lui.

Elle posa ses lèvres sur les siennes et il sentit son cœur s'emballer. Bon sang, même si sa vie était en jeu, il ne pourrait pas rester de marbre bien longtemps. Il n'avait qu'une envie : embrasser Venus jusqu'à lui faire tourner la tête, et s'il leur restait encore un peu de souffle, lui faire l'amour.

Mais en avait-il le droit ? Ne devait-il pas attendre qu'elle ait totalement retrouvé la mémoire ?

Sa capacité de réflexion fut bientôt réduite au néant.

Les lèvres de Venus déclenchaient une série de mini-explosions dans ses veines, chacune l'atteignant plus profondément que la précédente. Si cela continuait ainsi, il allait se dissoudre.

Que lui arrivait-il ?

Il se sentait vivant comme jamais, et c'était la première fois qu'il éprouvait un désir aussi exigeant que celui-ci. S'il franchissait cette ligne, s'il se jetait dans ce volcan que Venus venait d'allumer, il devrait ensuite en affronter les conséquences.

Il ne faisait pas partie de ces hommes à se satisfaire de rencontres de hasard destinées uniquement à procurer des sensations fortes. Faire l'amour avec une femme avait toujours eu pour lui une profonde signification, et il avait besoin de sentiments.

Et cette certitude n'avait jamais été aussi forte qu'en cet instant. Mais comment être sûr qu'il n'allait pas faire l'amour avec une femme mariée ?

Faisant un effort surhumain, il s'écarta lentement de Venus et la tint à bout de bras. Pourtant, la seule chose dont il rêvait était de se perdre en elle, dans son parfum, dans la promesse qu'elle lui offrait.

En s'écartant d'elle, il eut l'impression de s'arracher lui-même les tripes.

— Venus, êtes-vous sûre ?

Venus soupira. Pourquoi lui posait-il des questions à un moment comme celui-ci ? La plupart des hommes l'auraient déjà déshabillée. Naturellement, c'était adorable de la part de

Trevor, mais à cet instant, elle n'avait pas envie d'entendre les hésitations d'un homme scrupuleux.

— J'en suis absolument sûre. Je vais vous signer un papier, si cela peut vous rassurer ! dit-elle, haletante.

Trevor sourit. Elle devait le prendre pour un idiot. Mais il avait plus d'une raison d'agir ainsi.

— Je ne veux pas que vous ayez des regrets demain matin, insista-t-il.

— La seule chose que je regretterai demain matin, c'est de n'avoir rien fait avec vous si vous me repoussez…

Un léger soupir s'échappa de ses lèvres encore gonflées de leur baiser.

— Trevor, je me jette littéralement à votre cou. Le moins que vous puissiez faire, c'est d'avoir la décence d'accepter.

— Ce n'est pas le moins, murmura Trevor contre sa bouche.

Toutes ses belles intentions eurent tôt fait de s'évanouir, emportées par un désir qui n'avait jamais atteint cette intensité.

Il la désirait tant que c'en était presque douloureux.

La prenant par la taille, il l'entraîna loin de l'aquarium.

Puis il s'empressa de faire tomber tous les obstacles qui le séparaient de la peau de Venus. Cette peau qu'il rêvait de caresser, de savourer…

Il fit glisser son chemisier de ses épaules, puis le long des bras. Puis ce fut au tour de son soutien-gorge, plus compliqué à détacher. Là, il fit un effort pour ne pas l'arracher.

La sensation de sa peau satinée sur la paume de ses mains était paradisiaque. Le désir, plus violent que jamais, monta dans ses veines. Il prit une profonde inspiration.

Il fallait aller doucement. Penser à Venus. C'était aussi

important pour lui que pour elle. Prenant son temps, il la débarrassa de sa jupe et de sa petite culotte avec des gestes précis,

Son cœur battait la chamade. Venus avait un corps parfait. C'était une vision de rêves. Quant à lui, il était déjà nu, Venus l'ayant déshabillé sans qu'il s'en rende vraiment compte.

Elle avait déclenché en lui un incendie qui gagnait du terrain. Maintenant, le désir était presque devenu insupportable.

Même si sa vie en dépendait, il ne pourrait plus faire machine arrière. Et il fallait espérer que Venus n'allait pas changer d'idée. Comment ferait-il si elle le priait brusquement de se rhabiller ?

Il la caressa longuement, ses doigts mémorisant chaque courbe, chaque creux, chaque contour parfait, tandis que sa bouche goûtait les douceurs de sa peau.

Venus se mit à gémir. Ce que Trevor lui faisait était absolument délicieux. Et cela lui paraissait nouveau. Pourtant, elle n'était probablement plus vierge, bien qu'elle ne puisse en avoir la certitude. Elle se sentait renaître sous les mains expertes de Trevor. C'était ensorcelant. A l'évidence, elle n'avait jamais rien éprouvé de semblable.

Non, c'était impossible, songea-t-elle alors que Trevor lui mordillait le cou, déclenchant des ondes de plaisir dans tout son corps. C'était comme un feu d'artifice qui jamais ne s'arrêtait. Elle s'en serait souvenue si elle avait déjà vécu quelque chose d'aussi extraordinaire, et surtout, elle n'aurait pas oublié l'homme qui en aurait été la cause.

Elle poussa un long soupir. Aucun visage masculin ne se profilait dans son esprit.

Les sensations s'accéléraient, envahissant chaque fibre de son corps. Elle avait l'impression d'être portée par une vague chaude, qui ne lui voulait que du bien. Et la vague montait, de plus en plus haut.

Avide d'en savoir encore plus, elle souleva les hanches à la rencontre de celles de Trevor.

Il se glissa doucement en elle, et elle noua ses jambes autour de sa taille, l'entraînant au plus profond, jusqu'à l'explosion finale.

- 11 -

Trevor se glissa sur la terrasse à pas de loup. La nuit était aussi belle que celle qui avait été témoin du sauvetage de Venus.

C'était peut-être ce qui l'avait attirée là.

Il hésita. Il devrait s'esquiver et laisser Venus tranquille. Elle avait peut-être envie d'être seule quelques instants. Mais il ne pouvait détacher son regard d'elle. S'éloigner, ne serait-ce que de quelques instants de l'endroit où elle se trouvait lui était insoutenable.

Elle était appuyée contre la balustrade, face à l'océan.

A quoi pensait-elle ? Revivait-elle la scène où elle avait failli se noyer ? Essayait-elle d'imaginer la femme qu'elle était avant ce drame ? Avait-elle retrouvé des bribes de sa vie passée ?

Lui se moquait bien, maintenant, de la femme qu'elle avait pu être avant de devenir amnésique. Une seule chose comptait, une chose à la fois merveilleuse et préoccupante : Venus commençait à s'installer dans son cœur, et cela ne semblait rien avoir d'éphémère. Que ferait-il si Venus se découvrait un mari, des enfants, une vie à l'autre bout du pays ?

Le restaurant avait fermé ses portes trois quarts d'heure

plus tôt. Tous les employés étaient rentrés chez eux depuis une vingtaine de minutes, à l'exception de Venus et lui.

Cependant, quand il l'avait cherchée pour la ramener chez Bryan et Kate, elle était introuvable. La panique s'était alors emparée de lui.

Et si elle était partie ? Si elle s'était brusquement rappelé qui elle était, et qu'elle se soit précipitée pour retrouver son ancienne vie, sans dire au revoir ? Mais non, c'était une idée idiote. Venus n'aurait pas agi ainsi, elle ne serait pas partie sans lui parler. Pourtant, il n'avait pu s'empêcher de la chercher, et en la trouvant, il avait éprouvé un soulagement incroyable. C'était à ce moment-là qu'il avait compris : ce qui lui arrivait était grave. Il n'aurait jamais dû devenir si intime avec elle. Mais apparemment, il avait, à un moment donné, perdu tout contrôle sur lui-même. Pour son plus grand malheur.

La brise jouait dans les cheveux de Venus, et il résista à grand-peine à l'envie d'aller glisser ses doigts dans ses mèches douces. Il s'approcha doucement d'elle. Allait-il la déranger ? Alors qu'il se décidait à s'éloigner, elle demanda :

— A votre avis, qui étais-je ?

Il revint sur ses pas et lui enlaça la taille pour l'attirer contre lui. C'était grisant, cette sensation de bien-être, comme s'il avait vraiment trouvé sa place.

— Vous voulez dire, avant que je vous sorte de l'eau ?

— Oui.

— C'est facile.

Elle se tourna légèrement vers lui et le regarda, étonnée.

— C'est facile, répéta-t-il. Vous étiez une sirène, une merveilleuse créature mythique, trop belle pour exister dans le monde ordinaire, mais vous y étiez quand même. Et vous y êtes encore.

Tandis qu'elle se retournait complètement pour l'observer, ses seins frôlèrent son torse, l'électrisant de la tête aux pieds. Il se raidit. Au moindre contact physique avec elle, il avait toujours la même réaction. Jamais il n'aurait cru qu'en deux mois à peine, son corps serait à ce point prisonnier du sien.

— Non, sérieusement, insista-t-elle. Cela fait bientôt neuf semaines que vous m'avez sauvée. Est-ce que je ne devrais pas me rappeler un certain nombre de choses ? Mon nom, le nom de mes proches, au moins ?

Trevor ne sut que répondre. L'anxiété de Venus était compréhensible. Tant qu'elle n'aurait pas fait la lumière sur sa vie passée, elle se sentirait prisonnière d'une sorte de trou noir ce qui, il voulait bien le croire, devait être terriblement angoissant.

— Je ne sais pas.

Appuyant sa joue sur sa tête, il respira le parfum de ses cheveux.

— Tout ce que je sais, c'est que j'ai de la chance de vous avoir trouvée, et que le jour où la mémoire vous reviendra, je vous perdrai peut-être. Alors, en toute franchise, je ne suis pas pressé de savoir qui vous êtes…

Il regretta aussitôt ses paroles. Comment Venus allait-elle prendre son aveu ?

Elle renversa la tête en arrière pour le regarder dans les yeux.

— Je sais aussi que j'aime beaucoup ce que vous êtes actuellement, ajouta-t-il avec un sourire éblouissant.

Souriant à son tour, elle se pressa contre lui.

— Moi aussi… Après tout, le fait de ne rien me rappeler

de mon passé n'est peut-être pas une mauvaise chose. Aujourd'hui je suis heureuse, et d'après ce que j'ai pu entendre autour de moi, le bonheur ne semble pas très facile à atteindre. J'aime être heureuse avec vous, ajouta-t-elle d'une voix plus grave.

Trevor sentit son cœur se mettre à battre un peu plus vite. L'instant qu'il vivait était unique, magique. Jamais, quand il était avec Alicia, il n'avait ressenti une telle plénitude. S'agissait-il de bonheur ? D'amour ? Il n'aurait su le dire. Et peu importait.

Il serra Venus plus fort contre lui. Au diable les pensées négatives qui se faisaient l'avocat du diable ! Evidemment, il ne pouvait pas nier que le temps avec sa sirène lui était compté, ni qu'il commençait à perdre la tête pour elle. Cependant, comment faire des projets sur des bases aussi mouvantes ? Ne sachant rien de la vie passée de Venus, il ne pouvait que vivre au jour le jour. Et vivre intensément chaque instant.

Ils restèrent un long moment ainsi, sans bouger, serrés l'un contre l'autre.

Le calicot devant le Kate's Kitchen annonçait pour le mardi suivant une fermeture exceptionnelle pour cause de repas familial.

Depuis plus d'une semaine, Trevor mettait les bouchées doubles. Il préparait cette réception tout en assurant les repas quotidiens du restaurant. Ses nuits étaient de plus en plus courtes. Mais pour rien au monde il n'aurait bâclé le repas de mariage de son frère.

Heureusement que Venus était là, songea-t-il en mettant la dernière touche à une crème à la verveine et au chocolat.

Elle se rendait indispensable, l'épaulant à chaque étape, aussi vive que prévoyante. C'était stupéfiant de constater sa puissance de travail. Ils formaient un tandem parfait. Chaque jour, alors qu'ils œuvraient côte à côte, la même idée tournait dans sa tête : pourquoi n'engagerait-il pas Venus comme associée ?

Oui. Mais encore fallait-il trouver le temps de lui en parler. Depuis huit jours, il n'avait qu'un horizon : le mariage de son frère. Tout le reste paraissait encore très loin. Et c'était beaucoup mieux ainsi.

Quand le jour J arriva, Trevor vérifia que tout était fin prêt. L'exaltation et la fatigue l'avaient mis dans un état second. Cependant, la vue de Venus dans une robe bleu électrique qui soulignait sa taille fine le galvanisait.

Oui, cette robe était magnifique, et elle lui allait admirablement, mais comme ce serait bon de pouvoir la lui ôter sans plus attendre…

La voix de Kate le tira de sa rêverie.

— Trevor, tu t'es surpassé !

Comme pour illustrer ces paroles, un chariot fut poussé dans un coin de la cuisine, portant une superbe pièce montée qui ressemblait plus à une œuvre d'art qu'à un gâteau à base de farine, d'œufs et de sucre.

Comme chaque fois qu'il recevait des louanges, Trevor reçut celles de Kate avec modestie.

— Je n'étais pas seul, fit-il remarquer.

Il parcourut la salle du regard et fit signe à Venus de s'approcher.

— Je me demande si je m'en serais sorti sans Venus, dit-il en souriant à la jeune femme qui venait de les rejoindre.

— Vous y seriez arrivé, affirma-t-elle sans fausse modestie. Je n'ai fait que m'occuper de quelques courses et d'une infime partie des tâches. Ce sont vos recettes, votre menu, votre décor. C'est vous qui avez créé tout cela, pour le plus grand bonheur des invités.

Elle se tourna vers Kate.

— Voulez-vous boire quelque chose, madame Marlowe ?

— Non, et appelez-moi Kate, je vous en prie. Depuis le temps. Vous avez fait un travail fantastique tous les deux. Vous formez un fameux duo.

Trevor se mit à rire.

— Tu recommences, maman ! Ce n'est pas très subtil !

Kate le regarda un instant, puis se tourna vers Venus.

— Subtil ou non, vous devriez danser, suggéra-t-elle avec un sourire malicieux.

Se penchant vers Venus, elle baissa la voix pour ajouter :

— J'ai appris à danser à mon fils, il n'a donc aucune excuse de ne pas vous inviter.

Venus fit une petite moue.

— J'ai bien peur de ne même pas savoir si je sais danser ! dit-elle en se tournant vers Trevor.

Hochant la tête, ce dernier jeta un bref coup d'œil vers la cuisine. Emilio s'activait avec cinq autres personnes qu'il avait engagées pour la soirée, ce qui lui laissait un peu de temps libre. Il tendit la main à Venus.

— Et si nous faisions un essai ?

Sans hésiter, elle glissa sa main dans la sienne.

— D'accord, mais si je vous marche sur les pieds, c'est vous qui l'aurez voulu ! dit-elle tandis qu'il l'entraînait vers la piste.

Il se mit à rire.

— Je ne tremble pas de peur. Vous devez peser une

cinquantaine de kilos, et encore ! En remplissant vos poches de pierres…

— Je pèse plus lourd que ça ! protesta-t-elle, faussement indignée.

— Avec les pierres dans vos poches ?

C'était un slow. Trevor l'attira contre lui et commença à suivre le rythme.

Venus se laissa entraîner.

— Non, sérieusement, je pèse…, continua-t-elle.

S'interrompant, elle leva un regard éploré vers lui.

— Je ne connais même pas mon poids !

— A mon avis, votre poids est parfait, lui murmura-t-il à l'oreille.

Elle sourit.

— Merci, vous faites beaucoup de bien à mon ego. Surtout ne vous gênez pas si l'envie de me faire un compliment vous prend une autre fois.

— Toujours prêt ! Au fait, vous savez danser !

— Apparemment oui ! dit-elle, radieuse.

De plus, elle ne se contentait pas de suivre les pas de Taylor, remarqua-t-elle. Le rythme résonnait en elle, vibrant de la pointe de ses pieds jusqu'à la racine de ses cheveux. Avait-elle une facilité pour la danse et la musique ? Avait-elle pris des leçons ?

Ces questions sans grande importance, elle avait envie d'en connaître les réponses, mais, bien sûr, au fond, cela devenait de moins en moins urgent.

Trevor jeta un coup d'œil à Mike et Miranda.

— Ils ont l'air vraiment heureux, vous ne trouvez pas ?

Venus suivit son regard. Dès qu'elle vit les jeunes mariés, une impression troublante se fit en elle. Elle n'aurait su l'expliquer mais c'était un peu comme un gravier qui vient brusquement se glisser dans votre chaussure. Une idée informe lui traversa l'esprit. Elle s'y accrocha désespérément, mais ce début d'ouverture sur ce qui était peut-être un souvenir ne dura pas.

Elle fit un effort pour ne plus y penser.

— Oui, ils ont l'air très heureux, répondit-elle en tournant les yeux vers lui.

— Seriez-vous heureuse, vous ?.... si vous étiez mariée ?

Il s'interrompit. Bon sang, il avait une façon de s'y prendre ! Il était mille fois plus doué pour inventer de nouvelles recettes que pour parler.

— Je ne sais pas, répondit-elle d'un air songeur.

C'était curieux, mais la question de Trevor lui donnait brusquement une crampe à l'estomac.

— Je suppose que cela dépend de la personne que j'épouserais, précisa-t-elle devant l'air interrogateur de Trevor.

— Que diriez-vous de moi ? dit-il d'une traite.

Il soupira. Cela non plus n'était pas très adroit, mais à quoi bon jouer les poètes de trois sous ? Le principal était de faire passer son message.

Abasourdie, Venus s'arrêta de danser.

— De vous ?

Prenant une profonde inspiration, il se lança.

— Que diriez-vous si c'était moi qui demandais votre main ?

Venus resta un long moment silencieuse. Brusquement, un mur effrayant venait de se refermer autour d'elle. D'où avait-il surgi, elle n'en avait pas la moindre idée.

— Eh bien, oui, répondit-elle d'une voix à peine audible. Oui, je serais heureuse.

La chanson s'arrêta au même instant et les danseurs regagnèrent leur table.

Trevor lui prit la main, et au lieu de retourner à leur table, il se dirigea vers la terrasse.

La brise nocturne était fraîche. Serrant ses bras autour d'elle, Venus leva vers lui un regard interrogateur.

— Voulez-vous ma veste ? lui proposa-t-il.

— Non, merci. Vous vouliez me dire quelque chose en privé ?

Il plongea main dans la poche de son pantalon. Ses doigts vinrent entourer un petit objet carré qu'il avait glissé là ce matin après s'être habillé pour le mariage de Mike. Cette petite boîte venait de chez le joaillier, où il était allé chercher les alliances des jeunes époux. Cette petite boîte avait l'étrange pouvoir de détenir son avenir.

La sortant de sa poche, il la déposa doucement dans la main de Venus.

Elle baissa les yeux, et son cœur se mit à battre la chamade.

— Qu'est-ce que c'est ? murmura-t-elle.

— Pourquoi ne regardez-vous pas ?

D'une main tremblante, elle ouvrit le minuscule boîtier et poussa une petite exclamation de surprise. Mais aussitôt, un malaise s'insinua en elle.

Cette situation, elle la connaissait, elle en aurait mis sa main au feu. Un homme lui avait déjà offert une bague de fiançailles.

Oubliant de respirer, elle attendit. La scène allait vraiment lui revenir avec précision, cette fois, il ne pouvait en être autrement.

Mais aucun visage ne prenait forme, aucun détail précis ne revenait. Il n'y avait qu'un sentiment d'intense exaltation. Et cela, à coup sûr, c'était nouveau. Elle l'aurait juré sur la Bible.

— C'est magnifique, dit-elle en levant des yeux éblouis vers Trevor.

Etait-ce une demande en mariage ? Si elle lui posait la question, n'allait-elle pas gâcher cet instant magique ? Mais il fallait qu'elle sache.

— Etes-vous en train de me demander ma main ?

— A ma manière maladroite, oui, c'est ce que je fais.

Sortant la bague de son boîtier, Trevor la lui glissa au doigt.

— Nous nous connaissons depuis peu, mais j'ai l'impression que c'est depuis toujours. Je ne me rappelle pas ce qu'était ma vie sans vous.

Elle lui adressa un sourire étincelant.

— Dans ce cas nous sommes deux, Trevor. Excepté que pour moi, c'est la pure vérité.

Il la prit dans ses bras.

— Pour moi aussi, murmura-t-il d'une voix un peu rauque. Même si je ne souffre pas d'amnésie.

Venus se laissa aller contre lui. Elle se sentait légère et pourtant, malgré le bonheur qu'elle éprouvait, quelque chose la taraudait : un petit détail lancinant qui allait et venait dans un coin de sa tête et refusait de se laisser dévoiler. Cependant, il était inutile de s'acharner à le faire resurgir. L'important, c'était de savourer ce moment exquis en compagnie de Trevor.

Moulant son corps contre le sien, elle se perdit dans son baiser et dans les vagues de chaleur qui la submergeaient. Elle vivait là un bonheur total, et rien d'autre n'avait d'importance.

« Je vous aime, Trevor Marlowe, de toute mon âme et

avec chaque fibre de mon corps, songea-t-elle, éperdue. Et je vous aimerai toujours. »

Une toux délicate, un peu distante, la fit revenir à la réalité. A contrecœur, elle s'écarta de Trevor, laissant l'univers qui les environnait reprendre sa place.

Kate les regardait en souriant depuis le seuil de la terrasse.

— Désolée de vous interrompre, mais Miranda va bientôt jeter son bouquet, annonça-t-elle joyeusement en leur faisant signe de rejoindre les invités.

— Moi, je n'ai pas besoin de bouquet ! lança Venus avec un large sourire.

Elle leva la main et l'inclina pour montrer sa bague sous la meilleure lumière.

Le diamant en forme de poire scintilla sous la lune. Kate sourit. Elle ne semblait même pas surprise.

— Bienvenue chez les Marlowe, Venus, dit-elle en s'approchant pour la serrer dans ses bras.

— Et moi ? Je n'ai pas droit à un baiser ? protesta Trevor en riant.

Le sourire de Kate se fit malicieux.

— Je laisse à Venus le soin de le faire.

Elle se dirigea vers la porte.

— Bonne continuation ! murmura-t-elle avant de retourner dans la salle.

Inclinant légèrement la main, Venus admira le bijou qui ornait son doigt. La lumière de la lampe, au-dessus de la table, jouait avec le diamant, le faisant scintiller en dizaines de couleurs différentes et éblouissantes.

Trevor se glissa près d'elle sur le canapé. Plutôt que de

la ramener chez ses parents, après la réception, il l'avait conduite chez lui pour une petite fête privée.

— Je vous en offrirai une plus grosse dès que je pourrai me le permettre, promit-il.

Il avait été tenté d'en acheter une beaucoup plus importante, mais contracter une énorme dette avant de commencer une vie à deux n'était pas très conseillé.

— C'est hors de question ! objecta-t-elle en recouvrant sa bague d'une main protectrice. C'est celle-ci que je veux !

— Je croyais que les femmes aimaient les grosses pierres, dit Trevor, étonné.

Loin d'être un expert en femmes, il aurait juré connaître au moins leurs goûts en matière de joaillerie.

— C'est quand elles se laissent corrompre par un homme qu'elles n'aiment pas, expliqua Venus d'un air très sérieux.

Effarée, elle s'interrompit. En prononçant ces mots, sa crampe d'estomac la saisit une nouvelle fois. Et une nouvelle fois, le souvenir précis d'une situation semblait être là, tout proche, mais dissimulé derrière un lourd rideau noir. Pourtant, elle était sûre qu'elle avait découvert une vérité qu'elle avait elle-même expérimentée. Mais quand ? Où ? Avec qui ? Autant de questions auxquelles elle était incapable de répondre.

Elle prit une profonde inspiration. Elle devait se reprendre. Après tout, cette bague n'avait rien à voir avec un passé qu'elle n'avait pas envie de se rappeler. Elle lui avait été offerte par Trevor. Maintenant.

— Si vous m'aviez donné une bague en paille, je l'aurais acceptée avec joie, poursuivit-elle en retrouvant son sourire.

— Heureux de l'entendre ! s'exclama-t-il en riant. Mais

je peux faire un peu mieux. Et vu la façon dont vous avez été fascinée par cette bague, je ne crois pas qu'un anneau en paille aurait eu le même impact.

— J'apprécie ce qu'elle représente plus que sa valeur marchande.

Elle leva les yeux sur lui. Son visage était soudain devenu grave.

— Etes-vous vraiment sûr de vouloir m'épouser, Trevor ? Vous ne savez rien de moi. Je pourrais aussi bien m'être échappée d'un asile, ou être une voleuse ou une dangereuse criminelle en fuite. Vous ne savez pas à qui vous avez affaire.

Trevor ne put s'empêcher de rire. Venus était vraiment adorable quand elle parlait sérieusement.

— Kate m'a dit que la police avait relevé vos empreintes digitales. Si vous étiez recherchée, nous le saurions maintenant. Vous n'êtes ni une voleuse ni une dangereuse criminelle en fuite. Quant à l'asile… eh bien, vous me paraissez être la femme la plus équilibrée au monde.

— A moins que je ne sois la femme la plus dissimulatrice au monde, fit-elle remarquer.

— Et vous m'auriez mis le grappin dessus parce que vous aimez particulièrement la bonne cuisine ?

— Et pourquoi pas ?

— Maintenant, je sais ce que je vais vous acheter pour Noël !

Retrouvant son sérieux, il l'observa un long moment.

— Vous savez que je vous aime ?

— J'avoue que l'idée m'a effleuré l'esprit quand vous m'avez donné la bague, dit-elle en souriant.

Puis elle redevint sérieuse.

— Moi aussi, je vous aime.

Sans rien dire, Trevor la souleva dans ses bras et l'emporta dans sa chambre.

- 12 -

Venus poussa un soupir d'aise. Elle aurait dû être épuisée, après cette nuit d'amour, mais son corps semblait prêt à explorer de nouveau les mille et un chemins du plaisir.

Pourtant…

Chaque fois qu'elle avait commencé à somnoler, Trevor l'avait gardée éveillée d'une caresse qui en appelait une autre. Et, quand c'était lui qui menaçait de sombrer dans le sommeil, elle n'avait pu résister à la tentation de le tenir éveillé de la plus agréable des façons. Jamais, lui semblait-il, elle n'avait fait vivre à son corps de pareilles délices de tendresse et de volupté. Elle n'avait qu'un seul mot pour décrire la douce euphorie dans laquelle elle flottait : bonheur.

Cela avait peut-être un lien avec le mariage qu'ils venaient de célébrer, ou, plus sûrement, avec la proposition qui avait suivi. Mais quelle qu'en soit la raison, elle n'arrivait pas à être rassasiée de Trevor.

Au début, elle avait été tentée de croire que c'était elle, plutôt que lui, qui en voulait toujours plus. Après tout, c'était sans doute la première fois qu'elle faisait une si belle expérience, contrairement à Trevor, qui devait avoir toutes les femmes qu'il désirait. Mais très vite, elle avait eu la preuve qu'il était tout aussi fou de désir pour elle qu'elle l'était pour lui. Dix minutes à peine s'étaient écoulées depuis qu'ils avaient fait l'amour qu'il recommençait déjà à lui titiller l'oreille ou le cou du bout de la langue, faisant de nouveau flamber son désir.

Avec un nouveau soupir de bien-être, elle s'étira et se retourna, puis elle se glissa sur Trevor en souriant.

— Je ne me rappelle pas avoir jamais été aussi heureuse, chuchota-t-elle.

— … déclara la jeune beauté dont la mémoire ne remonte qu'à soixante-treize jours, conclut-il en riant.

Venus ouvrit de grands yeux. Il connaissait le nombre exact de jours qui avaient passé depuis qu'il l'avait sauvée de la noyade. C'était profondément touchant. Tous les hommes étaient-ils aussi attentifs ?

— C'est vrai, et pourtant, j'ai le sentiment de n'avoir…, commença-t-elle.

S'arrêtant net, elle se mordilla la lèvre. Oui, elle pouvait le dire à Trevor, elle était sûre de ne pas se tromper.

— Oui ?

— J'ai le sentiment de n'avoir jamais été aussi heureuse, de ne m'être jamais sentie aussi bien.

Croisant les mains sur le torse de Trevor, elle y appuya son menton et le regarda dans les yeux.

— Je n'arrive pas à l'expliquer, c'est quelque chose que je ressens au plus profond de moi. Et… et cela me fait presque peur ! dit-elle très vite.

Les yeux de Trevor s'agrandirent de surprise.

— Peur ?

Elle hocha la tête.

— Oui. Peur d'être trop heureuse et de déchanter un de ces jours. Est-ce que la vie ne réserve pas toujours de mauvaises surprises ?

Trevor l'observa, l'air pensif. C'était étrange qu'elle puisse avoir conscience de ce genre de chose alors qu'elle ne se rappelait même pas son propre nom.

— La vie peut réserver aussi de belles surprises, finit-il par dire en lui caressant doucement le creux des reins. Mais je trouve que…

Il soupira. Ce qu'il allait dire allait peut-être la vexer… Pourtant, c'était surtout un conseil qu'il voulait lui donner.

— Qu'est-ce que vous trouvez ? le pressa-t-elle en relevant la tête.

— Eh bien, je trouve que parfois, vous réfléchissez trop. Et surtout… que vous parlez trop !

Elle ouvrit la bouche pour protester, mais il ne lui en laissa pas le temps. Prenant son visage entre ses mains, il posa des lèvres brûlantes sur les siennes. C'était sans doute la meilleure formule pour que ses anxiétés fondent comme neige au soleil… et la meilleure façon de réveiller son désir qui, elle devait bien le reconnaître, n'était pas bien loin.

Le souffle court, elle finit par s'écarter légèrement de lui.

— Vous savez…, dit-elle d'une voix saccadée et amusée, je crois que nous allons établir un record.

Posant sa main en coupe sur sa joue, il se mit à rire.

— Pour entrer dans le *Guinness Book of World Records*, il faut un témoin, quelqu'un d'entièrement désintéressé.

Il lui effleura la bouche du pouce avant de l'embrasser de nouveau.

— Or je doute que quiconque vous voyant dans cette situation puisse rester désintéressé pendant plus de cinq secondes.

Après une courte pause, il corrigea :

— Pardon, pendant *moins* de cinq secondes.

Venus secoua la tête en souriant, faisant ondoyer ses cheveux comme un rideau de feu.

— Je ne veux pas d'une tierce personne près de nous quand nous faisons l'amour, qu'elle soit désintéressée ou non.

Le rire de Trevor résonna dans l'appartement.

— Pourquoi, Venus ? Vous êtes timide ?

Rapprochant son visage du sien, elle prit un air malicieux.

— Et maintenant, qui est-ce qui parle trop ?

Trevor sentit brusquement son cœur battre un peu plus fort, sa gorge devenir sèche. Qu'avait donc cette femme pour qu'il la désire tant ?

— Vous avez entièrement raison, dit-il d'une voix un peu rauque. Qu'est-ce que j'ai à parler alors que ma bouche pourrait faire des choses mille fois plus passionnantes…

Il fit suivre à ses lèvres un chemin tortueux le long de sa gorge jusqu'à ses seins, ravivant l'incendie sur leur passage.

Ne cherchant pas à cacher à quel point il la rendait folle, Venus s'abandonna et absorba avec avidité les sensations qui l'électrisaient.

Alors que le soir tombait, elle perdit complètement pied. Combien de fois avaient-ils fait l'amour ? Elle n'aurait su le dire. Rien ne comptait hormis le bonheur qui explosait dans ses veines, et qui continua de se diffuser pendant plusieurs heures tandis qu'un demi-sommeil les enveloppait enfin.

*
* *

Un bruit s'intégra dans une partie reculée de son cerveau qui se remit en action bien avant le reste de sa personne. Avec une grande réticence, Venus ouvrit les yeux.

Elle était à plat ventre sur un oreiller. La lumière du jour commençait à envahir la chambre de Trevor, se faufilant dans les angles qu'elle habillait d'une teinte dorée.

Tournant la tête vers l'endroit d'où provenait le bruit, elle cligna deux fois des paupières. Trevor était à l'autre bout de la pièce, habillé de pied en cap.

— Vous êtes déjà prêt ? dit-elle entre deux bâillements.

Trevor la regarda avec un sourire contrit.

— Je suis désolé, je ne voulais pas vous réveiller.

Venus releva un sourcil dubitatif. A moins qu'il n'ait rendez-vous avec une autre femme, pourquoi diable ne la réveillerait-il pas ?

— Quelle heure est-il ?

— 9 heures.

Elle se redressa vivement.

— 9 heures ? Ne sommes-nous pas censés être déjà au travail ?

Sans répondre, Trevor fit un violent effort pour détourner les yeux. Assise sur le lit, Venus était nue, les hanches dissimulées sous le drap qui les moulait de façon très suggestive. Trop suggestive… Il prit une profonde inspiration. Subitement, son sang semblait s'être mis à bouillir. Comment était-il possible qu'après la nuit qu'ils avaient passée, une envie aussi impérieuse s'empare de nouveau de lui. Il voulait arracher ce maudit drap, se débarrasser des vêtements qu'il venait d'endosser et faire l'amour avec Venus, en prenant tout son temps. Jusqu'au soir.

Il se força à regarder le bois de lit derrière sa tête.

— Rendormez-vous, Venus. Vous pouvez prendre votre journée.

Elle fronça les sourcils. Trevor pensait certainement lui être agréable, mais elle détestait le favoritisme. Elle se creusa un instant la cervelle. Cette idée devait être liée à une circonstance bien précise, qui avait dû la hérisser. Mais elle avait beau chercher, aucun souvenir ne revenait. Elle soupira.

— Et vous, vous prenez votre journée ? lança-t-elle.

— Moi, je suis le patron.

— Et moi je ne vois pas pourquoi j'aurais un traitement de faveur.

Il n'était pas question de courir le risque d'être méprisée par l'équipe du restaurant. Elle appréciait beaucoup tous ces gens, et ils semblaient être pleins de bienveillance à son égard, mais qui sait si l'un d'eux n'irait pas penser qu'elle couchait avec Trevor pour avoir des avantages ?

S'approchant du lit, Trevor se mit à rire et lui vola un rapide baiser.

— Trop tard ! Mais vous croyez peut-être que ce qui s'est passé cette nuit arrive avec tous mes employés ?

Venus secoua la tête. Elle lui faisait confiance. C'était peut-être absurde, mais elle était profondément convaincue de sa loyauté. Trevor était incapable de profiter d'une femme, qu'elle travaille ou non avec lui.

— Je n'aurais jamais cru qu'Emilio pouvait vous plaire, dit-elle, le plus sérieusement du monde.

Trevor lui jeta un oreiller à la tête.

— Si vous ne vous décidez pas à dormir, alors je vous conseille de vous mettre quelque chose sur le dos avant que j'oublie mes bonnes intentions, dit-il en l'enveloppant d'un regard de braise. Vous l'aurez voulu !

— Vous croyez me faire peur ? répliqua-t-elle d'un air faussement menaçant.

Enroulant le drap autour d'elle, elle se glissa au bord du lit.

— Il faudra que je passe chez vos parents pour me changer. A mon avis, une robe fourreau n'est pas vraiment faite pour être portée sous un tablier.

— Allons-y ! dit-il en la prenant dans ses bras.

Il la mit sur ses pieds et la serra un instant contre lui, savourant les sensations multiples qu'elle faisait jaillir en lui.

— Si cela ne tenait qu'à moi, j'aimerais vous voir sans vêtements sous le tablier, et avec un sourire engageant…

Eclatant de rire, Venus s'accrocha à son cou.

— Je vais y réfléchir. Mais on peut arranger ça pour… ce soir ? proposa-t-elle avec un regard plein de promesses.

Trevor l'examina d'un œil gourmand. Elle s'était beaucoup épanouie depuis deux mois. Quand il l'avait sauvée, elle était perturbée par son amnésie et manquait d'assurance. Maintenant, elle mordait la vie à pleines dents.

Lui aussi avait changé, grâce à elle. Elle avait élargi son horizon, enrichi sa vie. Désormais, il voyait au-delà de ses menus quotidiens et de ses bénéfices. Il était toujours aussi dur à la tâche, et la réussite était toujours son but, mais maintenant, il avait une véritable raison de travailler : il voulait travailler pour elle.

Pour eux deux.

Oui. Il voulait assurer un avenir pour Venus et lui. Et pour leurs futurs enfants. Il avait soustrait la jeune femme à une mort certaine, mais elle l'avait sauvé d'une autre façon. Elle l'avait fait sortir de l'univers étroit dans lequel il s'était inconsciemment emprisonné lui-même.

— Si je comprends bien, vous me donnez rendez-vous pour ce soir, chuchota-t-il tout contre ses lèvres.

Bon sang qu'il était difficile de résister à la tentation ! Il rêvait de lui faire encore l'amour, toute la journée si elle le désirait, et s'il cédait au seul désir de l'embrasser, il ne pourrait s'empêcher d'aller plus loin, et visiblement, Venus ne ferait rien pour l'arrêter, bien au contraire.

Avec un soupir résigné, il s'écarta légèrement d'elle et la prit par la main. Baissant les yeux sur son annulaire gauche, il sourit.

— Elle est toujours là, dit-il doucement.

Venus tourna vers lui un regard étonné.

— Craigniez-vous que je la perde ?

— Non, mais j'avais peur que tout cela se soit produit uniquement dans mon imagination, et qu'en réalité, vous n'ayez jamais dit oui.

— Je ne me connais pas encore très bien moi-même, mais je suis certaine de ne pas être stupide. Si je repoussais quelqu'un comme vous, j'agirais de la façon la plus stupide au monde.

Brusquement elle s'interrompit et sentit son estomac de contracter. Une voix d'homme venait de parler dans sa tête. « Me répondre par la négative serait le summum de la stupidité. »

C'était effrayant. Maintenant, elle entendait des voix ! Affolée, elle se blottit contre Trevor. Dieu merci, elle était en sécurité dans ses bras.

Trevor la dévisagea d'un air inquiet. Pourquoi était-elle devenue si pâle d'un seul coup ?

— Qu'y a-t-il ? Venez-vous de vous rappeler quelque chose d'important ?

Venus secoua la tête.

— Non, pas vraiment. C'était encore cette impression agaçante et très fugitive de déjà-vu.

« De déjà-entendu », aurait-elle dû dire. Mais à quoi bon s'appesantir sur cette voix étrange, venue de nulle part, qui avait prononcé une phrase si désagréable ?

Cela ne servirait à rien qu'elle veuille se rappeler à tout prix à qui appartenait cette voix qui la menaçait presque.

Elle poussa un léger soupir. C'était très curieux, mais depuis quelque temps, elle avait franchi une ligne invisible : elle ne tenait plus vraiment à savoir qui elle avait été. Elle préférait très nettement savourer le fait d'être la fiancée de Trevor.

Revenant à l'instant présent, elle baissa les yeux sur sa robe, qui gisait par terre. Trevor la lui avait ôtée lentement, cette nuit, attisant un désir qui menaçait de la consumer.

— Hum… est-ce que vos parents vont apprécier de me voir dans le même vêtement qu'hier soir ? demanda-t-elle.

Trevor sourit. Parfois, Venus faisait preuve d'une innocence incroyable. Mais c'était touchant qu'elle se soucie de l'avis de ses parents.

Se penchant vers elle, il l'embrassa sur le front, tandis qu'une lueur malicieuse traversait son regard.

— Mes parents ont certainement remarqué que vous n'aviez pas passé la nuit chez eux, et ils savent que deux et deux font quatre, dit-il avec un petit sourire en coin.

Ramassant la robe, il la lui tendit d'une main réticente et plongea un regard pénétrant dans le sien.

— Ne me tentez pas, Venus, je suis déjà en retard.

Elle prit la robe et la laissa nonchalamment glisser de ses doigts. Puis, se débarrassant du drap qui l'enveloppait à moitié, elle vint presser son corps nu contre lui.

Trevor retint son souffle, conscient que chaque seconde qui passait augmentait son supplice.

— Eh bien, puisque vous êtes déjà en retard, dit-elle, vous n'en êtes plus à quelques minutes près ?

Au diable le restaurant ! Après tout, rien ne l'obligeait à y aller de bonne heure. Emilio savait ce qu'il devait faire et il avait affirmé plus d'une fois qu'il serait heureux de venir plus tôt si le besoin se présentait.

— Quelques minutes ? chuchota-t-il en prenant le visage de Venus entre ses mains. Juste quelques minutes ?

Son cœur semblait devenu trop gros pour sa poitrine. D'ailleurs, il battait toujours trop fort depuis qu'il connaissait Venus. Il sourit. La vie était vraiment surprenante. Qui aurait dit, quelques semaines plus tôt, qu'il allait tomber amoureux ? Lui qui avait juré de ne plus risquer de souffrir. Il avait trop souffert par les femmes, d'abord par sa mère, puis par Alicia.

Quand sa mère était morte, c'est lui qui avait été le plus anéanti des quatre. C'est lui aussi qui s'était le plus renfermé sur lui-même et qui avait le plus souffert. Il s'était senti complètement abandonné, et son cœur s'était figé dans une réaction d'autoprotection. Kate leur avait donné le meilleur d'elle-même, mais il y avait toujours une part de lui qui était restée en retrait, refusant de s'impliquer, refusant de recommencer à vivre.

Or cette part avait disparu au contact de Venus, bien qu'il sente encore en lui une vulnérabilité contre laquelle il n'avait pas de remède, et qui le préoccupait.

— Est-ce que vous me reprochez d'être trop rapide ? finit-il par demander.

— Non, dit-elle dans un souffle. Vous êtes parfait.

Elle posa sur lui des yeux brillant de désir.

— Vous êtes un amant parfait.

— Comment le savez-vous ? Vous n'avez pas d'élément de comparaison, fit-il remarquer avant d'écraser ses lèvres sur les siennes.

Se serrant contre lui, elle lui enlaça le cou et laissa son corps s'imprimer sur le sien, s'abandonnant à l'émerveillement créé par ses lèvres expertes. Chaque fois qu'ils faisaient l'amour, c'était comme la première fois, mais en mieux.

— Je n'ai pas besoin de comparaisons, murmura-t-elle entre deux baisers. Il y a des choses que l'on sait instinctivement, et qui tombent dans le royaume de l'absolu.

Trevor ravala un sourire. Elle était si sérieuse. Il aurait ri s'il avait été sûr de ne pas la blesser. Il n'osa pas.

— C'est vrai ? voulut-il savoir.

— C'est vrai.

Echappant quelques instants à ses baisers de plus en plus passionnés, elle fronça les sourcils.

— Est-ce que je vais être obligée d'arracher vos vêtements, ou préférez-vous le faire vous-même ? dit-elle en commençant à dénouer sa cravate.

En quelques secondes, et sans quitter Trevor des yeux, elle la lui ôta et la laissa tomber par terre et, en un clin d'œil, elle fit subir le même traitement à sa veste.

Il retint son souffle. Même le bruit de la respiration saccadée de Venus provoquait l'accélération de son pouls.

— Rien de tel qu'une femme timide pour m'émouvoir, dit-il d'une voix rauque.

Venus s'interrompit dans son élan ; une petite ombre désagréable venait d'assombrir son horizon, et une multitude de questions lui vinrent brusquement à l'esprit.

— Est-ce que vous en avez connu beaucoup, avant

moi ? demanda-t-elle d'une voix qu'elle voulait calme et mesurée.

Comme il semblait ne pas comprendre, elle précisa plus vivement :

— Des femmes ! Y en a-t-il eu plusieurs dans votre vie ?

Il se débarrassa de sa chemise, qu'elle venait de déboutonner, et l'envoya rejoindre les vêtements qui jonchaient déjà la moquette. Prenant son visage dans ses mains, il lui renversa la tête en arrière pour capturer sa bouche dans un baiser vertigineux.

— Non, pour autant que je me souvienne, finit-il par répondre quand il se décida à relever la tête.

C'était la stricte vérité. Les femmes qu'il avait mises dans son lit formaient un véritable patchwork de visages qui n'en faisaient plus qu'un. Aucune d'elles ne se détachait des autres dans son paysage mental, excepté Venus.

— Même pas Alicia ? insista-t-elle.

— Même pas Alicia.

Les lèvres de Venus se retroussèrent dans un sourire.

— C'est bon à savoir…

Trois quarts d'heure plus tard, Trevor parvenait enfin à se diriger vers la porte, Venus sur ses talons. Il leur fallut encore une demi-heure pour atteindre la maison de ses parents.

Ils auraient pu y arriver plus rapidement, mais il y avait eu un accident sur la route, et des voitures de police, des ambulances et des camions de pompiers étaient arrivés sur les lieux, ralentissant considérablement la circulation.

— Nous allons être très en retard, commenta Venus d'un air préoccupé.

Trevor sourit.

— Sûrement, mais je n'ai pas le moindre regret, dit-il en lui jetant un coup d'œil en coin.

— Moi non plus.

Arrivant enfin en vue de la maison de Kate et Bryan, il jeta un coup d'œil dans l'allée. Apparemment, tout le monde était là au grand complet. Sa mère, son père et sa sœur.

Mais il ne connaissait pas la belle Ford Crown Victoria blanche garée dans le tournant, juste devant la maison. Il reconnut un véhicule de la police départementale.

Oui, mais que faisait-elle ici ?

La réponse probable n'avait rien de rassurant.

Brusquement, il sentit sa gorge se dessécher. Le bonheur qui lui donnait une si forte conscience d'exister, quelques minutes plus tôt s'envola, faisant place à un mur d'anxiété contre lequel son cœur se cognait à s'y faire mal.

La personne à laquelle appartenait cette voiture, quelle qu'elle soit, était venue pour Venus.

- 13 -

Trevor résista à l'envie de faire demi-tour et de retourner chez lui. Mais la fuite ne servirait qu'à reporter au lendemain ce qui devait arriver.

Si quelque chose devait arriver.

Il se passa une main nerveuse dans les cheveux. Après tout, ce n'était peut-être pas ce qu'il redoutait. La voiture n'était peut-être pas là pour Venus. Si cela avait été le cas, Kate l'aurait appelé pour les prévenir.

Le propriétaire de la Crown Victoria s'était peut-être garé là faute d'avoir trouvé une place libre ailleurs. Avec dix voitures amassées dans ce coin de rue, il était très difficile de se faufiler dans le parking. Et puis cette voiture blanche n'appartenait pas forcément à un policier.

Il secoua lentement la tête. Il avait beau essayer de se rassurer, rien n'y faisait, et une chape de plomb s'était posée sur sa poitrine. Il ne faisait que se raconter des histoires, les coïncidences n'existaient pas. La seule explication logique à la présence de cette voiture ici, c'était que quelqu'un, peut-être un fiancé, avait retrouvé Venus.

Et la peur de la perdre, là, maintenant, lui cisaillait les entrailles.

Il jeta un bref coup d'œil à Venus. Elle regardait par la

vitre, l'air tendu. Elle devait se faire le même raisonnement que lui. Il devait l'encourager, parler comme si la présence de cette Crown Victoria ne représentait aucune menace. De toute façon, si quelqu'un venait chercher Venus, ce n'était pas obligatoirement un fiancé ou un mari. Ce pouvait être sa mère, son père, sa sœur, un frère ou un cousin.

Et puis n'avait-il pas été le premier à l'encourager à retrouver sa vie passée ?

Oui, mais c'était avant…

La peur au ventre, il frotta ses mains moites sur son pantalon.

— J'ai l'impression que nous allons bientôt connaître votre véritable identité, Venus, finit-il par dire d'un ton faussement joyeux.

A sa grande surprise, elle posa sa main sur son bras et le pressa très fort.

— Démarrez ! ordonna-t-elle sans chercher à cacher la panique qui l'envahissait.

Trevor la regarda, interloqué ; c'était la dernière chose qu'il s'attendait à entendre.

— Pardon ?

— Démarrez, répéta-t-elle, de plus en plus nerveuse. Allons au restaurant, ou chez vous, n'importe où, mais partons d'ici ! Vite !

Il réfléchit un instant. Bien sûr il ne désirait rien d'autre que de fuir, lui aussi. Mais s'ils arrivaient à échapper à celle ou à celui qui attendait Venus chez ses parents, ce serait reculer pour mieux sauter. Et par la suite, tant qu'ils ne sauraient pas de qui il s'agissait, Venus risquerait de se tourmenter en se demandant qui était cette personne.

Prenant une profonde inspiration, il se décida à descendre de voiture.

— Venus, j'ai le pressentiment que ce que vous avez cherché à connaître il y a quelques semaines se trouve en ce moment avec mes parents. Je doute fort que l'officier de police que vous avez vu au commissariat soit venu pour une infraction ou parce qu'il espère obtenir une réduction chez Kate's Kitchen.

Venus laissa retomber la main qu'elle avait posée sur son bras.

— Je sais, dit-elle d'une voix presque inaudible. C'est pour cela que je vous demande de démarrer.

Trevor l'étudia un instant. Venait-elle d'avoir un souvenir précis ? Dans ce cas, ce devait être un souvenir très pénible car elle semblait terrifiée.

— Vous n'avez pas envie de savoir qui vous êtes ?

Elle n'hésita pas une seconde.

— Non !

Elle tourna vers lui un regard implorant.

— Non, je n'en ai pas envie ! répéta-t-elle un peu plus fort. J'aime ma vie actuelle, et j'aime la personnalité qui est la mienne. Et je…

Elle serra nerveusement ses mains l'une contre l'autre et tenta de se reprendre.

— Si je découvre qui j'étais avant, je serai peut-être moins emballée, dit-elle très vite.

— Il n'y a que votre nom qui puisse éventuellement vous déplaire. Mais quelle importance ? Vous serez toujours la même au fond de vous.

Venus poussa un profond soupir.

— Pour l'instant, j'ai vraiment peur au fond de moi, Trevor, dit-elle en regardant la porte de la maison à la dérobée comme si elle s'attendait à voir surgir un monstre d'un instant à l'autre.

— Vous n'avez aucune raison d'avoir peur.

Il lui prit la main et enlaça ses doigts aux siens.

— Je serai toujours avec vous, affirma-t-il.

Elle secoua lentement la tête. Non, il se trompait. Elle avait une raison d'avoir peur, elle le savait. Dès qu'elle franchirait la porte de la maison des Marlowe, elle perdrait tout.

— J'ai tout à craindre, objecta-t-elle. Et si je suis mariée ?

Trevor fronça les sourcils. Cette question le hantait depuis plusieurs jours.

— Ne préférez-vous pas le savoir plutôt que de rester dans le doute ? dit-il doucement, faisant un effort pour se sentir raisonnable alors qu'il se sentait tout sauf raisonnable.

— Non. Le vieux dicton « pas de nouvelles, bonnes nouvelles », est très vrai.

Elle s'interrompit et se força à respirer longuement, sentant que sa nervosité gagnait du terrain.

— Parce que tant que vous n'avez pas de nouvelles, vous pouvez toujours croire que tout va bien, poursuivit-elle. Mais une fois que vous savez, ce n'est plus possible.

Posant un bras autour de ses épaules, Trevor l'attira doucement contre lui et l'embrassa.

— Rassurez-vous, tout ira bien.

Elle se tourna vers lui. Il parlait avec une telle conviction qu'il était difficile de ne pas le croire, bien qu'il n'ait pas le pouvoir de lui garantir quoi que ce soit, elle le savait. Mais c'était bon de s'accrocher à ses paroles, comme si elles étaient un talisman capable de la protéger.

— Vous avez intérêt à ce que ce soit vrai, murmura-t-elle. Sinon je…

Trevor passa lentement les doigts dans ses cheveux.

— Pari tenu, dit-il en riant.

Il se redressa et déboucla sa ceinture de sécurité.

— Prête ?

Venus redressa les épaules. Ses crampes à l'estomac refusaient de se faire oublier, mais elle répondit bravement :

— Prête !

Il sortit du véhicule et en fit le tour pour ouvrir la portière du passager, puis il prit la main de Venus dans la sienne. Elle était glacée. Il la pressa doucement et offrit à la jeune femme le sourire le plus encourageant qu'il put.

Cependant, dès qu'ils furent entrés à la maison, il sentit son cœur chavirer.

Assis sur le canapé du salon, ses parents semblaient prêts à aller travailler d'une minute à l'autre. En face d'eux, sur le petit divan, se trouvait un policier et, à côté de lui, un jeune homme très élégant, assez beau, et qui semblait très sûr de lui. Toute son attitude respirait la réussite et l'aisance financière, et Trevor le détesta d'emblée.

En les voyant entrer, le jeune homme se leva d'un bond. En un clin d'œil, il se retrouva près de Venus.

— Mon Dieu, Gemma, je vous ai cru morte ! s'écria-t-il en l'embrassant sur les joues.

Venus resta clouée sur place, les bras plaqués le long du corps. Elle le regarda d'un air interloqué. Qui était cet homme ? Et qui était cette *Gemma* ?

Trevor fronça les sourcils, résistant à l'envie d'attirer Venus contre lui, de lui offrir le refuge de ses bras. Il fit un violent effort pour s'en empêcher, malgré l'hostilité qu'il sentait naître envers cet individu à l'air passablement arrogant.

Si c'était quelqu'un d'important dans la vie de Venus, que diable avait-il fait pendant les deux derniers mois ? songea-t-il. Le moins que l'on puisse dire, c'est qu'il avait pris son temps. Espérait-il la voir réapparaître d'elle-même ? Il serra les mâchoires à s'en faire grincer les dents. A la place de cet homme, il aurait remué ciel et terre pour la retrouver.

Venus accepta l'accolade de l'inconnu aussi longtemps que la politesse l'y obligeait, puis elle se libéra vivement, ravalant une grimace. Cet homme avait une eau de toilette écœurante, et probablement hors de prix, à en juger par sa tenue vestimentaire et son assurance hors du commun.

— Qui est Gemma ? demanda-t-elle.

Le visage aux traits presque parfaits de l'inconnu se renfrogna.

— Vous plaisantez ? rétorqua-t-il en l'examinant d'un regard incrédule. Enfin vous n'…

— Non, elle ne plaisante pas ! le coupa Trevor d'un ton rude.

Sentant ses poings le démanger, il glissa rageusement ses mains dans ses poches. Il mourait d'envie d'envoyer ce bellâtre au tapis. Il imaginait très bien la scène d'ailleurs. Mais il ne pouvait pas faire de scandale chez ses parents. Optant pour la politesse, il tourna vers eux un regard à la fois interrogateur et courroucé. Qu'est-ce qui leur avait pris de laisser entrer cet homme ?

Il ouvrit la bouche pour parler, mais Bryan fut plus rapide.

— Nous vous avons déjà dit que Venus est devenue amnésique.

Le regard de l'homme glissa de Venus à lui.

— Oui, c'est exact, mais je n'arrivais pas à y croire, avoua-t-il. Visiblement j'ai eu tort. Et combien de temps ce problème est-il censé durer ? demanda-t-il d'un ton qui exigeait une réponse précise et immédiate.

— Il est absolument impossible de le dire, répondit Trevor en l'observant. Le docteur pense qu'elle peut retrouver la mémoire d'un seul coup… ou jamais, poursuivit-il sans le quitter des yeux.

L'homme ne parut pas ébranlé par la seconde éventualité.

— Elle la retrouvera, affirma-t-il sur le ton de la plus totale confiance. Tout rentrera dans l'ordre dès que je l'aurai ramenée chez elle, dans son environnement familier. Nous devions nous marier le dimanche qui suivait le jour où elle a disparu.

Trevor sentit son cœur exploser. Sans se douter de rien, l'homme continua, toujours aussi content de lui :

— Je croyais qu'elle était tombée accidentellement par-dessus bord et qu'elle s'était noyée, comme cette actrice, vous savez… Natalie… quelque chose.

— Wood, compléta doucement Kate.

— Peu importe, dit-il d'un ton rogue.

Trevor lui décocha un regard noir. Qu'est-ce que Venus pouvait bien faire avec ce grossier personnage ?

L'homme se tourna vers elle.

— Le principal, c'est que vous soyez saine et sauve, dit-il en prenant ses mains dans les siennes d'un geste possessif. Pourquoi attendre ? Allons nous marier sur-le-champ, ajouta-t-il, sûr de son fait. J'ai un ami qui nous servira de témoin.

Trevor pâlit brusquement.

— Pourquoi une telle précipitation ?

L'autre le regarda d'un air supérieur. Visiblement, il trouvait cette question saugrenue.

— Parce que nous avons déjà deux mois de retard, répondit-il avec dédain.

Trevor prit une profonde inspiration. Il devait absolument rester calme. Pour Venus, pour Kate et pour son père. Il regarda ses parents du coin de l'œil et fut soulagé de voir qu'eux aussi paraissaient considérablement horripilés.

Il se tourna vers le soi-disant fiancé de Venus.

— Mais dites-moi, où étiez-vous pendant ces deux mois ? s'enquit-il du ton le plus neutre possible. Nous avons fait une déposition au commissariat dès le lendemain de l'accident de Venus.

Au lieu de lui répondre, l'homme se tourna vers la jeune femme.

— Alors, vous êtes bien tombée par-dessus bord ?

Venus lui jeta un regard noir.

— Apparemment, marmonna-t-elle.

Elle poussa un soupir imperceptible. Cette situation était Insupportable. Impossible. Elle ne pouvait pas se marier avec cet homme. Il avait beau ressembler à une gravure de mode, il n'avait rien pour lui plaire. Avait-elle vraiment accepté de l'épouser ? C'était impensable !

Mais pourquoi aurait-il pris la peine de la chercher et de venir si ce n'était pas vrai ? Il n'y avait qu'une seule réponse à cette question : il disait la vérité. Ce qui signifiait qu'ils étaient fiancés. Oh mon Dieu, avaient-ils… ?

Un frisson la parcourut de la tête aux pieds.

— Gemma, vous traversez une terrible épreuve, reprit l'homme. Mais c'est fini. Je suis là, maintenant, je vais prendre soin de vous. Vous irez très vite mieux.

Trevor sentit une vague de fureur lui monter à la gorge. Ce pédant insinuait-il que les Marlowe ne prenaient pas soin de Venus ? Il allait lui faire voir…

— Elle n'a besoin de personne, et certainement pas de vous, gronda-t-il, reconnaissant à peine sa propre voix. Elle est assez grande pour s'occuper d'elle.

L'homme se tourna vers lui.

— Vous ne vous êtes pas présenté. A qui ai-je l'honneur ?

Trevor serra les poings. « Cela ne vous regarde pas », eut-il envie de répondre. Mais il sentit le regard de Kate posé sur lui et prit son air le plus aimable pour répondre :

— Trevor Marlowe.

— Eh bien, Trevor Marlowe, poursuivit l'homme d'un air hautain sans prendre la peine de se présenter, apprenez que je connais Gemma depuis six ans. Et vous, vous la connaissez depuis… deux mois environ.

Il le parcourut d'un œil dédaigneux.

— Ce qui ne vous donne pas le pouvoir de savoir ce dont elle a besoin !

Trevor tressaillit. Il avait toujours su garder son calme, mais à cet instant, l'effort à fournir était trop considérable.

— Quelque chose me dit que lorsqu'il s'agit de Venus, je sais exactement de quoi elle a besoin, répliqua-t-il, furieux.

Son interlocuteur prit une expression dégoûtée, comme s'il venait de découvrir un rat mort dans sa chaussure.

— Je ne connais pas de Venus, laissa-t-il tomber.

Venus releva le menton et répondit très dignement :

— Vous en avez une devant vous !

— Non, vous êtes Gemma Burnett, répondit l'homme impatiemment. La fille de Hayden Burnett, et moi, je suis Baylor Evans…

Il prit encore sa main dans la sienne et la porta à ses lèvres.

— Je suis votre fiancé, et le successeur de votre père à la banque Richfield.

Venus retira sa main comme si elle avait été mordue, tandis que Bryan demandait :

— La banque internationale ?

Trevor lui jeta un coup d'œil, puis il observa Baylor sans rien dire. Ou ses yeux lui jouaient des tours, ou il avait bien vu : à ces mots, Baylor avait gonflé la poitrine.

— Elle-même, répondit-il. Apparemment, il y a au moins une personne qui lit le journal, dans cette maison. Gemma, nous devons partir. J'ai reporté tous mes rendez-vous de la matinée, nous avons tout juste le temps de nous rendre dans le bureau du maire. Nous prononcerons nos vœux, et nous ferons une grande fête dans quelques jours.

Venus tourna un regard affolé vers Trevor.

— Non ! dit-elle avec fermeté.

— Non ? répéta Baylor Evans sans cacher son étonnement.

Il était clair que ce genre de réponse lui était inaccoutumé, nota Trevor, non sans un certain plaisir.

Venus secoua la tête avec véhémence.

— Je ne peux pas tout abandonner ici pour aller me marier avec vous, se défendit-elle. Je ne vous connais même pas !

Baylor serra les mâchoires. Visiblement, il perdait peu à peu sa belle assurance.

— Mais si ! objecta-t-il comme si le fait d'insister pouvait rendre la mémoire à Venus.

Il plongea un regard dur dans le sien.

— Je suis Baylor. Votre fiancé.

Trevor s'avança vers lui. La tension que Venus éprouvait était presque palpable, et il était prêt à tout pour la protéger de cet individu suffisant et grossier. Prêt à tout pour la garder près de lui.

— Elle n'a pas besoin de votre carte professionnelle, Evans.

Un bref instant, ils se jaugèrent du regard, comme s'ils allaient se battre. D'un bond, Kate vint s'interposer entre eux.

— Je comprends que ce soit pénible pour vous, dit-elle en s'adressant alternativement à Trevor et à son rival, mais vous devez d'abord prendre en compte les souhaits de Venus. Elle a vécu quelque chose de très traumatisant, monsieur Evans. Comprenez donc qu'il faille lui laisser le temps de refaire votre connaissance.

— Avec tout le respect que je vous dois, madame Marlowe, dit Baylor sur un ton dénué de respect, je n'ai pas de temps à consacrer à ces considérations ridicules.

— Le bien-être psychologique d'une personne n'a rien de ridicule, monsieur Evans, répliqua Kate un peu durement.

L'attitude arrogante de Baylor parut flancher.

— Naturellement, vous avez raison, marmonna-t-il. Ce n'est pas ce que je voulais dire. Mais imaginez mon impatience ! Après ce qui est arrivé à Gemma, j'ai hâte de l'épouser. Je ne veux pas risquer de la perdre une seconde fois.

Trevor lui décocha un coup d'œil furibond. A quoi jouait-il à présent. Essayait-il de les apitoyer ?

— Comment se fait-il que vous l'ayez *perdue* la première fois ? jeta-t-il, ironique. Et pourquoi avez-vous attendu deux mois pour vous manifester ?

A l'évidence, Baylor Evans faisait un violent effort pour cacher sa mauvaise humeur. Il ne devait pas apprécier de devoir rendre compte de ses actions à des gens qu'il ne connaissait pas, d'autant qu'apparemment, il les considérait comme ses subalternes.

— J'étais en mer, ces deux derniers mois !

— Vous n'avez pas l'air de quelqu'un qui a cru que sa fiancée était morte, déclara Trevor d'un ton sarcastique.

Les yeux marron de Baylor lancèrent des éclairs.

— J'ai des responsabilités. Je ne peux pas me permettre de perdre mon temps en répondant à une espèce de bouffon qui croit que Gemma et lui étaient destinés à se rencontrer, et qui ressent le besoin de me défier !

Ignorant délibérément l'insulte, Trevor contre-attaqua :

— Comment cela a-t-il pu se produire ? Je parle du fait d'avoir perdu Venus.

— Gemma est passée par-dessus bord quand elle était sur mon yacht.

— Elle est tombée, ou on l'a poussée ? voulut savoir Trevor.

Baylor se mit à hurler :

— Pourquoi diable l'aurais-je poussée par-dessus bord pour la chercher ensuite ? C'est absurde !

— Vous l'avez cherchée deux mois plus tard, souligna Trevor. Ce qui donne largement le temps à la mer de faire disparaître toute trace de coups et de blessures sur un corps.

Baylor se redressa de toute sa hauteur et fusilla Trevor du regard.

— Insinuez-vous que j'aie voulu me débarrasser d'elle ?

— C'est vous qui venez de le dire, pas moi, répondit Trevor d'un ton léger.

— Allons ! Ressaisissez-vous tous les deux, intervint Bryan d'une voix autoritaire. Vous n'aboutirez à rien en vous querellant.

Il se tourna vers Baylor et le dévisagea un instant.

— Dites-moi, monsieur Evans, si Venus est tombée à la mer, pourquoi n'y a-t-il eu personne pour la secourir ?

— Nous étions de l'autre côté du yacht. L'un de mes équipiers a cru entendre un bruit. Nous sommes allés voir, mais rien ne prouvait que quelqu'un était tombé. J'ai envoyé mes plongeurs, qui n'ont vu personne. A ce moment-là, je n'étais même pas sûr que quelqu'un manquait, alors de là à penser que ce pouvait être Gemma… Je croyais que c'était un homme de mon équipage et…

— Et comme vous pouvez les remplacer, vous ne jugez pas utile de les sauver ? ironisa Trevor.

Visiblement furibond, Baylor l'ignora et se tourna vers Kate et Bryan.

— Mes plongeurs n'ont trouvé personne je vous dis ! J'ai mis cette histoire sur le compte de mon imagination trop active. Mais plus tard dans la nuit, ne trouvant Gemma nulle part…

S'interrompant un instant, il se tourna vers Venus et lui prit la main.

— … j'ai compris que ce devait être elle que j'avais entendue tomber. Je ne peux vous dire à quel point j'en étais malade et…

— Ce qui ne vous a pas empêché d'aller en Europe, fit remarquer Trevor, de plus en plus écœuré.

Le regard de Baylor s'assombrit.

— Je vous ai déjà dit qu'il y a beaucoup de gens qui comptent sur moi pour faire du bon travail.

— Vous auriez au moins pu remplir un dossier signalant une personne disparue, insista Trevor. Pourquoi ne l'avez-vous pas fait ?

L'agacement de Baylor était palpable.

— Je n'avais plus les idées très claires. Sinon, je l'aurais rempli aussitôt. Pour l'instant, les biens de Venus sont dans les limbes.

Trevor tressaillit. Les biens de Venus ? Voilà un détail qui changeait tout, songea Trevor. Se pouvait-il que l'amour d'Evans soit un amour intéressé ?

— Ses *biens* ? répéta-t-il en fixant sur Evans un regard acéré.

Comment ce crétin pouvait-il penser à des questions d'argent dans de telles circonstances ?

Baylor ouvrit la bouche pour lui répondre, mais il la referma aussitôt. Après une courte hésitation, il finit par dire :

— Je ne vois aucune raison de subir votre interrogatoire. Vous n'avez pas le droit de me traiter ainsi, et j'en ai assez d'être poli.

Il se tourna vers Venus.

— Gemma ?

Venus le regarda, l'esprit ailleurs. Gemma. Ce nom ne lui disait strictement rien. N'avait aucune résonance en elle. Pas plus que cet homme qui venait de le prononcer. Il n'était rien pour elle, mais il était la cause de cette sensation pénible qu'elle éprouvait depuis qu'il se trouvait en face d'elle. Elle n'avait pas simplement peur, elle était terrorisée. Pourquoi, elle n'aurait su le dire précisément. Peut-être à cause de sa réticence à abandonner le bonheur qu'elle venait de trouver avec Trevor, ou peut-être parce qu'elle pressentait autre chose, qui n'était guère mieux. La seule certitude, c'est que cela la rendait extrêmement mal à l'aise.

— Il faut que nous partions, la pressa Baylor, les dents serrées.

— Venus n'ira nulle part avec vous, déclara fermement Trevor. Elle va rester ici !

Kate s'approcha de lui et posa une main compréhensive sur son avant-bras.

— Il vaut mieux que Venus rentre chez elle, Trevor. Elle doit retrouver son environnement familier. Cela va peut-être réactiver sa mémoire.

Trevor ouvrit la bouche pour protester. Ce serait bon de tout envoyer au diable, de prendre Venus par la main et de s'enfuir avec elle.

Mais Kate avait raison.

La mort dans l'âme, il se résigna à laisser partir Venus.

- 14 -

Faisant un violent effort pour se maîtriser, il observa Venus, essayant de comprendre, ou du moins d'analyser, ce qui venait de se passer. Il rêvait de passer le reste de sa vie avec elle, et son rêve venait de s'effondrer.

Il plongea un regard pénétrant dans le sien.

— C'est vous qui devez prendre une décision, Venus, et vous seule. Que voulez-vous faire ?

Venus respira profondément. Deux mois plus tôt, elle n'aurait pas hésité une seule seconde : elle serait partie avec Baylor pour découvrir qui elle était et dans quelles circonstances elle avait failli se noyer. Et une demi-heure plus tôt, sa réponse aurait été négative. Elle aurait choisi de rester confortablement dorlotée dans l'univers rassurant des Marlowe, près de l'homme qu'elle aimait.

Un univers dans lequel elle se sentait aimée, et en sécurité.

Mais à cet instant précis, elle ne savait plus.

Pour être tout à fait franche avec elle-même, elle n'avait pas la moindre envie de suivre son pseudo-fiancé. Mais elle devait le faire, même si elle revenait au bout de quelques jours. Il fallait qu'elle sache. Qu'elle retrouve la partie de sa vie qui lui manquait, car elle savait que tôt ou tard, elle en souffrirait, et cela malgré l'amour de Trevor et de sa famille. Et il fallait qu'elle sache le plus vite possible.

Redressant les épaules, elle soutint longuement le regard de Trevor. Il était le seul homme qu'elle ait jamais aimé. L'autre monde, dans lequel vivait celui qui était venu la chercher, n'existait pas pour elle. Quand elle regardait Baylor, rien ne lui revenait à l'esprit. Baylor Evans n'était qu'un étranger, et sans doute le resterait-il à jamais.

Mais pratiquer la politique de l'autruche n'était pas une solution. Si elle voulait avoir l'esprit en paix, il fallait déjà élucider le mystère de sa quasi-noyade.

Faisant de son mieux pour être aussi positive que possible, elle déclara :

— Votre mère a raison, Trevor, dit-elle en lui prenant la main. Je veux savoir qui je suis.

— Vous vous nommez Gemma King Burnett, et vous serez bientôt madame Evans, déclara Baylor Evans d'un ton sec en lui prenant d'autorité l'autre main. Et maintenant, pouvons-nous partir ?

Venus se tourna vers lui et lui jeta un regard noir. Il n'avait aucun droit de lui prendre la main.

— Je veux savoir qui je suis, répéta-t-elle, en se dégageant vivement. Le fait que vous m'appeliez d'un nom différent ne m'apporte rien. Je veux voir l'endroit où je vivais, et les gens que je fréquentais. Je veux toucher les objets qui m'appartenaient. C'est tout.

Baylor soupira. Visiblement, la patience ne faisait pas partie de ses qualités.

— Justement, tout cela est impossible si nous restons ici, vous êtes bien d'accord ?

Elle coula un regard douloureux à Trevor avant de répondre :

— Oui, je suis d'accord.

Complètement désemparé, Trevor fourra les mains dans ses poches. Venus allait partir quoi qu'il dise, quoi qu'il fasse ; il l'avait lu dans ses yeux. Il ne pouvait pas la laisser partir ainsi. Mais la seule chose qu'il pouvait faire, c'était de la prendre par la main et de l'entraîner loin, très loin de ce cauchemar, comme dans les vieux films.

Or la vie n'était pas un film.

— Où pourrai-je vous joindre ? lui demanda-t-il d'une voix sourde.

Elle posa sur lui un regard affolé. Quelle adresse pouvait-elle lui donner ? Elle ne connaissait même pas son numéro de téléphone. A son corps défendant, elle se tourna vers Baylor.

Ce dernier esquissa un petit sourire victorieux et plein de suffisance.

— Nous prendrons contact avec vous quand Gemma sera bien installée et que sa mémoire sera revenue.

« En un mot, jamais », songea amèrement Trevor.

— Venus ? Est-ce que vous…

— Je vous appellerai, lui promit-elle.

Baylor lui prit le bras d'un geste autoritaire et l'entraîna vers la porte.

Le policier qui l'avait accompagné se leva. Apparemment, la tournure des événements le mettait très mal à l'aise, mais il se contenta de remercier Kate et Bryan pour leur accueil avant de s'éloigner à son tour.

Trevor leur emboîta le pas. Il allait empêcher Venus de partir avec un homme qu'elle ne connaissait pas. Après tout, qu'est-ce qui prouvait qu'il était bien celui qu'il prétendait être ?

Mais Bryan le retint par le bras.

— Laisse-la partir, Trevor. Il faut qu'elle retourne chez elle.

Trevor leva un regard douloureux vers son père.

— Je ne peux pas !

— Il le faut, Trevor, intervint Kate d'une voix douce. Tu dois la laisser partir. Pour qu'elle revienne.

Trevor l'observa d'un air pensif. Les paroles de Kate lui rappelaient celles de sa mère, qui avait passé son temps à lui faire des promesses qu'elle ne tenait jamais.

— Et si elle ne revenait pas ?

Kate fit un violent effort pour cacher son émotion.

— Cela prouverait qu'elle n'est pas celle que tu crois, et qu'elle n'aurait pas été à sa place ici.

Serrant très fort les lèvres pour maîtriser ses émotions, il jeta à sa belle-mère un regard douloureux. Il savait qu'elle avait raison, et que cette épreuve qui lui était donné d'affronter n'était peut-être pas une mauvaise chose en soi, mais cela ne suffit pas à soulager l'angoisse qui le tenaillait, ni la panique qui montait du plus profond de lui.

Il était aussi furieux, mais il savait que cela ne servirait à rien de se laisser aller à sa colère.

Dehors, un moteur ronronna, et la voiture qui emportait Venus s'éloigna. Il lui sembla qu'il tombait dans un gouffre.

Il enfonça ses mains dans ses poches. Le fait de se mettre à hurler ne ferait pas revenir Venus, songea-t-il, fou d'angoisse.

Il prit une profonde inspiration.

— Je vais avoir de nouveau besoin d'une jeune fille pour préparer les salades, marmonna-t-il.

Kate n'hésita pas une seconde.

— Si tu es en panne, je peux te donner un coup de main.

Trevor l'observa un bref instant.

Il secoua la tête.

— Merci, mais tu as bien assez de travail.

— J'ai surtout un fils qui a besoin d'aide, c'est beaucoup plus important. Je changerai mes rendez-vous.

Joignant le geste à la parole, elle tira son portable de sa poche.

Trevor lui attrapa le poignet.

— Je ne veux pas te faire de peine, maman, mais ce n'est pas de toi que j'ai besoin en ce moment.

Il devait se remettre au travail, c'était sa seule planche de salut. Il avait des responsabilités vis-à-vis de son personnel, et le restaurant serait encore là quand il aurait fini de souffrir.

— J'ai des clients qui arrivent à 19 heures pour fêter leur départ à la retraite, poursuivit-il d'une voix sèche qu'il ne reconnut pas. Il me reste beaucoup de préparation à faire en cuisine. Je dois y aller.

Comme un automate il se dirigea vers la porte d'entrée, mais Kate l'arrêta au passage.

— Tu vas bien, mon chéri ?

Il la regarda un instant sans la voir. Dire qu'il allait bien serait un gros mensonge. Il en était loin, très loin, et peut-être ne connaîtrait-il plus jamais cet état de grâce. Mais à quoi bon le dire à Kate ? Cela ne ferait que la bouleverser, et de toute façon, elle n'y pouvait rien. Excepté Venus, personne n'y pouvait rien, à moins qu'il ne se conduise comme un fou en suivant la voiture de police qui les avait emmenés, Baylor et elle. Il pourrait enlever Venus quand elle serait devant le commissariat, avant qu'elle ne monte dans la voiture de Baylor, qui était certainement garée devant. Ce devait être une automobile de luxe, facilement reconnaissable, peut-être une limousine.

Il esquissa un sourire amer. Sa bonne vieille Mustang soutiendrait difficilement la comparaison avec le véhicule que Baylor devait conduire. Tout comme sa vie, d'ailleurs, basée sur le travail. Au fond, s'il voulait vraiment ce qu'il y avait de mieux pour Venus, ou Gemma, corrigea-t-il silencieusement, ne valait-il pas mieux qu'elle reste avec son fiancé ? Baylor Evans pourrait lui offrir tout ce qu'elle désirait, contrairement à lui.

— Oui, je vais bien, répondit-il d'un air faussement enjoué.

Pour rassurer Kate, il força un sourire sur ses lèvres ; il ne voulait pas être une source d'inquiétude pour elle.

— Merci, ajouta-t-il.

— Tu n'as pas besoin de me remercier, Trevor. La famille est faite pour l'entraide, quelles que soient les circonstances, tu le sais bien. Tu peux passer me voir quand tu veux.

Remontant son col d'un geste tendre, elle le regarda dans les yeux.

— Ne l'oublie pas !

Elle lui adressa un sourire plein d'amour et d'encouragement, et le serra un instant dans ses bras.

La gorge nouée, il lui rendit son sourire.

— Je n'oublierai pas. Mais je ne crois pas avoir le temps. Comme je te le disais, ma journée va être très chargée. Et les suivantes aussi.

— Et si tu venais dîner ce soir, même si c'est tard ?

Bryan la regarda d'un air surpris.

— Kate, il va faire la cuisine toute la journée…

— Justement, j'aimerais qu'il se détende. Viens à l'heure

que tu veux, Trevor, je te préparerai un bon petit plat, comme autrefois.

Puis, voyant sa réticence :

— Ou alors, si tu ne veux pas manger, viens au moins pour que nous parlions.

Trevor poussa un soupir imperceptible. Kate voulait bien faire, il le savait, mais il préférait être seul, ce soir.

— Je verrai, dit-il en partant.

Kate fit une petite grimace. Cette réponse, elle la connaissait bien. C'était la manière qu'avait Trevor de dire « non ».

Bryan se pencha sur elle pour l'embrasser brièvement.

— Tout ira bien pour lui, dit-il d'une voix apaisante. Ne t'inquiète pas.

Kate hocha pensivement la tête, peu convaincue.

Dès que Bryan fut sorti, il appela son fils.

— Attends-moi !

Malgré lui, Trevor poussa un soupir irrité. Il avait réellement besoin de se retrouver seul. Ses nerfs étaient à vif, et il risquait de dire quelque chose qu'il regretterait.

— Franchement, papa, je ne me sens pas très sociable pour l'instant.

— Je n'en doute pas, et tu as toutes les raisons d'être mal. Je voulais juste te dire que si tu as besoin de parler d'homme à homme, tu n'as qu'à m'appeler sur ma ligne privée à n'importe quel moment.

Il gardait toujours deux téléphones portables sur lui, un pour ses affaires, l'autre au cas où Kate voudrait le joindre. Il en avait pris l'habitude l'année où Kate risquait à tout moment d'être emmenée à l'hôpital pour accoucher de Kelsey.

— Je sais ce que tu es en train de vivre, ajouta-t-il en ouvrant la portière de sa voiture.

Trevor oublia un instant son chagrin. Son père faisait allusion à la séparation brutale dont il avait souffert à la mort de Jill, son épouse. Pour la première fois de sa vie, Trevor comprenait ce que son père avait vécu ; un instant, il s'en voulut même d'avoir été ce petit garçon turbulent.

— Je sais, papa, dit-il d'une voix radoucie. Merci de t'inquiéter pour moi, mais je vais vraiment être très occupé toute la journée.

— Alors demain, si tu veux, proposa Bryan. Ou ce soir, même tard.

Avec un soupir, il posa sa main sur son épaule.

— Tu es fort, tu arriveras à surmonter ton chagrin, mon fils.

Trevor ne répondit pas. La certitude de son père était un réconfort, certes, mais il aurait bien aimé être aussi convaincu que lui.

Toute la journée, Trevor se fit violence pour se concentrer sur son travail. Dès qu'une pensée pouvait évoquer Venus, il faisait de son mieux pour la chasser. Le repas fut une réussite, et comme à l'accoutumée, ses invités étaient ravis, et plusieurs d'entre eux vinrent le voir pour le remercier.

D'habitude, ce genre de moments était un véritable bonheur pour lui. Il avait fondé sa réputation sur des critères de qualité et d'originalité, et il comptait bien continuer à suivre cette ligne de conduite. Les félicitations qu'il recevait régulièrement, loin de le griser, constituaient pour lui à la fois une récompense et une reconnaissance, et surtout un moteur qui le poussait plus avant dans la recherche de la qualité.

Mais ce soir, tout cela le laissait indifférent. Affichant un sourire automatique, c'est à peine s'il entendait les compliments qui pleuvaient autour de lui.

La seule chose qu'il entendait, c'était la voix de Venus. Quand elle le taquinait, qu'elle parlait sérieusement, ou quand elle riait.

Il passa sa main dans ses cheveux et se força à revenir à l'instant présent. Il était certainement en train de devenir fou.

— Hé, patron ! cria Emilio.

C'était la seconde fois que son second essayait d'attirer son attention.

— Patron, est-ce que Venus sera là demain matin ?

Il se débarrassa de sa veste blanche. Prêt à la jeter dans un coin, il se ravisa et la déposa sur un dossier de chaise.

Bon sang pourquoi Emilio lui parlait-il de Venus ?

Bien que la maîtrise de soi et la logique aient toujours été ses points forts, il ne put contenir son émotion, et sa réponse jaillit comme une coulée de lave incandescente.

— Non ! hurla-t-il en jetant un regard noir à Emilio.

Il n'avait donné aucune explication pour l'absence de Venus, se contentant d'annoncer qu'elle ne viendrait pas aujourd'hui. Comme tout le monde croyait qu'il l'avait prise sous son aile protectrice, il n'y avait eu aucune question indiscrète. Mais il aurait dû se douter qu'Emilio ne se contenterait pas d'une explication aussi succincte.

Il soupira.

Emilio le dévisagea avec stupeur, peu habitué à une telle réaction de sa part.

— Elle est malade ? s'enquit-il d'un ton préoccupé.

Trevor fit un effort pour rester calme.

— Elle est partie ! répondit-il d'une voix plus dure qu'il

ne l'aurait souhaité, refoulant son envie de s'en aller sans plus d'explications.

Emilio leva un sourcil étonné.

— Partie ? répéta-t-il. Qu'est-ce que vous voulez dire ?

— Je veux dire qu'elle est partie ! hurla Trevor, incapable de se contenir plus longtemps. Partie comme « plus là », partie comme « être loin et ne jamais revenir », vous me suivez ?

Il serra les dents. Tout son corps était douloureux, comme s'il avait été bourré de coups de poing.

— « Partie » comme « partie » ! hurla-t-il encore pour faire bonne mesure.

Emilio secoua la tête, visiblement choqué par cette nouvelle.

— Qu'est-ce que vous avez bien pu lui dire pour qu'elle joue les filles de l'air ?

Trevor prit une profonde inspiration et fit un effort sur lui-même pour reprendre son calme. Cela commençait à devenir insupportable. Dieu sait qu'il aimait Emilio, qu'il avait confiance en lui, mais pour l'instant, il valait mieux, pour leurs relations futures, qu'ils en restent là.

Il planta un regard furibond dans le sien.

— Emilio, vous dépassez les bornes avec vos questions !

Loin d'être intimidé, Emilio soutint son regard et poursuivit :

— Avec tout le respect que je vous dois, allez au diable avec vos bornes. J'essaie d'aller au fond des choses, ce qui est beaucoup plus important.

Il s'interrompit un instant et l'observa d'un air plein d'affection avant de revenir à la charge.

— Pourquoi Venus est-elle partie ?

Le prenant par le bras, Trevor l'entraîna dans un coin de la cuisine un peu moins peuplé.

— Vous tenez vraiment à le savoir ? Très bien, je vais vous le dire ! C'est à cause d'une espèce de pantin vêtu d'un costume-cravate qui a dû lui coûter la même somme que n'importe quel salarié touche à la fin du mois. Il a fait son apparition chez mes parents pour nous annoncer qu'il était le fiancé de Venus.

L'étonnement, l'inquiétude, puis la suspicion défilèrent sur le visage d'Emilio. Il cligna des paupières.

— *¡ Dios mío !* Et vous l'avez cru ?

Trevor hésita un instant à poursuivre. Ce n'était pas son habitude de parler de ses problèmes intimes à d'autres personnes qu'à ses frères.

— Je ne vois pas pourquoi je ne l'aurais pas cru, finit-il par répondre.

— Est-ce que Venus l'a reconnu au moins ?

— Non.

Non, Venus ne l'avait pas reconnu, et c'était bien ce qui rendait les choses encore plus difficiles pour lui.

Emilio l'étudia un instant sans rien dire, septique.

— Il me semble que si votre premier amour revient dans votre vie, cela doit provoquer un déclic et vous rendre la mémoire, du moins en partie, vous ne croyez pas, patron ? Est-ce qu'elle vous a donné l'impression d'avoir quelques souvenirs qui remontaient à la surface ?

— Non, répondit Trevor d'une voix cassée par l'émotion.

Le simple fait d'en parler lui donnait des crampes d'estomac, et sa bouche semblait remplie de sable. Il fallait mettre fin à cette discussion stérile, d'autant qu'Emilio était capable de parler d'un sujet anodin pendant des heures, alors quand il s'agissait d'un problème grave…

Redressant les épaules, Trevor fit un effort pour prendre du recul.

— Venus est majeure et vaccinée, dit-il d'une voix sourde. Elle est assez grande pour se prendre en charge toute seule et décider de ce qui est bon pour elle. De plus, elle sait où je suis, elle a mes coordonnées. Elle peut me contacter dès qu'elle le veut.

La sonnerie de son téléphone le fit sursauter. Il tira aussitôt l'appareil de sa poche et ouvrit le couvercle du bout du pouce.

— Allô ?

Mais il n'y eut qu'une tonalité continue pour toute réponse. Consultant l'écran du portable, il poussa un juron. Le numéro ne s'était pas affiché.

Ce devait être une erreur, songea-t-il, terriblement déçu. Il referma le téléphone si brutalement que le couvercle claqua.

Emilio toussota.

— Voulez-vous que je fasse la fermeture, patron ?

Trevor le regarda sans le voir. Les yeux d'Emilio étaient empreints de compassion, voire de pitié. C'était purement et simplement détestable. Il fronça les sourcils. S'il y avait une chose qu'il abhorrait, c'était bien de provoquer ce genre de sentiments !

Refrénant une envie de le rabrouer, il se força à dire du ton le plus calme qu'il put :

— Non, vous pouvez rentrer chez vous, Emilio.

— Comme vous voudrez. Vous avez mon numéro de téléphone si vous voulez me parler, insista Emilio en se dirigeant vers la porte.

Bon sang pourquoi tout le monde croyait-il qu'il avait envie de parler ? En réalité, il avait envie de casser quelque chose. N'importe quoi.

Ou plutôt, de frapper quelqu'un. Oui, il mourait d'envie de casser la figure de ce crétin gominé qui était entré dans sa vie sans y être invité, et qui lui avait enlevé Venus.

Qui l'avait privé de la lumière du soleil. De la moitié de l'air qu'il respirait.

Mais il ne pouvait pas le frapper sans risquer de se faire jeter en prison. Et ensuite, il y aurait un procès. Ce type devait aimer aller devant les tribunaux à la moindre occasion. Ce n'était pas la solution idéale pour retrouver Venus.

Et puis il ne savait pas où il habitait.

La seule chose qu'il savait, c'est qu'il allait devenir fou s'il ne se ressaisissait pas très vite.

La seule option qui lui restait était de se concentrer sur ce qu'il avait à faire et, en l'occurrence, il s'agissait de ranger la cuisine.

Il se mit à la tâche le plus lentement possible.

La nuit allait être longue, très longue, et l'idée de se retrouver seul dans son lit lui était tout bonnement inconcevable.

- 15 -

Emilio s'éclaircit la gorge et, comme Trevor le regardait d'un air absent, il lui indiqua d'un signe de tête l'énorme pot qu'il tenait entre ses mains.

— C'est le miel, patron.

Trevor cligna des paupières.

— Pardon ?

— Dans vos mains…

Emilio tapota la grosse poterie de grès.

— Vous avez pris le miel, précisa-t-il en détachant chaque syllabe.

Depuis quelques jours, son associé et ami avait l'esprit embrumé et agissait d'une étrange manière, et il faisait de son mieux pour affronter la situation qui préoccupait tous les employés du Kate's Kitchen.

— Avez-vous changé la recette de la sauce spaghetti sans me le dire ? poursuivit-il en adoptant un ton léger.

Trevor baissa les yeux sur ses mains, comme pour vérifier ce qu'Emilio venait de dire. Avec un soupir, il posa la jarre à moitié pleine sur le comptoir. En effet, c'était bien du miel. Il fallait absolument qu'il se ressaisisse. Il ne pouvait pas continuer à dormir debout. Cet état second durait depuis une semaine.

— Non, je n'ai pas changé la recette, répondit-il sèchement.

Emilio eut un rire bref.

— C'est bon à savoir, parce que le miel dans la sauce spaghetti…

Il compléta sa phrase par une petite moue écœurée. Puis il toussota, comme chaque fois qu'il allait dire quelque chose qui agacerait Trevor.

— Dites-moi, patron, combien de temps allez-vous continuer ainsi ?

— Ainsi ? Comment « ainsi » ? lança Trevor d'un ton menaçant.

Mais il en fallait plus à Emilio pour se décourager.

— Vous savez très bien ce que je veux dire : vous ici, elle là-bas, précisa-t-il.

Trevor l'examina en silence, partagé entre l'agacement et la sympathie. Curieusement, l'éternel sourire d'Emilio avait disparu, et son associé semblait réellement inquiet pour lui.

Comme il restait muet, Emilio insista :

— Vous ne croyez pas qu'il est temps de combler la distance ?

Trevor ouvrit la bouche pour lui dire de s'occuper de ses affaires, mais il la referma aussitôt.

— Cela ne dépend pas de moi, marmonna-t-il en découpant un oignon en rondelles comme s'il avait un compte personnel à régler avec lui.

Emilio laissa échapper un grognement peu convaincu.

— Cela dépend de qui, au juste ?

Trevor fit glisser les oignons dans la casserole.

— D'elle, dit-il à voix basse.

Emilio le regarda d'un œil rond.

— Ah parce qu'elle est censée vous courir après ?

— Non pas me courir après, mais me rejoindre.

D'un geste brusque, il posa la planche à découper sur la grande table métallique, faisant plus de bruit qu'il ne l'aurait souhaité.

— Ce n'est pas moi qui suis parti, se défendit-il.

Emilio le regarda d'un air désolé.

— Trevor, vous êtes un patron formidable et un chef hors du commun. Mais ce que vous ignorez au sujet des femmes pourrait remplir le Grand Canyon.

Trevor haussa les épaules, vexé.

Tout le monde savait qu'Emilio était un coureur de jupons, et qu'il était toujours bien accueilli par la gent féminine. Il menait une existence dissolue, et plutôt vide de sens, bien que lui-même considère que la vie ne valait pas la peine d'être vécue sans relations soutenues avec les femmes. Mais il ne lui serait jamais venu à l'idée de critiquer sa façon de vivre. Alors de quel droit ce dernier se permettait-il de prendre ce ton condescendant avec lui ? Et puis la pitié d'Emilio commençait à lui taper sur les nerfs.

Prenant une grosse cuillère de bois, il incorpora les oignons à la sauce tomate, dans laquelle il versa ensuite de la mozzarella coupée en dés.

— Ah oui ? marmonna-t-il.

— Oh oui ! renchérit Emilio avec un sourire entendu.

Il vint se camper devant lui, comme pour donner plus de poids à son discours.

— Les femmes aiment que les hommes leur courent après, commença-t-il. Elles adorent qu'ils leur fassent sentir qu'elles en valent la peine, et qu'ils sont prêts à se battre pour qu'elles entrent dans leur vie.

Trevor poussa un soupir agacé. Il entendait déjà les réactions de Kelsey face à la philosophie d'Emilio.

— C'est un stéréotype complètement machiste, grommela-t-il.

Emilio secoua la tête.

— Pas du tout, c'est la vie, insista-t-il d'un ton convaincu. Croyez-moi, je connais la question. J'ai cinq sœurs ! Il n'y en a pas une qui aime faire le premier pas. Mais ne vous méprenez pas, elles aiment toutes manipuler les hommes, mais elles adorent aussi l'idée qu'ils sont prêts à tout pour elles.

Trevor interrompit son travail.

— Prêts à tout ? répéta-t-il.

— Oui, c'est le mot ! Allons, Trevor, vous le savez aussi bien que moi : ce type n'est pas celui qu'il lui faut. Et peu importe combien de costumes il possède.

— Prêts à tout…, répéta encore Trevor.

Il observa son associé d'un œil critique. Compte tenu de la vie dissolue qu'il menait, quel crédit pouvait-il accorder à ce qu'il affirmait avec tant de certitude ?

— Alors selon vous, je devrais être prêt à arracher Venus à un milliardaire qui peut lui offrir tout ce dont elle rêve ? reprit-il avec un rire de dérision.

Emilio fit une petite moue.

— Vous n'y êtes pas du tout, patron. Baylor Evans n'est pas particulièrement recommandable. J'ai fait quelques recherches sur lui. C'est un bourreau de travail et il est riche, c'est vrai, mais il aime aussi que *ses* femmes soient disponibles à tout moment.

— Qu'est-ce que vous racontez ? Il veut épouser Venus… enfin… Gemma, et il…

Trevor s'interrompit. Ce prénom lui écorchait la langue.

Il était laid, et il n'allait pas du tout à la jeune femme à la fois douce et vive qu'il avait… Bon sang comme elle lui manquait !

Emilio le ramena à l'instant présent.

— Je ne sais rien en ce qui concerne Venus, patron, je vous parle des maîtresses de Baylor Evans !

Son sourire se fit plus malicieux encore.

— Les femmes qu'il ne peut pas amener chez sa mère, si vous voyez ce que je veux dire, précisa-t-il avec un sourire en coin.

Oui. Trevor voyait très bien ?

— Où êtes-vous allé chercher ça ?

Emilio prit un air mystérieux.

— Il y a un tas de moyens pour apprendre ce genre de choses. Il suffit de savoir où regarder, et à qui poser les bonnes questions.

Trevor retint un juron. Si Emilio disait vrai, ce type était une ordure, qu'il soit milliardaire ou non ! Exactement comme il l'avait pressenti au premier coup d'œil.

— Alors en allant chercher Venus, vous la sauveriez d'un mariage vraiment lamentable, reprit Emilio qui n'abandonnait jamais.

Trevor le regarda sans le voir, l'esprit ailleurs. Il se força à se concentrer, remettant tous les éléments de l'histoire dans l'ordre.

— Venus préfère peut-être se marier avec lui ? marmonna-t-il.

Comme Emilio le fixait d'un regard désespéré, il toussota, mal à l'aise.

— De toute façon, qu'est-ce que je pourrais bien faire ? se défendit-il. Elle ne m'a pas appelé. J'ai gardé mon téléphone portable avec moi vingt-quatre heures sur vingt-quatre. Rien.

— Et alors ? Ne soyez pas susceptible. Attention ! Vous faites une erreur… dans votre sauce…

Il désigna d'un signe de tête le pot de moutarde que Trevor venait à présent de saisir.

— Et dans votre vie…, enchaîna-t-il, visiblement ravi de son trait d'esprit.

Trevor posa le pot sur une étagère. Après avoir fermé le restaurant, vingt minutes plus tôt, il s'était mis à confectionner cette sauce pour les spaghettis prévus au menu du lendemain. On lui avait dit que des clients faisaient un détour de plusieurs kilomètres rien que pour sa sauce. S'il y incorporait de la moutarde, il risquait de ne plus jamais les revoir.

Mais il préférait être damné que de le reconnaître devant Emilio.

— Rentrez chez vous, Emilio… Vous n'avez pas quelqu'un qui vous attend ? dit-il d'un ton plus rogue qu'il ne l'aurait souhaité.

Il réfléchit quelques secondes. Comment s'appelait la dernière conquête d'Emilio ?

— Suzannah ? dit-il avec un léger sourire en coin.

— Non, c'est Shirley.

Hochant la tête, Trevor se remit au travail.

— Je savais bien que ça commençait pas un S, bougonna-t-il.

Il s'approcha d'un autre fourneau. Emilio le suivit comme un petit chien, bien décidé à ne pas baisser les bras.

— Allez la rejoindre, insista-t-il. Tout le monde ici vous en sera reconnaissant. Vous n'êtes plus le même depuis que Venus est partie, si vous voyez ce que je veux dire…

Trevor ouvrit la bouche pour lui dire qu'il n'avait pas changé d'un iota, mais il la referma aussitôt. A quoi bon mentir ? Emilio avait raison, il n'était plus le même. Il se sentait perdu, mal dans sa peau, irascible. La veille, quand Mike lui avait téléphoné pour prendre de ses nouvelles, il l'avait envoyé promener.

Or ce genre d'attitude ne lui ressemblait absolument pas. Il avait toujours été le plus patient, le plus facile à vivre, comme sa belle-mère le lui avait fait remarquer quand elle avait appelé à son tour, vingt minutes après Mike. Les nouvelles se propageaient vite chez les Marlowe. Même cela l'avait irrité. C'était la première fois qu'il était irrité par ce que Kate avait pu lui dire.

Il baissa le gaz sous la casserole. Il allait laisser la sauce mijoter quelques minutes, puis il la mettrait au réfrigérateur. En attendant, il allait ranger dans des sachets allant au freezer ce qui restait des plats du jour. Demain matin à la première heure, ces sachets partiraient pour le refuge des sans-abri de St Anne.

Puis, dès qu'il aurait fini de tout remettre en ordre, il parlerait à Travis. Son frère avait quelques relations au commissariat de police. Avec leur aide, il trouverait peut-être l'endroit où Venus était partie. Et — Emilio avait raison —, il irait la chercher. Pourquoi ne pas l'admettre : il avait besoin d'elle, c'était ridicule de prétendre le contraire. Et il devait le lui dire.

Et au diable l'idée d'avoir un comportement noble en faisant ce qu'il croyait être le mieux pour elle. S'il y avait une certitude, c'est qu'un type comme Baylor Evans n'était pas ce qui était le mieux pour elle. Evans n'aimerait jamais Venus comme il l'aimait, lui, et il y avait des choses plus importantes que l'argent dans la vie.

Il y avait l'amour.

Il serra les poings. Bon sang, il n'allait pas abandonner son amour ! Il allait se battre !

Une fois son travail terminé, il baissa l'interrupteur principal, qui commandait toutes les lumières de la cuisine. Se dirigeant vers le bureau afin de vérifier que l'ordinateur avait été éteint pour la nuit, il prit une profonde inspiration. Maintenant qu'il était décidé à agir, l'impatience commençait à le gagner.

— Ils vont être très ennuyés si vous n'êtes pas là demain matin.

Brusquement, il se figea et passa une main lasse sur son front. Il savait que le surmenage pouvait être la cause d'effets secondaires assez spectaculaires, comme des hallucinations, mais là, il venait d'entendre une voix. Et pas n'importe laquelle. La voix de Venus.

Son cœur se mit à tambouriner dans sa poitrine. S'il se tournait vers l'endroit d'où venait la voix, tout rentrerait dans l'ordre, il en était sûr. Comme chaque fois qu'il avait cru entendre la voix de Venus et qu'il avait découvert que son imagination lui avait joué un tour.

— La confection d'une salade est la première étape d'une expérience culinaire mémorable, continua la voix douce. C'est bien ce que vous m'avez appris, non ?

Les mâchoires serrées, Trevor resta un instant sans respirer. De deux choses l'une : ou bien il était bon pour l'hôpital psychiatrique, ou bien il était sain d'esprit et Venus était là.

En proie à une violente poussée d'adrénaline, il fit volte-face. Que ne donnerait-il pas pour voir Venus, même si cela signifiait qu'il avait perdu la tête !

Il n'avait pas perdu la tête.

C'était bien elle, en chair et en os, là, en face de lui.

Venus. Elle était debout dans la cuisine, devant la table sur laquelle il avait laissé un demi-plateau de minisalades. Dans sa hâte de finir, il les avait complètement oubliées.

S'avançant, Venus baissa les yeux sur les assiettes.

— Ah. Je vois que vous m'avez remplacée.

Trevor retint son souffle. S'il respirait, il risquait peut-être de se réveiller ? Et Venus ne serait plus là.

Il prit une profonde inspiration.

— Impossible, murmura-t-il d'une voix sourde.

Les lèvres sensuelles de Venus se retroussèrent en un sourire malicieux.

— Parce que j'étais irremplaçable, ou parce que j'étais une trop mauvaise employée ?

Trevor secoua doucement la tête. Il avait intérêt à respirer s'il ne voulait pas s'évanouir. Fermant les yeux, il prit une profonde inspiration. Il rouvrit les yeux. Venus était encore là.

— Parce que c'était vous. Vous êtes unique, finit-il par répondre.

Comme dans un rêve, il marcha vers elle. Il n'avait qu'une hâte : la sentir près de lui.

Le parfum de la jeune femme était étourdissant.

— C'est bien vous ? s'enquit-il d'une voix un peu rauque.

Le sourire de Venus s'élargit tandis qu'elle le regardait dans les yeux.

— Oui, pour autant que je sache.

— Au fait, qui êtes-vous, au juste, Gemma ou Venus ?

Elle ne répondit pas et continua de sourire.

— Vous avez recouvré la mémoire ? voulut-il savoir.

Elle hocha la tête.

— Oui. Je me souviens de tout à présent. De mon nom, de mon enfance solitaire. De Baylor. De tout, répéta-t-elle.

Trevor baissa les yeux. La suite allait sans doute être difficile à affronter.

— Et vous vous êtes aussi souvenue de moi et vous êtes venue… pour me dire adieu, dit-il, la gorge serrée.

Quelle autre conclusion aurait-il pu tirer ? D'un côté, Venus pouvait mener une vie dans laquelle elle aurait tout ce qu'elle souhaitait, de l'autre, elle devrait travailler pour gagner sa vie. Le choix était facile à faire.

— Non, je suis venue vous dire bonjour, répliqua-t-elle d'un ton léger en détachant bien chaque mot, comme si elle voulait les mettre en lumière.

Trevor fronça les sourcils. Elle venait lui dire bonjour ? Que voulait-elle dire par là ? A quoi jouait-elle ?

— Qu'est-ce que cela signifie ?

— Cela signifie, répondit-elle patiemment, que j'en ai eu assez d'attendre que vous arriviez sur le dos d'un beau cheval blanc pour m'arracher à l'imbécile pompeux auquel j'étais fiancée.

Il la fixa comme si elle venait d'énoncer une série de jurons. S'il rêvait, il fallait espérer qu'il ne se réveillerait pas de sitôt. Mais même endormi, il préférait que les paroles de Venus aient un sens.

— Si c'est un imbécile pompeux, pourquoi vous étiez-vous fiancée avec lui ? voulut-il savoir.

Venus leva les yeux au ciel et soupira.

— Une erreur de jeunesse.

En réalité, c'était plus compliqué que ça.

— Je croyais que tous les hommes étaient plus ou moins identiques, précisa-t-elle. Je suis née dans un milieu très privilégié et très égoïste. Mon père était un modèle du genre.

Je n'aime pas dire du mal des défunts, mais Hayden Burnett, mon cher père, était le roi des égoïstes.

Trevor hocha la tête. Il connaissait très mal le milieu dans lequel Venus avait vécu.

— Il est mort ?

Venus hocha la tête.

— L'année dernière, d'une crise cardiaque. Baylor était son successeur à la banque et, apparemment, dans ma vie.

Une foule de souvenirs l'avait assaillie en quelques jours. Elle avait passé beaucoup de temps à faire le tri, et elle n'avait pas encore fini. Quoi qu'il en soit, elle voyait maintenant les choses sous un éclairage radicalement différent.

— Je ne reproche pas à Baylor d'être comme il est, ce n'est pas sa faute. Apparemment, il n'a jamais eu une bonne image paternelle. Son père n'était jamais chez lui, il travaillait trop, et à une époque, sa mère noyait sa solitude dans l'alcool.

Elle se rapprocha de lui et le fixa dans les yeux en souriant.

— Ce n'est pas comme vous, Trevor. Mais je suis sûre que vous n'auriez pas été différent dans d'autres circonstances, même si vous aviez été élevé par des loups.

Trevor laissa échapper un petit rire. La vie était si belle. Venus était revenue, ce n'était pas un rêve ni une hallucination. Il se sentait léger subitement, léger et tellement heureux.

— Il aurait fallu que ce soient de très gentils loups, sinon ils m'auraient dévoré, fit-il remarquer en l'attirant contre lui. De toute façon, j'allais venir vous arracher à ses griffes.

Venus leva les yeux vers lui.

— Vraiment ?

— Oui. J'étais décidé à me mettre en route aussitôt après avoir fermé.

Elle jeta un coup d'œil par-dessus son épaule sur le plateau oublié.

— Quel dommage, vous auriez laissé ces salades, le taquina-t-elle.

— J'avais d'autres pensées en tête, je peux vous l'assurer.

Venus observa Trevor un long moment en silence. Elle le croyait. Il ne mentait pas, elle en aurait mis sa main au feu.

Il prit son visage entre ses mains. C'était merveilleux de pouvoir enfin la toucher, après toutes ces nuits où il avait cru que ce serait toujours un rêve.

— Vous l'avez laissé pour de bon ? demanda-t-il. Baylor.

Venus hocha la tête. Elle avait fermement déclaré à son riche fiancé qu'elle ne l'épouserait jamais, ni lui ni son compte en banque.

— Oui. Je l'ai quitté. Et j'ai aussitôt éprouvé un immense soulagement.

Trevor lui caressa la joue du bout des doigts. S'il n'avait pas été si heureux, il aurait presque pris ce pauvre type en pitié.

— Et qu'a-t-il dit ?

— Que je le regretterais...

Baylor lui avait asséné beaucoup d'autres paroles dures, voire haineuses, qu'elle n'avait aucune envie de répéter, et qui confirmaient bien qu'elle faisait le bon choix en le quittant.

— Il a raison, vous risquez de le regretter, dit Trevor. Je ne pourrai pas vous offrir le niveau de vie auquel vous êtes habituée, vous savez.

Elle éclata de rire. L'argent avait tenu une place assez

importante pour elle, certes, mais maintenant, c'était fini. Elle savait ce qu'il pouvait y avoir en dehors des institutions financières.

— Vous, peut-être pas, reconnut-elle, mais moi, je peux.

Trevor la regarda sans comprendre.

— Pardon ?

Venus sourit. Il était tellement adorable quand il était perdu. Comme il lui avait manqué. Ses yeux, ses cheveux, l'odeur de son eau de Cologne, de sa sueur, tout en lui lui avait manqué. Et par-dessus tout, elle n'avait cessé de revoir son sourire.

— Ce n'est pas parce qu'il était fou de moi que Baylor Evans voulait m'épouser, Trevor. J'ai des relations et… beaucoup d'argent.

Trevor fronça les sourcils. Cette histoire était de plus en plus surprenante. Evans ne semblait pourtant pas avoir besoin d'argent.

— Attendez ! Baylor est milliardaire, objecta-t-il. J'ai du mal à croire qu'il attende après votre fortune.

Venus eut un petit rire de dérision.

— Les milliardaires aiment l'argent, eux aussi. Parfois plus que nous.

Trevor tressaillit. « Nous » avait-elle dit ? C'était plus fort que lui, il avait encore peur de se réveiller, et de se rendre compte qu'il venait de faire un beau rêve.

— Alors vous êtes revenue vers moi, murmura-t-il.

Elle le regarda avec un sourire dans les yeux.

— Oui. Si votre proposition est toujours d'actualité, bien sûr.

Il releva tendrement une mèche de ses cheveux. Comment pouvait-elle poser une telle question ?

— Vous savez bien que oui.

Incapable de se maîtriser plus longtemps, il posa des lèvres avides sur les siennes. Son sang menait une course effrénée dans ses veines, mais il ne fallait pas brûler les étapes. Certains points méritaient encore d'être éclaircis.

— Vous avez vraiment recouvré toute votre mémoire ? demanda-t-il.

Hochant la tête, Venus noua ses bras autour de son cou.

— Oui. Elle m'est revenue dès l'instant où j'ai revu ma maison.

Elle sourit.

— On n'oublie pas une *maison* de trois mille mètres carrés.

Songeuse, elle fit une pause. Le nom de « mausolée » aurait été plus approprié. C'était là qu'elle avait grandi, et pourtant, elle ne s'était jamais sentie chez elle dans cette immense demeure. Sa mère était morte quand elle était encore très jeune, la laissant aux mains d'étrangers qui s'occupaient d'elle uniquement parce qu'ils étaient payés pour le faire. Son père n'était presque jamais là, et quand il y était, c'était pour l'accabler de critiques.

— Je me suis aussi souvenue d'une chose importante : avant mon accident, j'avais déjà compris que je commettais une terrible erreur en acceptant d'épouser Baylor, et j'étais décidée à rompre.

Trevor l'observa un instant sans parler. Jusqu'à quel point se rappelait-elle ce qui lui était arrivé ?

— Que s'est-il passé la nuit où je vous ai trouvée ?

Elle se pressa contre lui.

— J'ai ressuscité.

Trevor sentit son corps répondre aussitôt à celui de Venus.

Il la désirait violemment, mais il fallait qu'il sache. Prenant une profonde inspiration, il demanda :

— Mais avant, vous souvenez-vous pourquoi et comment vous vous êtes retrouvée dans l'eau ? Avez-vous sauté ?

Elle secoua la tête. Non, elle n'aurait pas eu ce courage. Et pourquoi aurait-elle tenté de se suicider ? Rompre avec Baylor était plus un soulagement qu'autre chose.

— Quand j'ai compris quelle bêtise j'allais faire en épousant Baylor, j'ai voulu descendre dans un canot de sauvetage pour retourner sur la grève. Baylor n'est pas le genre d'homme avec lequel il est possible de discuter. Avec son caractère emporté, il n'aurait pas été capable d'accepter ce qu'il aurait considéré comme une humiliation. En descendant par les cordages, j'ai glissé, j'ai lâché prise, et je me suis retrouvée dans l'eau. Ensuite, je ne me rappelle plus très bien ce qui est arrivé. Jusqu'à vous voir penché sur moi.

Elle haussa les épaules. Peu importait qu'elle se souvienne ou pas. Ce qui importait, c'est que sa vie avait commencé à la minute même où Trevor l'avait sauvée.

— Je suppose que mon instinct de survie a pris le dessus et que j'ai nagé en direction de la plage, dit-elle.

— Est-ce que cela n'aurait pas été plus facile d'appeler au secours ? On vous aurait entendue, du yacht.

— Je l'ai fait. Mais il y avait une fête. Je doute fort que quiconque ait pu m'entendre. La musique était trop forte.

C'est grâce à cette fête qu'elle avait réussi à s'éloigner en catimini. Baylor avait invité deux cents de ses connaissances.

Trevor hocha la tête, peu convaincu. Il avait encore une question pénible à poser.

— Pourquoi Baylor n'a-t-il pas lancé aussitôt un avis de recherche ?

— Parce que ma disparition était plutôt dérangeante pour lui, je suppose. Il devait partir en Europe pour un voyage d'affaires juste après la cérémonie. Il disait que ce serait une « lune de miel laborieuse ». Il a cru que j'étais tombée, ou que j'avais sauté. La première éventualité l'aurait mis dans une situation délicate. Quant à la seconde, elle aurait représenté un véritable soufflet pour son ego, car si j'avais sauté, cela aurait signifié que je préférais mourir plutôt que de l'épouser. Cela aurait été trop humiliant à admettre. Il prétend qu'une partie de son équipage s'est mis à ma recherche mais qu'il faisait nuit et…

Elle haussa les épaules d'un air indifférent.

— Alors pourquoi a-t-il fini par remplir un dossier au commissariat ? voulut-il savoir.

Elle sourit. La réponse était d'une simplicité stupéfiante. Et elle ressemblait tant à Baylor.

— Parce qu'il est couché sur mon testament et que pour toucher l'argent, il fallait que ma mort soit officiellement déclarée.

— Charmant personnage ! On peut dire que vous aviez choisi quelqu'un d'intéressant, ironisa-t-il.

— Ce n'est pas moi qui l'ai choisi. Ce mariage me laissait totalement indifférente. Et j'étais peut-être aussi un peu snob, précisa-t-elle avec une petite grimace.

Dans un sens, elle aurait bien mérité de vivre avec Baylor Evans. Mais heureusement, la vie lui avait offert une seconde chance avec Trevor.

— Je voyais tout le prestige dont Baylor est entouré, sans parler de la banque, reprit-elle.

— Qu'est-ce qu'elle a de particulier, cette banque ?

— J'en détiens la majorité des parts, grâce à mon père. Pour l'instant, Baylor est parfait sous l'étiquette de directeur.

C'est un excellent financier, mais du point de vue humain, il est complètement abject et incompétent. De plus, je peux toujours le licencier s'il ne donne plus de bons résultats. Oh, et puis j'en ai assez de parler de lui ! déclara-t-elle en se collant contre le corps de Trevor.

Elle avait hâte de sentir de nouveau ses lèvres sur les siennes, et de refaire l'amour avec lui. Il y avait beaucoup trop longtemps que cela n'était pas arrivé.

Trevor la serra plus étroitement contre lui.

— De quoi souhaitez-vous parler alors ?

Elle le regarda dans les yeux.

— Aviez-vous vraiment l'intention de venir me chercher ce soir ?

Trevor plongea un regard pénétrant dans le sien.

— Oui, répondit-il d'une voix un peu rauque.

Il paraissait si sincère qu'elle ne pouvait douter de lui.

— Et comment auriez-vous su où me trouver ?

— Travis a quelques amis dans la police. Je pensais demander à l'un d'eux de faire des recherches par votre permis de conduire. Votre adresse doit y figurer.

Elle hocha la tête en souriant.

— Bonne idée. C'était tout simple, en effet.

— Les solutions simples sont souvent les meilleures, lança-t-il joyeusement. La simplicité est une qualité, à mon sens.

— Je suis d'accord avec vous.

Elle le regarda un instant en souriant, résistant à grand-peine à l'envie de se jeter sur lui. Il fallait qu'elle se maîtrise.

— Dites-moi, Trevor, qu'avez-vous fait depuis que je suis partie, à part oublier des salades sur un coin de table ?

— A vrai dire, je ne m'en souviens pas. Je ne pensais qu'à vous, jour et nuit. Vous me manquiez terriblement.

Elle se serra contre lui.

— Maintenant, je ne vous manquerai plus, murmura-t-elle d'une voix grave.

— Plus jamais, promit-il. Voulez-vous m'épouser ?

Venus prit son air le plus innocent.

— Comment être sûre que vous ne voulez pas m'épouser pour ma maîtrise incomparable dans la préparation des salades ?

Lui effleurant la bouche de ses lèvres, il se mit à rire.

— Je vous épouserais même si vous ne saviez pas faire cuire un œuf.

Venus écrasa ses lèvres sur les siennes. Elle n'avait pu s'empêcher de craindre qu'il ne veuille plus d'elle. Après tout, il aurait très bien pu se sentir humilié en la voyant partir avec Baylor.

— Dans ce cas je suppose que cela s'appelle de l'amour, murmura-t-elle en s'écartant légèrement de lui.

— Laissez-moi vous le prouver !

D'un large geste de la main, il envoya les assiettes de salade et le plateau par terre. Maintenant, la table était libre, et prête pour eux. Il souleva Venus et la posa dessus.

Elle garda les bras autour de son cou.

— Vous m'aimez vraiment ?

— Pour la vie, chuchota-t-il.

Il l'embrassa fougueusement. Dès qu'elle put respirer, elle chuchota à son tour, les yeux brillants :

— C'est quelque chose que je peux accepter.

Il l'embrassa de nouveau, plus passionnément encore. Puis, relevant la tête, il plongea un regard brûlant dans le sien.

— Je crois que cela me convient très bien aussi, dit-il d'un ton malicieux.

A voir les yeux embrumés de désir que Venus levait sur lui, il comprit que le temps des discours était terminé.

Ce n'est que bien plus tard qu'ils quittèrent le restaurant, tendrement enlacés.

Épilogue

Venus se regarda longuement dans la glace. Elle s'était déjà trouvée dans la même situation. Vêtue d'une robe de mariée, face à un miroir, exactement comme maintenant. Mais la première fois, elle portait une robe de grand couturier, digne d'être portée par l'héritière d'un empire. Digne d'un symbole. L'argent que cette robe avait coûté aurait permis de nourrir un village du Tiers-Monde pendant six mois, si ce n'est plus. Elle avait donné la robe à une boutique de vêtements d'occasion. Aujourd'hui, c'était le jour le plus important de sa vie. Il était hors de question qu'elle la porte. Elle avait choisi pour l'occasion un fourreau en organdi blanc dont le décolleté était bordé de dentelle, et qui lui descendait jusqu'aux chevilles.

Elle secoua légèrement la tête en souriant. Non, ce n'était pas le jour le plus important, mais le second jour le plus important. Le premier était celui où elle avait rencontré Trevor. S'il n'était pas entré dans sa vie, elle n'aurait jamais eu cette sensation de renaissance, elle n'aurait pas connu le bonheur incroyable qu'elle connaissait maintenant, sans parler du fait qu'elle aurait pu se noyer. La femme qu'elle avait été avant Trevor n'avait fait que traverser la vie comme une somnambule.

Alors que la femme qu'elle était désormais savourait chaque chose qu'elle voyait, chaque son, chaque sensation. Et, par-dessus tout, elle savourait le fait d'être bientôt l'épouse de Trevor. Non seulement elle allait se marier avec un homme merveilleux, mais grâce à lui, elle aurait vraiment une famille comme elle en avait toujours rêvé. Une famille qui se souciait déjà beaucoup plus d'elle que celle dans laquelle elle avait eu le malheur de naître.

— Vous pleurez ? lui demanda Kate en s'approchant d'elle.

Venus prit le mouchoir que Kate lui tendait. Se tamponnant les yeux, elle hocha la tête.

— Je n'aurais jamais cru que l'on pouvait pleurer de bonheur, dit-elle en reniflant.

Lui reprenant le mouchoir, Kate effaça avec précaution une petite traînée de mascara sous l'œil gauche.

— C'est vrai, mais ne versez pas trop de larmes, sinon vous allez abîmer votre beau maquillage. N'oubliez pas que les photographes veulent vous immortaliser.

Kate s'éloigna d'elle et l'embrassa du regard.

— Vous êtes magnifique !

Venus prit une profonde inspiration pour chasser les dernières larmes et se reprendre.

— Je me sens belle, dit-elle d'une voix à peine audible.

Kate sourit.

— Mais vous l'êtes ! Bien ! Il va falloir y aller. Est-ce que vous entendez ce que j'entends ?

Venus tendit l'oreille et reconnut les premiers accords de la marche nuptiale. La gorge serrée, elle sentit les larmes monter en elle.

A cet instant, un coup léger fut frappé à la porte.

— Entrez ! dit Venus tandis que Kate finissait de lui disposer son voile nuptial.

Bryan passa la tête par l'entrebâillement de la porte, un grand sourire aux lèvres. Venus lui sourit. Au lieu d'être au bras de son père ou de remonter l'allée toute seule, elle lui avait demandé de l'accompagner jusqu'à l'autel. La proposition avait positivement enchanté son futur beau-père.

— Prête ? lança-t-il d'une voix joyeuse.

Venus répondit avant même d'y penser :

— Oh oui !

— Eh bien, allons-y ! dit-il en lui offrant son bras.

— Pas de crampe d'estomac ? Pas de projets de fuite à la dernière minute ? s'enquit Travis d'un air taquin, adossé au chambranle de la porte, en observant Trevor, pendant que Kelsey s'affairait pour nouer la cravate du futur marié.

— Pourquoi aurais-je envie de fuir ? demanda Trevor avec le plus grand sérieux. J'ai attendu Venus toute ma vie.

— Alors c'est officiel, il faut l'appeler « Venus » plutôt que « Gemma » ? dit Trent, debout contre l'autre partie du chambranle.

Entre son frère et lui, on aurait dit deux presse-livres identiques.

— Mais elle *est* Venus, répliqua Trevor. Gemma est une personne qui a existé avant, mais qui n'existe plus.

Peu importait ce qui était écrit sur son certificat de naissance, elle serait toujours Venus pour lui. Le fait qu'elle accepte, et même qu'elle souhaite qu'il l'appelle par ce prénom n'était qu'une preuve supplémentaire qu'ils étaient destinés l'un à l'autre.

Qu'avait-il fait pour avoir tant de chance ? Mais il n'avait ni le temps ni l'envie de chercher la réponse. Il se contenterait de vouer une reconnaissance éternelle au destin qui avait fait tomber Venus à l'eau, ce soir-là, et qui l'avait, lui, envoyé se promener sur la plage alors qu'il aurait dû être couché.

La même plage sur laquelle ils allaient se marier dans quelques minutes.

— Kelsey, lâche un peu sa cravate ! Il faut y aller si vous ne voulez pas manquer le coucher du soleil, les pressa Mike.

Kelsey obtempéra avec une petite grimace. Une seconde de plus, et elle aurait entièrement refait le nœud… ou arraché la cravate.

Trevor adressa un sourire à sa sœur et se dirigea vivement vers la sortie.

En se mariant sur la plage, ils auraient le coucher de soleil en arrière-plan. Il voulait que cette journée soit inoubliable pour Venus.

Pour lui, elle aurait été mémorable même s'ils s'étaient mariés sous un pont de l'autoroute de San Diego, puisqu'il allait dire « oui » à la seule femme qu'il ait jamais aimée.

Tournant le dos au soleil, il se mit à côté du pasteur. Mike, qui était son témoin, s'assit près de lui. Le soleil n'était qu'une énorme boule incandescente prête à plonger dans l'océan.

Trevor leva les yeux vers Venus quand elle apparut au bras de son futur beau-père, et ne la lâcha plus du regard tandis qu'elle s'approchait de lui, chacun de ses pas faisant battre son cœur plus vite.

Avant les premiers accords de la marche nuptiale, et avant que les paroles qui allaient les lier l'un à l'autre pour la vie ne soient prononcées, il articula silencieusement :

— Je t'aime.

Les lèvres de Venus prononcèrent les mêmes paroles.

Il eut un sourire radieux.

Dans son cœur, ils étaient déjà mariés.

SUSAN CROSBY

Le piège de la séduction

éditions Harlequin

Titre original : THE BACHELOR'S STAND-IN WIFE

Traduction française de ALAIN THAI

83/85 boulevard Vincent-Auriol 75646 PARIS CEDEX 13.
Service Lectrices — Tél. : 01 45 82 47 47
www.harlequin.fr

- 1 -

David Falcon regarda la jolie jeune femme qui venait de s'asseoir devant lui.

— Alors ? demanda-t-elle.

— Que vous dire, sinon que je suis déçu ? J'ai vu vingt candidates en deux jours, et n'en ai pas trouvé une seule qui réponde à mes attentes.

Il se renversa dans son fauteuil, face à Denise Watson, la brillante directrice d'*A Votre Service,* prestigieuse agence de placement d'employées de maison et de secrétaires, que certains de ses clients appelaient, non sans humour, « Femmes à gages ».

— Sur quel point transigeriez-vous, s'il le fallait ? demanda Denise.

Il avait déjà fait tant de concessions ces dernières années, trois en fait, qu'il n'était pas question d'en faire plus.

— Je n'ai pas renoncé à trouver l'oiseau rare. Avez-vous encore des candidates à me présenter ?

— Une.

— Une seule ?

— Oui. Dans mon propre fichier, du moins. Mais je me ferais une joie de passer une annonce et d'en sélectionner les réponses pour vous satisfaire. Comme vous l'avez dit vous-même, vos exigences sont précises et complexes.

— Que pensez-vous de votre dernière postulante ?

Denise posa un dossier devant lui et sourit.

— J'ai appris à ne jamais penser à la place du client.

— Bon, d'accord. Faites-la entrer, je vous prie.

Il parcourut son dossier. Dix ans d'expérience domestique, sept d'employée de bureau. Cette candidate devait avoir entre trente-cinq ans et quarante ans, peut-être ? L'âge faisait partie des questions que le règlement interdisait de poser. Il avait vingt-neuf ans et il était capital qu'elle soit plus âgée, mais seule son intuition lui permettrait de deviner son âge.

— Bonjour. Je suis Valérie Sinclair, dit une voix discrète mais assurée qui le tira de ses pensées.

Il leva les yeux et ne put s'empêcher d'être un peu surpris. Soit elle était extraordinairement bien conservée pour son âge, soit elle avait menti sur ses années d'expérience. On lui donnerait à peine vingt-cinq ans.

Etait-ce pour se vieillir qu'elle portait une veste et une robe à col montant… en plein mois d'août à Sacramento ? Elle avait ramassé son épaisse chevelure mordorée en un chignon de grand-mère, qui ne parvenait pas davantage à masquer son jeune âge. Il lui jeta un autre regard, juste assez appuyé pour noter de beaux yeux noisette au regard direct, de jolies mains aux ongles impeccables, et l'absence totale de bijoux.

— David Falcon. Asseyez-vous, je vous prie, dit-il en se demandant comment elle avait pu échapper aux vérifications de l'agence.

Elle avait dû mentir… Alors, au diable le règlement ! Il lui posa donc la fameuse question interdite.

— Quel âge avez-vous, mademoiselle Sinclair ?

Elle se raidit.

— Vingt-six ans, monsieur.

— Comment se fait-il que vous ayez déjà dix-sept années d'expérience ? Vous avez commencé à travailler à neuf ans ?

— A huit ans. Pas légalement, bien sûr. Mais ma mère était gouvernante dans une famille de Palm Springs quand j'avais cinq ans. J'ai donc été appelée à travailler de bonne heure.

— Que faisiez-vous ?

— Epousseter et balayer. Mais dès que j'ai pu les assumer, des tâches supplémentaires m'ont été confiées.

— Votre mère permettait que vous soyez exploitée de la sorte ?

— Exploitée ?

Elle sourit légèrement.

— La famille n'était pas toujours là, vous savez ? Nous, si. C'était ma maison. N'avez-vous jamais été de corvée quand vous étiez petit ?

David ne savait que penser. D'un côté, il lui semblait que les lois les plus élémentaires concernant le travail des enfants avaient été bafouées. De l'autre, le point de vue de la jeune femme se défendait.

— Etiez-vous rémunérée ?

— Ma mère me donnait de l'argent de poche. La somme augmentait en même temps que mes responsabilités. Je doute qu'il soit nécessaire d'en parler plus longtemps, monsieur Falcon. Vous savez maintenant pourquoi j'ai une si longue expérience des tâches domestiques.

Elle était… apaisante, songea David en l'écoutant, et ne devait pas s'énerver facilement.

— Puis-je vous demander votre profession, monsieur ?

— Mon frère et moi dirigeons les Automobiles Falcon.

— Je n'en ai jamais entendu parler.

— Notre marque se passe de publicité, car nos voitures ne sont pas à la portée de tous. Elles sont fabriquées à la main, sur commande, et répondent aux exigences précises de nos clients. La plupart d'entre eux sont européens. Autrement dit, je suis plus souvent à l'étranger que chez moi. Voilà pourquoi je cherche une personne de confiance, capable de s'occuper de mes affaires personnelles et professionnelles ici.

— Denise dit que vous voulez une employée à demeure.

Une femme d'un certain âge, expérimentée, compétente et sans aucun engagement, voilà ce qu'il voulait.

— C'est impératif. Il y a un problème ?

— Aucun.

— Etant donné le décalage horaire entre la Californie et le Vieux Continent, vous risquez d'être réveillée en pleine nuit par le téléphone, ou de devoir travailler jusqu'à minuit, ou bien de vous lever à 4 heures du matin pour vous occuper de quelques urgences à régler.

— Pas de problème.

— Quelles sont vos compétences en informatique ?

— Denise m'a fait passer des tests sur cinq programmes. Je suppose que les résultats sont dans mon dossier.

Il trouva le rapport, le lut, et la laissa dans l'expectative, juste pour tester sa patience. Elle ne bougea pas d'un cil.

— Pourquoi avez-vous quitté votre dernier emploi ?

— Harcèlement sexuel.

Elle avait cela dit aussi simplement que si elle lui avouait avoir fait un saut à l'épicerie du coin…

— Avez-vous porté plainte ?

Le même sourire léger flotta de nouveau sur ses lèvres.

— C'est *moi* que l'on accusait de harcèlement sexuel.

Etait-ce la raison de sa robe boutonnée jusqu'au cou, qui ne parvenait pas pourtant à cacher un corps svelte et attirant ? Avec un peu de maquillage et les cheveux dénoués, peut-être qu'elle serait sexy ? Mais, de toute évidence, être sexy n'était pas du tout l'effet escompté.

— Etiez-vous coupable ?

— Non. Au contraire. C'était mon employeur.

— Il vous harcelait ?

Elle hocha la tête. Son silence suffit à lui montrer combien cette situation était embarrassante pour elle.

— Pourquoi ne l'avez-vous pas dénoncé ?

— Je l'ai fait, mais il a retourné la chose contre moi. Vous savez, cette histoire est enterrée depuis longtemps.

— Vraiment ? J'aurais plutôt cru que cela vous poursuivrait et qu'il vous serait d'autant plus difficile de trouver un emploi.

Elle sourit. Bravement. Il savait ce qu'était la fierté. Et changea de sujet.

— Bon. Parlons de mes récentes expériences personnelles. Ma dernière gouvernante me volait. Mes quatre dernières assistantes m'ont quitté pour se marier ou s'occuper de leurs enfants, ou bien parce qu'elles étaient enceintes. Et ce, juste au moment où elles étaient enfin un tant soit peu formées. Pour tout vous dire, j'ai décidé cette fois-ci d'engager une femme qui n'a plus l'âge d'avoir des enfants. Et vous ne remplissez pas cette condition.

Un éclair d'affreuse déception passa dans les beaux yeux noisette, mais il ne pouvait en tenir compte.

— Autant j'aimerais vous engager…

Son téléphone portable sonna. Il n'aurait pas décroché s'il ne s'était agi d'un appel de son frère Noah.

— Excusez-moi un instant, mademoiselle.

Et il quitta la pièce.

Valérie ferma les yeux et croisa ses doigts tremblants. *Autant j'aimerais vous engager…* Apparemment, sa décision était déjà prise. Comment le convaincre de l'embaucher ? Qu'allait-elle devenir si elle n'obtenait pas ce job ?

Elle était au bout du rouleau. Elle avait épuisé ses maigres économies, tiré le maximum de sa carte de crédit et n'était pas loin de se retrouver à la rue.

C'était peut-être mieux que de vivre dans la cage à poules qu'elle louait dans ce quartier pourri où les braquages étaient monnaie courante ? Mais ce travail signifiait un revenu stable et un endroit sûr pour elle et pour…

— Désolé, dit David en revenant. Comme je vous le disais, autant j'aimerais vous engager, autant j'hésite à le faire. Il faudrait pour cela que je sois sûr que vous ne me quitterez pas pour vous marier ou parce que vous attendez un enfant. Si je vous engage, c'est pour que vous vous occupiez de *moi* — de ma maison et de mes affaires. Pas d'un bébé.

Elle se tordit les mains. Il lui restait encore une chance.

Dis ce qu'il faut. Dis ce qu'il faut.

— Il n'y a pas d'homme dans ma vie. Pas même un flirt. Donc aucun risque de mariage. Vous n'avez pas non plus à craindre l'arrivée d'un bébé. Mais j'ai un enfant. Une fille, Hannah. Elle a huit ans.

Elle lut la déception dans les yeux de David Falcon. Elle n'avait pas dit ce qu'il fallait.

— C'est une enfant sage et obéissante, je vous assure.

Elle essaya de trouver quelque chose à dire, quelque chose de brillant qui pourrait la rattraper. En vain. Elle n'eut d'autre choix que de continuer à plaider maladroitement sa cause.

— Elle ne nécessite pas l'attention d'un bébé. Vous ne vous apercevrez même pas de son existence.

Surtout qu'elle-même avait de bonnes raisons de ne pas laisser sa fille s'approcher de lui.

— Laissez-moi une chance de faire mes preuves, dit-elle en essayant de ne pas prendre un ton suppliant.

Il se renversa dans son fauteuil sans la quitter des yeux. Elle soutint son regard.

S'il vous plaît, engagez-moi ! Engagez-moi !

— Bon. Faisons un essai d'un mois, dit-il enfin.

Un déluge d'émotions s'abattit sur elle. Si violent qu'elle ne pouvait même plus parler.

— Je paierai le loyer de votre domicile actuel, pour que vous puissiez y retourner si cet essai n'est pas concluant.

Pour rien au monde, elle ne retournerait dans ce trou à rat. Encore en proie à l'émotion, elle avala sa salive.

— Inutile, monsieur. J'étais sur le point de déménager.

— Parfait. Vous habiterez dans un petit cottage derrière la maison. Il est entièrement meublé et la cuisine bien équipée. Je vais contacter les déménageurs, ainsi qu'un garde-meuble pour y entreposer les vôtres.

Un cottage ? Une maison pour elles toutes seules ?

— J'habite un meublé. Et j'ai peu de choses à emballer.

Hannah et elle avaient déménagé tant de fois qu'elles avaient l'habitude de faire leurs paquets.

— Vous me facilitez la tâche, mademoiselle Sinclair.

— Mon travail consiste à vous faciliter la vie, monsieur.

— Si jamais vous y arrivez, c'est que vous êtes une fée !

Il se leva. Elle l'imita. Apparemment, quand il prenait une décision, tout était dit.

— Quand pouvez-vous commencer ? Le plus tôt serait le mieux.

— Où habitez-vous ?

— A Chance City, près de Grass Valley et de Nevada City. Vous connaissez la région ?

— Pas trop. Je sais que c'est par là qu'on a trouvé le filon qui a déclenché la ruée vers l'or.

— Exact. Et c'est une très belle région, mais la maison est un peu isolée.

— Je ne crains pas l'isolement.

Surtout loin de la banlieue de Sacramento ! Des arbres. De l'air pur. Un ciel plein d'étoiles. *Leur cottage à elles…*

— Je peux être chez vous dans la soirée.

— J'enverrai quelqu'un vous aider.

Elle sourit et secoua la tête pour l'en dissuader. Elle ne tenait pas à ce qu'une personne en contact avec lui découvre l'endroit infect où elle vivait.

La fatigue s'effaça d'un coup du visage de David. Un très beau visage, se rendit-elle enfin compte. Maintenant qu'elle était tirée d'affaire, elle remarquait à quel point il était séduisant. Grand et manifestement musclé, il avait une classe folle.

— Je réglerai les dépenses liées à votre déménagement. Il vous suffira de m'en indiquer le montant.

— Merci.

— Si tout va bien, je rachèterai votre contrat avec l'agence *A votre Service*. Et les Automobiles Falcon deviendront votre employeur avec tous les avantages que cela suppose.

Des avantages ! Un séisme intérieur secoua Valérie des pieds à la tête. Elle n'avait plus de couverture sociale depuis un an, faute d'emploi durable. Surprise qu'il ne s'aperçoive pas qu'elle tremblait, elle avait hâte qu'il parte pour pouvoir s'asseoir.

— Vous ne serez pas déçu par votre nouvelle employée.

— Vous semblez sûre que cela marchera.

— Je me sais compétente, fiable et loyale, mais je sais aussi que je dois faire mes preuves, monsieur Falcon.

— Vous pouvez m'appelez David.

Il prit une enveloppe dans son attaché-case et la lui tendit.

— Vous trouverez là-dedans des instructions générales, des formulaires à remplir, un plan du cottage et une clé pour le cas où je ne serais pas rentré quand vous arriverez chez moi.

Il se leva et fit un geste d'invite vers la porte.

— Je vous raccompagne, Valérie.

— Nous devons informer Denise avant de partir.

— Vous avez raison. Je m'en charge. A plus tard.

— Merci de me donner ma chance.

Et maintenant, partez ! Partez vite !

Il franchit le seuil et la laissa enfin seule.

Les genoux flageolants, elle s'affaissa dans le fauteuil. Au même instant, David passa la tête à la porte.

— Aimez-vous les chiens ?

— Oui, monsieur.

Elle essaya de se lever.

— Restez assise, dit-il en la regardant attentivement. Tout va bien ?

— Oui, oui. Je me suis juste cogné le pied dans le fauteuil.

Il attendit un moment avant de poursuivre son idée.

— Votre fille est-elle gentille avec les chiens ?

— Elle les aime, mais n'en a jamais eu un à elle.

— J'ai une vieille chienne qui vit chez mon frère, car je m'absente trop souvent. Chaque fois que je sors de chez lui sans elle, elle me regarde d'un air accusateur. J'aimerais la ramener à la maison.

— Mais bien sûr, voyons. Il n'y a pas de problème.

— Merci.

Il repartit, mais elle resta sur le qui-vive au cas où…

— Votre fille sait-elle nager ? dit-il en revenant sur le seuil.

— Oui.

— Bon. Pas de problème avec la piscine. Je ne tiens pas à ce qu'elle me cause des inquiétudes ou me dérange.

— Hannah connaît ses limites et respecte les règles.

— Parfait. Au revoir, Valérie.

Elle fixa la porte qu'il venait de refermer. Il n'avait pas idée de ce que représentait ce travail pour elle. Tant pis s'il fallait trimer nuit et jour, sept jours sur sept. Tant pis si elle perdait le sommeil, du poids, ou la tête. Enfin, non, pas la tête quand même… Elle *voulait* ce job.

Mais avant de signer le contrat, il faudrait y ajouter une clause stipulant qu'il ne devrait pas être question d'autre chose que des relations strictement professionnelle, entre eux. Jamais elle ne pourrait revivre le cauchemar qu'elle venait de traverser !

Tout ce qu'elle voulait, c'était vivre en paix, subvenir aux besoins de sa fille, et assurer son avenir.

Et si c'était enfin possible ?

- 2 -

— Là, maman, dit Hannah. Tu vois la boîte aux lettres ? C'est bien l'adresse, mais où est la maison ?

Valérie scruta le paysage. Une brèche dans la frondaison des arbres lui indiqua un chemin. S'engageant sous la futaie de chênes, de cèdres et de pins odorants, puis dans une allée qui débouchait sur une clairière où se dressait une superbe maison de pierre aux poutres apparentes dont les immenses baies vitrées reflétaient les nuages et la cime des arbres.

— C'est géant, dit Hannah avec respect. On va vivre *ici* ?

Sa mère aussi était impressionnée. Elle s'était attendue à une belle maison, certes, mais pas à cette maison digne de faire la couverture d'un grand magazine d'architecture.

— Souviens-toi que nous ne vivrons pas dans cette maison-là, mais dans un petit cottage derrière elle.

Personne ne venant à leur rencontre, Valérie suivit l'allée qui faisait le tour de la maison et aperçut un garage, puis un bâtiment qui devait être une écurie et enfin, un peu plus bas, ce que David Falcon appelait un *cottage*.

Le mot cottage évoquait en elle des images de chaumière, de bardeaux, de roses trémières. Mais celui-ci était en fait un modèle réduit de la maison, sauf que les poutres y étaient remplacées par un placage de bois de cèdre.

— Je vois la piscine ! cria Hannah en détachant sa ceinture pour sortir plus vite de la voiture. Et un Jacuzzi ! Un *Jacuzzi*, maman ! On pourra y aller aussi, dis ?

Hannah courait déjà vers la piscine. Celle-ci était d'une forme telle qu'on eut dit un bassin naturel. L'eau qui l'alimentait, ainsi que le Jacuzzi, cascadait d'un rocher qui les surplombait et renforçait cette impression. Des sentiers, menant au cottage et à la grande maison, sillonnaient un jardin laissé à l'état sauvage.

Cet effet « négligé » était-il voulu ou était-ce parce que David Falcon n'avait pas le temps de s'en occuper. Il avait pourtant les moyens de s'offrir un jardinier, se dit Valérie en rejoignant sa fille… qui trempa aussitôt sa main dans l'eau et l'aspergea en riant.

— On va nager, dis, maman ? Elle est *trooop* bonne.

Après un après-midi passé à remplir des cartons, charger la voiture et nettoyer l'appartement par cette chaleur torride, elles avaient grand besoin de se rafraîchir, effectivement. Et puisque le maître des lieux semblait absent…

— S'il te plaît, maman, supplia Hannah.

— Tu crois pouvoir trouver ton maillot en vitesse ?

— Oui. Quand tu as dit qu'il y avait une piscine, je l'ai sorti de la valise et mis dans le sac qu'on a chargé en dernier.

— T'ai-je déjà dis que tu étais très intelligente, Hannah ?

— Oui, maman. Tu me le dis tous les jours.

Main dans la main, elles coururent chercher le sac et se changer dans le cottage. Un mot était punaisé sur la porte de celui-ci :

« Bienvenue. Je serai là vers 19 h 30. Je vous verrai après le dîner pour parler travail. DF. »

Il était à peine 18 heures. Elles avaient donc tout leur temps... à condition qu'Hannah accepte de sortir de l'eau à temps.

— Oh... c'est super cool ! s'exclama celle-ci en pénétrant dans la maison sur ses talons.

Valérie se demanda pourquoi David Falcon appelait *cottage* ce qui ressemblait à une élégante maison d'invités plus qu'à une petite maison de campagne. L'entrée s'ouvrait directement sur une salle de séjour, au fond de laquelle se trouvaient le coin-repas et la kitchenette. La décoration — aux tons vert bronze, rouge et brun — mêlait des meubles modernes à une cheminée de pierre aux chenets de fer forgé. L'ensemble était intime et chaleureux. Derrière, il y avait deux chambres séparées par une salle de bains.

Hannah et elle n'avaient jamais vécu dans des lieux aussi spacieux. Elles seraient heureuses, ici. Elle le sentait.

— Quelle chambre préfères-tu ? demanda-t-elle à sa fille, qui se rua dans la première et claqua la porte.

— Dépêche-toi, maman !

Mais Valérie prit le temps d'apprécier la chambre qui serait la sienne désormais et son mobilier en pin massif. Une armoire, où s'encastrait une télévision, une commode, un secrétaire, un grand lit et sa couette à rayures rouges et vertes. Un décor plutôt masculin — qui ne la surprenait pas d'ailleurs, car David Falcon était tout ce qu'il y a de plus viril.

— Je suis prête, m'man !

— Une seconde !

Valérie ota ses vêtements poissés de sueur et enfila son

vieux maillot de bain noir, prit deux serviettes dans la salle de bains… et surprit son image dans le miroir.

Son maillot bâillait un peu, moins du fait de l'élasthanne fatigué que des kilos qu'elle avait perdus. Sa mère disait même qu'elle n'avait que la peau sur les os. Mais elle-même ne se trouvait pas *si* moche. Et sa nouvelle vie — l'absence de soucis surtout — lui rendrait peut-être ses rondeurs ?

— Maaaman !

— J'arrive ! J'arrive !

Sortant de la salle de bains, elle prit la main d'Hannah et courut avec elle jusqu'à la piscine. Elles plongèrent main dans la main, touchèrent le fond ensemble, refirent surface dans un nuage de bulles et éclatèrent de rire.

Voilà à quoi ressemble la liberté — le calme, la pureté…

Valérie ignora les larmes qui affluaient sous ses paupières. Et se jura de tout faire pour garder cet emploi miraculeux. Elle surveillerait Hannah de près, se rendrait indispensable, serait irréprochable… en tout. Et pro jusqu'aux dents !

Elles passèrent une demi-heure dans la piscine, puis se reposèrent un moment sous les jets chauds du Jacuzzi, avant de retourner s'éclabousser d'eau fraîche dans le grand bassin. Quand Valérie voulut en sortir, Hannah l'attrapa par la cheville et la tira en arrière. Elle se libéra de sa prise et se hissa sur les dalles en riant aux éclats.

Les bretelles de son maillot glissèrent sur ses épaules, lorsqu'elle jaillit de la piscine… et se retrouva nez à nez avec un énorme labrador — et le maître de ce dernier.

Ainsi, la prude Valérie Sinclair avait un corps — et un très joli corps, songea David. Qui, la voyant rougir en remontant précipitamment son maillot sur ses seins, évita de la regarder trop ouvertement pendant qu'elle se penchait pour attraper sa serviette et s'en enveloppait en bredouillant des excuses.

— Bonjour, je suis David Falcon, dit-il à la petite fille au regard inquiet qui s'agrippait au bord de la piscine.

— Je suis Hannah. Comment s'appelle votre chien ?

— Belle.

En entendant son nom, la chienne se tourna vers lui en remuant la queue, la langue pendante au coin de la gueule et les yeux pleins d'amour. Elle se comportait comme un chiot depuis qu'il lui avait fait signe de grimper dans la voiture.

— Si tu veux qu'elle nage avec toi, appelle-la par son nom en frappant l'eau. Elle y plongera aussitôt. Mais ne nage pas trop près d'elle, car ses griffes pourraient te blesser. Laisse-la simplement nager autour de toi. Elle regagnera les marches d'elle-même quand elle sera fatiguée.

— Génial !

Hannah tapota l'eau.

— Allez, viens, Belle. Plonge, ma p'tite mère !

La chienne sauta en jetant un regard à son maître, comme si elle lui pardonnait ses années d'exil. Elle était trop vieille pour vivre avec quatre enfants, même aussi sages que ceux de son frère. Mais David était heureux qu'il y ait chez lui une enfant comme Hannah pour la cajoler et s'en occuper quand lui-même serait absent.

— Je suis désolée, dit Valérie en s'approchant de lui.

— De quoi ?

— De ne pas être prête à me mettre au travail dès votre arrivée. Je pensais que nous avions le temps de…

— Mais il n'est pas question de vous faire travailler ce soir.

Il la regarda, ouvertement cette fois, et hocha la tête en constatant que sa serviette soulignait la chaude couleur de ses yeux et de ses longs cheveux. Il avait eu raison de penser qu'elle aurait l'air encore plus jeune avec les cheveux libres.

— Votre fille est votre réplique en miniature.

— Vous n'imaginez pas à quel point elle est heureuse et excitée à l'idée de vivre ici.

— Etes-vous bien installées ?

— Nous n'avons pas encore déchargé la voiture.

David avait très envie de rejoindre Hannah et Belle dans la piscine, mais il remit la chose à plus tard. Il savait que Valérie voulait que leurs rapports restent strictement professionnels, et que sa fille ne l'approche pas de trop près. Ce qui lui convenait parfaitement. Il n'avait rien contre les enfants, mais ne savait comment se comporter avec eux, même pas avec ses neveux, et ne tenait pas du tout à s'attacher à l'enfant d'une employée.

— Bon. Je vous laisse décharger. Nous parlerons du travail après le dîner que nous partagerons. J'ai acheté une grande pizza. Venez me rejoindre dès que vous serez prêtes.

— Toutes les deux ?

— Votre fille aussi a besoin de manger, je suppose ?

— Je peux lui apporter un plateau.

— Nous ferons une exception pour ce soir.

Valérie acquiesça et il la sentit plus à l'aise lorsqu'il s'éloigna vers la maison. Sachant ce qui lui était arrivé, il se doutait qu'elle serait plus méfiante, plus attentive que toute autre au moindre manquement à la décence. Lui aussi serait particulièrement vigilant afin de s'assurer des relations professionnelles durables.

Belle venait de le rattraper, de son pas lourd et maladroit.

Elle s'arrêta à ses pieds, remua la queue et s'ébroua joyeusement devant lui, le mouillant encore plus.

Hannah éclata de rire, mais plaqua vivement une main sur sa bouche en voyant les yeux horrifiés de sa mère. Accroupi près de sa vieille chienne, il ne prêta aucune attention à la petite fille, et serra Belle tendrement contre lui, sans se soucier de sa chemise complètement trempée maintenant. Puis, il la ramena à la maison.

En fait de tenue irréprochable, c'était raté, se dit Valérie en soupirant. Son patron l'avait surprise en maillot de bain, en train de faire l'idiote et de rire comme une enfant. C'était plutôt gênant… et augurait mal de leurs relations de travail !

— Belle est super ! Je n'ai jamais vu un chien nager comme ça, maman. Je veux dire… je sais qu'ils savent nager *comme des chiens*, mais pas qu'ils pouvaient plonger et nager en cercles comme elle l'a fait.

— Ne t'attache pas trop à elle, chérie. Ce n'est pas notre chien, mais celui de M. Falcon.

— Mais il part souvent, maman. Tu l'as dit toi-même. Elle restera avec nous, n'est-ce pas ? Elle ne peut pas rester toute seule dans cette grande maison. Elle serait *trooop* seule.

Elle la regardait d'un air si suppliant que Valérie s'efforça de ne pas rire. Sa fille avait raison. Belle serait trop seule.

Après avoir déchargé la voiture, pris leur douche et mis des vêtements propres, elles remontèrent la pente dans la douceur du soir, puis les marches de la terrasse et passèrent devant la fenêtre de la cuisine. Valérie fut heureuse à l'idée de travailler dans cette pièce qui donnait sur les collines aux arbres centenaires et d'où l'on voyait le cottage et la piscine.

Elle frappa au vantail, attendit un petit moment, frappa de nouveau, et finit par entrouvrir la porte de la cuisine.

— Il y a quelqu'un ?

— Entrez. Faites comme chez vous, cria David de loin.

— Ouah… notre ancien logement tiendrait tout entier là-dedans, dit Hannah en entrant dans la pièce.

Malgré ses nombreux ustensiles en inox, elle avait un côté rustique. Avec son évier en grès, son plan de travail et ses étagères en pin massif, elle ne manquait pas de cachet, mais rien ne venait adoucir son côté fonctionnel. Pas une plante, pas un tableau. Pas même de rideaux. C'était visiblement la maison d'un célibataire, qui campait ici plus qu'il n'y vivait.

Belle sur les talons, David entra pieds nus dans la cuisine, après avoir troqué ses vêtements contre un jean et un T-shirt blancs qui lui donnaient l'air d'un étudiant. Elle aurait bien voulu connaître son âge… trente ans, peut-être ?

— Alors, vous êtes bien installées maintenant ?

— Presque. Tout est dans la maison, mais nous n'avons pas encore tout déballé, dit-elle en retenant sa fille, déjà prête à rejoindre Belle qui lui faisait les yeux doux.

— Bon. Le four est chaud. Cela ne devrait pas être long. J'espère que vous aimez les poivrons ?

Il glissa la pizza dans le four.

— Et si je vous faisais visiter la maison en attendant ?

— Avec plaisir !

Aussi belle à l'intérieur qu'à l'extérieur, sa maison était celle d'un homme de goût qui avait le sens des lignes, des masses et des couleurs. Le décorateur y était peut-être pour beaucoup, mais elle était sûre que David avait ajouté sa propre touche dans chaque pièce de sa demeure.

Au rez-de-chaussée, il y avait une grande salle à manger, un salon et sa belle cheminée de pierre, une salle de séjour où trônait un grand poêle russe et son samovar, un bureau et les toilettes. A l'étage, quatre chambres, deux salles de bains. Et les appartements de David. Sa chambre, son lit immense, sa vue admirable sur les collines. Et même sur le cottage. Elle ne put s'empêcher de se demander s'il lui arrivait de tirer les lourds rideaux verts qui encadraient les fenêtres. Et s'il avait souvent de la compagnie féminine.

Il était si beau, si… attirant. Avait-il une petite amie ?

— Votre maison est superbe. Un peu grande peut-être pour vous tout seul ?

— Non. Je passe mon temps en avion ou à l'hôtel. Ici, je m'éclate. J'ai un besoin vital de mouvement et d'espace.

— Depuis combien de temps vivez-vous ici ?

— Cela doit faire cinq ans.

Après avoir fait le tour de l'étage, ils repartirent vers l'escalier, et Valérie fit signe à sa fille d'arrêter de jouer avec Belle et de l'exciter.

— Combien de temps vous absentez-vous en général ?

— Quinze jours par mois, au moins. Autrefois, nous nous partagions les missions en Europe, mon frère aîné et moi, mais depuis trois ans que Noah a perdu sa femme, il reste ici pour s'occuper des enfants.

Sur le mur de l'escalier tapissé de photos de famille, il lui montra celle d'un couple entouré de quatre enfants.

— Je sais qu'ils ont besoin de leur père, alors j'accepte, en espérant qu'il fera sa part un jour. Mais, je cherche quand même un moyen de travailler plus souvent aux Etats-Unis qu'à l'étranger.

Sa voix disait sa lassitude et sa frustration.

— Quel âge ont ses enfants ?

— Comme vous voyez, Noah n'a eu que des jumeaux. Ashley et Zoé ont douze ans. Adam et Zacharie en ont neuf. Ils sont très… bien élevés.

Pourquoi David disait-il cela comme si ce n'était pas une bonne chose ?

— Vous dites que leur père est votre frère aîné. En avez-vous d'autres ?

— Un seul. Gideon. Le deuxième sur cette photo.

— Vos parents ont l'air d'aimer les noms bibliques !

— Notre père les aimait.

Gideon ressemblait plus à Noah qu'à David, mais tous avaient le même air de famille.

— Nous n'avons pas la même mère. Voici la mienne, dit-il en lui montrant la photo d'une jeune femme coiffée à la mode des années 70.

— Préférez-vous manger dans la cuisine ou sur la terrasse ? demanda David en changeant brusquement de sujet.

— La terrasse, dit Hannah captivée par les photos. S'il vous plaît, ajouta-t-elle en croisant le regard de sa mère.

— Adjugé. Je vais couper la pizza. Il y a de la salade dans le réfrigérateur, des assiettes en carton et des serviettes dans le placard, près de l'évier.

Lorsqu'ils furent tous installés, Belle se coula sous la table et roula en boule à leurs pieds.

— J'ai vu que vous aviez des écuries. Vous avez l'intention d'acheter un cheval ?

— J'en rêve, mais je suis trop souvent absent pour cela.

— Savez-vous monter au moins ?

— Non, dit-il en ébauchant un sourire penaud.

— Mais alors, pourquoi… ?

— Parce que j'aime la nature et les grands espaces.

Elle commençait à mieux le comprendre. Il avait besoin d'espace, de liberté, et se sentait enchaîné à son travail. En éprouvait-il de l'amertume ?

— En quelle classe es-tu, Hannah ?

— En CE2, monsieur.

— Tu aimes aller à l'école ?

— Comme ci, comme ça.

Valérie savait ce que cela voulait dire. Hannah avait déjà changé trois fois d'école dans sa vie, et c'était une expérience difficile pour une si jeune enfant. Raison de plus pour qu'elle-même veuille rester ici. Hannah pourrait enfin avoir le luxe de rester dans la même école et nouer des amitiés durables. Elle mènerait une vie normale. Tout en réfléchissant à l'enfance de sa fille, elle s'interrogea sur celle de David.

Bien qu'il n'ait pas la même mère, avait-il grandi avec ses frères ? Y avait-il une grande différence d'âge entre eux ?

Elle-même aurait tant voulu avoir un frère ou une sœur, mais son père était parti quand elle était toute petite. Et pour autant qu'elle le sache, il n'avait pas eu d'autre enfant.

Le repas terminé, elle ramassa les assiettes et s'apprêtait à tout ranger, quand David l'arrêta.

— Laissez. Je m'en occuperai plus tard. Regardez…

D'un geste, il l'invita à regarder sous la table, où Hannah s'était endormie entre les pattes de Belle. La chienne regarda amoureusement David, mais ne bougea pas.

— Nous pourrions en profiter pour parler de vos fonctions. J'en ai dressé la liste. Je reviens tout de suite.

— Tu es un bon chien, dit Valérie en caressant Belle qui émit un grognement heureux.

En revenant, David s'assit près de Valérie, et posa sa liste entre eux. Elle avait une conscience aiguë de sa présence, de son bras nu près du sien. Pourtant, elle savait qu'elle pouvait lui faire confiance et que jamais il n'essaierait d'avoir une attitude déplacée à son égard. Au bord de la piscine, il ne lui avait pas jeté un regard. Peut-être ne la trouvait-il pas attirante ?

— Je sais que l'idée de travailler une bonne partie de la nuit ici, en laissant Hannah toute seule, vous inquiète. Mais on peut savoir tout ce qui se passe au cottage, et vice versa, par Interphone. Il y a également une surveillance vidéo et un système d'alarme. Je n'ai jamais eu de problème à ce jour, mais je pense que vous serez rassurée de savoir tout cela.

— C'est parfait. Merci, David.

Il revint à sa liste, la relut et la lui tendit.

Le premier point concernait les repas. Elle s'occuperait du dîner, pas du petit déjeuner. A midi, il rentrait rarement, donc ils verraient ça au jour le jour. Quand il n'avait pas besoin de ses services, elle était libre d'aller dans le jardin ou la piscine avec sa fille. Mais *jamais* pendant ses moments de détente. Il entendait préserver son intimité.

Domaine réservé à ses fréquentations féminines, songea-t-elle en levant les yeux.

— J'ai appris de bonne heure où était ma place, David. Ma fille aussi. Hannah connaît sa place et sait s'y tenir.

— Elle ne doit pas travailler, dit-il fermement. Je sais que votre mère le permettait. Pas moi. J'estime que les enfants doivent profiter de leur enfance.

Valérie resta sans voix et bénit le ciel de l'avoir guidée vers l'agence *A votre Service*.

— C'est très généreux de votre part, réussit-elle à dire.

— Mon enfance a été une longue suite de cris et de crises… que je ne souhaite à aucun enfant.

Il secoua la tête, et la regarda un moment.

— Qu'en est-il de son père ?

— Perdu de vue.

Elle ne lui en dirait pas plus.

— Passons. Je n'ai jamais eu d'employée à demeure, nous verrons ce que cela donne à l'usage. Si vous pensez que les choses iraient mieux en nous y prenant autrement, n'hésitez pas à me le dire franchement.

— Je le ferai. Vous aussi, n'est-ce pas ?

— Bien sûr. Nous aurons souvent l'occasion d'en parler, y compris par téléphone. Il n'est pas bon de cacher ce qu'on pense. La durée d'une relation dépend de l'ouverture et de la sincérité de chacun.

— C'est comme le mariage, en somme.

Aussitôt, elle regretta ses propos. Elle devait à tout prix éviter la moindre situation équivoque. Pas même une plaisanterie.

— Là, je dois vous croire sur parole, dit-il avec un sourire. Mais alors un *bon* mariage. S'il en existe du moins, car je ne sais pas grand-chose de cette institution.

— Moi non plus.

Elle le laissa digérer cette information, et le vit jeter un coup d'œil rapide sur Hannah endormie contre Belle.

— Vous savez qu'il n'était pas question d'enfant au départ. Mais nous devons tenir compte d'Hannah, et trouver un mode de vie qui ne la perturbe pas.

— Vos besoins ont la priorité. Si jamais elle vous dérange, il faut me le dire. Elle se sent déjà chez elle ici, mais…

— Nous en reparlerons demain. Nous partagerons le

petit déjeuner. Il n'y a pas grand-chose ici, mais vous ferez les courses pendant que je serai au bureau.

— Où se trouve votre bureau ?

— A Roseville, au nord de Sacramento.

— A quelle heure prenez-vous votre petit déjeuner ?

— A 8 heures.

— Entendu.

Songeuse, elle contempla la piscine brillamment illuminée et son environnement anarchique.

— Le jardin est-il aussi sous ma responsabilité ?

— Non. J'ai un jardinier.

— Vraiment ? On ne le croirait pas.

Cela lui avait échappé. Elle venait encore de commettre un impair. Mais elle fut soulagée de voir qu'il prenait bien la chose, et avait même du mal à se retenir de sourire.

— Vous aimez vraiment tout ce qui est sauvage, dit-elle en cherchant à se rattraper.

— J'avoue que j'ai laissé faire le jardinier… et que le jardin n'est pas aussi beau et luxuriant qu'il le devrait.

— Il peut le devenir, si vous le permettez.

— Est-ce à dire que vous aimeriez ajouter le jardinage à vos nombreuses fonctions ?

— Ce serait formidable ! Seriez-vous d'accord pour que nous lui donnions plus d'allure, votre jardinier et moi ?

— Bien sûr, pourquoi pas ? Je vais lui passer un coup de fil pour lui dire que c'est *vous* le chef.

— Je n'ai jamais donné d'ordre à personne, sauf à ma fille ! Mais je suis sûre que nous nous entendrons bien.

Espérons-le du moins, pensa-t-elle en s'agenouillant pour réveiller Hannah, qui grogna en se pelotonnant contre Belle.

— Il est grand temps d'aller au lit, ma chérie.

Elle dut insister pour la réveiller, puis l'aida à se lever.

— Dis bonsoir à M. Falcon.

— Bonsoir, monsieur.

— Et merci pour tout, ajouta Valérie.

— Vous avez un mois pour voir ce que ça donne, Valérie.

Elle était tellement sûre de lui donner satisfaction, qu'elle avait oublié sa période d'essai…

— Je sais, murmura-t-elle en hochant la tête.

— Dormez bien toutes les deux. Ici, Belle, ordonna-t-il en voyant sa chienne se lever pour les suivre.

Tout en soutenant Hannah, elle regagna le cottage à pas lents. Et sentit le regard de David tout au long du chemin. Arrivée près de la maison, elle se retourna. Il n'avait pas bougé. Elle avait l'habitude de se débrouiller seule, et depuis si longtemps. Mais après tant d'années de galères et de luttes solitaires, c'était bon de se sentir protégée.

Vraiment bon.

- 3 -

Valérie était bonne cuisinière et avait hâte de le prouver à David. Elle était déjà prête à partir, mais Hannah dormait encore. Elle entra dans sa chambre et s'assit sur le lit.

— Bonjour, chantonna-t-elle en lui caressant les cheveux.

— Mmpff.

— Tu es réveillée ? J'ai quelque chose à te dire.

Hannah roula sur le dos et ouvrit à demi les yeux.

— Bien. Je file préparer le petit déjeuner de M. Falcon. Nous prendrons le nôtre quand il sera parti. En attendant, tu peux regarder la télévision.

Hannah se redressa d'un bond, les yeux écarquillés.

— Mais je n'ai pas le droit de le faire le matin !

— La vie est différente, ici. On reverra les règles plus tard.

Elle se leva et Hannah sauta du lit.

— Il y a un Interphone près de l'entrée, chérie. En cas de besoin, appuie sur le bouton et appelle-moi, d'accord ?

— D'accord.

Elle n'était pas sûre que cela marche comme ça, mais ne s'en inquiéta pas trop. Elle pouvait surveiller le cottage par la fenêtre de la cuisine de David.

— Après le petit déjeuner, nous irons faire des courses et t'inscrire à l'école. Fais-toi belle, ma puce. J'ai tout déballé hier soir, avant d'aller me coucher. Tu trouveras tes affaires dans la commode et dans la penderie.

Hannah s'assit sur son lit.

— J'ai un petit creux, maman.

— Il y a du muesli et des barres de céréales dans le placard de la cuisine, mais pas de lait. Je serai de retour dans une demi-heure, le temps de servir M. Falcon, s'il ne me retient pas pour discuter ou me charger d'une autre tâche.

— J'ai huit ans, maman. Tout ira *bien*.

Oui, c'était une grande fille. Comme bien des enfants de famille monoparentale, elle avait mûri de bonne heure.

Une fois Hannah installée sur le canapé avec une barre de céréales, et la télé branchée sur une chaîne de dessins animés, Valérie ouvrit la porte et eut la surprise de voir Belle couchée sur le seuil. Elle se remit sur ses pattes et remua la queue.

— Bonjour, Miss Belle. Tu cherches Hannah ?

La chienne aboya. Hannah sauta du canapé, se jeta à genoux devant elle et la serra dans ses bras.

— Belle ! Ma Belle ! Regarde, maman, Belle est venue me voir. Elle peut rester avec moi, dis ?

— Pour l'instant, oui. Je demanderai à son maître ce qu'il en pense. Mais ne la laisse pas monter sur le canapé.

— Promis. Allez, viens, ma Belle.

Elles se couchèrent à plat ventre sur le tapis devant le canapé, et Valérie prit le chemin de la maison. Elle apprécia le ciel limpide, d'un bleu cristallin, l'odeur fraîche des pins et la température clémente. Car si la matinée était exquise, la journée promettait d'être aussi chaude que la veille.

La présence de Belle sur le pas de sa porte lui avait

confirmé que David devait déjà être debout. Elle avait vu peu de choses dans le réfrigérateur hier soir, à part des condiments. Mais, Dieu merci, il y avait aussi des œufs. Cela devrait suffire pour cette fois.

— Bonjour, dit David en entrant dans la cuisine. Avez-vous passé une bonne nuit ?

— Exceptionnellement bonne.

Et lui, elle le trouvait exceptionnellement beau avec ce jogging et son polo d'un vert à peine plus clair que ses yeux. Ses cheveux étaient encore mouillés de la douche et il sentait bon le foin coupé.

— Que diriez-vous d'une omelette ce matin ?

— Non, merci. Je prendrai seulement des céréales.

— Vous êtes sûr ? Il y a des œufs, du fromage, et j'ai…

— Bon, bon, d'accord. Vous m'avez convaincu.

Il se servit lui-même une tasse de café.

— J'en ai fait une pleine cafetière, si cela vous intéresse. Je ne savais pas si vous l'aimiez ou non.

Le café était un luxe dont elle-même était privée depuis des mois.

— Avec plaisir, merci. Et vous, quels sont vos goûts ?

— J'aime la viande, les patates, et la plupart des légumes. Je ne suis pas très dessert, sauf la tarte aux pommes, la glace et les cookies aux pépites de chocolat.

Il s'adossa au comptoir et sirota son café en la regardant battre les œufs et râper le fromage.

— Quand vous en aurez le temps, j'aimerais que vous jetiez un coup d'œil aux dossiers qui sont sur mon bureau. Nous en parlerons ce soir. Je vous montrerai comment ouvrir ceux qui sont sur l'ordinateur demain matin.

— Quand devez-vous retourner en Europe ?

— Dimanche.

On était mercredi. D'ici là, David espérait qu'elle serait prête à accélérer le mouvement. Et songeait déjà aux longues heures qu'il passerait seul avec elle pour la former. Il n'aurait pas dû, mais il admirait la grâce et la précision de ses gestes. Il la vit rougir lorsqu'elle s'aperçut qu'il la regardait. S'arrachant à regret au comptoir, il alla contempler les collines par la fenêtre.

— C'est si calme ici, dit Valérie pour meubler le silence. J'ai l'impression d'être en vacances.

— Je vous comprends. Je suis souvent impatient de rentrer chez moi pour la même raison. Maintenant que Belle est là, je le serai encore plus, c'est sûr.

— Oh, j'oubliais ! Belle est avec Hannah. J'espère que cela ne pose pas de problème ?

— Aucun. Je l'ai vue trotter en bas de la pente et s'asseoir devant chez vous.

— Peut-elle vivre avec nous quand vous êtes absent ?

— Si cela ne vous dérange pas.

— Au contraire ! Hannah me ferait une scène terrible si je lui disais que Belle doit rester seule ici.

— Je vous crois sans peine.

— Il va falloir me dire ce qu'elle mange.

— Une mesure de croquettes deux fois par jour. L'écuelle est dans la buanderie et son bol d'eau sur la terrasse.

Ne sachant plus que dire, David reprit du café pour se donner une contenance. Il avait rarement l'occasion de parler le matin et n'était pas sûr d'aimer cela, tant il était habitué au silence.

— Est-ce suffisant pour vous ou prenez-vous quelque chose de plus consistant d'habitude ? demanda Valérie.

— En général, je mange ce qui me tombe sous la main.

Il aurait peut-être mieux fait de ne pas lui dire qu'il ferait lui-même son petit déjeuner ? Ce ne serait pas si désagréable qu'elle lui prépare tous les matins quelque chose de chaud.

— Vous m'avez tout l'air de manger comme un…

Elle se mordit la lèvre et avala péniblement sa salive.

— Je veux dire, vous n'avez pas l'air d'un gros mangeur. Non, je voulais dire… et zut.

Il se décida à lui renvoyer la balle pour la tirer d'embarras.

— Je pourrais en dire autant de vous.

— Disons que c'est de naissance, dit-elle d'une voix qui sous-entendait « et n'en parlons plus ! »

Elle fit glisser l'omelette dans l'assiette sur le rebord de laquelle elle avait déposé une tartine de pain beurrée.

David lui prit l'assiette des mains, préférant que les choses n'aillent pas plus loin — dans leur intérêt à tous deux. Il devait se conduire en patron.

— Je mangerai devant l'ordinateur pour répondre aux mails en attente avant de partir. Nous nous reverrons vers 18 heures. Préparez le dîner pour 19 heures, je vous prie.

Il sortit de la cuisine, puis revint sur ses pas.

— N'en faites pas trop aujourd'hui. Prenez le temps de vous installer. Le ménage peut attendre un jour de plus.

— Comme vous vous voudrez.

Il n'y croyait guère. C'était une perfectionniste, il pouvait s'en rendre compte.

— J'espère *vraiment* que cela marchera, Valérie.

— Moi aussi, David.

Il se réfugia dans son bureau et alluma l'ordinateur, mais

mangea près de la fenêtre qui donnait sur le jardin. Et la vit retourner au cottage peu après. Elle n'avait pas l'air pressée, mais s'arrêtait par moments et regardait autour d'elle. Il imagina qu'elle était en train de voir ce qu'elle pourrait faire du jardin.

Il n'aurait pas dû lui permettre d'amorcer ce projet avant la fin du mois d'essai. Mais quels dégâts pouvait-elle faire dans un jardin pareil ? Au pire, il serait un peu plus dégarni.

Il devait seulement la prévenir qu'il ne voulait pas le moindre parterre de fleurs. Il aimait ce qui avait l'air naturel. C'était lui qui avait eu l'idée d'une piscine creusée à même la roche. Les femmes avaient leurs idées en la matière. Sa mère aussi aimait jardiner…

Une heure plus tard, dans la zone industrielle de Roseville, David se garait dans le parking privé de la société Falcon. Le grand bâtiment abritait les ateliers où des artisans mettaient la dernière main aux voitures *personnalisées.* Son bureau était au bout du hall, à droite de la travée centrale, près de celui de Noah. Il était devenu son associé à dix-huit ans — à la mort de leur père, qui avait légué l'entreprise, et une part égale des actions de la société, à ses trois enfants.

Les huit premières années, il avait trouvé cela formidable. Chaque jour était un défi et le travail très varié, mais depuis que Noah avait perdu sa femme, c'était harassant. Et David en voulait à son frère. Sachant qu'il souffrait encore de son deuil et avait beaucoup à faire avec les enfants, il essayait de lui cacher sa rancœur, mais c'était de plus en plus difficile. Car Noah ne se rendait même pas compte du rythme infernal qu'il lui imposait, et lui mettait la pression.

Si Gideon ne les avait pas laissés tomber, la répartition des tâches aurait été plus équitable. Mais Gideon n'avait rien voulu savoir et n'en avait fait qu'à sa tête. Comme il l'avait toujours fait et le ferait toujours. Rien ne le ramènerait dans l'affaire familiale.

— Bonjour, Mae, dit David à l'assistante de Noah, qui avait trente ans de maison et débuté comme chef de service.

Elle avait toujours les cheveux rouges extra courts, et le regardait par-dessus ses lunettes en souriant de toutes ses dents, sans cesser de taper sur son clavier.

— Ah... notre héros glorieux est enfin de retour.

— Le héros ?

— Vous nous rapportez de l'or, paraît-il. Je cite.

— Oh... je vois. C'est exact. Et ça fait de moi un héros ?

— Du beau boulot, en tout cas, David.

Il avait réalisé un énorme bénéfice en réussissant à vendre vingt voitures au sultan de Tumari. On n'avait jamais vu ça en trente ans d'histoire de l'entreprise ! Le sultan voulait tant d'accessoires en or qu'un peu plus il aurait fallu trouver une nouvelle mine pour le satisfaire. Les ouvriers en avaient au moins pour deux ans de travail. Autrement dit, il allait falloir embaucher et former de nouveaux artisans pour faire face aux autres commandes en cours et à venir.

— Bienvenu chez toi, dit Noah en apparaissant à sa porte.

A peine plus grand que David, il avait dix kilos de plus que lui... dix kilos de muscles.

— J'ai appris que tu avais organisé l'évasion de Belle.

— Oui. Et depuis, elle consent enfin à me parler.

Il précéda Noah dans le bureau, qui s'assit près de lui sur le canapé en cuir.

— Si je comprends bien, tu as trouvé quelqu'un, David ?

— Oui. Et Belle restera chez moi. Valérie a débuté hier.

— Si elle est bien, elle viendra peut-être travailler pour moi quand elle en aura marre de toi.

— Ne me dis pas que ta nouvelle bonne d'enfants t'a déjà plaqué !

— Pas encore, mais depuis deux mois qu'elle est là, elle ne va pas tarder à faire comme les autres.

Non mais, quel culot ! Elles avaient de bonnes raisons de démissionner et David se retint de lui dire ses quatre vérités.

— Laisse tomber ton offre, dit-il simplement. Je crois que c'est la bonne.

Noah haussa les sourcils.

— La bonne ?

— Non. Pas au sens où tu l'entends. La parfaite employée. Le problème, c'est qu'elle a une fille de huit ans. Nous nous sommes mis d'accord pour un mois d'essai.

Il n'alla pas plus loin, ne voulant pas attirer le mauvais sort en lui disant trop de bien de Valérie.

— Tu m'as l'air très détendu ce matin, David.

— Vraiment ? Qu'est-ce qui te fait dire cela ?

— Tu ne fais pas les cent pas. Tu ne tripotes pas non plus tes clés dans ta poche… comme papa.

David ne pouvait pas mettre ça sur le compte de Valérie. Il n'y avait pas vingt-quatre heures qu'elle était là ! L'idée qu'elle allait lui faciliter la vie l'avait rasséréné, mais il ne pouvait pas avoir changé en si peu de temps.

— J'avais oublié que papa ne tenait pas en place, dit-il en regardant la photo de son père — et de ses trois fils.

Papa… encore quelqu'un dont il préférait ne pas parler.

Mae passa la tête à la porte du bureau.

— La troisième secrétaire du sultan est sur la ligne un.

David se leva d'un bond.

— La troisième secrétaire, hmm ? Je crois que tu n'as pas fait impression autant que nous le pensions, mon vieux.

— Le sultan a quinze secrétaires. Etre en contact avec le numéro trois me place en haut de l'échelle.

Il se dépêcha de rejoindre son propre bureau. Et appela Noah un quart d'heure plus tard… pour lui donner une bonne leçon de professionnalisme.

— Ajoute quatre voitures à la commande du siècle, mon vieux.

— Ah ? Bravo, petit.

David déambula dans la travée séparant les ateliers. Le bruit des outils et des machines était tel que les artisans se contentaient de le saluer d'un signe de tête au passage, sans interrompre leur tâche.

La société avait créé trois prototypes : un coupé sport décapotable, un quatre portes haut de gamme et des limousines, prêts à répondre à toutes les exigences des clients, blindage compris.

Chaque atelier était occupé par quatre voitures en cours de finition. Huit d'entre eux étaient réservés aux opérations de leur filiale européenne d'Hambourg. La plupart des véhicules nécessitaient deux mille heures de travail, et ils avaient quatorze commandes à honorer, plus les vingt-quatre voitures du sultan.

Maintenant que Noah et lui avaient multiplié par douze le chiffre d'affaires paternel, et assuré leur stabilité financière à long terme grâce à la commande mirifique du sultan, David allait pouvoir se permettre de souffler un peu… si Noah le laissait faire. Ce qui était peu probable !

Car Noah était comme leur père. Incapable de ralentir, incapable de renoncer à une affaire, il ne prenait jamais de vacances. Sans doute parce qu'il était également incapable de passer toute une journée avec ses enfants.

Ce qui amena David à se poser des questions sur le père d'Hannah. Pourquoi Valérie ne savait-elle pas ce qu'il était devenu ? Les avait-il abandonnées ?

Il s'obligea à se concentrer sur autre chose en regagnant son bureau. Il était hors de question qu'il se mette à penser à un éventuel abandon familial.

Cela le rendait malade.

- 4 -

A 18 h 30, Valérie entendit crisser les pneus d'une voiture dans l'allée du garage. Elle y avait jeté un coup d'œil en rentrant des courses et vu un pick-up chocolat et un 4x4 noir étincelant, d'une marque américaine bien connue. Il avait dû prendre une voiture Falcon pour aller travailler.

Et, en effet, un petit bijou décapotable gris métallisé, et au capot orné d'un faucon aux ailes déployées, venait d'arriver devant la porte automatique du garage, dans lequel David s'engouffra. Lorsqu'il en sortit quelques secondes plus tard, son pouls s'accéléra. Approuverait-il tout ce qu'elle avait fait ? Le remarquerait-il seulement ?

Elle avait trimé dur toute la journée, en ne se permettant qu'une demi-heure de pause au bord de la piscine où nageait sa fille. Et en avait profité pour lire les dossiers qu'il avait laissés sur son bureau à son intention.

Elle avait la tête pleine de choses qui lui étaient totalement étrangères. Mal partout d'avoir tant frotté, balayé, astiqué. Mais elle était si heureuse de travailler pour lui qu'elle s'était surprise à fredonner en faisant le ménage. Jamais ce travail ne lui avait paru si agréable.

Elle et sa fille étaient en lieu sûr, dans un endroit agréable. Elle travaillait pour un homme convenable. Dans un mois, elle aurait une couverture sociale et serait enfin en sécurité. Tout cela rejaillirait sur Hannah, qui prenait sa part du stress de sa mère, bien que celle-ci ait tenté de lui cacher ses craintes, face aux dettes qui s'accumulaient, et l'angoisse qui la privait souvent de sommeil.

David entra en trombe dans la cuisine, tout échevelé. Son allure négligée le faisait paraître plus jeune — et surtout plus insouciant qu'à l'agence, où son visage de pierre, ses mâchoires serrées et ses sourcils froncés l'avaient vieilli. Il s'était considérablement détendu dans la soirée, mais ses traits étaient encore un peu tirés.

— Vous avez passé une bonne journée ? demanda-t-elle en lissant son tablier.

— Productive.

Il posa son attaché-case sur l'étagère la plus proche, près de la pile de courrier qu'elle y avait placée en fin de matinée.

— Et vous ?

— De même.

— Vous avez inscrit votre fille à l'école ?

— Oui. Tout est réglé. Elle commence lundi prochain. Le bus scolaire viendra la prendre ici.

David prit la pile de courrier et la feuilleta.

— Bien.

Apparemment, elle s'était trompée — il était sous pression. Elle se sentit soudain étrangement gauche et se contenta de rester devant lui, sans rien dire.

— Voulez-vous prendre un verre ? finit-elle par demander.

— Merci, je me servirai, lui répondit-il d'un air absent en examinant le contenu d'une grande enveloppe.

Au bout d'une minute, il leva les yeux sur elle.

— Je ne veux pas vous retenir.

Elle sourit.

— Je suis ici pour vous servir, David.

Sa tension se relâcha. Il posa le courrier et renifla.

— Quelque chose sent drôlement bon ici.

— Les côtelettes que je fais précuire. Je les grillerai quand vous voudrez. Il y a aussi de la salade de pommes de terre, des épis de maïs et de la tarte aux pommes.

— Où étiez-vous pour que je ne vous trouve pas plus tôt ?

Je vous cherchais.

Cette remarque un peu frivole, la surprit… et la troubla. Ce n'était pas son genre de rêver d'un homme qui n'était pas pour elle. En femme intelligente, elle avait tiré la leçon de ses erreurs.

— Dans un trou de souris, dit-elle gaiement, en attendant d'avoir assez d'expérience pour être votre employée idéale.

— Inutile de vous demander si vous avez lu les dossiers que je vous ai laissés, je suis sûr que vous l'avez fait. Et fait les courses, improvisé un bon repas. Et le ménage par-dessus le marché, n'est-ce pas ?

— Je suis une surdouée.

— En effet !

Il lui souriait enfin.

— Où est ma chienne ?

— Oh ! Désolée. Elle est au cottage avec Hannah.

Elle aurait dû se douter qu'il voudrait voir Belle dès son retour du bureau.

— Je cours la chercher.

David l'en empêcha en posant la main sur son bras, et la retira aussitôt. Mais ce bref contact suffit pour que le cœur de Valérie batte la chamade. Elle n'avait vraiment pas besoin de cela. Vraiment pas.

— Belle est bien là où elle est. Mais je suis surpris qu'elle ne soit pas venue à ma rencontre en entendant la voiture.

— La porte doit être fermée. Je peux utiliser l'Interphone…

— Qu'est-ce qui vous tracasse, Valérie ?

— Je vous ai donné ma parole d'honneur que vous ne vous rendriez pas compte de l'existence d'Hannah. Et la première chose qu'elle fait, c'est de ravir votre chienne !

— Je crois que leur ravissement est réciproque. Ne vous en faites pas pour si peu.

N'empêche qu'elle réglerait cela dès ce soir.

— Voulez-vous toujours dîner à 7 heures comme convenu ?

— J'ai envie de piquer une tête et de nager un moment. Est-ce qu'une heure d'attente gâcherait le dîner ?

— Pas du tout.

Il hocha la tête, attrapa une canette de bière dans le frigo et quitta la cuisine. Valérie baissa le four, puis se rendit au cottage. Lovées l'une contre l'autre sur le canapé, Hannah et Belle regardaient un film.

— Oups…, dit Hannah, tandis que la chienne sautait à terre, sans même en avoir reçu l'ordre.

— Tu es une bonne fille, lui dit Valérie.

Belle répondit par un petit jappement, remua timidement la queue comme si elle s'excusait, et se rua dehors.

— J'ai fait une bêtise, maman ?

— Non. Tu ne le savais pas. Mais Belle sait. Regarde un peu comme elle se dépêche de rejoindre son maître !

Valérie s'assit sur le canapé et serra sa fille contre elle.

— Je sais que c'est dur pour toi de ne pas avoir d'amis

pour le moment. Et j'ai été si occupée aujourd'hui que je t'ai un peu trop délaissée.

— T'en fais pas, maman. Ça va.

Non, ça n'allait pas. Les enfants avaient besoin d'amis. Et il semblait que chaque fois que sa fille se faisait une amie, elles étaient obligées de déménager. Et Hannah repartait à zéro dans une autre école. *Oh, faites que cela marche cette fois, Seigneur,* pria Valérie. *Faites que cela marche !*

Elle refusait d'envisager toute éventualité négative — que David ne soit pas satisfait, que ses affaires périclitent ou Dieu sait quoi. Ou qu'il tombe amoureux, se marie, et n'ait plus besoin d'elle.

Quoi qu'il arrive, elle se jura de ne pas quitter la région. Elle chercherait un emploi dans les parages pour qu'Hannah ait enfin une vie stable. Elles l'avaient bien mérité, toutes les deux. Elle aussi avait besoin d'amis. D'une copine avec qui flâner, bavarder et faire du shopping.

— Quand est-ce qu'on mange, maman ?

— A 7 heures et demie. Tu tiendras jusque-là ?

— Je peux aller nager en attendant ?

— Non, chérie. M. Falcon est dans la piscine.

— Oh, misère. Je suis *fatiguée* de regarder la télé.

— Prends un livre.

— Je ne suis quand même pas *si* fatiguée que ça.

Valérie sourit, lui tapota la joue et se leva.

— M. Falcon part en Europe dimanche. Tu pourras nager autant que tu voudras en son absence.

Elle alla à la porte.

— Je rentrerai quand il aura fini de dîner.

— On ne mange pas avec lui ce soir ?

— Hannah, les employées ne mangent pas avec les patrons.

— On l'a fait hier !

— Nous n'étions pas installées, c'est pour cela qu'il nous a invitées. Mais aujourd'hui, c'est différent.

Valérie ferma la porte derrière elle et retourna chez David. Au passage, elle jeta un bref coup d'œil à la piscine et le vit nager méthodiquement, rythmiquement, imperturbablement. Respectant son intimité, comme il avait respecté sa pudeur hier soir, elle détourna les yeux et pressa le pas.

De retour dans la cuisine, elle mit une marmite d'eau à bouillir pour le maïs, puis alla sur la terrasse nettoyer le gril du barbecue. Alors qu'elle dressait le couvert de David sur la table, elle ne l'entendit plus nager et leva les yeux sur la piscine, au moment où il en sortait.

Elle se figea, fourchette en l'air.

Des gouttes d'eau ruisselaient sur son torse puissant. Son corps musclé de nageur olympique respirait la force. Une force suffisante pour soulever une femme, la porter dans ses bras, l'écraser contre lui…

Belle gambadait joyeusement autour de lui, attendant une caresse. David s'accroupit et la gratta derrière les oreilles, en lui parlant gentiment. Valérie entendait sa voix, mais sans pouvoir saisir un seul de ses mots d'amour.

Il se redressa, leva la tête en séchant ses cheveux avec sa serviette… et vit qu'elle le dévorait des yeux. Elle savait qu'elle aurait dû rentrer dans la cuisine, faire comme si elle ne l'avait pas vu, mais face à cette incarnation de la beauté virile, ses jambes ne lui obéissaient plus.

Il baissa les yeux le premier, noua rapidement sa serviette sur ses hanches et fonça vers l'escalier de la cuisine.

Valérie avait le visage en feu. Qu'allait-il penser d'elle ? Qu'elle avait menti ? Que l'accusation de harcèlement sexuel de cet abruti était fondée ? S'il n'avait plus confiance en elle, tout était fini. Elle qui était si heureuse de vivre ici et de travailler pour lui.

Elle prit la brosse et se remit frotter énergiquement le gril tout propre, jusqu'à ce qu'elle entende David sortir de la cuisine, et puisse enfin y retourner sans craindre son regard.

Sa main tremblait en soulevant le couvercle de la marmite.

Qu'allait-il dire ? Qu'il ne voulait plus d'elle ici ?

David laissa longtemps le jet de la douche masser ses épaules nouées, et essayait en même temps de noyer l'image de Valérie et son regard appréciateur. Il en aurait été flatté si elle n'était pas son employée. Elle était très attirante, à la fois sexy et rassurante, ce qui était plutôt rare. Mais voilà, elle travaillait pour lui. Alors, que devait-il faire à présent ?

Faire celui qui n'avait rien vu ? Lui en parler et régler le problème avant que la situation ne devienne trop gênante, et la vie intenable ? Bon sang, il lui fallait une petite amie. S'il suffisait que Valérie le regarde un instant pour qu'il…

Et s'il se trompait ? Elle était à plus de dix mètres de là, alors elle ne le regardait peut-être pas, après tout. Son ego avait peut-être pris ses désirs pour des réalités. En tout cas, son corps l'avait fait, et vite. Ce qui expliquait qu'il se soit si vite caché dans sa serviette et dépêché de foncer dans sa chambre avant qu'elle ne voie à quel point il était… ému.

Un peu calmé, il sortit de la douche, mais la question taraudait toujours son esprit. *Que devait-il faire ?*

Alors qu'il fermait son jean, le téléphone se mit à sonner.

— David ? C'est Denise Watson. J'aimerais savoir si tout va bien avec Valérie.

Entendre la voix de la directrice de l'agence, aida David à prendre sa décision. Il ne voulait pas entendre parler d'une autre candidate. Sa vie était déjà mieux organisée, c'est tout ce qu'il demandait. Tant pis s'il se trompait.

— Elle est parfaite, Denise, dit-il en prenant un T-shirt dans le tiroir de la commode. C'est une sacrée travailleuse.

— Et sa fille ?

— Pour l'instant, tout va bien.

Il espérait que cela continuerait quand Hannah se sentirait à l'aise dans son nouvel environnement. On ne savait jamais à quoi s'attendre avec les enfants.

— Ravie de l'apprendre. Tenez-moi au courant s'il se passe quelque chose, d'accord ?

David faillit s'étrangler. Comme s'il ne s'était rien passé quand Valérie l'avait regardé si intensément… directement !

— Je n'y manquerai pas.

Une minute plus tard, il entrait dans la cuisine avec Belle, et humait l'odeur des côtelettes qui grillaient sur le barbecue. Valérie semblait inconsciente de sa présence.

— Mmm… ça sent bien bon ici.

— Ah, vous voilà. Parfait. Tout est prêt.

Toujours sans le regarder, Valérie remplit trois assiettes de salade de maïs et de pommes de terre. Puis se dirigea vers le barbecue et en revint avec une pile de côtelettes. Elle en mit quelques-unes dans les deux assiettes à emporter au cottage.

— J'ai mis votre couvert sur la table de la terrasse, dit-elle, mais si vous préférez manger à l'intérieur, je peux le rentrer.

D'abord intrigué qu'elle s'obstine à ne pas le regarder, David dut se rendre à l'évidence. Il ne s'était pas trompé. Ce n'était pas son ego qui lui avait joué un tour.

— C'est très bien dehors, merci.

Il lui prit l'assiette des mains.

— Je n'ai pas besoin d'être servi comme un roi, Valérie.

— Comme vous voulez.

Elle lissa son tablier du plat de la main.

David se demanda où elle l'avait trouvé. Et depuis quand il n'avait pas vu une femme en tablier. C'était si… démodé. Etait-ce sa façon de lui rappeler constamment leur statut de patron et d'employée ?

— Je reviendrai nettoyer la cuisine dans une demi-heure, si cela vous va, dit-elle en prenant les deux assiettes qu'elle avait mises de côté.

— Cela me va.

Que pouvait-il dire d'autre ?

Valérie regarda la porte d'un air perplexe. Apparemment, elle avait oublié qu'elle avait les mains pleines.

— Attendez. Je vais vous ouvrir.

Il saisit la poignée et attendit qu'elle le regarde. Ses joues passèrent du rose au pourpre avant qu'elle y consente.

— Le repas a l'air délicieux. La maison n'a jamais été aussi propre. Je ne vais pas rallonger votre journée en discutant des dossiers ce soir. Mais prévoyez de passer toute la matinée avec moi demain. Je n'ai pas besoin d'aller au bureau.

— Entendu.

Il lui ouvrit la porte et elle s'en alla, ne laissant derrière elle qu'une fine odeur de noisette. Il soupira et alla s'installer sur la terrasse avec sa bière et son assiette. Belle se coucha sous la table au moment où Valérie arrivait au cottage. Mais elle ne se retourna pas une fois pour le regarder comme elle l'avait fait hier soir.

Se sentant un peu seul, David fixa son attention sur la vue magnifique dont il ne se lassait pas. Le soleil n'était pas couché, mais il avait plongé derrière la colline, la couronnait d'une auréole de cuivre rouge qui illuminait tout le paysage.

Il piqua sa fourchette dans une côtelette, dont la chair était si tendre qu'elle faillit se détacher de l'os quand il la souleva. Il avait l'habitude de manger seul ici, mais pas de faire un si bon repas. Ni de mettre le couvert, la nappe, des sets de table et tout ça. Manger seul sur cette table si bien mise le faisait se sentir vraiment trop seul. Prenant son assiette, il s'assit sur la rambarde de bois et attaqua sa salade de pommes de terre.

Des rires fusèrent du cottage. Il reconnut celui d'Hannah, puis celui de Valérie. Et même Belle leva le nez, les oreilles dressées. Riaient-elles en regardant un film à la télé ou en se faisant des chatouilles ? Mystère. Mais elles s'amusaient bien ensemble et riaient de bon cœur.

Il n'avait pas eu la chance de grandir dans une maison où retentissait le rire. Ses parents avaient passé leur temps à se disputer. Et il avait à peine onze ans quand sa mère en était partie. Quelques jours plus tard, Noah partait à l'université. Gideon, qui avait quatorze ans, était à la maison, mais il allait au collège, et n'avait guère le temps de s'occuper du petit frère. Leur père avait été difficile à satisfaire.

Le rire d'Hannah éclata encore. Son père lui manquait-il autant que sa mère lui avait manqué ?

Belle se mit sur ses pattes et agita la queue en levant vers lui ses yeux larmoyants. David soupira.

— D'accord. Tu peux aller voir Hannah.

Elle détala sur-le-champ. Bon sang, même Belle ne lui tiendrait pas compagnie ce soir…

Il en avait marre d'être seul.

L'heure était venue de se prendre en main. De secouer ses chaînes. De sortir de son petit univers routinier et étouffant. Ne serait-ce qu'en acceptant des invitations, même quand il était sous le coup du décalage horaire. Du travail à foison et pas de distractions, ce n'était pas humain.

Il était temps de mettre un peu de piment dans sa vie.

- 5 -

— Donc, vous avez une filiale européenne à Hambourg, mais vous y allez rarement ? demanda Valérie, assise depuis des heures devant l'ordinateur de David.

— Je vais partout où il y a des clients potentiels, autrement dit, je suis toujours dans le train ou en avion. Mais de temps en temps, je vais à Hambourg, pour contrôler cette branche de l'entreprise où sont fabriquées nos voitures. C'est bon pour l'équipe de voir le patron.

— Et vous êtes seul responsable des affaires conclues ces trois dernières années ?

— Oui.

Pas étonnant qu'il ait l'air si fatigué. Cela lui donnait envie de lui frotter le dos… Au lieu de quoi, elle fit courir son stylo sur les notes qu'elle avait prises sur son bloc.

— Où allez-vous dimanche ?

— D'abord à Londres, puis à Rome.

Pour lui, c'était peut-être banal, mais pour elle qui n'avait jamais quitté la Californie, c'était terriblement exotique.

— Y a-t-il un pays que vous préférez ?

— Oui. Je l'ai découvert très récemment. Tumari.

— Jamais entendu parler. Où est-ce ?

— En Malaisie. C'est un sultanat d'une extrême richesse,

et plein de pétrole. C'est très beau. Totalement différent des endroits où j'ai l'habitude d'aller.

David cliqua sur le dossier qu'il venait de trouver.

— En général, je me soucie peu de la beauté des lieux, car où que j'aille, c'est toujours le travail — même les cocktails et les soirées en font partie, alors…

— Alors, ce n'est pas là que vous songeriez à passer vos vacances, c'est bien cela ?

— Rentrer chez moi, voilà mes vacances ! Cette maison est mon lieu de vacances cinq étoiles personnel.

David lui lança un bref coup d'œil.

— Vous avez des projets de voyage ?

— Je rêve d'aller à Hawaii depuis toujours.

— C'est un rêve bien modeste.

— Pour vous peut-être, pas pour moi.

— Je ne voulais pas dire que vos vues sont limitées, mais que votre rêve est relativement facile à réaliser.

Elle ne pouvait pas lui dire que, deux jours plus tôt, elle était près d'être à la rue. Combien de temps lui faudrait-il pour se libérer de ses dettes ?

— J'économise. J'aurai peut-être assez le jour de la remise de diplômes d'Hannah pour l'emmener fêter ça là-bas.

Sur le point de lui dire quelque chose, il préféra ramener son regard sur l'écran. Et trouva le dossier qu'il cherchait.

— Voici l'analyse détaillée des clients, réels et potentiels. Comment vous débrouillez-vous avec les tableurs ?

— J'ai pris des cours, mais je manque d'expérience.

— Toutes les données sont là. Mais il faut les extraire et les importer dans des tableaux séparés. Regardez.

Il ouvrit un tableau vierge et lui montra comment opérer le transfert, tandis que Valérie prenait des notes.

— Quel est votre objectif ?

— Je veux savoir où il y a des affaires potentielles assez importantes pour justifier l'ouverture d'une autre succursale. Je sais où nous avons bien vendu et où nous avons prospecté sans succès. Je veux savoir pourquoi ces personnes n'ont pas acheté le modèle qui les intéressait. Et les détails qui les concernent : cause de leurs déplacements les plus fréquents, distance, etc. Tout compte. Et tout est là, dans la banque de données.

Il se tourna vers elle et croisa son regard.

— Mais cela ne me sera utile qu'une fois trié et classé, client par client, dans des tableaux différents.

— Compris.

Ce ne serait peut-être pas si difficile, après tout. Mais un atlas lui serait utile, internet aussi d'ailleurs, car elle ignorait la distance entre la plupart des villes européennes.

— Voulez-vous que je m'y mette tout de suite ?

Il regarda sa montre.

— Il est presque l'heure de déjeuner. Que diriez-vous de passer une heure avec votre fille ? Je suis sûr qu'elle meurt d'envie de nager.

Valérie n'aimait guère qu'il se soucie d'Hannah, mais était heureuse qu'il l'ait fait.

— Je vous prépare un sandwich ? demanda-t-elle.

David s'étira et secoua la tête.

— Je vais faire un tour en voiture. Je mangerai dehors et serai de retour d'ici à deux heures.

— Entendu.

— Félicitations, Valérie. Vous apprenez vite.

— Vous êtes un professeur très patient.

— Vraiment ?

Elle opina. Pourquoi avait-il l'air surpris ?

— Je n'ai pas la réputation d'être patient.

Il fit tinter ses clés dans sa poche, puis les sortit.

— Bon, j'y vais. A plus tard, Valérie.

Il disparut dans le couloir, et revint un instant plus tard.

— Nous n'avons jamais parlé de vos heures de travail.

— Que voulez-vous dire ?

— Il est normal que vous ayez des jours de congé. Comme tout le monde. Mais ce travail peut demander soixante heures pendant une semaine et vingt la suivante.

— Ne vous inquiétez pas de ça. Je verrai ce que cela donne en moyenne. Et un jour, je vous demanderai sans doute un week-end pour aller voir ma mère à Palm Springs.

— Ça marche.

Il sortit de nouveau. Et ne revint pas cette fois.

Des congés ? Elle sourit et posa son bloc sur le bureau de teck noir. Son salaire était déjà très généreux, surtout qu'elle était nourrie et logée. Et s'il lui arrivait de travailler quatre-vingt heures par semaine, elle serait fort bien payée !

Valérie mit l'ordinateur en veille et repoussa le fauteuil de David sous le bureau. Jetant un regard autour d'elle, elle tira un peu les persiennes, puis éteignit la lumière et rentra au cottage. Chemin faisant, elle vit un camion, dont la remorque débordait d'outils de jardinage, stopper devant le garage.

Changeant de direction, elle s'approcha de l'homme d'une trentaine d'années, musclé et de taille moyenne, qui sautait à bas de son véhicule.

Ses cheveux noirs étaient retenus sur la nuque par un lacet de cuir. Son T-shirt moulait son torse, son jean était déchiré en divers endroits intéressants et ses bottes éculées. Bref, le genre de mauvais garçon dont s'entichaient les adolescentes avant de s'apercevoir qu'il y avait meilleur partenaire.

Comme elle quand elle était tombée enceinte, sauf que le sien avait été moins rustaud et mal dégrossi que celui-là.

— C'est vous, Valérie ? demanda Rustaud, jambes écartées et poings sur les hanches, en la toisant avec défi.

Elle se força à répondre d'une voix amicale.

— Oui. Bonjour.

— David m'a dit que j'étais sous vos ordres à présent.

— Comment vous appelez-vous ?

— Joseph McCoy.

Elle lui tendit la main.

— Contente de travailler avec vous, Joseph.

Sa pose agressive se relâcha un peu, mais ses lunettes de soleil cachaient son expression. Il lui serra la main.

— Je file chercher mes notes et je reviens.

Sans attendre sa réponse, elle se rendit au cottage.

— As-tu envie de nager, Hannah ? demanda-t-elle pendant que Belle descendait furtivement du canapé.

— Oui !

— Va te changer, mon chou. Je retourne voir le jardinier.

Elle prit son carnet de croquis sur le comptoir de la cuisine et rejoignit Joseph. Adossé à son camion, il ne tourna même pas la tête à son approche, bien qu'il n'ait pu manquer de l'entendre arriver. Elle lui tapota le bras avec son carnet.

— Oui, chef ?

Eh ben… ça promettait !

— Voilà comment je vois les choses, dit Valérie en lui tendant un croquis sans tenir compte de son hostilité.

Il jeta un coup d'œil sur le plan qu'elle avait tracé, sans même toucher le calepin.

— Pas de fleurs, lâcha-t-il.

— Pourquoi ? Elles ne survivent pas à ce climat ?

— Presque tout peut survivre si on s'en occupe bien, mais David a spécifié qu'il ne voulait pas de fleurs.

— Curieux, il ne m'en a rien dit.

— A *moi* si.

— Je pense qu'un jardin doit être plus coloré.

— Vous pouvez faire ça avec des plantes. Ce n'est pas le choix qui manque. Toutes les nuances de vert, jaune, rouge.

— Pourquoi n'en avez-vous pas planté ?

Fatiguée par son attitude, elle mima sa pose hostile.

— Il ne l'a jamais demandé.

— Normal. C'est *vous* le spécialiste.

— Ecoutez, ma petite dame, David et moi, on se connaît depuis le lycée. S'il n'aimait pas mon boulot, il me l'aurait dit depuis longtemps.

— Maman ! Je peux aller dans la piscine ?

— Attends une seconde.

Comme Valérie se retournait, Belle arriva en courant, non vers elle, mais droit sur Joseph.

— Salut, ma fille. Alors, te revoilà chez toi !

Il s'accroupit et gratifia Belle d'une bonne friction. Elle se jeta contre lui et le renversa, ce qui le fit beaucoup rire.

— Si vous voulez bien me suivre, nous poursuivrons cette conversation près de la piscine. Je dois surveiller ma fille.

— Oui, m'dame.

Elle s'arrêta net, le toisa, et baissa la voix pour qu'Hannah ne l'entende pas.

— Ecoutez, je ne sais pas ce qui vous turlupine, mais il est inutile de vous en prendre à moi. Je suis votre associée dans ce projet, pas votre ennemie. Vous avez fait du bon travail et à deux, ce jardin peut devenir spectaculaire en peu de temps. Il a seulement besoin d'un peu plus de… raffinement.

Elle avait l'impression qu'il la poignardait du regard, mais comment savoir avec ses lunettes de soleil ? Fatiguée de son silence et de son hostilité, elle laissa tomber.

— Bon, d'accord, je suis votre patron. Suivez-moi.

Elle fit signe à Hannah, qui faisait des pirouettes autour de la piscine, qu'elle pouvait plonger, et s'installa sur une chaise longue. Joseph s'assit sur la plus proche de la sienne.

— Ça veut dire quoi, ça… ce qui me turlupine ?

— C'est juste une façon de parler.

— Ouais. Celle de mon arrière grand-mère.

Avant qu'elle puisse répondre, il leva les deux mains.

— Pouce ! On arrête.

— Pourquoi devrais-je accepter ?

— Je passais mes nerfs sur vous. Désolé.

Elle l'observa quelques secondes, et haussa les épaules.

— D'accord. On arrête. Mais ne recommencez pas ou je vous vire, ajouta-t-elle avec un grand sourire.

Il hocha la tête et prit enfin le carnet.

— Etiez-vous en colère parce que David m'a chargée de ce travail ou parce que j'ai critiqué l'aspect du jardin ?

— Eh ben, on peut dire que vous êtes directe, vous.

— Cela évite de perdre du temps et de l'énergie.

— Ce matin, Dixie, ma petite amie, m'a plaqué. Ensuite, deux de mes employés ne sont pas venus au boulot. Et pour finir, David m'appelle pour me dire qu'il veut que j'arrange le jardin et que je suive vos ordres.

Valérie ne savait pourquoi tant d'inconnus comme Joseph, lui ouvraient leur cœur. Mais elle décida de répondre à ce qui devait être son problème majeur.

— Je suis désolée pour votre petite amie, Joseph.

— Bof ! Elle reviendra comme toujours. Sauf que ce matin, elle était plus remontée que d'habitude.

Elle essaya de le détourner de ses problèmes.

— Quant à suivre mes ordres, c'est faux. Je sais ce que je veux faire, mais pas si c'est faisable. Avec vous, je serai sûre du résultat, vous comprenez ? J'ai besoin de vous.

— Du *travail d'équipe* ? Alors, là, je marche !

Là-dessus, il tira un stylo de la poche arrière de son jean et redessina entièrement son esquisse du jardin.

David avait pris la Falcon pour le plaisir de sentir le vent jouer dans ses cheveux. Il avait besoin d'air après être resté enfermé si longtemps dans le bureau avec Valérie.

Il sentait encore son odeur fruitée, non de parfum, mais de savon. Et de femme.

Il la revit dans son ensemble de coton tout simple, avec son chemisier bien fermé et ses cheveux tordus en une espèce de nœud qui dégageait sa nuque fine, où errait cette odeur de fruit… de pêche, peut-être ?

Chassant Valérie de son esprit, il testa avec brio les limites de la voiture, en freinant sèchement dans un virage. Et se gara quelques secondes plus tard dans le parking d'un immeuble. Sans se demander pourquoi il était venu là… mais comment il serait reçu, David se recoiffa en passant sa main dans ses cheveux et se dirigea vers l'escalier.

En lettres d'or sur la vitre d'un bureau du premier étage s'étalait le nom de Laura Bannister, Avocate. Candidate au titre de Miss Univers, il y a cinq ans, Laura avait ouvert un cabinet dans sa ville natale, trois ans plus tard, puis celui-ci et encore un autre à Sacramento, près du Capitole.

Belle, intelligente, sexy, il l'avait trouvée parfaite dès leur première rencontre, car elle n'était pas plus pressée que lui de se marier et d'avoir des enfants. La carrière d'abord, lui avait-elle répété l'année où ils étaient sortis ensemble. Ou avaient essayé de le faire, plutôt, car il n'était pas souvent là. Lassée, elle avait mis fin à leur relation en lui envoyant un e-mail d'adieu trois mois auparavant.

Il ne savait pas ce qu'il attendait d'elle aujourd'hui, mais il était urgent de faire quelque chose. Il était déjà trop centré sur Valérie, la dernière personne vers qui il aurait dû se sentir attiré. Il lui fallait une diversion quelle qu'elle soit.

David frappa et entra.

— Hé ! Un revenant ! s'écria l'assistante de Laura.

Elle se leva et le serra ses bras. Les mères l'aimaient beaucoup en général. Or, l'assistante de Laura était aussi sa mère et David la trouvait charmante.

— Comment vas-tu, Dolly ?

— Superbien ! Et surpayée pour ne rien faire, alors que son assistante de Sacramento est surmenée.

David se mit à rire et s'assit sur un coin de son bureau, tandis qu'elle regagnait son fauteuil.

— Tu as toujours fait exception à la règle !

— Je l'espère bien. J'imagine que tu n'es pas venu pour moi, mais pour ma fille. Elle est au téléphone, mais cela ne devrait pas traîner. Comment vont la vie et les affaires ?

— La vie est un peu compliquée, mais les affaires vont bien. Très bien même.

— David ? Quelle surprise…

Laura venait d'apparaître, radieuse et belle comme le jour, même dans ce tailleur sobre et ses longs cheveux roulés en chignon. Si elle croyait faire plus professionnelle comme ça, elle se trompait. Elle était encore plus sexy dans cette tenue, un volcan sous un vernis de bonne éducation.

Cette vivante incarnation des fantasmes masculins n'avait pas l'air heureuse de le voir, à en juger par son regard et le fait qu'elle croisait les bras au lieu de venir l'embrasser.

— Tu as une minute à m'accorder, Laura ?

— Pas vraiment.

— Oh, laisse-le souffler, dit Dolly en prenant son sac. Je vais nous chercher de quoi déjeuner. Tiens compagnie à ce monsieur en m'attendant.

Elle fit un clin d'œil à David et sortit de son bureau, dans lequel s'installa un silence assourdissant.

— Entre, soupira Laura en lui faisant signe de la suivre.

Il entra dans son bureau dont les murs étaient couverts de photos relatant son parcours de Miss ceci, cela, depuis l'âge de huit ans. Certains de ses trophées étaient exposés dans une vitrine derrière son bureau. Il se souvint de l'étalage de couronnes et d'écharpes tape-à-l'œil qui régnait chez elle. Mais il ne s'était pas rendu compte à quel point elle aimait s'entourer de ses souvenirs objets, comme si elle voulait que tout le monde se souvienne de ses succès. Et d'elle-même.

Sa photo — en Bikini de Miss Univers — retint son regard. Il n'avait rien oublié de son corps admirable, mais une vision de Valérie lui traversa l'esprit. Pas dans son maillot de bain noir détendu, qui révélait les courbes de son corps svelte, mais dans ce petit tailleur sage, à l'image de sa personnalité sereine et posée.

— Que veux-tu, David ?

Il regarda le fauteuil destiné aux clients, et resta debout. Bien des choses commençaient à se révéler à lui avec force — y compris la raison de sa venue ici.

— Je n'ai pas aimé la façon dont notre relation a tourné. J'aurais dû répondre à ton e-mail.

— Oui, tu aurais dû. Mais cela ne change rien.

— Je sais.

Il n'avait pas envie de renouer avec elle, mais seulement d'alléger sa conscience.

— Je voulais te remercier de m'avoir aussi longtemps supporté, Laura. Je ne veux pas que nous soyons mal à l'aise en nous croisant en ville.

— Tu as attendu trois mois pour me dire ça ?

— Oui. Désolé.

— Merci.

Il hocha la tête et se dirigea vers la porte.

— A un de ces jours.

Fin du chapitre.

— A quel jeu joues-tu, David ?

Il se retourna et la vit marcher vers lui. Il avait oublié qu'elle se déplaçait comme un chat. Elle toucha son torse du bout des doigts. Son parfum l'envahissait par tous les pores.

— Intéressé par un baiser d'adieu ? demanda-t-elle d'une voix qui ne laissait aucun doute sur ses intentions. Nous n'avons rien fait pour que notre histoire finisse bien.

— Est-ce qu'une relation finit jamais bien ?

— Rarement, c'est vrai. Alors ?

Il était plus que tenté et couvrit sa main de la sienne.

— Je ne pense pas que ce soit très sage.

— Peut-être. Mais peut-être que cela calmerait une ou deux démangeaisons. A moins que cela te démange ailleurs ?

Il avait oublié qu'elle était si hardie. C'était une chose qui l'avait attiré au début. Mais aujourd'hui ? Aujourd'hui, la subtilité le touchait davantage. Et la douce odeur des pêches lui plaisait plus que les parfums entêtants.

Il l'embrassa sur la joue.

— Au revoir, Laura.

En sortant du parking quelques minutes plus tard, il se sentit soulagé d'un grand poids. *Réparer ses erreurs*. Il ne s'était pas douté que cela le soulagerait à ce point-là. C'était puéril d'avoir négligé son e-mail pendant trois mois.

Combien de regrets lui restait-il à effacer sur son ardoise ?

Valérie était vissée à l'ordinateur, classant et reclassant les informations afin d'établir différents rapports des mêmes données. Elle trouvait le projet de David passionnant et très prenant. Et, comme Hannah avait demandé à aider Joseph au jardin, elle avait tout le temps de peaufiner son travail.

Le téléphone sonna sur la ligne professionnelle. David lui avait dit de répondre aux appels sur sa ligne privée, mais n'avait rien dit de l'autre ligne. Elle laissa donc s'enclencher le répondeur.

— Salut, dit une voix de femme grave et sensuelle. Je sais que tu n'es pas là, puisque tu viens juste de partir. Mais je voulais te dire combien ta visite a été importante pour moi. C'est exactement ce dont j'avais besoin. Et ma proposition tient toujours, tu sais ? Quand tu veux, David. Bye.

Valérie se figea, les yeux rivés sur le répondeur.

Mais aussi à quoi s'attendait-elle ? A ce qu'un homme aussi beau et riche que lui n'ait pas une petite amie, sinon deux ou trois ? Elle était tombée sous son charme, sans qu'il ait rien fait pour cela. Elle n'avait qu'à imaginer ce qui se serait passé s'il avait voulu la séduire !

Elle claqua la porte du bureau et se réfugia dans la cuisine, le front contre la vitre de la fenêtre. Et vit Hannah tirer de toutes ses forces sur un buisson — où avait-elle déniché ces gants de jardinage ? — jusqu'à ce qu'elle lâche prise et tombe sur les fesses. Joseph s'approcha d'elle et dit quelque chose, que sa fille approuva, puis arracha le buisson d'un coup sec.

Hannah se remit sur ses pieds, regarda Joseph plier le coude et lui montra ses gros muscles saillants. Hannah plia le bras à son tour, sans en montrer aucun. Impossible de savoir ce qu'ils se dirent ensuite, mais ils avaient l'air de blaguer, et riaient encore quand Hannah se mit à tirer sur la tige d'une plante dont Joseph avait bêché la terre autour de la motte.

Valérie se versa un verre d'eau et fixa les placards sans les voir. Elle aurait mieux fait de se faire du café, songea-t-elle, car ce coup de fil l'avait sonnée. Elle avait tenté de ne voir en David que son patron, et fini par le voir comme un chevalier à l'armure éclatante qui les avait sauvées du péril qui les menaçait, sa fille et elle.

Il avait fallu qu'elle entende le message de… cette femme, pour comprendre qu'il avait quelqu'un dans sa vie pour s'occuper de ses *besoins*. Quant à elle, il n'en avait besoin que pour sa maison et son bureau. Une femme sans sexe. Une ombre, voilà ce qu'elle était pour lui. Rien de plus.

Elle entendit la voiture de David et s'écarta de la fenêtre, en le voyant s'arrêter à côté du camion de Joseph. Les deux hommes se serrèrent la main et se mirent à discuter. Hannah leur fit au revoir d'un signe et regagna le cottage. Elle savait où était sa place.

Sa mère aussi se souviendrait de la sienne à présent.

- 6 -

— Satisfaite ? demanda Joseph.

Valérie regarda le jardin du haut de la terrasse.

— Et comment ! Vous avez fait un travail formidable en... neuf jours ? A vous, maintenant. Etes-vous satisfait ?

— Oui.

— Alors, consentez-vous à dire que j'avais raison ?

— Je n'irais pas si loin !

Il sourit en la voyant arquer les sourcils.

— Bon, d'accord. Vous aviez raison. Mais je doute fort que David remarque la différence. Quand rentre-t-il ?

— Demain. Comment ça va avec Dixie ? Elle est revenue ?

— Elle se fait prier. Mais on est samedi, alors je sais qu'elle sera au Stompin'Grounds. Nous dansons là-bas tous les samedis soir. Elle n'est pas venue samedi dernier, mais ça m'étonnerait qu'elle ne vienne pas deux fois de suite.

Il s'accouda à la rambarde et contempla le paysage.

Valérie avait fini par beaucoup l'apprécier en refaisant le jardin. Il travaillait dur, et était bien plus créatif qu'elle ne le pensait. Il avait beau avoir choisi la voie du moindre effort au début, et se contenter d'entretenir le jardin, il s'était investi à fond avec elle dans son projet.

Elle se demanda comment il réagirait en voyant la grande sauge à fleurs rouges qu'elle planterait dès qu'il serait parti. Et les bulbes de jonquilles en prévision du printemps, juste de quoi apporter une touche de couleur vive qui accrocherait le regard. Et les aromates qu'elle mettrait en pots sur la terrasse, près de la cuisine. Et l'arc de lavande autour de la cascade…

Elle n'allait pas tout chambouler, juste ajouter une tache de couleur par-ci, par-là, et varier l'aspect du jardin au fil des saisons. Comme le lui avait conseillé le pépiniériste, elle choisirait des plantes robustes, résistantes à la sécheresse.

Joseph tourna la tête vers elle.

— Que diriez-vous d'y aller avec moi ce soir ?

— Au Stompin'Grounds ? C'est un bar ?

— Mieux que ça. C'est un endroit à vous casser vos talons. Cela vous plairait. Vous en avez *besoin,* Valérie.

Voulait-il dire qu'elle était trop sage ? Les gens prenaient souvent son calme pour un manque de fantaisie, alors qu'elle contenait celle-ci pour élever dignement sa fille. Elle voulait le croire en tout cas.

— Je n'ai pas de baby-sitter, Joseph, mais je vous remercie.

Il sortit son téléphone de sa poche et composa un numéro.

— M'man ? Tu es libre ce soir ? Tu te souviens de Valérie et de sa petite ? Tu veux bien faire du baby-sitting ?

Devant la possibilité réelle d'être obligée de sortir avec Joseph, elle secoua négativement la tête.

— Je viendrai te chercher à 8 heures. Merci.

Il referma le téléphone et sourit à Valérie.

— Joseph, je ne peux pas aller avec vous.

— Vous ne pouvez pas ou vous ne voulez pas ?

— Les deux.

Tout en le disant, elle savait qu'elle se mentait. Elle avait envie de sortir. De faire quelque chose de nouveau. Et Aggie, la mère de Joseph, leur avait apporté à manger par deux fois et surveillé Hannah, qui nageait pendant qu'ils travaillaient au jardin. Elle avait appris qu'Aggie avait pratiquement élevé David depuis ses dix ans. Mais aller dans un bar et danser avec Joseph ? Valérie n'était pas sûre de…

— Oh ! Je vois… Vous voulez rendre Dixie jalouse.

— Peut-être bien.

— Ah non. Je n'ai pas les ongles assez longs pour ça.

— Vous n'aurez pas à sortir vos griffes. Je le jure !

— Vous ne pouvez pas me promettre cela. Votre Dixie est trop imprévisible. Et moi, je suis pacifiste.

— Allez, dites oui. Vous en sortirez vivante, c'est juré.

Pourquoi l'envisageait-elle ? Ce n'était pas son genre de…

Il lui donna un petit coup d'épaule.

— Vous savez bien que vous en avez envie. Il y a en vous une Valérie sauvage qui meurt d'envie de se déchaîner.

Peut-être pas sauvage, mais pour le moins curieuse. David ne rentrerait que demain. Alors, pourquoi ne pas en profiter ?

— Bon, d'accord. Mais défense de me tripoter pour attirer l'attention de Dixie. Je ne jouerai pas à ce jeu-là.

— Marché conclu.

— Je suppose que la tenue réglementaire est le jean ?

— La tenue réglementaire ? répéta-t-il l'œil rieur.

— Ne vous moquez pas de moi ou vous vous débrouillerez tout seul ce soir !

— Oh là là… Je me demande si David sait à quel point vous êtes maligne ? dit-il avec un gros clin d'œil.

Hannah jaillit du cottage en maillot de bain, Belle sur ses talons comme d'habitude.

— Je suis prête, maman !

— Je dois descendre à la piscine, dit Valérie. A ce soir.

Il la suivit jusqu'à l'embranchement du chemin.

— A ce soir vers 8 heures et demi. Bye, Hannah !

Elle agita la main en réponse. Valérie rejoignit sa fille en songeant à ce qui l'attendait. Et l'air lui manqua.

Aggie, la mère de Joseph, la faisait penser à la femme du Père Noël, mis à part ses cheveux noirs. Dès son arrivée, elle prit Hannah dans ses bras et la serra contre elle comme sa grand-mère ne l'avait jamais fait. Et non seulement Hannah le toléra, mais elle l'étreignit à son tour en souriant, avec un petit haussement d'épaules à l'adresse de Valérie.

— Apportez-moi huit enfants et seize petits-enfants, dit Aggie en les poussant vers la porte. Je m'amuse bien avec les gamins, moi. Alors, filez, vous deux.

— J'ai laissé un mot pour vous sur la table, dit Valérie. Il y a des biscuits dans…

— Votre fille a huit ans. Elle peut me dire ce qu'elle a le droit de faire, et je connais le numéro du portable de Joseph. Filez maintenant et amusez-vous bien.

— Je suis abasourdie, dit Valérie à Joseph, tandis que leur voiture s'éloignait de la maison.

— Elle connaît son affaire.

— Je veux bien vous croire.

Elle se détendit et se mit à rire. Depuis combien de temps

n'était-elle pas sortie sans Hannah ? Plus d'un an. Depuis qu'elle avait été forcée de quitter son travail et les collègues avec qui elle était devenue amie.

— Où avez-vous trouvé ces bottes ? J'aurais juré que vous n'en aviez pas, vous… une citadine.

— Je n'en avais pas avant cet après-midi.

Elle avait aussi acheté un jean et une chemise à carreaux. Et ne se trouvait pas mal du tout. Ainsi vêtue, elle espérait se fondre dans la masse, et ne regrettait pas d'avoir fait des folies. Elle aurait dû économiser sou par sou jusqu'à ce qu'elle soit certaine que David la garderait, mais… c'était si bon de porter quelque chose de neuf.

De la pénombre au juke-box, rien ne l'étonna en arrivant au Stompin'Grounds. Et si le volume de la musique baissa un peu — beaucoup même ! — quand les gens virent Joseph avec une nouvelle compagne, elle n'en fut pas surprise non plus. Dixie et lui venaient ici tous les samedi, comme la plupart de ces gens, qui allaient sans doute discuter de l'infidélité de Joseph une bonne partie de la soirée.

Voyant des têtes se tourner vers la table du fond, Valérie en fit autant… et se dit que l'une des quatre jeunes femmes qui partageaient cette table devait être Dixie.

— Ça vous va le bar ? cria Joseph par-dessus le vacarme.

— Très bien.

Elle s'installa sur l'un des tabourets.

— Que voulez-vous boire ?

Elle mourait d'envie de prendre une margarita fraise, mais se doutait que cela ferait mauvais effet ici.

— Une bière.

Joseph leva deux doigts à l'attention du barman, puis se tourna vers la salle et s'accouda au bar.

— Laquelle des quatre du fond me poignarde du regard ?

— Probablement toutes. Et la chemise rouge, c'est Dixie.

Valérie sourit au barman, prit sa bière, en but une gorgée en s'arrangeant pour voir Dixie et faillit s'étrangler. La jeune femme n'avait pas l'air fragile, mais d'une lionne ! Un fauve à l'abondante crinière cuivrée, qui l'épiait de son côté, prêt à lui sauter à la gorge et à la dévorer toute crue.

— Je crois que vous avez eu une mauvaise idée, Joseph.

— Pourquoi ?

— Vous savez ce qu'on dit des regards qui tuent ? Si c'était vrai, je serais déjà morte.

Elle décida de ne pas trop boire pour éviter de passer près de Dixie et de ses amies en allant aux toilettes. Joseph vida sa bière et lui prit la main.

— Oubliez-la et allons danser.

Le bruit des conversations grimpa aussitôt. Apparemment, l'intérêt des gens n'avait pas diminué et les regards passaient d'un joueur à l'autre comme lors d'un match de tennis, tandis que les danses s'enchaînaient. Quelques personnes disaient un mot à Joseph en passant. Mais la plupart du temps, on s'écartait d'eux, comme si la majorité des danseurs était du côté de Dixie. Valérie aurait bien voulu connaître la cause de leur rupture.

— Pouce. Je n'ai plus de souffle. C'est un marathon ? S'il n'en meurt pas, le dernier qui reste debout a gagné, c'est ça ?

— Fatiguée la citadine ? Ah là là… ces filles de la ville, on ne peut pas compter sur elles !

Elle s'arrêta net, lui tourna le dos et retourna au bar.

— Désolé. Je plaisantais seulement, dit-il en s'asseyant à côté d'elle et en levant sa bière vers elle.

On aurait dit qu'il venait de faire signe aux autres de se précipiter sur la piste comme des diables. A croire que rien de grave ne pouvait arriver tant qu'ils se démèneraient. Sauf qu'on ne voyait plus Dixie tant la piste était bondée…

— J'aimerais rentrer, dit Valérie. Vous n'aurez qu'à revenir ici après et lui demander de vous donner encore une chance. Je ne joue plus dans votre pièce de théâtre. Je veux partir.

— Mais il est trop tôt pour…

— Qui c'est, celle-là ?

Valérie se redressa. Elle ne l'avait jamais entendue, mais savait que c'était Dixie. Elle lui tendit la main.

— Salut. Je suis Valérie. Juste une amie.

Dixie la jaugea d'un œil glacial, qu'elle ramena aussitôt sur Joseph. Nullement intimidé, il dressa le menton et la toisa du haut de son tabouret. Pour un homme qui voulait reconquérir sa femme, il s'y prenait mal.

— C'est vrai, Joe, que c'est juste une *amie* ? Comme celle que tu as déjà eue il y a quelques années, pas vrai ?

— Tu voulais qu'on fasse une pause. T'as même dit…

— Hé, bébé. Désolé d'être en retard, dit une voix chaude et grave qui fit sursauter Valérie.

Non seulement son patron était là, mais il la prenait par la taille et l'embrassait sur la joue. Sidérée, elle le regarda, qui tendait sa main libre à Joseph en souriant.

— Merci de t'être occupé de ma copine. Je te revaudrai ça, mon vieux. Vous vous êtes déjà présentées, je suppose ? dit David en regardant les deux jeunes femmes.

— Depuis quand fais-tu assez confiance à Joe pour le laisser seul avec une de tes amies, David ?

— Joe est mon plus vieil ami. Nous avons un code tacite.

— Un code ? nasilla Dixie.

— Et Valérie n'a d'yeux que pour moi, n'est-ce pas, bébé ?

La voix chaude de David était chargée d'une passion que démentait son expression. Mais elle seule le voyait de face et, curieuse de voir jusqu'où il irait pour protéger son copain, Valérie l'attira plus près d'elle et lui caressa la joue.

— Contente que tu sois enfin arrivé, *bébé*.

Il se raidit comme un piquet.

— Désolé de t'avoir fait attendre.

— Tu es là maintenant et c'est tout ce qui compte.

— Embrasse-la, idiot, dit Dixie en le poussant vers Valérie. Une fille n'aime pas qu'on la fasse attendre.

Il regarda sa bouche… avec un sourire… lent… sexy.

— Mais une fille aime l'intimité et prendre son temps, dit Valérie en posant la main sur le torse de David pour l'écarter.

— Compris. D'accord pour rentrer tout de suite, mon chou.

Elle s'accrocha à lui et tendit la main à Dixie.

— Comme je vous le disais, je m'appelle Valérie.

— Dixie.

— Ça, je le sais. Joseph s'est fait du souci toute la semaine, et je crois bien que c'est à cause de vous.

— Qu'est-ce que tu lui as dit, Joseph ? demanda Dixie d'un ton sec en le regardant de travers.

— Même ma fille a remarqué qu'il était triste en travaillant dans le jardin de David. Et elle n'a que huit ans.

Le regard de Dixie heurta celui de David.

— Tu sors avec une femme qui a un enfant ?

— Laisse tomber. On y va, Valérie ?

Oui, mais… elle aurait aimé savoir pourquoi Dixie avait dit cela d'un air si étonné, et se tourna vers elle.

— Désolée, Valérie. Moi et ma grande gueule.

— Il n'y a pas de mal.

Ce qui était faux, mais David aurait ainsi une bonne raison pour justifier leur séparation — *Elle avait un enfant, vous comprenez.* Mais s'il détestait les enfants, elle ne l'avait pas remarqué. Bien sûr, il tenait Hannah à distance et elle-même le voulait pour des raisons professionnelles, mais il avait l'air à l'aise quand elle était là. Cela s'était bien passé jusqu'ici.

— Danse d'abord avec elle, David, dit Dixie en souriant à Valérie. Il n'y a pas meilleurs préliminaires.

— Tu es partante ? demanda-t-il.

— Bien sûr. Mais juste une danse.

— Je comprends, dit-il. Moi aussi, je suis impatient.

Elle faillit lever les yeux au ciel, et avala sa salive. David lui prit la main et l'entraîna sur la piste, au son d'un rock and roll endiablé. Mais, comme par un fait exprès, le juke-box attaqua un slow au moment où ils arrivaient. David sentit son recul, mais la prit quand même dans ses bras.

— Nous sommes coincés, Valérie, dit-il en la serrant contre lui. Tout le monde croit que nous sommes ensemble.

Cet instant magique, hors du temps, ne se reproduirait plus jamais. Alors… pourquoi ne pas y prendre plaisir ?

Parce que tu es allée trop loin. Tu es bien placée pour savoir ce tu risques. Si tu m'y prends une fois, honte à toi. Si tu m'y prends deux fois, honte à moi.

Elle laissa ce proverbe l'emporter sur l'effet que lui faisait le contact du corps de David contre le sien.

— Bébé ? dit-elle.

Il rit tout bas.

— C'est sorti tout seul.

— Eh bien, vous devez être un bon ami de Joseph pour le secourir de cette façon.

— Joseph ? Qu'il aille au diable. C'est vous que je sauve, mademoiselle Sinclair. Joe est capable de s'en sortir seul. Pas vous. Dixie est une force de la nature, ne la sous-estimez pas.

— Vous pensez que je ne suis pas à la hauteur ?

Il rit à gorge déployée, la tête renversée. La pression de son torse sur ses seins lui fit oublier le proverbe de sa mère. Et quand leurs hanches se rencontrèrent, que son sexe heurta son ventre, elle oublia tout le reste.

— Regardez là-bas, dit David, en lui parlant à l'oreille.

Elle frissonna, mais suivit son regard et vit Joseph et Dixie s'embrasser passionnément.

— Non, vous ne seriez pas capable d'affronter Dixie. Pas si elle se déchaîne. Elle faisait du catch au lycée, et maintenant elle fait des haltères avec Joseph. Elle vous écrabouillerait.

— Je suis plus combative que vous ne le pensez.

Il la regarda avec attendrissement.

— Je n'en doute pas.

— Qu'y a-t-il entre eux, finalement ?

— Ils sont tombés amoureux à quatorze ans et vivent ensemble. Mais elle le quitte de temps en temps parce qu'il ne l'a toujours pas demandée en mariage. Un jour ou l'autre, elle ne reviendra pas. Joe serait fou de la laisser filer. C'est vraiment la femme qu'il lui faut.

— Vous croyez qu'il existe quelque part une personne, je veux dire une âme sœur, qui nous est destinée ?

— Je crois que cela s'applique à *eux*.

Ah bon… il y croyait pour les autres, mais pas pour lui.

— Pourquoi êtes-vous rentré plus tôt que prévu ?

— J'étais claqué. J'ai pu avoir un autre vol et même un siège transformable en couchette. C'est pourquoi je ne suis pas aussi crevé que d'habitude.

— Et que faites-vous *ici* ?

— J'ai vu le camion de Joe dans le parking en passant et votre voiture dans le garage en arrivant chez moi. Comme il n'y avait pas de lumière chez vous, j'ai cru que vous dormiez déjà. Alors, j'ai décidé de passer un moment avec Joe.

— Je suis partie avec lui. Sa mère est devenue baby-sitter.

— C'est ce que je me suis dit en vous voyant ensemble. Et j'ai vite compris pourquoi il vous avait amenée ici. Ce qui m'étonne, c'est que vous ayez accepté de le faire. Cela ne vous ressemble pas de vouloir rendre une femme jalouse.

— Je l'ai fait pour lui. Il me faisait de la peine. Je savais que Dixie venait de le quitter, mais pas que c'était habituel chez eux, sinon je ne me serais pas tracassée. Ce qui m'a sans doute le plus poussée à accepter, c'est aussi et peut-être surtout que je… j'avais envie de sortir.

— Vous vous sentiez seule ?

— Un peu.

— Je vous ai prévenue que l'endroit était isolé.

— Je ne me plains pas, David. J'aime vivre ici. Mais c'était l'occasion de sortir sans Hannah pour une fois. Même les bonnes mères ont besoin de s'offrir un petit plaisir personnel.

David semblait peu disposé à la lâcher quand la musique

s'arrêta. Si bien qu'elle recula, brisant le contact à regret. Tout son corps ronronnait.

David cria à Joseph qu'il ramènerait Aggie. Et, faisant leurs adieux à la ronde, ils se dirigèrent vers la sortie. On voyait peu d'étoiles dans ciel, car la lune était pleine, mais la nuit était belle, et elle savourait l'air frais qui courait sur sa peau. Arrivés au parking, David lui ouvrit la portière et l'aida à grimper dans le 4x4.

— Vous êtes ravissante dans cette tenue, Valérie.

— Merci.

— Sérieusement. Le style cow-girl vous va très bien.

— Vous n'êtes pas mal non plus en cow-boy. Il ne vous manque que le Stetson.

Elle n'avait pas fait attention à sa tenue jusqu'ici, tant son arrivée l'avait troublée, et essayait de plaisanter, mais il ne répondit pas, et garda le silence jusqu'à leur arrivée.

— Merci pour le travail que vous avez fait cette semaine, dit-il. Il y a déjà une grosse différence.

Elle ne lui dit pas combien d'heures elle avait consacrées aux dossiers qu'il lui avait envoyés par fax. Elle voulait qu'il croie en sa compétence, alors qu'elle apprenait sur le tas. Car elle n'avait encore jamais effectué ce genre de travail, même lorsqu'elle était intérimaire.

— Vous êtes un bon patron, dit-elle en ouvrant la portière.

Elle se sentait à l'étroit dans la voiture, et préférait ne pas rester près de lui. Quand ils avaient été serrés l'un l'autre et qu'il lui avait parlé à l'oreille, ce n'avait été qu'un jeu. Mais dangereux. Trop dangereux pour qu'elle s'attarde ici.

— Vous êtes la première personne qui me dit cela.

— Vraiment ?

— Oui. Je crois qu'il y a une sorte de courant entre

nous. Comme si vous saviez ce que je veux, avant même que je le veuille.

— Je n'ai d'autre distraction que mon travail, David. Pas de collègue, pas de scène. Il m'est donc facile de me concentrer. Le fait que vous ayez besoin de moi tard dans la nuit, quand Hannah est endormie, y est pour beaucoup aussi.

Elle lâcha la poignée et se tourna vers lui, persuadée qu'il voulait parler, donc qu'elle devait l'écouter. C'était le devoir d'une bonne employée, n'est-ce pas… rien de plus.

— Dormez-vous suffisamment, Valérie ?

— Oui, merci. Je me porte bien. Et vous ?

— Mon corps confond constamment le jour et la nuit.

— Si vous désirez que je prépare le petit déjeuner demain, n'hésitez pas à me le dire.

Elle ouvrit la portière et sauta du 4x4, trop énervée pour rester avec lui plus longtemps. Il était trop attirant.

— Je vous envoie Aggie. Et Belle ?

— Envoyez-la-moi aussi. Je vais la promener.

— Entendu. Et merci d'être venu à mon secours.

— Encore heureux que je sois arrivé à temps.

Elle ne voulait pas penser qu'il était toujours là quand elle avait besoin de lui, mais la coïncidence entre son retour et son sauvetage, conjugué à son embauche à un moment où elle était désespérée, ne lui échappa guère.

— Aggie vous adore, dit-elle pour changer de sujet.

— Pareil pour moi. Elle est devenue ma mère quand la mienne est partie.

Ils n'en avaient jamais parlé. Tout ce qu'elle savait, c'était que son père l'avait élevé.

— Moi, c'est mon père qui m'a abandonnée.

Il resta silencieux un moment.

— Et le père d'Hannah ?

— C'est une longue histoire.

Il hocha la tête, mais elle ne savait pas ce qu'il entendait par là, et ne voulait pas le savoir. Enfin, pas maintenant.

— A demain.

— Bonne nuit, Valérie.

Elle lui fit un geste de la main et se dirigea vers le cottage. Aggie ne voulut pas entendre parler d'argent, mais accepta une invitation à dîner en guise de paiement.

Valérie troqua sa tenue de cow-girl contre une chemise de nuit et alla se coucher. Mais lorsqu'elle entendit rentrer la voiture de David, elle sauta du lit et courut à la fenêtre. Et eut une vision fugitive de lui et de Belle montant les marches de la porte de derrière. Il alluma dans la cuisine et éteignit peu après. Quelques secondes plus tard, sa chambre s'illumina. Et il apparut à la fenêtre. Immobile, jusqu'à ce qu'il retire sa chemise et la jette loin de lui, avant de se pencher, sans doute pour retirer ses bottes, puis défit sa ceinture.

Et s'éloigna de la fenêtre, comme pour se protéger de son regard indiscret. Ce qui était inutile, car elle ne voyait pas grand-chose, tant la lumière était faible. Elle distinguait sa silhouette à contre-jour, mais aucun détail.

Elle allait se recoucher, lorsqu'elle le vit redescendre l'escalier, drapé dans une serviette qui lui servait de paréo, et se rendre à la piscine. Elle le voyait de dos lorsqu'il laissa tomber sa serviette et plongea. Nu. Splendide. Sculpté. Rivalisant de beauté avec la statue du dieu Hermès qu'elle elle avait vue un jour dans un magazine.

Sa conscience lui ordonnait de respecter son intimité, et de s'éloigner de la fenêtre, mais elle ne bougea pas, et l'attendit, en se disant que personne ne devrait jamais nager seul, que quelqu'un *devait* le surveiller au cas où… En fait, elle savait qu'elle attendait simplement qu'il sorte de l'eau.

Incapable de se mentir sur son attirance, elle savait aussi qu'elle ne ferait rien — n'oserait rien faire — pour le séduire.

David nagea quinze ou vingt minutes, puis sortit enfin de la piscine. Et s'attarda près de celle-ci, illuminée par la lune, chassant du plat de la main l'eau qui ruisselait sur son corps. Elle aurait tant aimé faire cela pour lui…

Elle en avait l'eau à la bouche. Soudain, il regarda dans sa direction et saisit sa serviette. Elle était sûre qu'il ne pouvait la voir, mais son cœur s'affola tant sous le coup de la peur d'être prise sur le fait, que dans l'espoir qu'il ne serait pas fâché qu'elle viole son intimité, juste pour l'admirer, ce qui vraiment ne lui ressemblait pas.

Enroulant rapidement la serviette autour de ses hanches, il regagna sa maison, non sans lancer un dernier regard sur le cottage en atteignant la porte.

Valérie se glissa dans son lit et tira la couverture sur sa tête, en chassant de son esprit la vision du corps nu de David.

S'il y avait une chose dont elle ne voulait pas, c'était bien de succomber à une obsession qui ne la mènerait nulle part.

- 7 -

Au matin, David alla sur la terrasse et admira le jardin. Le changement était remarquable. Valérie avait raison. Il l'avait laissé devenir trop touffu, trop sauvage. Dieu sait comment, elle avait réussi à le discipliner et à respecter son état naturel. De toute évidence, sa clairvoyance dépassait la sienne.

Il la vit sortir du cottage et remonter le sentier, à présent dégagé de tout branchage envahissant, vêtue d'une robe turquoise qui lui battait les mollets. Retenus par un bandeau de même couleur, ses beaux cheveux flottaient au vent. La nuit dernière, il avait été plus que tenté de les caresser, dans la voiture. Et savouré l'odeur fruitée qui émanait de son corps pendant leur danse.

Malgré sa ferme résolution de garder ses distances, non seulement il avait fini par passer ses moments de loisir avec elle, mais par la faire danser. Lorsqu'il l'avait prise dans ses bras, son corps avait épousé le sien à la perfection. Pendant un instant, il avait même eu l'envie folle qu'elle pose sa tête sur son épaule. Quelle stupidité ! C'était une bonne chose que Valérie l'ait maintenu à distance.

Il entendit s'ouvrir la porte de la cuisine et réalisa qu'il était nerveux depuis qu'il l'avait appelée par Interphone, et demandé de venir le rejoindre dès qu'elle le pourrait.

— Bonjour, dit-elle d'une voix sereine, en arrivant. En quoi puis-je vous être utile ?

Question tendancieuse, pensa David, et dont la réponse ne lui plairait sûrement pas.

— Il ne fallait pas tant vous dépêcher.

— J'étais déjà levée et prête à partir. Voulez-vous que je m'occupe de votre petit déjeuner ?

— Merci. J'ai déjà mangé.

Un bol de céréales. Froid. Il ne savait pas comment lui dire qu'il avait changé d'avis, et aimerait qu'elle lui prépare quelque chose de chaud le matin, comme le premier jour. Ni pourquoi il n'arrivait toujours pas à le lui demander.

— J'ai décidé d'organiser une fête.

— Oh, quelle bonne idée, David !

— Je n'en ai pas donné depuis longtemps. Mais le jardin a de l'allure maintenant, grâce à vous, et mérite d'être admiré.

— Tout le mérite ne me revient pas. Pas même la moitié. Joseph a corrigé mon plan et fait le plus gros du travail. Sans lui, je n'aurais rien fait de bon.

— Sans vous, il n'aurait rien fait du tout ! Alors, merci.

— Quand pensez-vous donner cette fête ?

— Le jour de la Fête du Travail. Mais comme cela ne vous laisse qu'une semaine pour tout préparer, si vous voulez faire appel à un traiteur, je suis d'accord.

— Ah, non ! J'aime mieux tout faire moi-même.

Elle prit le stylo et le bloc, que David avait laissés traîner sur la table, et s'apprêta à dresser la liste des invités.

— Bon, quel sera le thème de la soirée ?

— Il faut qu'il y ait un thème ? Eh bien, une soirée piscine et barbecue.

— Adultes seulement ou avec leurs enfants ?

— Les deux.

Il s'assit près d'elle, heureux de la voir si excitée par son idée. Chaleureuse, mais réservée, il ne l'avait encore jamais vue s'emballer, et avait plaisir à la regarder.

— Noah et ses enfants. Gideon et son invitée. Je ne sais pas avec qui il sort en ce moment. Joe et Dixie. Aggie. Mae, l'assistante de Noah, et son mari.

— C'est tout ? demanda Valérie en le voyant hésiter.

— Non. J'inviterai aussi des frères et sœurs de Joe. La liste serait plus longue si j'avais eu le temps d'y penser.

— Serez-vous accompagné ?

Elle avait dit cela d'un ton dégagé, mais plus pointu que d'ordinaire. David se souvint de la voix sensuelle de Laura et à son message qui laissait entendre qu'elle avait envie de le revoir. S'il voulait qu'elle vienne, elle accepterait sans doute. Il n'était pas sûr de vouloir renouer avec elle, et réalisa tout à coup que, même s'il en avait envie, il ne pouvait pas.

— Non. Cela ferait des vagues maintenant que tant de gens pensent que vous êtes ma petite amie !

— Je n'avais pas pensé à cela. C'est… embarrassant. Nous devrions les détromper avant que le bruit se répande.

Il renversa sa chaise contre la rambarde et la dévisagea.

— Vous ne savez pas grand-chose des petites villes, hein ?

— Que voulez-vous dire ?

— Que tous ceux qui me connaissent, et même ceux qui ne me connaissent pas, nous considèrent déjà comme un couple.

— Mais ce n'est pas vrai !

— Il me semble.

Elle lâcha son stylo et cacha son visage dans ses mains. En se redressant, elle le regarda d'un air grave.

— Vous devez arranger cela, David.

— Comment ?

— En disant la vérité. Dites-leur que c'était une comédie pour aider Joe à se réconcilier avec Dixie. Je ne peux pas supporter l'idée que quelqu'un s'imagine que nous sommes ensemble, David, et surtout pas ma fille. Vous *devez* inviter quelqu'un, sinon personne ne nous croira.

— Vous avez raison. Je vais passer quelques coups de fil.

— Merci. Bon, où en étions-nous ?

Elle s'était si vite remise au travail que sa question le pris au dépourvu.

— Vous voulez vous occuper vous-même du barbecue ?

— Oui, mais Gideon voudra probablement s'en charger. C'est un chef. Allez au plus simple. Hot-dogs et hamburgers. Prenez-vous la tête avec le reste, si cela vous amuse.

— Quel sera mon budget ?

— Je ne sais pas, moi. Mille dollars, ça ira ?

Elle manqua s'étouffer.

— Je crois que je peux me débrouiller avec moins que cela.

— On verra. J'aimerais aussi que vous organisiez quelque chose pour les enfants après le barbecue, pour que les adultes puissent profiter de la soirée.

— Bien sûr. Connaissez-vous une adolescente qui voudrait bien nous dépanner ? Cela m'éviterait de courir partout.

— Appelez Aggie. Elle connaît tout le monde.

— Vous ne m'avez pas dit si Noah serait accompagné.

— Il est encore et toujours seul.

Et, à sa connaissance, il n'était pas sorti avec une femme, en trois ans de veuvage, même pour prendre un café.

— Inviterez-vous vos amis par téléphone ou par e-mail ?

— Je leur téléphonerai, comme ça je saurai tout de suite qui viendra ou pas.

— J'adore préparer une fête !

— Content que mon idée vous plaise, Valérie.

Il redressa sa chaise.

— Je voudrais que vous preniez votre journée.

Elle fronça les sourcils.

— Pourquoi ?

— Hannah entre à l'école demain. Vous devriez passer la journée ensemble. La piscine sera libre, profitez-en.

— Merci, dit-elle en se levant. N'oubliez pas d'appeler vos amis.

— Pas de danger. J'appelle Joe tout de suite.

— En ce cas, je vous laisse. A plus tard, David.

Il était encore tôt, mais il voulait parler à Joe en personne, même si cela supposait de réveiller sa tigresse.

— Toute la journée ? s'écria Hannah toute joyeuse. Rien que toi et moi ?

— Oui, ma puce.

— Et on pourra faire tout ce qu'on veut ?

— Dans la limite du raisonnable. Qu'est-ce que tu aimerais vraiment faire ? Aller au cinéma ?

— Maman, j'ai vu tant de films que j'en ai assez.

C'était compréhensible…

— Alors, qu'est-ce qui te tente ?

— J'ai vu un minigolf quand nous sommes allées en ville.

— D'accord. Quoi d'autre ?

— On peut se permettre autre chose ?

Valérie la prit dans ses bras et posa son menton sur sa tête.

— Oui, ma chérie. Je suis navrée que l'année ait été si dure, et de n'avoir pu te faire plaisir pendant si longtemps. Mais demain, nous pouvons même nous permettre un resto, avant de jouer au golf, et une glace après.

— Mais tu m'as acheté plein de vêtements pour l'école.

Valérie lui embrassa les cheveux, et la tint à bout de bras.

— Tu veux bien ne plus tant t'inquiéter pour l'argent ? J'en gagne officiellement à présent et pour de bon.

Elle l'espérait, en tout cas. Réussir son mois d'essai ne signifiait pas qu'elle garderait toujours son job. Mais dès qu'elle aurait réglé toutes ses dettes, elle mettrait de l'argent de côté. Et même si David la renvoyait pour incompétence ce qui était peu probable, elle aurait de bonnes références et trouverait plus facilement un autre emploi. A condition de ne plus jamais voir en lui autre chose qu'un patron, donc qu'il n'y ait plus jamais de soirées comme celle d'hier.

Il était bien trop séduisant.

— D'accord, maman. Je ne m'inquiète plus.

Elles se rendirent à Chance City et déjeunèrent Au Filon du Chercheur d'Or. Leur parcours de minigolf fut plein d'entrain, de défis et de rires. C'était si bon de partager tout un après-midi sans obligations.

Chez le glacier, Hannah supplia :

— S'il te plaît, m'man. Un cornet double. Je t'en prie. Juste pour cette fois. C'est un jour spécial.

— Tu as raison. Deux cornets doubles aux copeaux de chewing-gum, s'il vous plaît monsieur. Cela sent le concours de bulles, Hannah. Je suis partante. La gagnante gagne quoi ?

— Heu… la gagnante…

— Hé, salut, dit une femme qui venait vers elles. Désolée de vous interrompre. J'ai oublié votre nom depuis hier soir. J'imagine que vous avez oublié le mien, aussi, ajouta-t-elle en riant. Comment allez-vous ? Je suis Sheryl.

Valérie reconnut l'une des amies de Dixie qui faisaient des haltères. Les quatre Amazones du Nevada. Savaient-elles déjà qu'elle n'était pas la petite amie de David ?

— Je suis Valérie. Et voici ma fille, Hannah.

— Salut. Ravie de faire ta connaissance. C'est génial que Joseph et Dixie soient de nouveau ensemble, hein ?

— Oui, c'est génial.

— Tout le monde a été surpris d'apprendre que vous étiez avec David. Personne ne savait qu'il fréquentait quelqu'un.

Hannah leva les yeux vers sa mère, qui s'efforça de rire.

— Oh, ça. Je me demande pourquoi les gens l'ont supposé. Je travaille pour lui, c'est tout.

Sheryl fronça les sourcils.

— Mais Dixie a dit…

— Tu veux bien aller chercher nos glaces, chérie ?

Elle mit un billet de dix dollars dans la main de sa fille, la poussa légèrement vers le comptoir, et se tourna vers Sheryl.

— Je vous assure qu'il est seulement mon patron.

— Pourtant, on ne l'aurait pas dit.

— David a trouvé amusant de le faire croire à tous.

— Dixie le sait ?

— J'en suis sûre, dit Valérie avec un sourire forcé. J'espère qu'elle le lui pardonnera. Les hommes sont ce qu'ils sont, n'est-ce pas ?

— A qui le dites-vous ! Eh bien, je suis contente que tout soit arrangé, mais j'avoue que je suis surprise. Vous aviez l'air si… si proches tous les deux.

Hannah revint et tendit à Valérie son cornet et la monnaie.

— Merci, ma chérie.

— Je suis heureuse de vous avoir revue, Sheryl. Mais il faut que nous y allions.

Elle lécha sa crème glacée et pressa Hannah vers la sortie.

— Allons nous balader et faire du lèche-vitrines, le temps de finir nos cornets de glace.

— Qu'est-ce que voulait dire la dame, m'man ? Tu es sortie avec Joseph hier soir, pas avec M. Falcon.

Valérie essaya de biaiser.

— Joseph et moi sommes sortis en amis. Sa petite amie et lui s'étaient disputés et il voulait…

La rendre jalouse. Elle ne pouvait pas lui dire cela !

— Il voulait faire la paix avec elle et savait qu'elle serait là-bas. Puis David a vu le camion de Joseph dans le parking et s'est arrêté pour le saluer. Il m'a invitée à danser juste avant de partir et les gens ont cru que nous étions ensemble.

— C'est ridicule. Il est le patron, marmonna-t-elle, les dents collées par une boule de chewing-gum.

— Exactement. Voilà comment naissent les rumeurs.

Donc, si on te dit quelque chose la semaine prochaine à la fête, tu sauras quoi répondre.

— D'accord. Cette boule est trop glacée pour la croquer !

Valérie accueillit cette réflexion avec soulagement et se lança dans le concours de bulles. Hannah se déclara gagnante et exigea, en tant que telle, que Valérie fasse son lit pendant un mois. Celle-ci négocia et ramena son tribut à une semaine.

De retour chez elles, Hannah courut mettre son maillot de bain, tandis que sa mère la suivait d'un pas tranquille.

David les interpella de la terrasse.

— Vous vous êtes bien amusées, vous deux ?

— Je l'ai battue au golf ! cria Hannah. Et à celle qui ferait les plus grosses bulles.

— Bravo, Hannah.

— Et maintenant, on va nager.

— D'accord.

— Oh, et maman a dit à cette dame que vous ne sortiez pas avec elle.

Il se raidit.

— Hum. Bien.

La petite se rua dans le cottage et claqua la porte.

— Cette dame ? demanda-t-il à Valérie.

— Sheryl. Nous sommes tombées sur elle chez le glacier. J'espère que vous avez pu clarifier les choses, car je lui ai fait cadeau du scoop.

— Attendez une seconde, dit-il en souriant. Je descends, cela m'évitera de hurler.

Valérie ne savait que faire de ses mains. Si elle croisait les bras, elle paraîtrait sur la défensive. Elle préféra donc ôter les feuilles mortes d'un buisson, et poursuivit son nettoyage sans oser le regarder lorsqu'il arriva à son côté.

— Alors, tout est arrangé ? demanda-t-elle tandis que Belle heurtait sa jambe de sa truffe, pour réclamer une caresse.

— Je ne sais pas si tout le monde est déjà au courant, mais le téléphone arabe s'est mis en marche.

Elle gratta Belle entre les oreilles.

— Comment Dixie a-t-elle réagi ?

— Elle a trouvé attendrissant que Joe essaie de la rendre jalouse. Apparemment, il ne l'avait jamais fait.

Valérie ferma les yeux, soulagée.

— Nous avons eu de la chance.

— Ce n'est pas ce que j'ai dit. Elle a pardonné à Joe. Pour nous, je ne sais pas. Pour vous surtout.

Pour une fois qu'elle s'amusait, c'était cher payé.

— Vous inviterez une de vos amies à la fête, pour que tout le monde soit sûr que nous ne sommes pas... ensemble ?

— C'est déjà fait.

Si vite ? Valérie ne s'attendait pas à ce coup de poing.

— Formidable.

Elle se raidit et Belle s'en alla vers le cottage. Etre si près de David lui rappela comme c'était bon d'être dans ses bras, rassurée et excitée à la fois.

Il n'est pas ton chevalier, mais ton patron. Point final.

— Je ferais mieux d'aller me changer. Hannah va attendre.

— Bonne baignade.

Il fit mine de se retourner.

— Et vous, votre journée a été bonne ?

— J'ai parcouru toute la ville pour régler des malentendus

et élargir les invitations. Je n'ai pas encore parlé aux frères de Joe, mais tous les autres ont dit oui.

— Vos frères habitent près d'ici ?

— A Chance City, mais peu de kilomètres nous séparent. Vous avez des frères et des sœurs ?

— Non. J'aurais aimé en avoir.

— Oui. C'est vrai que c'est chouette la plupart du temps. Je vois Hannah vous attendre. Je vous laisse.

— M'man ! Pourquoi tu n'es pas encore prête ?

— Donne-moi trois minutes. J'arrive.

Valérie avait profité de sa sortie pour s'acheter un maillot de bain décent, une pièce encore une fois, mais qui lui allait bien. Elle se déshabilla le plus vite qu'elle put, et passa son maillot bleu clair aux reflets chatoyants.

Il a une petite amie. La femme qui lui avait laissé ce message sur son répondeur. Mais pour ce qu'elle en savait, il pouvait très bien en avoir cinq ou six.

En fait, elle ne savait rien de la vie privée de David. Tout ce qu'elle savait, c'est qu'il lui devenait de plus en plus difficile de ne voir en lui que son patron.

- 8 -

En posant son plateau de chips mexicaines, de guacamole et de sauces épicées, Valérie examina la petite foule groupée près de la piscine. Personne n'était arrivé pendant qu'elle était dans la cuisine.

L'amie de David était en retard comme il se doit. Gideon, Joseph et Dixie, l'étaient aussi. Huit enfants et un frère de Joseph étaient dans l'eau. Les adolescentes, Mindy et Jessica, se chargeaient de la surveillance, puis de l'animation dans le cottage.

En moins d'une semaine, Hannah s'était fait une amie à l'école, Gabby. Assises au bord du bassin, les deux petites chuchotaient et riaient. Le bruit venait surtout des enfants de la sœur de Joseph, qui sautaient hors de l'eau comme deux otaries, et replongeaient en hurlant, jusqu'à ce que Mindy et Jessica réussissent à les calmer un peu, sans doute en les faisant chanter. Valérie comprenait enfin ce que voulait dire David — comparés aux autres enfants, ceux de Noah étaient bien sages. Trop sages même pour des enfants de leur âge.

Elle s'était si vite habituée au calme de la propriété que tout ce petit monde lui semblait faire autant de bruit qu'un concert de rock. Pourtant la musique n'était pas bruyante, les conversations non plus, à part le rire contagieux d'Aggie. Si contagieux que même Noah riait.

Un homme intéressant, songea Valérie, plus grand et plus large d'épaules que David. Elle le sentait vibrer d'énergie et d'impatience. Les sourcils froncés, il ne cessait de surveiller ses enfants, comme inquiet ou déçu, habité par un sentiment qu'elle ne parvenait pas à identifier.

En regagnant la cuisine, elle chercha David du regard, mais ne le vit nulle part. Etait-il inquiet ou fâché du retard de son amie ? Elle l'avait peut-être appelé pour s'excuser… ou lui dire que, tout compte fait, elle ne viendrait pas.

— La fête peut commencer ! hurla Joseph en descendant l'allée avec Dixie.

Valérie était heureuse de les voir se tenir par la main, mais redoutait de se retrouver face à Dixie. Lui en voulait-elle de s'être prêtée à ce jeu idiot samedi dernier ? Elle voulait tant se faire des amis, une véritable amie surtout, et se créer une vie sociale, comme Hannah était déjà en train de le faire.

Mais sa fille tirerait également profit de la présence d'un homme solide, d'une image dont elle-même avait été privée quand son propre père les avait abandonnées, sa mère et elle…

Valérie réalisa soudain que cet abandon pouvait expliquer certains de ses problèmes. Non seulement le fait d'avoir eu un enfant hors mariage, mais peut-être aussi la raison des ennuis qu'elle avait eus avec son employeur précédent.

David ne pouvant pas tenir lieu d'exemple pour Hannah, c'était à elle d'en trouver un. Se faire des amies, sortir et voir du monde, la conduirait *peut-être* à trouver un ami.

— Vous montez ou vous descendez ? demanda David, en la faisant sursauter.

Lui-même descendait, les bras chargés de packs de bière et de Coca pour réapprovisionner les réserves de la piscine.

— Je monte. Joseph et Dixie viennent d'arriver.

— Comment ne pas les entendre ? Cela s'annonce bien.

— Tout le monde se connaît. Cela rend les choses faciles.

— Plus faciles, du moins. Les petites villes sont le théâtre de choses intéressantes.

— Comme quoi ?

— Comme Noah et Jake, le frère de Joe, qui joue avec ses neveux dans la piscine. Les pires rivaux depuis le lycée, pas seulement en sport, mais dans les études et la politique.

— Les filles aussi, je suppose ?

— Ça, je ne sais pas, car Noah a sept ans de plus que moi. Nous n'étions pas très proches avant de travailler ensemble à la mort de notre père. Mais j'étais ami avec Jake et, en ce qui concerne leur rivalité, j'ai entendu deux sons de cloche.

— On dirait que la guerre n'est pas finie. Jake reste avec les enfants, plutôt que de parler avec Noah comme le fait son autre frère.

Elle lança un coup d'œil à David.

— Pourquoi avez-vous invité Jake, alors que vous êtes au courant de leur mésentente ?

— J'espérais…

— Quoi ? Qu'ils se battent ?

— Honnêtement ? Oui. Pas qu'ils se battent, bien sûr, mais que quelque chose secoue un peu Noah.

— Regardez ce que le chat ramène ! cria Dixie en voyant un homme et une femme descendre l'allée. Ça alors, Laura ! Tu n'aurais pas pu trouver mieux ?

Dixie souriait largement en lançant ce quolibet à l'homme qui s'approchait, en qui Valérie reconnut Gideon, d'après la photo qu'elle avait vue chez David. Et *Laura* devait être Laura Bannister, la petite amie de David.

Elle était éblouissante. Ses cheveux blond doré dansaient jusqu'à sa taille, son short et son T-shirt semblaient peints à même son corps. Et quel corps !...

Valérie s'effaça devant David qui dévalait les marches pour accueillir les arrivants. Allait-il l'embrasser ?

Non. Il l'étreignit brièvement, et échangea une poignée de main chaleureuse avec Gideon.

Valérie se hâta de regagner la cuisine et acheva de remplir les plats, sans regarder par la fenêtre une seule fois. Elle préchauffa ensuite le gril du barbecue, car l'heure du repas approchait. Et ne put s'empêcher plus longtemps de chercher David et sa petite amie du regard.

Ils étaient au centre d'un petit groupe et Laura souriait à David, en posant un bras sur son épaule. Son corps affichait de manière éloquente qu'ils s'entendaient bien physiquement tous les deux.

La douleur qui perça le cœur de Valérie ne la surprit pas. Elle avait passé tant d'heures avec David cette semaine, à travailler sur ses projets, qu'ils avaient pratiquement vécu ensemble dans son bureau. Depuis qu'Hannah allait à l'école, personne d'autre n'avait besoin d'elle. Personne ne venait jamais la voir. La maison lui semblait devenir un peu trop intime, mais elle avait fait attention à ce qu'ils ne se touchent jamais. Et avait beaucoup caressé Belle.

David la félicitait de son travail. La taquinait quand elle devenait trop sérieuse. Elle aimait être avec lui. Et avait du mal à accepter qu'il soit avec cette femme, cette Laura qui répondait à tous les fantasmes masculins.

Dixie fit irruption dans la cuisine. Un bandeau dégageait son visage, et apprivoisait un peu ses boucles rebelles. Mais rien de ses muscles sculptés par les haltères, lorsque — bras croisés et tapant du pied — elle toisa Valérie avec mépris.

— Alors comme ça, vous n'êtes pas sa… copine ? C'est bien ainsi que David vous a appelée, hein ? Sa *copine* ?

Valérie pouvait à peine respirer. Elle ne supportait pas les conflits et cela menaçait d'en devenir un.

— Mais… je croyais qu'il vous avait tout expliqué ?

— Oui, mais je n'aime pas les menteuses.

— Moi non plus, dit Valérie en se raidissant davantage. J'ai rendu service à votre *copain*. Et je le regrette, à présent. Je ne savais pas comment fonctionnent les petites villes. Je voulais me faire des amis ici, et c'est fichu maintenant que tout le monde me prête de mauvaises intentions. Si c'était à refaire, je refuserais d'aller au Stompin'Grounds.

— C'est ça votre excuse ? demanda Dixie en la dévisageant d'un regard perçant.

— Oui.

S'il te plaît, ne m'oblige pas à me mettre à genoux.

Après ce qui s'était passé lorsqu'elle était tombée enceinte d'Hannah, elle s'était juré de ne plus supplier personne.

— Bon, d'accord, dit finalement Dixie. En fait, je trouve que c'était assez mignon de la part de Joseph d'imaginer un plan pareil. Je peux faire quelque chose pour vous aider ?

La bombe s'était désamorcée, comme par miracle.

— Non, mais merci quand même.

— Voulez-vous que je dise à David de rappliquer ?

— Je ne veux surtout pas l'éloigner de sa petite amie.

Mais aurait bien voulu avoir encore quelque chose à faire pour éloigner ses pensées de cette femme.

— Bon sang, quel fumier, pas vrai, mon chou ? Je croyais qu'ils avaient rompu depuis des mois.

Dixie saisit un bâtonnet de carotte et le mordit.

— Je n'avais pas idée qu'ils s'étaient remis ensemble.

Ils ne l'étaient pas vraiment, pas encore, songea Valérie. Et tout était sa faute. C'est elle qui avait voulu que David invite une amie pour que tout le monde sache qu'il n'y avait rien entre eux. Rien du tout.

— Vous savez Valérie, cela ne me gênerait pas de dire à David que vous êtes prête à sortir avec lui. Au fait, ça vous dirait qu'on se retrouve en ville un jour, pour déjeuner ou faire autre chose ?

— J'en serais très heureuse, Dixie, merci.

— Bon. Nous conviendrons du jour et du lieu avant la fin de la fête. D'accord ?

— Formidable !

— Voulez-vous que j'invite Miss Univers pour que vous fassiez sa connaissance ?

Valérie ne put s'empêcher de rire. Le surnom de Laura Bannister lui allait comme un gant.

— Vous l'appelez comme ça devant elle ?

— Non, voyons. Je ne suis quand même pas *si* garce. Cela lui rappellerait trop qu'elle n'a été que seconde !

Dixie lui adressa un clin d'œil rieur et laissa Valérie figée devant ses plateaux débordant de nourriture. Laura avait été la dauphine de Miss Univers ? Sérieusement ? Autrement dit, elle avait d'abord été Miss America, Miss California, Miss… quelque chose en tout cas.

Comment rivaliser avec…

Valérie ferma étroitement les yeux. Non. Elle n'était pas, ne serait jamais de taille à rivaliser avec Laura. Au fond, elle devrait être contente, car David ne risquait pas d'être tenté par elle, pas avec Miss Univers dans le paysage.

Elle devrait être soulagée…

— Alors ? Toi et Laura, c'est reparti ? demanda Gideon.

Assis sur un transat proche de celui de David, tous deux regardaient la jeune femme jouer au volley dans la piscine, qui paraissait plus que nue avec ce Bikini timbre-poste qui ne cachait rien de son corps parfait. Un régal pour la vue. David regarda son demi-frère en haussant les épaules.

— Je ne suis pas encore sûr.

— En tout cas, elle a l'air de l'être, si je suis bon juge dans ce domaine. C'est toi qui sembles la tenir à distance.

Un des points forts de Gideon était sa compréhension peu commune de la nature humaine. Il savait adapter son discours à ses interlocuteurs, ce qui avait fait de lui un bon vendeur lorsqu'il travaillait pour les Automobiles Falcon. Dommage que son sens des affaires n'égale pas sa perception d'autrui.

— Je ne veux pas commettre deux fois la même erreur.

— Laquelle ?

— Celle de me lancer dans une relation qui exige tant de patience et de compréhension de la part d'une femme.

— Très sage de ta part.

— Ouais… mais plus frustrant que tu ne crois pour moi.

Gideon lui décocha un sourire.

— Vous ne couchez pas ensemble, hein ?

— Non.

Laura ne demandait que cela, mais…

— Ta nouvelle gouvernante est une bien jolie femme.

— Chasse gardée, Gid. Valérie est la meilleure chose qui me soit arrivée depuis des siècles.

Gideon leva les mains en signe de reddition.

— Je jure de ne pas marcher sur tes plates-bandes !

— Tu as intérêt.

Il suivit Valérie du regard. Elle débarrassait les tables, et ne se mêlait pas trop aux autres, bien qu'il l'y ait encouragée. Elle avait parlé un peu avec Dixie et Joseph, et bien sûr avec l'incontournable Aggie, mais à part cela, elle avait travaillé, efficacement et en silence, embrassant sa fille à l'occasion, tantôt lui parlant à l'oreille, tantôt lui répondant d'un signe de tête ou par un rire discret.

David la surprit en train d'épier Laura, qui hurlait sa joie d'avoir marqué un point. Laura, si compétitive, si sexy. Il se demandait ce que Valérie pensait d'elle. Pour autant qu'il le sache, elles n'avaient pas échangé un seul mot.

Noah rejoignit ses frères. Il était rare qu'ils se retrouvent tous ensemble, du fait de l'emploi du temps de David, des exigences du foyer de Noah et des projets incessants de Gideon, qui le retenait souvent loin d'ici. Belle dépassa Noah et vint se pelotonner aux pieds de David.

— Elle m'a ignoré toute la journée, cette ingrate.

— Normal qu'elle essaie d'oublier le cauchemar qu'elle a vécu chez toi, plaisanta David.

— Tu rigoles ? Elle avait la belle vie, oui. Tout le monde était aux petits soins pour elle.

Noah prit une tranche de pastèque sur l'un des plateaux.

— Alors, tu es sur quoi en ce moment, Gid ?

— Un projet près du lac Tahoe. J'avais l'intention de

vous en parler, à vous deux, pour voir si vous vouliez bien me donner un coup de pouce.

David et Noah échangèrent un regard. Il y avait longtemps que Gideon leur avait vendu sa part de l'entreprise familiale. Mais depuis, la chance ne lui avait pas souri. Il avait évité la faillite de justesse, mais prenait tant de risques que sa femme l'avait quitté il y a deux ans.

— Nous nous sommes mis d'accord en ce qui concerne tes demandes d'argent, dit calmement Noah. Tu en veux pour financer ton projet, et nous répondons présents. Mais notre argent est lié à l'entreprise Falcon et doit y rester… en lieu sûr.

— J'ai entendu dire que les affaires sont florissantes. On m'a parlé d'un sultan et d'une foule de commandes.

— Ce qui signifie plus de dépenses. Plus d'employés, de machines, d'espace. Enfin, tu vois ce que je veux dire…

— Eh bien, tant pis pour vous, dit Gideon d'un ton léger, où David perçut pourtant une pointe de désespoir.

— Tu as besoin d'un prêt, je veux dire à titre personnel ?

Gideon serra les mâchoires.

— Non. Ça va.

— Tu pourrais revenir chez Falcon.

David ne regardait pas Noah en proposant cela, mais sentit l'air se charger d'électricité.

— Merci, mais cela ne m'intéresse pas.

— Souviens-toi qu'il ne regarde jamais en arrière, dit Noah d'un ton sarcastique. Mais devant. Toujours devant.

— Quel mal y a-t-il à cela ? Te complaire dans le passé est peut-être agréable, mais cela ne te mène nulle part.

Noah se raidit.

— Je ne me complais pas dans…

— Mon œil ! Tu portes ta douleur comme une armure. Une cuirasse si lourde que tu tiens debout, mais que tu ne peux plus marcher.

— Que sais-tu de la douleur ?

— Rien en ce qui concerne le deuil d'une épouse, c'est vrai, mais je sais que David est crevé. Regarde-le, Noah. Regarde-le. Il a pris dix ans depuis que tu es veuf !

Noah lança un regard à David, qui ne savait que dire. Il n'avait pas parlé de cela à Gideon. Mais il avait dit vrai. Et il espérait que Noah comprendrait ce que signifiait son silence.

— David est tout dévoué à l'entreprise. Il sait ce qu'il fait et ce qu'il doit faire. J'ai assez de contacts pour l'envoyer en Europe un mois durant. Et il fera le boulot sans se plaindre. Si tu t'inquiètes tant pour lui, tu n'as qu'à revenir et donner un coup de main. Tu aurais ton argent, par la même occasion.

— Fais ceci, fais cela, ne porte plus de T-shirt, etc.

Noah se leva d'un bond.

— Je ne veux plus entendre ces âneries.

Et il s'éloigna d'eux à grands pas.

— Pourquoi n'as-tu rien dit ? demanda Gideon.

Atterré, David essayait de digérer l'idée qu'il allait rester un mois de l'autre côté de l'océan.

— Avec quatre enfants qui ont besoin de lui, il ne peut plus parcourir l'Europe comme avant.

— Un vrai martyr.

— Noah n'est pas…

— Je parlais de toi, frangin. Toi. Tu as perdu Laura une fois. Et tu vas sans doute la perdre encore.

— Si notre relation avait été bonne, elle aurait tenu.

Son regard rencontra celui de Laura, qui lui souriait d'un

air plus que charmeur. Pourquoi le faisait-elle ? Pourquoi s'intéressait-elle à lui ? Rien n'avait changé. Rien ne *pouvait* changer. Sauf en devenant pire, bien sûr.

— Tu ne te marieras jamais en te conduisant comme ça.

— Et qui te dit que je veux me marier ? En général, quand on se marie, c'est pour avoir des enfants. Et je n'ai pas envie d'être père. Je suis comme toi, Gid, j'ai vu trop de mariages désastreux pour tomber dans ce piège.

— La différence entre nous, c'est que j'y crois encore.

— Alors que Jeanne t'a quitté ?

— Puis-je servir le dessert, David ? demanda Valérie.

Le calme de sa voix le saisit. Il ne l'avait pas entendue arriver et accueillit avec joie cette diversion. Il penserait au sale tour de Noah plus tard. L'heure était à la fête.

— Pourquoi ne pas vous asseoir et faire connaissance avec mon frère, Valérie ? Personne n'a plus besoin de rien pour le moment.

Elle hésita. Il savait qu'elle estimait que ce n'était pas sa place, que son rôle était de recevoir, non de participer à la fête. Il ne l'avait pas vue s'asseoir, ni manger, une seule fois.

Laura se hissa sur le bord de la piscine, au lieu de gravir les marches, offrant à tous ceux qui voulaient se régaler une vue imprenable sur ses seins admirables. Même Gideon était scotché, sa bière collée aux lèvres.

Laura sortit de l'eau et héla David en claquant des doigts.

— Pourquoi ne viens-tu pas nager ? C'est le paradis ici.

Elle s'approcha de lui. Si près de lui qu'il aurait pu lécher les gouttes d'eau qui ruisselaient sur son ventre.

Mais il n'en avait pas envie. Enfin, un peu quand même. Ce dont il n'avait pas envie, c'étaient des complications qui s'ensuivraient. Il avait eu tort de l'inviter. Il l'avait fait pour sauver la réputation de Valérie. Et en payait maintenant les conséquences.

Il tourna la tête du côté de Valérie, mais elle n'était déjà plus là. A croire qu'elle s'était envolée comme un papillon. Il la vit bavarder avec Aggie, qui se pencha vers elle en disant quelque chose qui la fit rire aux éclats. Il aurait aimé savoir ce qui la faisait rire… et rire avec elle.

En fin de soirée, Aggie et Dixie débarquèrent dans la cuisine, où Valérie était en train d'envelopper les restes. Sans même lui demander si elle avait besoin de leur aide, elles se mirent au travail en bavardant joyeusement. Tous les plats furent lavés, rangés, et la cuisine récurée en un rien de temps.

Valérie ne leur aurait jamais demandé de l'aide, et trouva un peu difficile de l'accepter au début, mais leur compagnie la détendit et la divertit. En la quittant, ses deux nouvelles amies la serrèrent dans leurs bras.

En rentrant au cottage, elle vit David et Gideon toujours assis sur leurs chaises longues, et agita la main pour leur dire au revoir.

— C'était une belle fête, cria David. Merci.

— C'était un plaisir.

Valérie entra sur la pointe des pieds dans la chambre d'Hannah. Elle l'embrassa sur la joue, et alla se doucher. Tout en se relaxant sous le jet, elle pensa à la journée, à son plaisir d'organiser cette fête et préparer le repas. Elle avait aimé faire partie du groupe, mais été contente aussi d'avoir du travail à faire pour s'éclipser par moments. Non que les gens l'aient mal accueillie ou mise mal à l'aise d'une façon quelconque, mais parce qu'elle était plus contrariée qu'elle n'aurait cru de voir David avec Laura. Pas seulement parce que Laura était belle et sexy, mais par le simple fait qu'elle *existait.*

Et qu'avant d'aller se coucher, Hannah lui avait dit qu'elle les avait vus s'embrasser de l'autre côté de la maison en se disant au revoir, et qu'elle avait l'air de beaucoup compter dans la vie de David.

— C'est très bien comme ça, dit Valérie à haute voix. C'est la meilleure chose qui pouvait t'arriver.

Elle était sûre que cela l'aiderait à modérer son attirance. Enfin, presque. Difficile de contrôler l'incontrôlable.

Elle sortit de la douche, puis enveloppée dans son drap de bain, elle avança dans la pénombre jusqu'à la fenêtre de sa chambre. David était seul. Allongé sur sa chaise longue, les bras croisés derrière la tête, il contemplait le ciel. Enfin, elle le pensait, mais elle était trop loin pour le savoir.

Elle ferait mieux de se mettre au lit. Agacée, Valérie prit sa chemise, la rejeta, et laissa tomber sa serviette sur le sol. Nue devant sa fenêtre, immobile, elle contempla longuement l'homme qui était si vite devenu important dans sa vie. Trop important. Et trop excitant. Elle sentit son corps devenir de plus en plus pesant et douloureux… de désir.

Finalement, David se leva, se dirigea vers l'anfractuosité des rochers où se cachaient les interrupteurs. Toutes les lampes s'éteignirent. Et à la clarté du croissant de lune, c'est à peine si elle le distinguait. Mais elle le vit ôter sa chemise et son short. Puis s'étirer et plonger dans la piscine.

Elle aurait tant voulu le rejoindre, et admirer de plus près son corps parfait. Depuis qu'elle était ici, elle avait repris quelques kilos et se sentait plus féminine, plus désirable. Elle aimerait tant qu'il le remarque. Non. Elle ne *voulait* surtout pas qu'il le remarque.

Valérie se contraignit à mettre sa chemise et à se coucher avant qu'il ne sorte de la piscine. Elle devrait avoir honte de se conduire comme cela.

Qui aurait jamais cru qu'elle deviendrait une voyeuse ?

- 9 -

Dès le départ d'Hannah pour l'école, Valérie entreprit de nettoyer au jet le pourtour de la piscine. C'était son heure préférée, celle où elle appréciait le plus d'en avoir fini avec la routine des employées de bureau. Ses journées étaient plus longues que la moyenne, peut-être, mais elle s'organisait comme elle voulait et prenait plaisir à son travail.

David repartait ce matin et ignorait encore la date de son retour. Elle ouvrit le jet à fond pour déloger des débris récalcitrants. L'image qu'elle gardait de la fête l'obsédait.

David se précipitant pour accueillir Laura à bras ouverts. Miss Bikini exhibant ses formes sous le regard fasciné des hommes. Le pire avait été de voir Laura embrasser David à pleine bouche en fin de soirée.

Ce baiser lui avait déchiré le cœur, mais un peu plus tard, David avait dit à Gideon que le mariage était un piège dans lequel il n'était pas près de tomber. Pensait-il à Laura en disant cela ? Pourquoi était-il si opposé au mariage ?

Perdue dans ses pensées, elle sentit quelque chose toucher son épaule. Elle pivota si brusquement que sans la présence d'esprit de David, qui attrapa le tuyau et dévia le jet à temps, elle l'aurait arrosé.

— Oh, je suis désolée, dit-elle en coupant l'eau.

— C'est ma faute. Je ne voulais pas vous effrayer.

Ce qui l'effrayait, c'était sa folle envie de se jeter dans ses bras et de l'embrasser. Elle ne voulait pas qu'il parte… et voulait quand même qu'il parte, et vite, tant elle avait peur d'elle-même.

— Vous aviez l'air d'être dans une autre dimension.

— Je pensais à mon travail, au plaisir d'avoir des horaires flexibles et des tâches si variées.

— A propos, j'ai appelé Denise Watson pour lui dire que je voulais racheter votre contrat avec l'agence *A Votre Service*, et Mae Carruthers, vous vous souvenez de Mae ?

Muette de saisissement, elle hocha la tête.

Il *l'engageait…* sans attendre la fin de son mois d'essai ?

— Mae vous enverra les documents administratifs, relatifs à votre contrat d'embauche. Je le signerai en rentrant, mais en ce qui me concerne, dès que vous aurez signé, considérez-vous comme définitivement engagée.

— Merci, réussit-elle à articuler.

— C'est moi qui vous remercie, Valérie, je n'ai jamais travaillé avec quelqu'un comme vous. Vous savez avant moi ce qu'il me faut et votre travail vaut de l'or.

— Ne me mettez pas sur un tel piédestal, David. Je ne suis pas parfaite.

— Vous êtes parfaite pour moi. Etes-vous d'accord ?

— D'accord ?

— Pour le contrat. Vous voulez rester, n'est-ce pas ?

— Oh… oui, oui, bien sûr.

L'espace d'une seconde, elle crut qu'il allait la serrer dans ses bras. Battit des paupières… attendit…

Et brusquement, il fit un pas en arrière. Ce n'était que le fruit de son imagination.

— Je vous appelle dès mon arrivée à Londres.

— Entendu. Bon voyage, David.

— Merci, mais les miens se ressemblent tous, hélas.

Reprenant sa valise et son attaché-case, il se rendit au garage. Elle ne voulait pas qu'il parte, et sans même s'en rendre compte, elle le suivit. Folle. Elle était folle. Il ne la garderait pas longtemps si elle ne se contenait pas.

Il sortit en marche arrière du garage. Il s'arrêta en la voyant et baissa la vitre côté passager.

— Vous avez besoin de quelque chose ?

Elle se pencha pour lui répondre. Sans se rendre compte qu'ainsi, elle lui offrait une vue plongeante sur son décolleté. Ce ne fut que lorsqu'elle vit la direction que prenait le regard de David qu'elle comprit son erreur.

Il fallait qu'elle se redresse.

Mais elle ne bougea pas. Au bout de quelques secondes, David se reprit et détourna le regard.

— Vous avez besoin de quelque chose ? répéta-t-il d'une voix râpeuse, la main crispée sur le volant.

— Non. Je... je voulais seulement vous saluer en partant.

Il tendit la main vers elle, la retira aussitôt, effectua un rapide demi-tour et partit sans se retourner.

Parti. Il était parti. Mais avait-il été... troublé, comme elle le pensait ou avait-elle pris ses désirs pour des réalités ? Non, pas ses désirs. Elle ne pouvait pas se permettre de désirer son patron. Elle ne devait pas mêler le travail et les sentiments. Plus jamais, se répéta-t-elle sévèrement en se dirigeant vers la piscine afin de reprendre son grand ménage.

Elle avait à peine commencé qu'une voiture s'arrêtait dans l'allée. Une Miata rouge vif qu'elle ne connaissait pas. Mais en reconnaissant la femme qui en sortait, elle eut l'impression que la respiration lui manquait. Laura Bannister. Comment avait-elle pu l'oublier ?

Fermant l'arrivée d'eau, elle alla à la rencontre de l'amie de David, très élégante aujourd'hui avec son chemisier de soie, sa petite jupe bleue et ses hauts talons.

— Bonjour Valérie, dit Laura en repoussant ses lunettes de soleil dans ses cheveux. C'est bien Valérie, n'est-ce pas ?

— Oui, madame Bannister, mais je suis désolée, David est déjà en route pour l'aéroport.

— Ce n'est pas grave. C'est vous que je suis venue voir.

Valérie ne broncha pas, malgré la curiosité qui la dévorait.

— En quoi puis-je vous être utile ?

— J'ai appris que c'est vous qui aviez préparé le repas fabuleux d'hier, et je me demandais si vous accepteriez de me donner la recette de la salade de pommes de terre.

Laura avait beau lui sourire d'un air charmeur, Valérie ne l'aimait pas. Mais mieux valait essayer de plaire à la *maîtresse* de David que de s'en faire une ennemie, car elle la reverrait probablement souvent ici.

— Mais avec plaisir, madame. Venez avec moi. J'ai laissé toutes les recettes d'hier dans un tiroir de la cuisine.

Dieu merci, la cuisine était impeccable — et l'aurait été même sans l'aide de Dixie et Aggie, car elle ne rentrait jamais avant d'avoir tout nettoyé.

Elle ouvrit la porte devant Laura, et trouva vite la recette.

— Je vais vous en faire une photocopie dans le bureau.

— Vous êtes un ange. Je ferai le marché en allant déjeuner.

— Vous voulez faire ce plat ce soir ?

— Oui. Il y a un problème ?

— Euh… c'est long de faire cuire les pommes de terre. De les laisser refroidir. Hacher les ingrédients. Mélanger le tout et laisser reposer l'appareil pour que les saveurs se marient.

— Oh, bon. Je vais plutôt passer chez le traiteur en ce cas. Mais j'aimerais quand même avoir votre recette.

Quelque chose n'allait pas, Valérie le sentait. Laura semblait bien nerveuse. Pourtant, elle n'était pas du genre à perdre facilement contenance. On ne devenait pas reine de beauté, ni avocate réputée, sans avoir de l'aplomb et des nerfs à toute épreuve. Cette histoire de recette ne tenait pas debout. Mais alors, qu'était-elle venue faire ici ? Juste après le départ de David, en plus…

— Voilà, dit-elle en lui tendant la copie. Mais il me reste de la salade. Je peux vous en donner si vous le désirez.

— Oh, vous êtes un ange ! Merci infiniment. Vous en reste-t-il assez pour quatre personnes ?

— Je crois, oui.

Valérie prit une boîte en plastique dans le placard, sortit la salade du réfrigérateur, et décida de tout lui donner.

Laura l'en remercia, puis se dirigea vers la porte, mais se retourna à mi-chemin.

— J'ai oublié la date du retour de David.

Vraiment ? S'il avait été *son* petit ami, elle-même n'aurait pas oublié le moindre détail de son itinéraire.

— Il ne la connaît pas encore lui-même.

— Oh, c'est vrai. Eh bien… au revoir et merci encore.

Laura sortit si vite que la porte faillit claquer. Tout en vaquant à ses occupations, Valérie essaya de deviner les véritables motivations de la venue de Laura. Pêcher des informations, oui, mais pas culinaires. Elle avait des raisons plus personnelles de venir la voir. Mais lesquelles ?

Son téléphone portable sonna. C'était sa mère... Elle respira à fond et s'assit dans le fauteuil le plus proche.

— Bonjour, maman.

— Salut, étrangère.

La culpabilité. Elle avait bien besoin de ça. Elle aimait sa mère, mais...

— Je sais. Je suis désolée. J'aurais dû t'appeler, mais je viens de m'installer dans un emploi et une nouvelle maison. Je ne voulais pas me porter malheur en te le disant trop tôt.

— Ah. Parce que cela porte malheur d'informer sa mère ?

— Parce que j'étais à l'essai. C'est un job formidable, le meilleur que j'ai jamais eu, maman, mais je n'ai été engagée pour de bon que ce matin. Ce *matin*, tu comprends ?

Elle lui parla un moment de David et de son travail.

— Décidément, tu retomberas toujours sur tes pieds, toi.

Elle accusa le coup et commença à remettre en cause ses projets d'aller la voir. Mais elle savait que c'était impossible, elle tenait à ce qu'Hannah connaisse sa grand-mère.

— Je t'appelle pour te dire que Wagner Rawling est mort.

Elle se redressa, la main crispée sur son téléphone.

— Quoi ? Que lui est-il arrivé ?

— Un accident de bateau au large d'Amalfi. Hier.

— Je ne sais que dire, maman, pas même ce que je ressens. Sauf qu'Hannah n'a plus une chance de connaître son grand-père à présent. C'est trop triste, maman.

— Arrête. Ce n'est pas Wagner Senior, mais Junior.

Valérie devint livide et s'agrippa au coussin de sa chaise.

— Son père… Hannah ne connaîtra jamais son père ?

— Comme on fait son lit, on se couche, ma fille.

— Je sais bien… Et ne crois pas que je ne le mesure pas chaque jour.

Elle regarda autour d'elle, les yeux pleins de larmes.

— Tu ne t'attends pas à ce que j'assiste à ses funérailles, je suppose ?

— Je doute que tu sois la bienvenue. Et n'espère pas hériter de quoi que ce soit. Tu as renoncé à tous tes droits.

— Je sais. Et je n'attends rien de lui. Il a eu huit ans pour faire un geste et ne l'a pas fait. Je n'ai pas l'intention de faire des histoires, rassure-toi.

— C'est bon. Si je t'en ai parlé, c'est seulement pour que tu ne sois pas trop secouée en l'apprenant par les journaux.

— Je t'en remercie. Les funérailles auront-elles lieu à Palm Springs ou à Los Angeles ?

— Los Angeles. Les Rawling resteront quelques semaines là-bas et reviendront sans doute ici avec la veuve de Junior.

Elle s'interdit de réagir à ce rappel brutal du mariage de Wagner… pendant qu'elle-même attendait son bébé.

— Tu vas avoir beaucoup de travail, maman.

— Je suis payée pour cela.

— Oui, bien sûr. Moi aussi, d'ailleurs.

— Si je ne t'avais pas appris à bien tenir une maison, tu n'aurais jamais trouvé une si bonne place.

— Je sais. Merci de me le rappeler.

Sa mère ne ratait jamais une occasion de lui rappeler tout ce qu'elle lui avait sacrifié et appris. Et c'était vrai, elle lui avait tout appris. Tout sauf l'art d'être mère. Une mère aimante. Plus tendre et démonstrative que la sienne ne l'avait jamais été. Le moins qu'elle puisse dire, c'est que sa mère n'était pas caressante.

Une bonne partie du problème de son adolescence venait de là. Avide de câlins et de tendresse, elle avait été comblée quand Wagner s'était intéressé à elle. Elle avait aimé être dans ses bras. Et avait cru qu'il l'aimait…

Une erreur. Une grave erreur qu'elle avait payée très cher.

— Bon, j'ai beaucoup à faire, dit sa mère. Je te rappellerai.

Valérie se renversa dans son fauteuil, le téléphone serré contre sa poitrine. Son rêve de réunir Hannah et son père était brisé à jamais. Que dirait-elle à Hannah quand elle recommencerait à lui poser des questions sur son père ? Ne l'ayant jamais vu, il n'existait pas vraiment pour elle. En pareil cas, les enfants avaient tendance à se faire des idées. A quel point serait-elle affectée par la disparition de son père ?

Glissant le téléphone dans sa poche, elle alla se changer. David ne l'appellerait pas tant qu'il était dans l'avion, et il y passerait la journée, aussi s'était-elle entendue hier soir avec Dixie pour déjeuner avec elle au Filon du Chercheur d'Or.

Lorsqu'elle pénétra dans la salle, Dixie n'était toujours pas arrivée, aussi décida-t-elle de s'installer à côté de la fenêtre. Dixie travaillait à deux pas de là, dans le drugstore de ses parents, et apparut bientôt au coin de la rue, bouclettes au vent, en jean, bottes et débardeur. Le contraste entre sa tenue décontractée et la sophistication de Laura était plutôt amusant.

Valérie s'examina dans la vitre, avec sa queue-de-cheval et son chemisier très sage. Contrairement à Dixie et Laura, elle n'avait pas le tour de poitrine à faire chavirer les hommes.

Dixie agita la main en entrant et s'approcha en lançant des bonjours aux employées et aux clients. Voilà ce qu'elle désirait pour Hannah. Qu'elle vive comme Dixie dans une ville comme celle-ci, où tout le monde se connaissait et se prêtait attention. Non que Chance City soit une petite ville, mais elle n'était pas *trop* grande.

— Tu as organisé une sacrée fête, dit Dixie en chipant un menu dans le casier placé sous le minijuke-box de leur table.

— Merci. J'adore organiser ce genre de chose.

— J'ai vu ça. Mais je ne t'ai pas vue t'asseoir un instant pour en profiter. Tu es comme les abeilles, pas vrai ?

Elle fit signe à la serveuse qui était derrière le comptoir.

— Chérie, tu peux nous apporter deux thés glacés ?

— Bien sûr, Dix.

— Ça te va le thé glacé, j'espère ?

Valérie acquiesça.

— Ça ne va pas, toi ? Tu as l'air lugubre.

Valérie avait envie de se confier et de parler de Wagner, mais à la vitesse où se propageaient les ragots, son secret ne le resterait pas longtemps, et il fallait que cela reste un secret pour épargner Hannah et l'aider à s'intégrer.

— Désolée, dit-elle à Dixie qui attendait patiemment. Juste un petit coup de barre après une journée aussi animée.

Leurs thés arrivèrent. Dixie sucra le sien et tourna la paille dans son verre.

— Alors, comment as-tu trouvé les gens ?

— Très sympathiques.

Dixie sourit.

— Tu ne me feras pas avaler ça. J'ai remarqué la façon dont tu les observais. C'est le truc des gens comme toi. Ils observent, réfléchissent, analysent. Et ne font rien sans avoir d'abord tout bien pesé.

— Cela me décrit assez bien, ma foi.

— Alors, que penses-tu de Noah et de sa couvée ?

— C'est un homme sérieux, qui s'inquiète démesurément pour ses enfants, mais ne sait pas comment faire pour être un père efficace.

Valérie se mordit la lèvre, prit un menu pour cacher son trouble et choisit une salade de maïs. Elle n'aurait pas dû parler aussi librement du frère de son patron. Dixie cria leurs commandes en direction du comptoir.

— Nous sommes tous très inquiets pour lui. Noah adorait sa femme. Il ne semble pas vouloir refaire sa vie. Je ne sais pas combien de nounous ont défilé chez lui depuis. Pauvres gosses.

Elle fit tournoyer sa paille dans son verre.

— Dis-moi maintenant ce que tu penses de Gideon.

— Désolée. Je n'ai pas eu l'occasion de lui parler.

— Et Miss Univers ?

Valérie sourit, elle s'attendait à cette question.

— Elle est très belle. David et elle se complètent bien.

Le carillon de la porte tinta.

— Quand on parle du loup…

— Laura ?

— Elle nous a vues et vient vers nous, murmura Dixie en se penchant sur la table pour que Valérie l'entende.

— Quelle bonne surprise, dit Laura. Puis-je me joindre à vous en attendant le repas que j'ai commandé ?

Dixie leva un sourcil et regarda Valérie, qui répondit d'un petit haussement d'épaule discret.

— Prends une chaise, dit Dixie. Je croyais que tu bossais à Sacramento le mardi.

— Je n'ai pas d'horaires pendant la semaine de vacances. Comment s'est passé le reste de votre matinée, Valérie ?

— Le reste de votre matinée ? répéta Dixie. Vous vous êtes déjà rencontrées aujourd'hui ?

— Laura est passée à la maison de bonne heure.

— Vraiment ? s'étonna Dixie en fixant Laura.

— Je voulais la recette de sa salade de pommes de terre.

Valérie remarqua l'air étonné de Dixie, à qui Laura ne laissa pas le temps d'ouvrir la bouche.

— Elle a été assez aimable pour me la donner, et ce qui lui restait de salade. Ce qui m'évite de faire la cuisine ce soir.

Laura regardait Dixie en disant cela. Dixie sourit d'un air narquois, et sirota son thé glacé sans broncher. Intriguée par ce duel, Valérie le fut plus encore par son silence. Ce n'était pas le genre de Dixie de garder pour elle ses commentaires.

Pour faire diversion, elle engagea une conversation sur les lieux où elle pourrait emmener Hannah pour se détendre un peu. Il s'avéra qu'il y avait beaucoup d'endroits dédiés aux enfants, pour elle, il n'y avait guère que le Stompin' Grounds. Si elle voulait s'amuser, il lui faudrait aller jusqu'à Sacramento.

Valérie ne s'attendait pas à un miracle, mais elle voulait mener une vie intéressante, plus épanouissante… et plus amusante. Oui, amusante. Elle avait trop longtemps négligé les plaisirs de la vie jusqu'ici.

— Laura, ta commande est prête.

— Si je n'avais pas un client dans dix minutes, je resterais déjeuner avec vous, dit-elle en se levant. Que diriez-vous de remettre ça un jour ?

— D'accord, dit Dixie en traînant sur le mot, tandis que Valérie se contentait de hocher la tête.

Dès que la porte du café-restaurant se referma, Dixie se pencha vers elle et partit joyeusement à l'assaut.

— Alors comme ça, Miss Univers t'a rendu visite ce matin et voulait la recette de ta salade de pommes de terre ?

— Quel mal y a-t-il à cela ?

Dixie fut prise d'un fou rire inextinguible. Elle finit par se calmer et sourit à Valérie.

— Laura n'a jamais touché à une casserole. Elle ne serait pas capable de suivre une recette même pour sauver sa vie !

Valérie n'en fut pas surprise le moins du monde.

— Alors, je ne pense pas que ce soit après ta recette qu'elle courait, et toi ?

— Moi non plus. Mais je n'ai pas la moindre idée de ce qu'elle voulait. Et toi ?

— Je crois qu'elle venait s'informer sur la concurrence.

— Quelle concurrence ?

— Toi.

— Mais… David a dit à tout le monde que nous avons joué cette comédie pour aider Joseph à te reconquérir.

— Du diable si je te crois, Val. Vous allez bien ensemble, vous deux, tu sais ? Et la façon dont vous vous êtes presque tout le temps ignorés en a étonné plus d'un hier.

— C'est vrai ? demanda Valérie, les joues en feu. Mais

enfin, j'étais là pour veiller au bon déroulement de la fête, pas pour passer le temps avec mon patron.

— Ecoute, nous vous avons tous vus danser l'autre soir. Je ne savais pas plus que les autres que c'était de la comédie, mais il y avait quelque chose. Cela se sentait.

— Il n'y avait rien. Rien du tout. Et il ne peut rien y avoir.

Ce que venait de lui apprendre Dixie la bouleversait. Elle n'avait vraiment pas besoin de cela, surtout pas aujourd'hui, alors qu'elle venait d'apprendre la mort de Wagner.

L'idée que ces commérages pouvaient lui faire perdre son nouvel emploi comme elle avait perdu le dernier — à cause des calomnies de ses collègues — la terrifiait.

— Dixie, il faut que tu m'aides à mettre fin aux ragots. Ce n'est pas possible que les gens d'ici pensent cela de moi.

— Si je proteste trop, cela les rendra encore plus curieux. Tu ne tiens pas à alimenter les potins, n'est-ce pas ?

— Non. Mais qu'est-ce que je dois faire, alors ?

Des larmes jaillirent de ses yeux.

— Oh, non, non ! s'exclama Dixie horrifiée. Ne pleure pas, mon chou. Je te faisais marcher. Personne ne croit que tu as une liaison avec David, je t'assure.

— Tu… plaisantais ?

— Je te le jure. Ne te tourmente pas comme ça.

Valérie ne pouvait pas non plus lui parler de l'accusation de harcèlement sexuel qui la hantait et influait encore sur son comportement. Si elle parlait de cela ou de Wagner à Dixie, ce soir, toute la ville serait au courant. Si lourds que soient ses secrets, elle continuerait à se taire.

— Il faut que je rentre, dit-elle en sortant son portefeuille. Hannah va bientôt rentrer à la maison.

— Tu me pardonnes ?

Valérie s'efforça de sourire.

— Bien sûr, voyons.

— Bon. On remettra ça un jour… sans Laura, bien sûr.

— J'ai deviné à ton expression que vous n'étiez pas amies.

— Ni ennemies. Mais nous n'avons rien en commun. Je vis dans ma petite sphère et elle dans la stratosphère. Reine de beauté et avocate, elle fréquente le beau monde, pas le Stompin'Grounds ! Et quand elle était avec David, nous, on ne le voyait plus.

Valérie fronça les sourcils.

— Tu m'as dit qu'ils avaient rompu depuis des mois, mais alors pourquoi s'est-elle comportée comme cela hier ?

— Ah ça, c'est la question à un million de dollars ! Et on se l'est tous posée hier soir. J'aime autant te dire que les langues allaient bon train.

Préférant ne pas discuter des amours de David, Valérie se dépêcha de dire au revoir et se mit en route. Quand le bus de l'école stoppa devant la maison, elle attendait sa fille comme d'habitude. Hannah sauta à terre et agita la main pour dire au revoir à ses amis. Elle souriait jusqu'aux oreilles.

— Bonjour, maman !

Valérie la serra dans ses bras et elles remontèrent l'allée, tendrement enlacées.

— Tu as passé une bonne journée ?

— Plus que bonne, maman. Ça me plaît ici, tu sais. Je ne veux plus jamais déménager.

— Je ne peux te le promettre, mais je ferai de mon mieux.

En entrant, Valérie entraîna sa fille vers le canapé. Elle s'installa près d'elle et lui prit les mains.

— J'ai quelque chose à te dire, ma chérie.

— Quoi ?

— Cela fait longtemps que tu ne me poses plus de questions sur ton père.

— Cela te rendait triste, alors j'ai arrêté.

— Eh bien, je… j'ai appris aujourd'hui qu'il était mort.

Le visage d'Hannah blêmit.

— Je suis vraiment désolée que tu n'aies jamais pu le voir.

— Pourquoi ? Il n'était pas sympathique, n'est-ce pas ? Il ne voulait même pas me connaître.

— C'était plus compliqué que cela, mais… oui, il a décidé de ne pas te connaître. Il y a beaucoup perdu, mais toi aussi, toi surtout. Mais n'oublie jamais que tu n'es pour rien dans son refus de te connaître, Hannah. Sa décision n'avait rien à voir avec toi, mais avec ses faiblesses.

— Qu'est-ce que ça veut dire ?

— Qu'il a fait cela parce qu'il ne se croyait pas capable d'être un bon père. Il doutait de lui, tu comprends ? Pas de toi ni de moi. J'espérais qu'il changerait d'avis un jour et voudrait te voir. S'il avait su combien tu es jolie, vive et intelligente, il n'aurait pas pu te résister, ma chérie.

— C'est normal que je sois triste ? Je me sens si triste. Et en même temps, j'ai envie d'être en colère contre lui.

Valérie la serra dans ses bras.

— Oui, c'est normal. Tu as le droit d'être triste ou en colère ou tout ce que tu veux.

— Je connais plein d'enfants qui ont de nouveaux papas, tu sais, maman ? Peut-être qu'un jour on en trouvera un, nous aussi. Ce serait drôle d'avoir un petit frère.

— Je n'y verrais pas d'inconvénient, mon poussin, dit-elle en déposant un baiser sur sa tête et en souriant.

A condition d'avoir un mari qui lui tienne la main quand elle mettrait cet enfant-là au monde.

- 10 -

Sa maison. Le refuge qu'il s'était créé l'attendait au bout de l'allée. Ce voyage de plus de trois semaines l'avait épuisé, mais il en rapportait douze commandes. Il avait suffi d'un bon repas, bien arrosé, pour que quatre de ses anciens clients se décident à signer sur les pointillés. Les trois autres concernaient des nouveaux clients. Ceux-ci avaient même tenté de négocier les prix et d'obtenir des remises. Mais il n'était pas dans les habitudes de la société Falcon de casser les prix. Il avait dû les convaincre de la qualité de leur service et de leur compétence dans le domaine.

Sa tension se relâcha en voyant la voiture de Valérie dans le garage. Tout ce qu'il lui fallait était ici — chez lui, où la vie était paisible. On était samedi, et il avait bien l'intention de profiter du week-end pour se reposer. Il avait même prévenu Noah, qu'il prendrait deux jours de congé supplémentaires pour se remettre. Il ne ferait rien de plus que lézarder près de la piscine, rendre visites aux amis, se balader avec les copains.

Et laisser Valérie s'occuper de tout.

Mais elle était introuvable. Laissant sa valise sur les marches de l'escalier, il alla ranger son attaché-case dans son bureau. La porte était ouverte. Quelqu'un chantait. Stupéfait,

David s'arrêta sur le seuil. Hannah était là. Un chiffon à la main, elle chantait et dansait en faisant la poussière. Elle se figea en le voyant. Belle jappa et se rua vers lui.

Il avait pourtant bien dit à Valérie qu'il ne voulait pas que sa fille travaille. Il ne s'attendait pas à ce qu'elle enfreigne ses ordres.

— Que fais-tu là, toi ? demanda-t-il sévèrement, en grattant les oreilles de la chienne.

— Ne le dites pas à maman, s'il vous plaît, supplia Hannah.

— Ta mère ne sait pas que tu es ici ?

— Elle sait que je suis chez vous, mais elle croit que je fais mes devoirs dans la salle à manger. On a un problème avec le câble de la télé, alors elle est restée avec le réparateur.

David avait bien vu sa camionnette, mais n'y avait pas prêté attention.

Hannah s'approcha de lui. Belle alla se poster à son côté comme pour la protéger.

— Je sais que je ne devrais pas être ici, mais ne le dites pas à ma mère, s'il vous plaît. Je ne le ferai plus. C'est promis.

Décidément, il n'arriverait jamais à comprendre comment raisonnaient les enfants.

— Tu sais qu'elle ne veut pas que tu travailles, Hannah. Alors, pourquoi le faisais-tu ?

— Mais je ne travaillais pas, je faisais la poussière ! J'adore faire la poussière. C'est amusant.

— Qu'y a-t-il d'amusant à faire la poussière ?

— Oh, vous savez, faire des ronds, écrire son nom, et tout ça. Sauf que maman n'en a pas laissé assez pour que ce soit drôle. Mais à la maison j'ai l'habitude de faire la poussière. J'aime ça.

— Et tu aimes aussi danser, apparemment.

— C'est même ce que je préfère.

— Tu prends des leçons ?

— Bientôt. Maman me l'a promis.

— Elle a probablement entendu arriver ma voiture, alors tu devrais aller faire tes devoirs, là où tu es censée être, si tu ne veux pas qu'elle te surprenne en train de jouer ici.

— Vous… vous allez le lui dire, monsieur ?

— Tu ne crois pas que je devrais le faire ?

— Seulement si je recommence.

— Allez, file, dit-il sans rien promettre, mais non sans sourire en la voyant détaler avec Belle.

Que d'histoires pour une si petite entorse aux règles…

Désireux d'en savoir plus à propos de ce câble, il retraversa le salon, répondit par un regard sévère au sourire radieux d'Hannah et la renvoya à ses devoirs d'un geste péremptoire, puis se rendit au cottage.

La porte était ouverte et, entendant rire Valérie, il s'arrêta pour écouter ce qui se passait. Etait-elle en train de flirter ? Oui. Sûrement. Sinon elle n'aurait pas eu ce rire roucoulant, ni cette voix charmeuse. Il ne la payait pas pour flirter, bon sang. Comment…

Il n'aimait pas le tour que prenaient ses pensées. Sa vie privée ne le regardait pas. Et il n'avait rien à lui reprocher. Il l'avait appelée tous les jours et, quelle que soit l'heure, elle était là. Cela seul comptait.

Un gros type barbu d'une soixantaine d'années solidement charpenté sortit alors de la maison. David ne connaissait que lui. Cet homme n'était autre que l'ancien entraîneur de l'équipe de base-ball de son lycée. Heureux de le revoir, il lui serra la main.

— Hé, Dave !

— Salut, Rodney. Tu travailles le samedi maintenant ?

— Seulement quand il y a urgence. T'inquiète pas, tout est en ordre ici maintenant.

Valérie apparut et lui sourit, les yeux étincelants. Il n'avait jamais été si bien accueilli et fit un pas vers elle, mais s'arrêta à temps. Il avait failli l'embrasser.

— Bienvenue, David. Vous êtes enfin rentré.

Ce qui lui restait de tension et de fatigue fondit comme neige au soleil.

— Eh oui. Qu'est-ce qui n'allait pas avec le câble ?

— L'eau et la rouille, dit Rodney. C'est une vieille ligne.

— Elle n'a que cinq ans.

— C'est vieux de nos jours et faut bien que j'aie du boulot.

Rodney lui fit un clin d'œil, et montra à Valérie l'endroit où elle devait signer la facture.

— Je file. J'ai d'autres réparations à faire.

— C'est un plaisir de te voir, Rod.

— Merci ! cria Valérie dans son dos, car il s'éloignait déjà en les saluant d'un geste du bras.

Elle se retourna vers David et croisa les mains devant elle, adoptant une fois de plus ce qu'il appelait sa pose « tablier », comme pour lui montrer qu'elle était *seulement* sa bonne.

— Comment s'est passé votre voyage de retour ?

— Comme les autres. Le jardin a de l'allure. Je crois même y avoir vu des fleurs qui n'étaient pas là quand je suis parti.

Elle le regarda d'un air un peu coupable.

— Juste un peu de sauge écarlate.

— Je ne connaissais pas le nom de cette plante.

— Joseph a fini par accepter que je m'occupe du jardin, et se réserve les tâches trop lourdes ou fastidieuses.

— Vous arrive-t-il parfois de vous reposer ?

— Jardiner me détend.

— Si vous le dites. Est-ce qu'Hannah vous aide ?

Elle plaqua une main sur sa bouche.

— Hannah. Oh Seigneur ! Elle fait ses devoirs chez vous, dans la salle à manger. Je cours la chercher.

Lorsqu'elle passa devant lui, il l'arrêta en posant la main sur son bras. La sentant se raidir, il la lâcha à regret. Sa peau était si chaude, si douce…

— Laissez-la finir ses devoirs. L'interrompre maintenant n'est peut-être pas le mieux à faire.

— Si vous en êtes sûr, dit-elle d'une voix un peu plus aiguë que d'ordinaire. Normalement, elle n'a pas le droit d'entrer chez vous, sauf dans la cuisine. Je tiens à ce qu'elle respecte votre intimité et je suis sûre qu'elle le fait.

— J'ai confiance en vous, Valérie.

Mais il n'était pas aussi sûr d'Hannah…

— Vous devez être épuisé.

— C'est le moins qu'on puisse dire.

— Avez-vous faim ? Voulez-vous déjeuner ?

Elle était payée pour s'occuper de lui. Il n'avait qu'à la laisser faire.

— Oui, merci.

Ils regagnèrent la maison en silence. Mais il se sentait étrangement gêné, douloureusement de la présence de la jeune femme, si proche. L'absence avait rendu son cœur…

— Je vais aller nager un peu avant, dit-il, en sentant qu'il devait s'éloigner au plus vite.

— Et si j'apportais votre repas près de la piscine ?

— Bonne idée. Merci.

Il traversa la cuisine, reprit sa valise et monta les marches de l'escalier deux à deux, pressé de rejoindre sa chambre, où il jeta son bagage sur le lit. Valérie s'en occuperait plus tard.

En un clin d'œil, il se retrouva en T-shirt et maillot de bain, attrapa une serviette et… le téléphone sonna. Il s'affala dans un fauteuil avec un soupir, et décrocha.

— Alors, ça y est, tu es enfin rentré ?

— Salut, Laura.

En entendant sonner le téléphone, Valérie regarda le numéro de l'appelant sur celui de la cuisine. Laura Bannister. Elle n'avait pas perdu de temps ! A moins que David ne l'ait appelée en route. Peut-être que son petit bijou de Miata rouge se présenterait bientôt dans l'allée. Qu'elle en sortirait en Bikini et se prélasserait avec David près de la piscine tout l'après-midi.

Irritée, elle secoua la tête. Elle ne supporterait pas qu'il la confine dans le cottage afin de pouvoir se reposer tranquille avec…

Mais, il en avait le droit. Il était chez lui ici. Pas elle.

Même si, en son absence, elle s'était sentie propriétaire de la maison, du jardin — et même de lui. Ses coups de fil quotidiens y étaient pour beaucoup aussi, car une fois réglées les questions professionnelles, ils avaient souvent abordé des sujets bien plus personnels. La plupart du temps, il l'appelait de sa chambre d'hôtel, juste avant d'aller se coucher. Elle avait remarqué combien au fil des jours le ton de David se faisait de plus en plus épuisé. Cela l'avait bouleversée, elle aurait donné n'importe quoi pour pouvoir voyager avec lui et alléger un peu le fardeau qui lui pesait sur les épaules.

Menteuse. Elle aimait être avec lui, voilà tout. Il lui avait manqué dans les heures difficiles, mais elle avait fait de son mieux pour élargir le cercle de ses relations. Elle était allée au Stompin'Grounds avec Joseph et Dixie, deux fois, et avait beaucoup dansé. Ses cavaliers s'étaient montrés amicaux, mais tous s'étaient tenus à distance respectueuse. Et aucun ne lui avait demandé de sortir avec lui. Non qu'elle ait eu envie de sortir avec l'un d'eux, mais elle aurait quand même trouvé agréable qu'on le lui demande.

Le voyant du téléphone s'éteignit. Bon, la conversation n'avait pas traîné. Laura était-elle déjà en route ?

Elle se dépêcha d'improviser un sandwich au rosbif pour David, y ajouta une salade de pâtes, des tranches de melon et un cookie aux pépites de chocolat.

— J'ai fini, dit Hannah, qui chipa un cookie en entrant, ses devoirs sous le bras. Je peux aller nager maintenant, dis ?

— Non. M. Falcon va y aller. On verra cela plus tard. Va vite ranger ta chambre avant l'arrivée de Gabby.

C'était la première fois qu'Hannah invitait une copine à dormir chez elle et elle trépignait d'impatience.

Elles entendirent le pas de David dans l'escalier et se tournèrent vers lui. Apercevant Hannah, il la regarda avec insistance, mais elle baissa les yeux.

Valérie fronça les sourcils. Que s'était-il passé ?

— Y a-t-il… quelque chose que je devrais savoir, Hannah ?

— Non, m'man.

Oh que si. Elle savait quand sa fille mentait. Mais mieux

valait l'interroger en privé pour savoir de quoi il retournait avant d'en parler avec David.

— Allez, file.

La petite détala et chipa un dernier cookie au passage en souriant à sa mère. Valérie fut soulagée de la voir sourire, car depuis la mort de son père, elle passait sans cesse de la tristesse à la colère. Mais... ce n'était pas une raison pour qu'elle lui cache quelque chose.

David, prit son assiette, sortit une bière du réfrigérateur et s'apprêta à passer la porte, sans rien dire lui non plus.

— Dînerez-vous ici ce soir ?

— Non. Ne préparez rien pour moi.

Il avait rendez-vous avec Laura, bien sûr. Mais passerait-il la nuit avec elle ?

Elle détestait l'idée de les savoir ensemble et n'avait pas apprécié de revoir Laura par deux fois, d'abord ici, puis au café-restaurant un jour où elle déjeunait avec Dixie. Par hasard bien sûr. Laura s'était toujours montrée chaleureuse, mais curieuse, et lui avait posé des questions sur David dont elle connaissait la réponse aussi bien qu'elle. Sinon mieux.

Elle laissa à David le temps de déjeuner et alla ramasser son couvert. Mais il n'était pas allé nager. Il avait mangé sur la terrasse, puis s'était allongé et endormi en maillot de bain. Une fois encore, elle fut saisie par son incroyable beauté. Fascinée, elle le dévora des yeux.

Mais David ne dormait pas. Il ouvrit les yeux et la regarda fixement. Intensément. Pourtant, bien que gênée d'être prise sur le fait pour la seconde fois, elle ne bougea pas.

— Vous me cachez le soleil, finit-il par lui dire.

— Excusez-moi. Voulez-vous une autre bière ?

— Non, merci.

— J'ai juste le temps de ranger avant d'aller accueillir

une amie d'Hannah qui passe la nuit chez nous. N'hésitez pas à m'appeler si vous avez besoin de moi.

— Très bien.

Elle ramassa l'assiette et la bouteille vide, elle retourna vers la porte de la cuisine.

— Valérie ?

— Oui ?

Elle attendit… Mais il ne semblait pas décidé à prendre la parole.

— Vous voulez quelque chose ?

— Je voulais vous remercier pour votre excellent travail. Vous me facilitez grandement la tâche.

Musique délicieuse à son oreille…

— J'en suis heureuse, David. C'est si gentil de me le dire. Vous êtes le meilleur patron que j'aie jamais eu.

Elle tourna les talons et rentra au cottage pour qu'il ne voie pas combien ses paroles l'avaient touchée. Depuis un an personne n'avait reconnu ses compétences et sa conscience professionnelle. Sa mère n'avait pas raté une occasion de lui rappeler ses échecs au lieu de l'encourager durant cette année terrible où personne ne voulait d'elle.

Quand elle entra dans la chambre de sa fille, et la vit se battre avec son lit, elle alla tirer la couverture de l'autre côté.

— Que se passe-t-il, Hannah ?

— Rien.

— Tu me caches quelque chose.

— Non, je ne te cache rien, rien du tout, dit-elle en tirant trop fort sur la couverture.

Elle avait confiance en David, et aucune raison de ne pas l'être, mais elle connaissait sa fille.

— Est-ce que M. Falcon… t'a traitée correctement ?

— Je ne comprends pas ce que tu veux dire.

Elle continuait à faire son lit sans la regarder.

— Tu sais très bien ce que je veux dire. Nous en avons déjà parlé. Si un adulte fait quelque chose…

— Ah non, maman, non ! Il est sympa.

Cette fois, son regard direct lui permit de la croire.

— Bon. Je te rappelais seulement que tu peux tout me dire. Absolument tout, ma chérie.

— Je *saaais*.

— Parfait.

Plus tard, dans la soirée, Valérie entendit partir la voiture de David. Les filles étaient installées devant un DVD en maillot de bain, mais parlaient plus qu'elles n'écoutaient.

— Que diriez-vous d'une baignade, les enfants ?

— Ouais !

Elles attendaient le feu vert depuis si longtemps qu'elles s'emmêlèrent les pieds dans leur précipitation. Mais elles ne resteraient probablement pas très longtemps dans l'eau, les soirées fraîchissaient vite fin septembre. Emportant son verre de thé et des serviettes, Valérie les suivit tranquillement, et s'assit sur une chaise longue pour les surveiller.

C'étaient les soirées qui lui pesaient le plus. Elle imaginait toutes les familles qui se réunissaient à cette heure-ci autour de la table. C'était sans doute un peu exagéré. L'époque des veillées où toute la famille bavardait et riait autour d'un bon repas était révolue. Tout le monde était trop occupé. Entre le football, le base-ball et la gym, les parents passaient leur temps au volant pour récupérer les enfants. On mangeait en route pour qu'ils aient le temps de faire leurs devoirs et de prendre un bain avant d'aller au lit.

Pendant dix-huit ans, sa famille s'était limitée à sa mère et elle-même. A sa fille et elle ensuite. Elles dînaient ensemble, du moins jusqu'à présent. Mais elle voulait avoir un jour toute une famille autour de la table. Mari compris.

Ce désir envahissait ses rêves et la réveillait parfois. Cela s'était sans doute intensifié depuis la mort de Wagner. Même s'ils n'avaient jamais été mariés, en tant que père d'Hannah, l'idée d'une réunion familiale était toujours possible de son vivant, et ne l'était plus à présent.

Sauf que... David avait surgi et pris place dans sa vie, de façon confuse, certes, mais bien présente. Et tentante.

Elle ne pouvait pas envisager de se marier et d'avoir un bébé alors même qu'il venait de l'engager, elle le lui avait même plus ou moins promis. Et malgré son rêve d'avoir un foyer et une vraie famille, elle ne reviendrait pas sur sa promesse.

Voyant les lèvres d'Hannah et de Gabby virer au bleu, elle leur dit d'aller se réchauffer dans le bain à remous avant de rentrer dîner. Elle leur servit des spaghettis et des boulettes de viande, puis du pop-corn pour finir de regarder leur film. Les petites veillèrent des heures dans la chambre d'Hannah, en bavardant comme des pies. Elle décida de ne pas intervenir, et attendit tranquillement qu'elles s'endorment. A minuit, elles avaient enfin capitulé. Elle alla prendre l'air dans le jardin et laissa le froid envahir son corps. Depuis que David était parti, elle était agitée. Nerveuse. Et frustrée.

Elle fut heureuse, lorsqu'elle entendit arriver sa voiture.

Elle vit le rayon des phares balayer l'allée peu avant de disparaître dans le garage.

Quand il s'approcha d'elle, la nuit lui sembla encore plus noire et extraordinairement calme.

— Tout va bien, Valérie ? demanda-t-il.

— Oui. Les filles se sont enfin endormies. Je me détendais un peu en prenant le frais avant d'aller me coucher. Avez-vous passé une bonne soirée, vous aussi ?

— Ça allait. Encore un samedi soir au Stompin'Grounds. Et j'ai eu du mal à me recaler sur l'heure californienne, mais je suis en congé jusqu'à mardi, je ne sais plus si je vous l'ai dit.

— Non, mais ce n'est pas un problème. Vous savez bien que mon emploi du temps est le vôtre.

— Je ne travaillerai pas. Je ne sais pas trop ce que je ferai, mais les Automobiles Falcon peuvent fonctionner sans moi pendant quelques jours.

Voyant qu'elle se frottait les bras sans y penser, il toucha légèrement son avant-bras.

— Vous avez froid.

— Les nuits sont fraîches.

— Vous devriez rentrer.

— Dans une minute.

Il lui serait plus facile de lui parler dans le noir.

— J'aimerais savoir ce qui s'est passé entre vous et Hannah cet après-midi.

Il y eut un blanc.

— Que vous a-t-elle dit ?

— Rien, sauf que je n'avais pas à m'inquiéter.

— C'est sûr, mais je lui ai dit que c'était à elle de vous en parler, pas à moi. Attendez de savoir de quoi il s'agit. Il n'y a rien de grave Valérie. Rien de grave du tout.

— J'ai promis qu'elle ne s'immiscerait pas dans votre vie.

— Elle ne l'a pas fait. Ne vous inquiétez pas.

Elle ne pouvait pas s'en empêcher, et s'inquiétait d'autant plus qu'elle ne savait pas de *quoi* il s'agissait justement.

— Si cela doit créer un problème, au cas où Hannah ne vous dirait rien, je le ferai.

— Bien.

Un silence embarrassant s'ensuivit.

— Je vous verrai demain, dit-il. Je préparerai moi-même mon petit déjeuner et partirai très tôt faire du vélo avec Joe.

— Voulez-vous que je vous prépare un pique-nique ?

— Nous nous arrêterons quelque part en route. Bonne nuit.

— Bonne nuit. Je suis contente que vous soyez rentré.

Elle aurait préféré rester assise au bord de la piscine un moment, mais supposant qu'il voulait la savoir en sécurité avant d'aller se coucher, elle s'éloigna.

Je suis contente que vous soyez rentré. Des mots, songea David, allongé dans son lit, un moment plus tard. Sa maison lui avait manqué plus que jamais pendant ce long voyage. Noah devait s'imaginer qu'il pouvait le charger de missions plus longues maintenant que Valérie s'occupait de tout chez lui. Mais il en avait assez de courir le monde, sa valise à la main. Ce n'était plus drôle.

Il était temps d'avoir une explication avec Noah. Gideon avait eu raison de mettre le doigt sur ce que ni l'un ni l'autre n'avaient vu. Il avait atteint le point de rupture. Il y avait une vie après le travail, bon sang ! Et il *voulait* la vivre.

Il devait trouver un moyen de décider son frère à changer les priorités de l'entreprise, s'il voulait pouvoir lui-même changer non de statut mais de fonction, et relever ses défis sans y laisser sa santé. Il avait bien une idée, le tout était de la faire accepter par Noah.

Mais comment l'y amener ? Aussi responsable et sûr de lui que leur père, Noah ne changeait jamais d'idée. Enfin, presque jamais. *Presque* était le mot-clé.

Avec tant de commandes, la société pouvait se permettre d'avoir des représentants habitant en Europe. A lui de trouver un plan qui lui permettrait de rester chez lui, sans obliger Noah à voyager. Un plan où tout le monde serait gagnant. Mais Noah ferait-il confiance à un étranger pour dénicher des clients au fin fond de l'Europe ? Leur père avait créé l'entreprise. Et jamais une personne étrangère à la famille n'y avait encore tenu un rôle d'importance.

Ses pensées tourbillonnaient dans sa tête. Incapable de dormir, il saisit la télécommande de la télévision et passa d'une chaîne à l'autre jusqu'à ce qu'il tombe sur un documentaire passionnant à propos des 24 heures du Mans américain.

Quand il se réveilla au petit matin, son bloc-notes sur l'estomac, la télé était toujours allumée. Cela avait été une longue, longue nuit de travail.

- 11 -

— Aller à une soirée… avec vous ?

Valérie s'assit pour ne pas tomber en entendant ce que David venait de lui proposer — *sommer* serait peut-être plus juste… car il ne lui avait pas demandé son avis.

— Il n'y a pas de quoi avoir l'air aussi horrifiée, dit-il en se renversant dans son fauteuil.

Elle respira à fond et essaya de reprendre contenance.

— Je suis seulement surprise.

— Bon. Comme je vous le disais, c'est un dîner d'affaires.

Et Laura ? Mais, elle se garda de le dire, bien sûr, et louvoya.

— Oui, mais pourquoi avec moi ?

— Parce qu'il me faut un regard objectif sur ces hommes. Vous ne les connaissez pas, et remarquerez probablement des choses qui m'échapperont.

— Est-ce une soirée très habillée ?

— La plupart des femmes portent la fameuse petite robe noire, je crois, ou quelque chose de ce genre.

Elle n'en avait pas, mais refusa de l'avouer. Elle avait assez dit et redit à Hannah comme à elle, qu'il ne fallait plus rien acheter que l'essentiel désormais, car son compte épargne commençait seulement à se remplir.

— Si vous n'avez rien à vous mettre, je réglerai la facture puisque c'est pour le travail.

Elle se redressa fièrement.

— Ce ne sera pas nécessaire.

— Bon. Nous partirons pour Sacramento demain à 17 h 30. Il vous faudra une baby-sitter.

— Je m'en occupe.

Elle devait faire les boutiques. Trouverait-elle une robe convenable à Chance City ou lui faudrait-il aller ailleurs ? Elle ne savait pas ce que lui permettrait sa carte de crédit, ni même si les boutiques de mode étaient ouvertes le dimanche.

— Vous ne prenez donc pas de congé, dit-elle un peu gênée par son regard insistant.

— Je ne vais pas au bureau, c'est déjà beau. Vous semblez contrariée, Valérie.

Peu de choses lui échappaient.

— Je suis simplement surprise. Je ne me doutais pas que ce genre de choses faisait partie de mes fonctions.

« Pourquoi n'emmenez-vous pas Laura ? » voilà ce qu'elle avait envie de lui lancer.

— Je ne manquerai pas de l'ajouter au contrat, dit-il en esquissant un sourire. Moi non plus, je n'ai jamais fait cela, vous savez. Mais vous acceptez, n'est-ce pas ?

Comme si elle avait le choix !

— Oui, bien sûr. Est-ce tout ?

— Vous êtes sûre que vous êtes d'accord ?

— Il n'y a pas de problème.

Elle sortit du bureau et fila au cottage. Elle était censée aller chercher Hannah chez Gabby après le dîner, ce qui lui laissait deux heures de liberté. Elle appela Dixie et lui demanda où elle pourrait trouver une petite robe noire.

— Une de mes amies tient une boutique de dépôt-vente. Si je lui passais un coup de fil, histoire de voir ce qu'elle a sous la main, mon chou ?

— Ce serait formidable, merci.

— Tu as un rendez-vous d'enfer, hein ?

— Non, un dîner d'affaires avec David.

Elle raccrocha en se demandant encore pourquoi il tenait à ce qu'elle vienne. Autant elle était… ordinaire, autant Laura était fascinante. Soudain, elle comprit. Laura était trop belle et trop sexy pour ne pas distraire David des affaires à régler. Avec elle, aucun *risque*. Personne ne la regarderait deux fois.

Ayant enfin compris qu'elle serait son rôle, elle se détendit.

Et juste à ce moment-là, Dixie la rappela.

— Surie a des trucs qui pourraient te convenir. Tu veux que je te rejoigne là-bas pour te donner mon avis ?

— Oh, oui, merci. Mais je dois retrouver Hannah à 18 heures.

— La boutique sera fermée à cette heure-là, de toute façon. On se retrouve là-bas, ajouta-t-elle en lui donnant l'adresse.

Dès son retour, Valérie suspendit sa robe et s'assit sur son lit pour la contempler. N'aurait-elle pas dû choisir quelque chose de moins révélateur que cette robe décolletée qui, sans être osée, en montrait plus qu'elle ne l'avait jamais fait ? Mais bon, pour ce qu'elle avait à montrer…

De toute façon, si ce n'était pas convenable, elle le verrait demain dans les yeux de David. Prudente, elle avait pris aussi une robe plus sobre. On verrait bien laquelle retournerait plus tard au magasin.

Hannah entra en pyjama dans la chambre, toute chaude de la douche, s'assit près de sa mère et regarda la robe.

— Elle est jolie, maman.

— Merci. Moi aussi, je la trouve jolie.

Elle attira sa fille et embrassa ses cheveux humides.

— C'est pour aller où, dis ?

— A un dîner d'affaires avec M. Falcon demain, une soirée smoking et robe du soir, tu vois ? Aggie viendra te garder.

— Génial…

Il y eut un silence prolongé. Ce qui était inhabituel entre elles. Valérie se demanda si sa fille n'était pas sur le point de lui révéler ce qui s'était passé entre elle et David, mais Hannah resta muette.

— Tu t'es bien amusée avec Gabby ce week-end ?

— Oui…

— Mais ?

— Son père est très drôle. Je regrette de ne pas avoir un papa comme ça.

Valérie en eut le cœur brisé.

— Je sais, ma chérie. Un jour, nous trouverons peut-être quelqu'un comme lui, quelqu'un de bien.

— Tu ne trouveras jamais personne en restant enfermée ici. Il faut que tu sortes plus souvent le soir, maman.

— Je vais faire un effort, mon chou.

— Gabby a une *vraie* famille. Son petit frère et sa petite sœur sont encore des bébés, mais très drôles, eux aussi.

Valérie se leva et accompagna Hannah dans sa chambre pour la border. Elle comprenait son désir d'être comme les autres, mais les *vraies* familles étaient rares de nos jours.

Et puis, elle considérait Hannah et elle comme une *vraie* famille.

Elle prit son dossier bancaire et sa calculette, posa le tout sur la table devant la kitchenette, et examina ses comptes.

Encore deux mensualités à verser pour sa voiture, et elle s'attaquerait au trou creusé par sa carte de crédit. D'après ses calculs, il lui faudrait un an pour tout rembourser, même en limitant ses dépenses à l'essentiel.

Et il fallait y ajouter l'argent qu'elle mettait de côté tous les mois. Il était vital d'assurer l'avenir pour ne plus jamais se retrouver dans une situation précaire.

Ce constat lui rappela qu'elle devait se montrer vigilante. Il fallait qu'elle arrête de fantasmer sur David, et se rappelle que leur relation n'était que professionnelle. C'était là que résidait le plus grand des dangers. Sans compter que demain, ils se rendaient à une soirée ensemble…

Mais non, ce n'était pas un rendez-vous galant. Elle ne « sortait » pas avec lui demain soir. Ni aucun autre soir d'ailleurs.

Elle devait se mettre ça dans la tête une fois pour toutes.

En rentrant de Sacramento, Valérie revécut tout le film de la soirée, depuis l'apparition de David et Aggie sur le seuil de sa porte.

— Vous êtes beau, avait-elle dit sans réfléchir. Je ne vous avais jamais vu en smoking.

— Vous n'êtes pas mal non plus.

Elle avait pensé d'abord qu'il lui rendait son compliment, mais son regard s'était attardé sur elle, un peu surpris, puis appréciateur. Elle s'était hâtée d'entrer dans le garage, d'un air très professionnel, mais n'avait pas pu s'empêcher de le regarder à la dérobée pendant tout le trajet.

Il lui avait parlé des deux couples qui dîneraient avec eux et de son idée, dont il ne parlerait à son frère qu'une fois l'affaire conclue, car lui aussi devrait donner son aval. David lui faisait confiance pour garder le secret de son projet jusque-là.

C'était un dîner d'affaires, mais en réalité, cela leur avait permis de se connaître de façon plus intime. Oui, intime. David avait été intime avec *elle*…

Elle regarda à travers la vitre en se frottant les bras. Il l'avait touchée ce soir — pressé sa main dans le creux de ses reins en traversant le restaurant, effleuré maintes fois son bras pendant le dîner, et même ramené ses cheveux en arrière quand le vent du delta s'était levé alors qu'ils attendaient leur voiture pour rentrer. Ses gestes l'avait troublée, et rendu sa position de plus en plus gênante, car David s'était conduit devant les autres comme s'ils étaient amoureux.

— J'aimerais avoir votre opinion, dit-il en lui jetant un bref coup d'œil.

Elle se ressaisit.

— M. Peterson a l'air franc. Il a du caractère et adore sa femme. Je n'en dirais pas autant de M. Koning. J'ai du mal à croire qu'ils sont associés.

— Peterson est le financier. Koning serait responsable des détails du projet. Il a de l'expérience et de bons antécédents.

Elle fit la moue.

— Je le trouve rigide. Il serre même la bride à sa femme.

— Et alors ? J'ai remarqué qu'elle buvait beaucoup.

— Les Peterson aussi l'ont remarqué et n'approuvaient pas

M. Koning. Alors, tient-il sa femme en laisse parce qu'elle boit ou est-ce pour cela qu'elle boit ? Je sais qu'il est réputé pour ce genre de projet, mais je ne m'associerais pas à une personne en laquelle je n'ai pas totalement confiance.

— Merci. J'apprécie beaucoup votre analyse.

Elle vit son regard se poser un instant sur sa nuque, et s'enflamma de la tête aux pieds. Une sensation troublante qu'elle avait éprouvée plusieurs fois dans la soirée. Comment était-elle devenue aussi sensible ?

— Vous avez été mon meilleur atout ce soir, Valérie.

— Pourtant j'étais nerveuse.

— Cela ne se voyait pas, dit-il d'un ton doux, presque séducteur, qui accrut encore le trouble de Valérie.

— Je dois vous poser une question, David.

— Allez-y.

— Pourquoi ne m'avez-vous pas présentée comme votre assistante ? Tout le monde a cru que j'étais votre petite amie.

— C'était une réunion informelle, intime. Du moins, en apparence. Je ne veux pas qu'ils connaissent les détails de mon projet avant d'être sûr que c'est bien eux qu'il me faut pour le réaliser.

— Alors, pourquoi n'avez-vous pas emmené Laura ?

Il la regarda d'un air interloqué.

— Pourquoi l'aurais-je fait ?

— Eh bien, parce qu'elle est votre petite amie, et aurait été un meilleur atout que moi.

— Mais qui vous a dit qu'elle est ma petite amie ?

Elle eut un petit mouvement de surprise. Avait-elle bien entendu ?

— Ne l'est-elle pas ? Vous l'avez invitée à votre petite fête, le jour de la Fête du Travail.

— C'est vous-même qui m'avez demandé d'inviter une amie. Je vous rappelle que Laura n'était qu'un leurre.

— Attendez. Je m'y perds. Vous sortez avec elle, non ?

— Je sortais avec elle. Elle a rompu.

— Alors... je ne comprends pas son attitude. Il est vrai aussi que cela ne me regarde pas.

Il sortit de l'autoroute et prit le chemin de la maison.

— Elle est venue pour me rendre service, c'est tout.

Mais elle se conduisait comme si vous étiez ensemble.

— Ce n'était pas sa seule raison de venir.

Elle ferma les yeux. En lui disant cela, elle avait conscience de le pousser aux confidences, or, elle n'en avait pas le droit.

Il lâcha un soupir.

— Oui, vous avez raison. Elle voulait que nous sortions de nouveau ensemble. J'ai dû y mettre un terme.

Un terme ? Mais alors... elle n'était pas sa petite amie ?

— Quand est-ce arrivé ?

— Juste avant qu'elle ne quitte la fête.

Ainsi, quand elle les avait surpris dans les bras l'un de l'autre, c'était une étreinte d'adieu.

Il stoppa devant le garage et se tourna vers elle.

— Je ne crois pas vous avoir parlé d'elle depuis. Pourquoi pensiez-vous que nous étions toujours ensemble ?

La nuit était profonde et l'occasion d'avoir un entretien aussi intime avec lui ne se représenterait peut-être pas. Et elle mourait d'en savoir plus sur Laura. Mais pas question de provoquer une scène en lui racontant qu'elle avait tenté de lui tirer les vers du nez à plusieurs reprises.

— Je l'ai simplement supposé. Il me semblait qu'elle était tout à fait votre genre.

— C'est-à-dire ?

— Belle. Elégante. Intelligente.

Et probablement formidable au lit. Elle-même n'avait pas assez d'expérience dans ce domaine pour savoir si on pouvait en dire autant d'elle.

— Vous êtes beaucoup plus mon genre, Valérie.

Il effleura son épaule de la main, la retira brusquement, et s'agrippa à son volant en regardant droit devant lui.

— Je vous demande pardon. C'était déplacé.

Sans doute, mais c'était aussi délicieux.

— Je suppose que cela convient à la fin d'une soirée aussi riche en imprévus.

— C'était… très incorrect de ma part.

Son irritation contre lui-même rassura Valérie. Mais au fond, elle était contente qu'il soit obligé de lutter contre l'attirance qu'il éprouvait pour elle. Etait-ce dû à leur proximité actuelle ou au fait qu'il n'avait pas de petite amie en ce moment ? Ou… tenait-il *vraiment* à elle ?

Elle était stupide de penser à cela. Admettre qu'il y avait des sentiments entre eux risquait de tout gâcher. Quant à y céder, c'était le désastre assuré.

Elle sentait le regard de David peser sur elle, ainsi que le désir entre aux, brûlant, palpable. Ils avaient joué aux amoureux toute la soirée. Et si cela l'avait terriblement excitée, pourquoi pas lui ? Et à en juger par sa respiration saccadée, lui aussi était troublé. Soudain, elle mourait d'envie de le toucher. Elle n'avait pas osé durant la soirée, alors qu'elle avait eu maintes occasions de le faire. Mais maintenant…

Il avait retiré sa veste sur le chemin du retour et retroussé ses manches sur ses bras aux muscles puissants. Tentants. Incapable de refréner son désir, elle y posa la main.

Comme si c'était le signal qu'il attendait, il se retourna brusquement vers elle, l'attira à lui… et s'arrêta à un centimètre de sa bouche.

— C'est stupide, souffla-t-il sur ses lèvres.

— Oui.

Son cœur battait la chamade. Mais, comme s'il prenait un malin plaisir à la torturer, il ne bougeait toujours pas.

— Vous êtes ravissante ce soir. Et très sexy.

Cette fois, elle crut que son cœur allait éclater.

— Merci.

— C'était difficile de ne pas vous regarder.

Elle aurait dû le repousser, elle le savait. Mais elle en fut incapable. Elle attendait.

— C'est vraiment stupide.

Mais cette fois, il l'embrassa enfin. C'était un baiser intense, fougueux, et déjà la langue de David forçait le barrage de sa bouche, réclamant davantage. Bouleversée par une telle passion, et aussi terriblement excitée, elle laissa libre cours à tous les sentiments qu'elle gardait enfouis au plus profond d'elle-même. Elle s'offrit à lui, corps et âme.

Elle essayait de ne pas voir en lui, son sauveur, l'homme de ses rêves, mais c'était peine perdue. Il était tout cela pour elle, et bien plus encore. Il avait transformé sa vie entière, il l'avait réveillée, et maintenant elle le goûtait, le touchait, le sentait, le tenait…

Il interrompit son baiser et recula, mais sans la lâcher complètement.

— Et zut.

Elle paniqua. Les regrets, déjà ?

— J'en avais envie depuis trop longtemps, dit-il d'une voix douce et bourrue à la fois.

— C'est vrai ?

— Oui.

— Je ne veux pas compliquer nos relations professionnelles et j'ai...

— Je sais.

Il lui caressa la joue de son pouce.

— Je vous en prie, David, ne me renvoyez pas.

— Mais je n'ai pas du tout l'intention de vous renvoyer !

— Vous ne pouvez pas non plus coucher avec moi, alors nous ne devons plus nous embrasser. Je ne peux pas perdre ce travail, David. Je ne peux pas.

Il la regarda sans ciller.

— Vous vous sentez capable d'oublier ce qui s'est passé ?

— Je le dois, David. Je le dois. Et vous aussi.

Elle avait eu tort de céder à ses sentiments, à son désir. Elle saisit la poignée de la portière.

— Je vais prévenir Aggie que vous l'attendez.

Il ne fit rien pour la retenir. Pas un mot. Pas un geste. Et elle se dépêcha de regagner le cottage, mais elle fit une pause pour se calmer avant de tourner la poignée de la porte.

Aggie leva les yeux de la télévision, et se leva.

— Avez-vous passé une bonne soirée ?

— Oui, merci. Comment a été Hannah ?

— Un ange, comme toujours.

Aggie s'arrêta en passant devant elle et scruta son visage. Au bout d'un petit moment, elle hocha la tête.

— Bonne nuit.

Valérie frémit sous le regard perçant d'Aggie qui semblait

lire au fond de son âme. Quand la porte se ferma, elle ouvrit son téléphone portable. Elle avait reçu un appel durant le dîner, mais comme elle n'avait pas reconnu le numéro, elle avait préféré que son correspondant laisse un message.

— Valérie ? C'est Wagner Rawling Senior.

Elle rejoignit le canapé à l'aveuglette et s'y laissa tomber.

— Il faut que je vous parle. Peu importe l'heure.

Il avait laissé son numéro avant de raccrocher.

Elle n'avait plus entendu parler de lui depuis qu'elle avait eu son diplôme à l'école de commerce, il y a six ans. Il avait appelé pour s'assurer que les cours qu'il lui avait payés étaient terminés. Depuis, plus rien.

Elle ferma les yeux. Sa mère avait dû lui donner son numéro, elle seule le connaissait.

Elle lâcha le téléphone comme s'il avait pris feu. Wagner Rawling *Senior*, il avait insisté là-dessus. Peut-être seulement parce qu'il pensait qu'elle ignorait le décès de son fils, mais à l'entendre, il semblait toujours aussi arrogant. Oui, arrogant.

Mais quand il avait appris que son fils avait couché avec la fille de sa gouvernante, et l'avait mise enceinte, la condescendance de Senior, comme l'appelaient ses proches, s'était transformée en véritable despotisme.

Elle avait dix-huit ans, était morte de peur, et incapable de lui tenir tête. Et maintenant ? Maintenant, s'il croyait encore qu'il lui suffisait de claquer des doigts pour qu'elle accoure, il se trompait. Elle avait grandi, mûri, et ne se laissait pas si facilement bousculer. Elle ne le rappellerait pas. Pas ce soir en tout cas. Et peut-être jamais.

Elle mit son téléphone à charger et alla se coucher. Mais en oubliant, Senior, ses pensées revinrent à David. Elle avait tout gâché. Même s'il avait dit qu'il ne la renverrait pas, ce baiser allait changer leur relation forcément. Et sans doute pas pour le mieux.

Juste au moment où tout allait si bien…

- 12 -

Le lendemain matin, David s'installa sur la terrasse, une tasse de café à la main, et posa le journal du jour sur la table. Il répondit au salut d'Hannah qui dansait — il n'y avait pas d'autre mot — en remontant la pente pour prendre le bus de l'école. Valérie la suivait de près, sans même le regarder.

Ce n'était pas un bon signe.

Il était rare qu'il regrette quoique ce soit. Pour lui, toute expérience, bonne ou mauvaise, était toujours intéressante. Au mieux, on apprenait, au pire on oubliait.

Pourtant, cette fois, c'était bien du regret qu'il éprouvait. Pas à cause du baiser, qui avait été sacrément bon, mais à cause de la réaction de Valérie, et des tensions qui allaient compliquer leurs relations.

Il avait été étonné par son aisance hier soir, et par l'intérêt qu'elle avait porté à la conversation et aux convives. Amusé de la voir sursauter chaque fois qu'il la touchait. Séduit par son rire roucoulant, qu'il entendait si rarement.

A l'inverse de Laura qui débordait de sex-appeal, Valérie était une grande fille toute simple, pourtant il la trouvait plus sexy, même dans ses robes sages. Trop sages. Ce qui avait rendu celle d'hier soir si… intéressante. Décolletée et sans manches, cette robe lui avait révélé plus de son corps qu'elle ne l'avait fait jusqu'alors.

En moins de six semaines, elle avait pris une place importante dans sa vie. Pas seulement en tant qu'employée. En tant que femme. Et c'était bien là le problème.

Il l'entendit arriver et faire glisser la porte de la terrasse.

— Bonjour, dit-elle en joignant les mains devant elle.

— Salut.

— Avez-vous déjeuné ?

— Non. Et vous ?

— Oui. Voulez-vous une omelette ?

Impossible de déchiffrer son expression. Elle avait l'air calme. Mais en croisant son regard, il vit qu'elle n'était pas tranquille. Cela lui arrivait rarement. Il désirait qu'elle reste près de lui, se donner une chance d'alléger l'atmosphère.

— Volontiers. Merci.

Le réfrigérateur était bien garni depuis qu'elle faisait les courses et ses omelettes étaient superbes.

Elle tourna les talons, et revint, une minute plus tard, un téléphone portable à la main, alors qu'il lisait les gros titres du journal. Elle était en tablier, ce qui avait toujours pour effet de le troubler.

— Noah veut vous parler.

— Dites-lui que j'ai encore droit à un jour de vacances.

Elle transmit le message et écouta.

— Il dit que c'est urgent.

— Tout est toujours urgent avec lui.

Il reprit la lecture de son journal.

— Y a-t-il mort d'homme ? demanda-t-elle au téléphone.

Personne à l'hôpital ?… Ni en prison ?… Alors, je regrette Noah, mais il n'est pas disponible.

David sourit et haussa les sourcils. Elle sourit à son tour.

— Merci, dit-il, quand elle coupa la communication.

— Il a dit qu'il allait vous envoyer un e-mail.

— Grand bien lui fasse ! Je n'allumerai pas mon ordinateur de la journée.

— Qu'allez-vous faire de votre dernier jour de vacances ?

— Je pense aller au cinéma.

— Vraiment ?

Elle n'ajouta pas « Seul ? » mais il l'entendit.

— Vous voulez bien venir avec moi ? Si nous y allons en matinée, nous serons de retour à temps pour le bus d'Hannah.

— Cela s'appellerait sortir ensemble, David. Et vous savez que ce n'est pas possible.

— Et si j'en faisais votre tâche professionnelle du jour ?

Il n'aurait pu trouver plus lamentable. Lui ordonner de sortir avec lui. Grandiose.

— En ce cas, j'irais avec vous naturellement. Je prendrais mon bloc, mon organiseur et j'attendrais vos ordres.

Elle le disait d'un ton léger, mais il sentit son irritation.

— J'aime être en votre compagnie, Valérie.

— Je suis votre employée.

Il se leva. Elle recula d'un pas.

— Je dois finir de préparer votre petit déjeuner.

Et elle lui ferma la porte au nez.

Elle était nerveuse, et c'était sa faute à lui.

Et zut ! Elle l'avait embrassé aussi, après tout, et n'avait pas eu l'air de s'en plaindre alors. En apparence du moins.

Enervé, il s'accouda à la rambarde et contempla le jardin. Lorsqu'un peu plus tard, elle ouvrit la porte et annonça que son petit déjeuner était prêt, il ne se retourna pas.

— Je vois des fleurs jaunes maintenant.

— Ah, oui ? fit-elle innocemment.

— Il me semble vous avoir dit que je ne voulais pas voir de fleurs ici. Et voilà que j'en ai des violettes et des jaunes.

— Le jardin est joli, n'est-ce pas ? La couleur attire l'œil sur ses plus beaux recoins. Votre petit déjeuner refroidit.

Il se retourna et vit qu'elle avait l'air inquiète et un peu perdue. A cause des fleurs ou parce qu'elle craignait *vraiment* de perdre son travail ?

Le téléphone portable de Valérie sonna. Elle pâlit.

— Vous ne répondez pas ?

— Je verrai plus tard qui m'appelle.

— Et si c'était Hannah ?

Elle sortit l'appareil de sa poche, regarda l'écran.

— Ce n'est pas elle. Je reviendrai nettoyer un peu plus tard, dit-elle en remettant le téléphone dans sa poche.

Il entra dans la cuisine à l'instant où la porte se refermait sur elle. Après s'être comportée de façon prévisible depuis qu'elle était ici, voilà qu'elle devenait totalement… imprévisible. Et avait montré des sentiments plus variés en une matinée qu'en six semaines. Que se passait-il ? Elle semblait inquiète. Non, plus qu'inquiète — effrayée. Cela ne pouvait pas être dû à leur baiser cette fois.

Que lui était-il arrivé ?

*
* *

Ignorant délibérément le second appel de Senior, Valérie se blottit dans un fauteuil et téléphona à sa mère.

— Pourquoi M. Rawling m'a-t-il appelée, maman ?

— Je ne sais pas.

— Pourtant, c'est toi qui lui as donné mon numéro.

— Oui. Il me l'a demandé et je le lui ai donné, mais je ne sais pas ce qu'il veut. C'est mon patron, Valérie. Je ne peux pas me permettre de lui poser des questions.

— Tu aurais dû me prévenir. Je l'aurais appelé moi-même. Cela ne me plaît pas qu'il connaisse mon numéro.

— Un homme comme lui peut facilement obtenir tous les numéros qu'il désire.

Elle avait raison, bien sûr. Valérie se frotta le front.

— Je t'en prie, appelle-le, implora sa mère. Plus tu attends, plus il est furieux contre moi.

— Pourquoi contre *toi* ? Tu n'as plus autorité sur moi depuis que je suis majeure.

— Dans son milieu, les parents font toujours autorité, tu sais ? Je te laisse, murmura-t-elle tout bas. Voilà Madame.

Valérie ferma son téléphone. Elle ne voulait pas plus lui attirer des ennuis que parler à Senior. Son appel ne présageait rien de bon. Elle ne voulait pas qu'il bouleverse sa vie de nouveau. Surtout maintenant qu'Hannah ne parlait plus de son père. Elle venait juste de retrouver son équilibre, et leurs vies un rythme normal.

Mais tôt ou tard Senior finirait par l'atteindre, quitte à la traquer jusque chez David. Ce qu'elle ne voulait surtout pas. Elle cacha son visage dans ses mains tremblantes, l'estomac contracté. Puis redressant la tête, elle composa son numéro.

— Bonjour, Valérie, dit-il d'un ton affable.

— Monsieur Rawling.

— Il y avait longtemps, n'est-ce pas ?

Pas assez longtemps.

— Oui, monsieur.

— Votre mère vous a dit pour mon fils ?

— Oui, monsieur. Toutes mes condoléances, monsieur.

Des larmes lui brûlèrent les yeux. Elle n'avait pas cédé à la douleur jusqu'à présent. La douleur d'une fille de dix-huit ans découvrant que son premier amour ne l'aimait pas. La douleur d'une mère abandonnée avec son enfant. Pourtant, elle devait reconnaître maintenant qu'il ne s'était pas passé une journée depuis sans qu'elle n'ait remercié Wagner de lui avoir donné Hannah.

— Je ne voulais pas impliquer votre mère là-dedans. Mais quelqu'un est allé à votre ancien domicile et m'a appris que vous étiez partie sans laisser d'adresse.

— Je vois.

— J'ai la copie de votre échéancier. Je sais combien vous êtes endettée. On m'a montré aussi les photos de votre ancien immeuble. Je n'arrive pas à croire que vous habitiez là.

Horrifiée par cette ingérence dans sa vie privée, elle eut du mal à reprendre contenance.

— Nous n'y habitons plus à présent. Nous vivons dans un très bel endroit. J'ai un bon emploi et des avantages sociaux. J'ai juste eu de la malchance pendant un moment.

— Pendant un an. Et vous avez été virée pour harcèlement sexuel. Vous ne changerez jamais, décidément. Vous courez encore après ce qui n'est pas pour vous.

Elle sentit son sang se glacer pendant un instant, puis une colère formidable s'empara d'elle.

— Que voulez-vous ?

— Vous rencontrer.

— Pourquoi ?

— Je ne vous l'expliquerai que de vive voix.

— Cela ne m'intéresse pas. Au revoir.

Elle raccrocha et ignora son rappel immédiat. Elle savait ce qu'il voulait. Maintenant que Wagner était mort, Senior voulait s'assurer qu'elle ne lui intenterait pas un procès, ni ne rendrait publique l'attitude abjecte de son fils — ou menace de le faire. Elle lui avait promis de garder le silence. Comment osait-il douter de son intégrité ?

Voulait-il lui donner de l'argent pour qu'elle continue à se taire ? C'était inadmissible.

Elle bondit de son fauteuil, envoya valser le téléphone, furieuse qu'il se soit introduit dans sa vie une fois de plus. Non seulement il avait vu où elle vivait, mais aussi une copie de son échéancier. Elle n'aurait jamais dû oublier l'immense pouvoir de Senior.

— Valérie ?

La voix de David dans l'Interphone la fit sursauter.

Traversant la pièce d'un pas vacillant, elle appuya sur la touche réponse.

— Oui ?

— …Vous allez bien ?

Elle avala sa salive et essaya de retrouver son calme.

— Oui.

— Bon. Je… j'ai besoin de vous ici, s'il vous plaît.

Elle ne tenait pas à ce qu'il la voie dans cet état.

— Dans dix minutes, cela ira ?

— … Bien sûr, répondit-il enfin.

— Merci.

Chacun des silences de David était lourd de sens, et elle savait que sa voix était trop forte, trop joyeuse, mais n'avait rien trouvé de mieux pour lui donner le change. Elle retourna sur le canapé, essayant de refouler sa panique et ses larmes. Wagner Rawling Senior était un homme puissant. Il pouvait lui faire beaucoup de tort.

Elle se leva impulsivement, alla ouvrir le tiroir fermé à clé où elle rangeait ses papiers, en sortit le contrat qu'elle avait signé il y a bien des années, lorsqu'on frappa à la porte.

— Valérie ? appela David.

Elle poussa un soupir exaspéré et gémit.

— Quoi ?

— Ouvrez.

— J'ai dit que je serai là dans dix minutes. Est-ce trop vous demander ?

— Ouvrez la porte, Valérie, ou je l'enfonce.

Elle n'était pas obligée de lui obéir, mais ne tenant pas à ce qu'il enfonce la porte, elle se força à sourire et ouvrit.

Il fit un pas vers elle et lui saisit les bras.

— Qu'est-ce qui ne va pas ?

— Je… Rien.

— Si. Cela s'entend à votre voix et se voyait aussi dans vos yeux tout à l'heure, quand on vous a appelée au téléphone.

Ses mains se resserrèrent.

— Comment puis-je vous aider ?

Elle mourait d'envie d'accepter l'aide qu'il lui offrait. Il y avait si longtemps qu'elle s'interdisait d'appeler au secours. Elle savait que c'était un de ses défauts, mais mieux valait ne compter sur personne qu'être trop confiante et s'imaginer qu'il y aurait toujours quelqu'un pour l'aider. Elle savait ce qu'il en coûtait, surtout quand on n'était pas du même milieu.

Si tu veux m'aider, prends-moi dans tes bras.

Elle résista au désir qui l'envahissait malgré elle.

— Vous ne pouvez pas m'aider, dit-elle, sans nier qu'elle avait des ennuis puisque David l'avait deviné.

— Vous êtes plus qu'une simple employée pour moi, vous le savez, dit-il calmement. Laissez-moi vous aider.

En proie à la tentation, elle hésita, le regarda. Et renonça.

— Ce n'est pas grave. Cela n'affectera pas mon travail.

Allons bon, il était en colère maintenant, et elle ne pouvait rien faire pour l'apaiser.

— Je serai chez vous dans quelques minutes, David.

Il entoura son visage de ses mains et se pencha pour s'emparer de ses lèvres. Elle aurait pu l'arrêter sans effort, mais elle n'en avait pas la moindre envie et le laissa l'embrasser. Et l'embrassa aussi. Sa bouche était chaude, ses lèvres fermes.

Il la saisit par la taille et l'attira à lui. Là encore, elle le laissa faire, refusant d'écouter sa raison qui lui hurlait de s'arrêter. Non. Elle ne voulait pas, ne *pouvait* pas s'arrêter. Elle avait trop envie de lui pour ne pas se serrer contre lui tandis que ses mains se promenaient sur son dos, s'attardant au creux de ses reins. Ivre de désir à présent, elle ne put retenir un gémissement de plaisir et renversa la tête en arrière.

Il en profita pour l'embrasser dans le cou. Il lui donna de sensuels petits coups de langue, déclenchant en elle un feu terrible. Un incendie qui menaçait de l'envahir tout entière.

Elle le sentit alors reculer pas à pas, l'entraînant lentement vers… vers sa chambre ? Non.

— Je ne peux pas David, murmura-t-elle fiévreusement. Je vous en prie. Je ne peux pas.

— Et vous ne me laisserez pas non plus vous aider ?

— Je ne vois pas comment vous pourr...

La sonnerie de son téléphone portable l'interrompit. Elle en profita pour s'éloigner de David et lui tourner le dos en prenant l'appareil. Reconnaissant le numéro, elle prit la communication.

— Salut Dixie, dit-elle soulagée.

Et aussi soulagée que désolée d'entendre en même temps se refermer la porte d'entrée.

David courut droit au garage, prit la Falcon et roula sans trop savoir où il allait jusqu'à ce qu'il se retrouve dans l'allée qui menait à la maison de Gideon. Au moment où il sortait de sa voiture, Gideon sortit sur la terrasse pour l'accueillir.

— Tu es seul ? demanda David en grimpant les marches.

— Oui. Tu veux du café ?

L'estomac révulsé, il secoua la tête.

— Non, merci.

— Whisky ?

Cette fois, David émit un petit rire sans joie.

— J'imagine la tête que j'ai pour que tu dises ça.

— Ouais. Un problème avec une femme ou avec Noah ?

— Les deux.

— Prends une chaise et raconte-moi ça.

Il faisait un temps idéal pour une petite conversation en plein air. Mais il ne savait pas par où commencer.

Heureusement pour lui, Gideon avait l'art d'entrer dans le vif du sujet sans prendre de gants.

— Alors, cela se complique avec ta charmante assistante ?

— Comment sais-tu qu'il ne s'agit pas de Laura ?

— Plus d'étincelles. Laura pense que oui, mais sans trop y croire. Toi, non. Tu ne regardais que ta Valérie… si délicieusement sexy.

Gid s'était donc rendu compte avant lui qu'elle l'attirait alors que lui-même ne s'en doutait pas encore. Il est vrai que son frère avait l'œil pour démêler le vrai du faux.

— Ça complique les choses qu'elle soit à ton service.

David suivit des yeux les aventures de deux écureuils qui se pourchassaient, et acquiesça lentement.

— Je crois qu'elle n'est pas complètement indifférente, même si elle ne veut pas se l'avouer.

Le silence de Gideon s'éternisant, il se détourna des écureuils et reporta son attention vers lui.

— Tu as une idée ou rien à dire ?

— Tu attends un conseil ?

— D'habitude, je n'ai pas besoin de t'en demander.

— Bon, allons-y. On dirait qu'elle est plus intelligente que toi. Elle a entendu notre conversation à la fête, tu sais, quand tu as dit que tu ne te marierais jamais. Et c'est une femme qui désire fonder un foyer. N'importe qui peut voir ça.

— Comment sais-tu qu'elle m'a entendu ?

— J'étais assis en face de toi et je l'ai vue arriver. Tu as dit aussi qu'elle était la meilleure employée que tu avais jamais eue. Alors pourquoi tu te tracasses ?

Il ramassa une pomme de pin et la lança rageusement par-dessus la rambarde.

— Parce que je suis attiré par elle.

— Beaucoup de femmes te font cet effet-là.

— Elle cache quelque chose, quelque chose qui la terrorise.

Gid eut l'air surpris.

— Tu as une idée de ce que c'est ?

— Non. J'ai l'impression que son passé est verrouillé. Elle ne m'a rien dit du père d'Hannah, pas même pourquoi il avait disparu de sa vie. Il y a un mystère là-dessous.

— Cela t'embête aussi. Et comme tu ne sais pas quoi faire, tu es ici pour trouver une solution à ton problème.

— Oui. J'en ai marre des complications. Je suis fatigué.

— Je vais d'abord reprendre du café. Tu es sûr que tu ne veux rien ? Bon. J'y vais.

David écouta le silence que seuls troublaient les oiseaux, les écureuils, et le vent dans les branches. La maison de Gid était plus petite et isolée que la sienne. Et sa vie plus simple. Peut-être qu'il avait bien fait de laisser tomber l'entreprise familiale, après tout.

— Alors, dit Gideon en revenant, quel plan mijotes-tu ?

— En ce qui concerne Valérie ?

— Non. Pour le moment, le mieux est de n'avoir ni plan ni projet en ce qui la concerne. Laisse aller. Je parlais de toi, de ton travail et de l'Exécuteur.

David sourit en entendant le surnom qu'ils avaient donné à leur frère aîné.

— Je projette de lui tenir tête.

— J'en suis ravi. Comment puis-je t'aider ?

— Eh bien, j'élabore un plan que j'aimerais te soumettre…

- 13 -

Valérie se sentait prise entre deux feux — comme si David et Senior s'étaient donné le mot pour la persécuter. Elle se préparait au pire. Et avait les nerfs à vif.

Senior ne l'avait pas appelée de la semaine. Elle espérait qu'il ne cherchait pas son adresse — pas encore, du moins.

David était aimable, professionnel, mais n'avait même pas essayé de l'embrasser. Et il partait ce matin à Los Angeles négocier ce fameux projet dont il n'avait toujours rien dit à Noah. Connaissant le goût du pouvoir de celui-ci, elle n'était pas sûre que ce soit une bonne idée de le tenir à l'écart. Mais David semblait attaché à cette idée.

Elle entra dans sa chambre pour faire le lit et le trouva en train de remplir un sac de voyage, car il était possible qu'il soit obligé de passer la nuit à l'hôtel.

— Alors, vous l'avez trouvé ce dossier ? demanda-t-il en fermant son sac sans même lever les yeux sur elle.

— Oui. Il est dans votre attaché-case. Et j'ai classé toutes les informations dans votre ordinateur portable.

— Merci, dit-il en la regardant enfin.

Elle s'était battue contre elle-même toute la semaine pour

s'empêcher de le toucher, mais apparemment David n'avait pas eu le même problème. Ce qui aurait dû la réjouir…

— Que dois-je dire à Noah s'il vous appelle ?

— Que j'ai une piste sérieuse pour pouvoir travailler uniquement aux Etats-Unis.

— Pensez-vous qu'il y fera objection ?

— Possible. Ce n'est pas un visionnaire. Quand on lui soumet un projet, il se braque sur les petits détails. C'est le champion du statisme. Pas du changement.

— Eh bien, cela ne doit pas être facile avec quatre enfants ! Comme définition du changement permanent, on ne peut pas trouver mieux que l'éducation d'un enfant.

— Je veux bien vous croire. Bon, je vous appelle dès mon arrivée, dit-il en se dirigeant vers la porte avec sa valise.

Elle ne voulait pas qu'il parte. Depuis onze jours qu'il était de retour, ils avaient passé des heures ensemble tous les jours, restructuré ses ordinateurs, ses organiseurs, toute sa vie. Dans son bureau personnel d'abord, puis à Roseville, où elle avait sympathisé avec Mae, la reine des lieux.

Il s'arrêta sur le seuil et la regarda.

— Merci pour tout ce que vous avez fait cette semaine, Valérie. Je n'ai… jamais été aussi bien secondé. Votre nouveau système de classement est formidable.

— Tant mieux. J'espère que votre voyage sera fructueux.

— Moi aussi.

Il hésita un long moment.

— Je vous dirai ce qu'il en est ce soir.

Elle avait envie de l'embrasser pour lui dire au revoir. La trouverait-il *vraiment* stupide si elle le faisait ?

Elle aurait pu le suivre et lui dire au revoir à la porte de la cuisine ou même celle du garage, mais préféra aller sur le balcon et lui faire un signe au passage, tant elle avait peur de trahir ses sentiments. *Ses sentiments.*

Elle devait refouler ses sentiments. David ne voulait pas se marier, n'y fonder une famille S'ils devenaient intimes, elle serait amoureuse, pas lui. Une autre entrerait tôt ou tard dans sa vie, et elle en serait si malheureuse qu'elle serait obligée de s'en aller. Elle savait tout cela, mais c'était plus fort qu'elle. Elle avait des sentiments pour lui. De la tendresse. Du Désir.

Un désir si brûlant que son corps s'enflammait dès qu'elle était près de lui.

Elle revint sur ses pas, regarda le lit défait qui gardait l'empreinte du corps de David. Et au lieu de le faire, elle s'y coucha en serrant contre elle l'un des oreillers.

La sonnette de la porte d'entrée retentit. Personne ne le faisait jamais, on frappait à la porte de la cuisine.

Elle bondit et dévala l'escalier. A travers les petits carreaux qui surplombaient la porte, elle distingua le sommet d'un crâne. Des cheveux gris. Un homme âgé. D'une certaine classe. Elle ralentit le pas… *Senior…* Il l'avait trouvée.

La sonnette carillonna de plus belle.

— Je sais que vous êtes là, Valérie. Et que vous êtes seule. Vous n'avez rien à craindre. Ouvrez, je vous prie.

Elle pouvait le faire, après tout, il était sur son territoire, pour une fois, elle était en position de force. Elle ouvrit et l'observa. Il faisait vieux. Pas plus vieux. Vieux. Alors qu'il n'avait pas soixante ans.

Il souriait comme s'il était bienveillant. Croyait-il qu'elle avait oublié son arrogance et son mépris écrasant quand il avait appris qu'elle était enceinte de son fils ?

— Puis-je entrer ?

Elle hésita, mais comme elle ne supportait pas l'idée qu'il

mette les pieds dans *sa* maison, elle le fit entrer dans celle de David en silence et le conduisit au salon.

— Quelle belle maison, dit-il en prenant place dans un fauteuil, au pied duquel il posa son porte-documents.

Qu'il ne compte pas sur elle pour signer quoi que ce soit.

— David Falcon a bonne réputation, poursuivit-il devant son mutisme. Avoir le sens des affaires évite bien des ennuis.

Ne voulant pas rester debout devant lui, comme une petite bonne attendant ses ordres, elle s'assit et l'affronta.

— Venez-en au fait, je vous prie.

— Je comprends que vous ne vouliez pas me voir après ce que je vous ai fait, mais je… je le regrette sincèrement.

Trop tard, beaucoup trop tard.

— Valérie… je veux connaître mon petit-enfant.

Même dans ses rêves les plus fous, elle n'avait jamais songé l'entendre dire une chose pareille. C'était tout simplement inimaginable. Pour lui et sa femme rien n'était plus important qu'une bonne réputation. Et il voulait lui faire croire qu'ils étaient prêts à admettre un enfant bâtard dans leur famille ?

— Pas question.

— Pensez à votre fille. Elle aussi a le droit de connaître ses grands-parents.

— Je pense à elle. Toujours. Comme le jour où vous m'avez soumise à votre loi. N'espérez pas me l'imposer aujourd'hui. J'ai beaucoup mûri depuis que je suis mère.

— Je vois cela. Et j'espère que vous verrez la douleur d'un homme, d'un père qui porte le deuil de son fils unique. Vous comprenez sûrement ce que je traverse. Et ce que traverse la mère de Wagner.

Il était malin. Il jouait la carte du père meurtri.

— Aux dernières nouvelles, elle ne connaissait même pas l'existence d'Hannah.

— Elle l'ignore et l'ignorera tant que nous n'aurons pas arrangé les choses. Je ne veux pas lui donner de faux espoirs.

— Comment réagira-t-elle selon vous en apprenant que sa gouvernante et elle sont grands-mères du même enfant ?

Il sourit légèrement — ou était-ce une grimace ?

— Je pense que sa joie l'emportera sur le caractère… peu conventionnel de la situation.

— Au début peut-être, mais je dis non. Car vous gâteriez ma fille comme vous avez gâté Wagner. Vous lui avez tout donné, tout permis, et l'avez même aidé à fuir une paternité qu'il aurait dû avoir le courage d'affronter. Vous aviez fait de lui un irresponsable. Un menteur et un lâche.

Un long silence suivit son réquisitoire.

— Il ne l'a jamais su, Valérie.

— Quoi ?

— La lettre que vous avez reçue, celle disant qu'il ne vous aimait pas, qu'il était fiancé… ce n'est pas lui qui l'a écrite. C'est moi. Plus exactement, j'ai payé quelqu'un pour imiter son écriture.

Elle planta ses ongles dans les bras du fauteuil.

Wagner n'avait jamais rien su. Immédiatement, les questions l'assaillirent. Qu'aurait-il fait s'il avait appris l'existence de sa fille ? Leurs vies auraient-elles été différentes ?

— Sortez… d'ici, articula-t-elle, sentant chaque mot racler sa gorge tandis qu'elle se levait et lui montrait la porte.

— Je suis prêt à accepter tout ce que vous me lancerez à la figure, Valérie, et à faire tout ce que vous voudrez pour me racheter. Mais je veux avoir un contact avec ma petite-fille.

— Jamais. Sortez… d'ici.

Dressée devant lui, raide comme la justice, elle le regardait fixement. Il prit son porte-documents, en sortit une grande enveloppe et la lui tendit en se levant.

— Jetez au moins un coup d'œil là-dessus, je vous en prie. Faites-moi cette faveur. Pour l'amour d'Hannah.

Voyant qu'elle ne bougeait pas, il posa l'enveloppe sur le fauteuil, sortit du salon et se dirigea vers la porte d'entrée. Elle le suivit, loin derrière lui, les yeux pleins de larmes.

— Je suis descendu au Red Rover Inn. Je ne quitterai pas la ville avant d'avoir de vos nouvelles.

Elle l'imagina passant du luxe de son avion privé à la suite royale de son hôtel cinq étoiles.

— Vous perdez votre temps.

— Vous changerez peut-être d'avis en voyant ce qu'il y a dans cette enveloppe.

— On ne m'achète pas.

— Tout le monde a un prix.

— Pas moi.

— Même vous, Valérie. Il ne s'agit pas toujours d'argent.

La porte se referma sur lui avec un déclic qui retentit dans le hall comme un coup de fusil.

Elle resta là un moment. D'ici, elle voyait l'enveloppe. De l'argent sûrement. Mais quoi d'autre ? Probablement un nouveau contrat, remplaçant celui qu'elle avait été obligée de signer quand Senior lui avait dit que Wagner était marié.

Elle aurait dû consulter un avocat avant de signer, bien sûr. Mais elle était alors trop blessée pour y songer. Sans plus de ressources que d'expérience, et folle de colère, elle avait signé parce qu'elle ne voulait pas que Wagner ait des droits sur Hannah. *Jamais*. Même s'il changeait d'avis plus tard.

Quelques minutes plus tôt, elle croyait vraiment qu'il avait fui sa paternité. Mais *sa* vérité reposait sur les mensonges de Senior. C'est contre lui et non contre Wagner qu'elle aurait dû diriger la colère qu'elle avait nourrie pendant des années.

Elle ne ferait pas d'erreur cette fois. Elle se renseignerait sur ses droits, prendrait un avocat s'il le fallait, et tiendrait tête à Senior. Encore fallait-il savoir ce qu'il avait en tête…

Elle devait prendre connaissance du contenu de cette enveloppe, même si cela lui répugnait.

Elle revint dans le salon et s'installa confortablement dans le fauteuil. Elle lut le document officiel de quatre pages, puis la lettre personnelle de Senior. Quand elle eut fini, elle emporta les documents au Cottage, les larmes ruisselant sans fin sur ses joues.

Elle essaya de se calmer et prenant un bloc, elle relut attentivement le document, notant les points douteux et ceux qu'elle jugeait inadmissibles au fur et à mesure de sa lecture.

Après avoir tout vérifié, elle fixa longtemps le téléphone, puis se décida à le décrocher.

— Merci beaucoup de me recevoir si vite, dit Valérie en entrant dans le cabinet de Laura Bannister.

— Vous aviez l'air pressée.

Une litote. C'était probablement parce qu'elle avait l'air désespérée que Laura était si aimable.

— L'homme avec qui je dois discuter est en ville. Je ne

veux pas qu'il y reste, et il ne partira pas avant d'avoir ma réponse — la réponse qu'il attend. Si je refuse, il est capable de camper ici et de faire de ma vie un cauchemar.

Elle lui parla de son passé, et de la situation actuelle, avant de lui tendre l'enveloppe de Senior. Laura lui posa quelques questions, prit des notes, et se plongea ensuite dans la lecture des documents.

Valérie ne l'avait pas revue depuis que David lui avait dit qu'ils avaient rompu. Il aurait été plus judicieux de chercher un autre avocat, mais elle n'en avait pas le temps.

— Une lettre convaincante et sincère, dit Laura en mettant de côté la lettre de Senior.

Valérie avait lutté contre ses larmes pendant qu'elle la lisait. Cet appel du cœur d'un père dévasté par la perte de son fils adressé à la femme qui avait aimé ce dernier, l'avait touchée. Mais il y avait également le document officiel que la belle avocate tenait en main.

— Que voulez-vous savoir, Valérie ? demanda Laura en posant son stylo.

— Cet homme peut-il m'imposer légalement le droit de visite des grands-parents comme l'affirme ce document ?

— C'est probable. La loi s'étend à tous les ascendants en ligne directe. A moins de prouver qu'il maltraitera votre fille, je doute qu'on lui refuse le droit de connaître sa petite-fille. Vous pouvez faire traîner les choses au tribunal pendant un certain temps, mais le résultat sera probablement le même.

Valérie fixa ses mains crispées sur ses genoux.

— C'est bien ce que je pensais. Je crois que le problème vient du fait que je ne veux pas vraiment refuser à Hannah le droit de connaître ses grands-parents, au contraire, bien que je redoute leur influence et celle de leur milieu.

— Je comprends. Et c'est très généreux de votre part, vu ce que M. Rawling vous a fait. La façon dont il vous a menti.

— Il était horrifié à l'idée que son fils épouse la fille de sa gouvernante. Je ne l'excuse pas, mais je le comprends mieux maintenant que j'ai mûri et que je suis mère moi-même. Mais je refuse d'être liée aux grands-parents d'Hannah par un document qui ne laisse pas le choix à ma fille. Je voudrais qu'elle soit autorisée à dire ce qu'elle en pense et que l'on tienne compte de son choix.

— Très judicieux.

— Suis-je obligée de signer ses documents ?

— Non. Si vous vous opposez à lui, il peut traduire l'affaire en justice et vous serez obligée de signer pour apaiser le juge. Mais si vous acceptez de faire ce qu'il veut, ces documents ne seront plus utiles. Et vous éviterez les frais d'audience.

— Je refuse de faire tout ce qu'il veut. A commencer par son calendrier de visites gravé dans le roc. Je veux que celui-ci soit flexible et que les visites aient lieu ici jusqu'à ce que je sois sûre qu'Hannah est à l'aise avec eux.

— C'est raisonnable.

— Je ne veux pas du chèque qu'il a mis dans l'enveloppe pour couvrir mes dettes. Cela ne regarde que moi. Mais je suis d'accord pour qu'il paie les études d'Hannah. Pour être franche, c'est même un grand soulagement.

— Vous êtes vraiment très sage. Je sais qu'il est tentant de tout refuser en bloc, mais vous avez l'intelligence de penser à l'avenir de votre enfant.

— Eh bien, je dois avouer que l'idée que ma fille aura un protecteur sur qui elle peut compter dans la vie, me rassure. Mon père nous a abandonnées ma mère et moi quand j'étais encore un bébé. Je sais ce que c'est de grandir sans pouvoir se référer à l'image d'un homme solide à l'adolescence.

Si elle pouvait faire accepter ses conditions à Senior…

— Que diriez-vous de rencontrer M. Rawling ici, Valérie ? Nous pourrions parler de tout cela ensemble.

— Oh ce serait formidable ! Merci infiniment. Si seulement il était aussi simple d'expliquer tout cela à Hannah…

— Est-ce que David est au courant ?

— Non, pourquoi ? Cela ne concerne pas mon travail.

Laura prit un air étonné.

— Je voulais parler de vos relations personnelles.

— Je n'ai pas de problème avec mon patron.

Laura hésita un instant, les mains jointes sur son bureau.

— Vous savez, si je suis allée vous voir chez David au lendemain de la fête, ce n'était pas pour votre recette.

Valérie s'attendait si peu à cela qu'elle en resta sans voix pendant une bonne minute.

— Je m'en doutais un peu quand j'ai appris que vous ne faisiez pas la cuisine, Laura, mais je ne sais toujours pas pourquoi vous êtes venue me voir.

— Vraiment ? dit Laura avec un demi-sourire. David m'a dit au revoir pour de bon après la fête. Je voulais voir ma rivale de plus près.

— Moi ? Mais…

— Je vous en prie, je ne dis pas que vous étiez ensemble, mais que votre attirance mutuelle sautait aux yeux de tout le monde. D'autant plus que vous passiez votre temps à jouer les indifférents. Alors, je suis venue voir si vous étiez bien celle qu'il lui fallait.

— Mais enfin, Laura, nous ne sommes pas amoureux.

— Pas encore.

Valérie se pencha vers elle.

— *Mon* problème n'est pas là, mais je veux que ce soit moi qui dicte mes conditions à Senior cette fois. Et je ne *veux* pas que David soit au courant. Il est trop protecteur pour ne pas intervenir.

— David ? Protecteur ?

Laura se pinça les lèvres pour ne pas rire, puis s'excusa.

— Eh bien, il n'a jamais été protecteur avec moi ! Je crois que je n'aurais pas aimé cela d'ailleurs.

Contrairement à elle, Valérie aimait se sentir protégée par David. Mais concernant cette affaire particulière, elle ne voulait pas de son aide. Elle ne savait pas trop pourquoi, mais c'était ce qu'elle ressentait.

— Quand dois-je dire à M. Rawling de venir ?

— Je ne serai pas libre avant 5 heures.

Il faudrait donc trouver quelqu'un pour garder Hannah.

— Je suis sûre qu'il acceptera. S'il y a un problème, je vous appellerai tout de suite.

Elles se levèrent en même temps. Laura désigna le carton posé sur son bureau.

— Merci de m'avoir apporté à manger, Valérie.

— Merci de m'avoir consacré l'heure de votre déjeuner. Et merci aussi pour votre honnêteté. A tout à l'heure.

Elle aurait pu s'arrêter au Red Rover Inn, mais préféra appeler Senior de la voiture, juste pour ne pas lui serrer la main. Elle s'entendit ensuite avec Aggie pour qu'elle vienne garder Hannah après l'école. Lorsqu'elle raccrocha, elle se sentit complètement perdue. Il lui restait deux heures avant l'arrivée du bus scolaire. Le temps était trop court pour aller au cinéma.

Elle avait fait les courses de la semaine. La maison était impeccable. Le cottage aussi. David ne lui avait pas donné de travail à faire, Dixie travaillait, et…

Tandis qu'elle réfléchissait, son téléphone portable sonna. C'était David.

— Alors, comment cela se passe ? demanda-t-elle.

— On négocie pied à pied et on se tire dans les pattes !

Elle l'entendit rire. Apparemment, il aimait cela.

— J'ai besoin d'un truc dans la base de données. Il faudrait me l'envoyer par e-mail le plus vite possible.

Il lui donna les détails nécessaires.

— Je suis à quinze minutes de la maison, David. Cela ira ?

— C'est urgent.

— Je suis en route, dit-elle en démarrant.

— Merci. Tout va bien ?

— Oui. Pourquoi ?

— Vous semblez tendue.

— Seulement pressée d'arriver et de trouver l'info.

Elle avait enfin compris qu'il restait silencieux quand il ne la croyait pas, comme s'il attendait qu'elle lui dise enfin la vérité.

— Je n'aime pas trop téléphoner en conduisant.

— Compris. A plus tard.

Ne ferait-elle pas mieux de tout lui dire maintenant ? Non, c'était impossible, et surtout inutile. Elle avait fait fausse route au départ et voulait prendre les rênes en main et redresser la situation toute seule. Elle avait besoin d'agir seule. Besoin d'être fière d'elle. Et non de compter sur un chevalier servant à l'armure étincelante.

- 14 -

David frôlait sans cesse l'excès de vitesse sur la route de l'aéroport à Chance City. Il était plus heureux, et plus pressé que jamais aujourd'hui, de rentrer chez lui. Cette journée lui avait paru interminable.

Il se gara près de la maison et s'y rendit au pas de course, mais bifurqua en entendant de la musique dans le cottage, tant il avait hâte de tout raconter à Valérie.

La porte était ouverte, mais il ne vit personne et frappa. Ne voyant toujours personne, il hésita à entrer. D'un côté, Valérie était chez elle ici. De l'autre, la porte était ouverte. Et Belle courait déjà vers lui en jappant de joie.

Il allait la caresser, quand Hannah apparut dans la pièce en tournoyant avec une expression de pur bonheur. Elle faisait des pointes, et vacilla un peu en l'apercevant, lui sourit, et fit encore deux pirouettes en fredonnant le final.

— Ta-da-ta-daaa !

Il applaudit. Elle salua. Et Belle jappa de joie.

— Je m'attendais à une révérence.

— Comment on fait ?

— Les messieurs s'inclinent. Les dames font la révérence.

Il commença à lui montrer, et s'arrêta aussitôt en réalisant qu'il serait ridicule.

— Demande à ta maman de t'apprendre.

— D'accord.

— Où est-elle ?

— Elle est allée chercher des glaces chez vous.

— Alors, tu as commencé à apprendre la danse ?

— Je m'entraîne. Maman a dit au printemps peut-être.

— Et toi, tu lui as dit pour… l'autre jour ?

— Non, mais j'ai tenu ma promesse. Je ne suis plus allée faire la poussière dans votre bureau.

La musique reprit et elle se balança en mesure.

— Vous aimez danser, monsieur ?

— Bof. Je ne suis pas très bon danseur.

— Ma maman danse très bien, elle.

Ça, il le savait, mais ne pouvait pas le dire. Il n'avait pas oublié son corps serré contre le sien… et le sentait encore.

— Tu devrais être au lit, il y a école demain.

— Encore un instant, monsieur Falcon ?

— Tu peux m'appeler David.

— Oh non. Maman me tuerait !

— Pas possible… ta maman est une tueuse ?

Hannah éclata de rire.

— Je ne crois pas, m'sieur.

— Tu me rassures. Tu veux me demander quelque chose ?

— Est-ce que vous trouvez ma maman jolie ?

— Hannah !

Suffoquée, Valérie avait failli lâcher les coupes de glace à la menthe aux copeaux de chocolat qu'elle tenait.

Hannah baissa la tête. David était soulagé de ne pas lui

répondre, mais désolé pour elle. C'était une enfant impulsive, sûre d'elle et heureuse, mais sa mère lui serrait trop la bride, surtout devant lui.

— Va dans ta chambre, dit calmement Valérie.

Hannah lorgna les coupes que sa mère posait sur le plan de travail de la kitchenette.

— Mais… j'ai faim, maman.

Valérie ne dit rien. Deux secondes plus tard, Hannah filait dans sa chambre et claquait la porte sous le nez de Belle, qui regarda David comme pour le supplier de l'ouvrir.

— Je suis désolée de l'impudence de ma fille, David.

— Elle est… très spontanée.

— Jolie façon de le dire. Voulez-vous de la glace ?

— Non, merci.

Elle prit une coupe et la balança devant lui.

— Regardez, c'est votre glace préférée.

— Oh bon, si vous me prenez par les sentiments, je craque.

Elle lui tendit la coupe de glace et attrapa l'autre.

— Je vais la voir et reviens tout de suite. J'ai hâte de savoir comment cela s'est passé.

— J'ai de bonnes nouvelles. Je vous attends.

Il mangea la glace en faisant le tour de la pièce, notant les petites touches féminines qui lui donnaient une âme. Des photos, des bibelots, des fleurs. Des boîtes et des torchons multicolores y ajoutaient une note de gaieté, de même que les fruits — raisin, pommes et poires — disposés avec art dans une coupe de céramique.

Il finit sa glace, assis sur le canapé, avec l'impression bizarre d'être un étranger dans ce lieu qui pourtant lui appartenait, et de violer l'intimité de Valérie. Ils se voyaient toujours chez lui, et passaient des heures ensemble, la plupart du temps dans le bureau. Ici, c'était beaucoup plus… intime.

Un peu comme ce matin, quand il faisait son sac dans sa chambre. Il ne savait plus pourquoi elle se trouvait là, mais la voir debout, mains jointes devant son lit, avait été un sacré défi. Il avait été à deux doigts de se jeter sur elle et de la prendre dans ses bras.

Il aurait voulu sentir la douceur de ses mains sur sa peau, voir sa chevelure s'étaler sur l'oreiller. Et à quoi ressemblait son corps. Pour ce qu'il en avait vu, ses seins devaient juste emplir ses paumes, sa taille et ses hanches étaient étroites, ses fesses rondes et fermes. Elle avait beaucoup de classe. Calme, efficace, elle faisait tout avec grâce.

Et embrassait avec passion, comme si sa vie en dépendait.

Dommage qu'elle ne soit pas plus décontractée. Elle n'avait pas besoin d'être si stricte avec sa fille, ni de refuser son aide, alors qu'elle en avait visiblement besoin. Son secret ne pouvait pas être si affreux que ça, tout de même ?

Il se leva en la voyant revenir, et l'observa avec attention.

Elle avait les traits tirés et les mâchoires crispées. Quelque chose s'était passé depuis qu'il l'avait laissée ce matin. Il en était sûr, mais savait qu'elle se braquerait s'il la questionnait.

— Allons chez moi chercher de la glace pour vous, Valérie.

— Non, merci. Vraiment. Je préfère savoir tout de suite comment cela s'est passé à Los Angeles.

— Non, après. Je me sens trop coupable. Dites à Hannah que vous serez de retour dans quelques minutes.

Elle hésita, le regarda fixement, et retourna voir Hannah.

Il les entendit parler dans la chambre, sans comprendre ce qu'elles disaient. Puis Valérie le suivit jusqu'à la maison. Belle aussi, et bien à contrecœur.

Il avait habilement manœuvré, et pourrait maintenant passer un peu plus de temps avec elle.

— Peterson et Koning apprécient le projet, dit-il en chemin. Ils vont étudier la question sous tous les angles comme il se doit, et me feront signe dans deux ou trois semaines.

— Et vous en parlerez après à Noah ?

— Oui. J'aperçois enfin de la lumière au bout du tunnel.

— Croyez-vous que Noah vous laissera l'atteindre ?

— Je l'espère.

La soirée était fraîche. A la mi-octobre, l'automne était bien là, avec ses nuits froides et ses chaudes journées. Les grands arbres des collines paraient celles-ci de leur robe d'or et de cuivre. Çà et là, quelques touches vertes soulignaient le vert sombre des résineux. Et le tout formait un tableau somptueux. C'était d'ailleurs une des raisons qui l'avaient décidé à bâtir ici sa maison. Mais ces dernières années, il n'y faisait guère attention et trouvait rarement le temps de s'adonner à ses plaisirs favoris — le footing, la marche, la pêche, le vélo. Cela faisait déjà trois ans qu'il n'était parti camper avec Joe sac au dos.

David ne reprit conscience de la présence de Valérie qu'en montant les marches. Elle était étrangement silencieuse. Et cette tension sur son visage… cette colère contre sa fille…

Oui, quelque chose de grave avait eu lieu en son absence. Un fait important, et bouleversant.

— Votre mère a appelé, dit-elle, en entrant avec lui

dans la cuisine. Elle a dit que votre téléphone portable était éteint.

— Il ne l'était pas. Mais j'ai vu que c'était elle et laissé la messagerie se déclencher.

Il sortit la barquette de glace du réfrigérateur pendant que Valérie cherchait une coupe dans le placard.

— Elle s'est montrée très curieuse à mon sujet.

— J'imagine.

— Vous ne parlez jamais d'elle.

Il prit une cuillère à glace, remplit la coupe de Valérie et la lui offrit. Il aurait juré qu'elle était gênée qu'il la serve, et en était secrètement amusé.

— Je n'y pense pas souvent non plus.

— Pourquoi ?

Elle porta sa main à la bouche.

— Oh pardon. Cela ne me regarde pas.

— Tout va bien. Ce n'est pas un grand secret.

Contrairement au sien, ne put-il s'empêcher d'ajouter pour lui-même.

— J'avais onze ans quand mes parents ont divorcé. Et mon père a obtenu ma garde, tout comme celle de Noah et Gideon quand il a divorcé de leurs mères. La mienne n'avait même pas revendiqué son droit de visite, et je la voyais rarement. Mais elle s'est remariée et a eu deux enfants. Apparemment, elle a la fibre maternelle maintenant, et m'appelle de temps en temps pour une raison ou une autre.

Elle s'adossa au comptoir et dégusta sa glace.

— Où habite-t-elle à présent ?

— En Floride.

Il remit la boîte de glace dans le freezer avec un peu trop de brutalité, et fourra ses mains dans ses poches pour avoir l'air décontracté.

— Alors, vous avez été élevé dans un foyer essentiellement masculin, ou bien votre père s'est-il remarié ?

— Dieu merci, trois mariages lui ont suffi. Et il est mort quand j'avais dix-huit ans.

— A-t-il été un bon père ?

Il retourna la question dans sa tête.

— Un bon père… à quoi reconnaît-on un bon père ?

— Je ne sais pas. Le mien a abandonné ma mère quand j'avais deux ans. Je n'en ai pas connu d'autres que ceux des séries télévisées qui me faisaient rêver quand j'étais petite.

— Ouais. La réalité n'est jamais aussi belle.

— Je ne sais pas. J'ai vu quelques bons pères par ici. Et Hannah dit même que le père de son amie Gabby est un saint.

Il saisit la perche qu'elle lui tendait.

— Vous m'avez dit que le père d'Hannah a disparu ?

Il la vit se figer.

— Il n'est jamais entré dans sa vie. Il est mort il y a peu de temps, si bien que tout espoir de relation entre eux a disparu.

— Vous le souhaitiez ?

— Pour Hannah, oui, bien sûr. Ce n'était pas un sale type.

— Mais pas non plus le prince charmant, apparemment.

— L'histoire est plus complexe. Je viens d'apprendre qu'il ignorait l'existence d'Hannah. Donc, que ma rancœur envers lui était injustifiée.

— Cela a à voir avec ce qui vous est arrivé ces jours-ci ?

— Oui.

Il attendit la suite, mais comme d'habitude, elle garda le silence.

— Alors, vous lui avez pardonné ?

— Je n'y avais pas songé, parce que… Bon, oui, je crois. Je suis surtout triste qu'il ne l'ait jamais vue… jamais su que sa fille est une enfant formidable.

— Vous avez toujours été son seul soutien ?

— Oui.

Elle l'avait dit d'un ton calme, et se remit à manger sa glace… à une rapidité qui trahissait sa nervosité.

Il ne la quitta pas des yeux. Dès qu'elle eut fini, il prit sa coupe et la cuillère, les posa près d'eux sans cesser de la regarder. Puis, il l'embrassa, comme il rêvait de le faire depuis une semaine. Sa bouche était fraîche, et avait un délicieux goût de menthe au chocolat. A peine avait-il effleuré sa bouche que déjà, elle se lovait contre lui.

C'était le signal qu'il attendait. Son baiser se fit plus audacieux, et déjà ses mains partaient à la conquête de son dos, frôlant, caressant… Elle s'agrippa à ses cheveux, puis à ses épaules, sans cesser de l'embrasser, de se frotter à lui. Elle l'excitait…

Levant la tête, il la regarda dans les yeux, et posa la main sur son sein. Aussitôt, il sentit son mamelon se durcir sous la caresse de ses doigts. Elle laissa échapper un gémissement rauque.

— C'est une grosse erreur, soupira-t-elle.

— Non. C'est trop bon. C'est même parfait.

Il couvrit ses deux seins de ses paumes, et enfouit son nez dans ses cheveux, dont il adorait l'odeur fruitée indéfinissable, mais toujours enivrante. Irrésistible.

Un instant plus tard, pourtant, elle le repoussa. Elle le

regarda dans les yeux et le bâillonna de la main tandis qu'il s'apprêtait à protester…

— Je dois y aller, dit-elle. Hannah…

Il ne fallait pas la brusquer, il le savait.

— A propos d'Hannah, je sais qu'elle rêve d'apprendre la danse classique.

L'humeur de Valérie changea immédiatement.

— Comment le savez-vous ?

— Elle me l'a dit.

— Et en quelles circonstances, je vous prie ?

Il balaya sa question.

— J'aimerais la voir réaliser son rêve. Je paierai les leçons.

— Elle apprendra quand je l'aurai décidé, et si tel est le cas, c'est moi qui paierai ses cours de danse. Pas vous. Moi.

— Je ne voulais pas vous mettre en colère. Je croyais que vous seriez heureuse qu'Hannah réalise son rêve.

— Ce n'est pas votre enfant, et moi, je suis votre employée.

Elle ferma les yeux, et reprit d'un ton plus calme.

— Je sais que j'ai enfreint les règles, David, mais ma fille doit rester loin de vous.

— Eh là, doucement… vous ne me faites pas confiance ?

— Bien sûr que si, sans quoi je serais déjà partie, David. Je ne veux pas qu'elle s'attache à vous, c'est tout. Bonne nuit, David.

Il la regarda partir, traversa la cuisine, et resta devant la fenêtre jusqu'à ce qu'elle soit rentrée. Belle s'approcha de lui en remuant doucement la queue. Il s'accroupit et lui gratta les oreilles.

— La vie n'est pas toujours simple, pas vrai, ma Belle ?

La chienne le regarda affectueusement en réponse.

— Je devrais la laisser en paix, comme je l'étais moi-même avant. Mais on dirait que je suis incapable de me contrôler. Et toi, tu as une idée de ce qui est arrivé à Valérie aujourd'hui ? Mais j'oubliais, tu es de son côté…

Belle gémit.

— Je le savais.

Il se leva et se dirigea vers l'escalier.

— Allez, viens, ma Belle. On va se coucher.

Mais cela n'arrangea pas les choses. Il était trop énervé après sa rencontre avec Peterson et Koning — et plus encore par ce baiser avec Valérie.

Elle avait raison. C'était une erreur de poursuivre ce genre de relation. Il risquait même d'y perdre ce qui lui était jamais arrivé de mieux dans sa vie. Oui. Grâce à elle, tout allait bien depuis qu'elle était là. Son monde était organisé.

Gideon avait dit que les choses s'arrangeraient d'elles-mêmes, mais il n'en était pas si sûr. En général, il était préférable de tâter le terrain, avoir un objectif, un projet commun. Il n'avait pas *projeté* d'embrasser Valérie. Il en avait eu envie en la regardant manger sa glace. Et il l'avait fait. C'est tout. Peut-être aussi à cause de l'inquiétude qu'il avait lue dans ses yeux, avant qu'elle ne les détourne ? Il se mit à rire de lui-même.

— Ben voyons… forcément que tu l'as embrassée pour ça ! Tu es bien connu pour ton bon cœur avec les femmes.

Il avait déjà connu des femmes indépendantes, autonomes. Valérie l'était aussi, mais il sentait en elle une fragilité, qui lui donnait envie de la câliner, la bercer, la protéger…

Mais pourquoi diable désirait-il tant s'occuper d'elle ?

- 15 -

— Nous acceptons vos conditions, dit Senior le lendemain matin au téléphone. Quand pouvons-nous voir Hannah ?

— Toutes mes conditions ? demanda Valérie en se laissant tomber sur son canapé. La voir ici, en ma présence, jusqu'à ce que je sois sûre qu'elle est d'accord pour vous voir seule ?

— Oui.

— Vous ne paierez pas mes dettes, même anonymement ?

— Je ne le ferai pas.

Elle n'était pas sûre de pouvoir lui faire confiance, mais il fallait bien trouver un terrain d'entente.

— M'avez-vous pardonné d'avoir caché son existence à Wagner ? demanda-t-il d'une voix ferme.

— J'essaie, par égard pour Hannah. Mais vous devrez vivre avec le mal que vous avez fait. Ma fille pourrait bien ne jamais vous le pardonner, vous savez ?

— Allez-vous le lui dire, avant notre première rencontre ?

— Non. Elle est trop jeune pour porter un tel fardeau.

— Je vous remercie. Alors, quand pouvons-nous la voir ?

— Je lui parlerai dès son retour de l'école et vous appellerai ensuite. La décision lui appartient, comme vous le savez.

— Bon. J'attends votre coup de fil. Au revoir, Valérie. Et merci encore.

Elle-même devait appeler Laura pour la remercier. Grâce à elle, les négociations menées dans son cabinet avaient été un succès. Elle avait parlé à Senior en son nom, après lui avoir conseillé de se taire, sauf si elle la questionnait. Elle-même s'était sentie moins nerveuse qu'elle ne le craignait. Et sachant maintenant qu'elle avait eu le dessus, elle se sentit enfin *vraiment* adulte.

Alors, pourquoi était-elle si nerveuse à présent ?

A cause du coup de fil qu'elle devait encore donner. Elle soupira, et composa le numéro.

— Bonjour, maman. Tu as une minute ?

Son cœur battait encore plus fort qu'avec Senior.

— Bien sûr. Les Rawling sont à Los Angeles. Qu'y a-t-il ?

— C'est à propos des Rawling, justement. Senior est venu me voir hier.

— Pourquoi ?

Sa voix était empreinte de panique.

— Sa femme et lui veulent rencontrer Hannah.

— Je savais que je ne devais pas lui donner ton numéro. Je le savais. Je n'ai pas réfléchi. Tu as dit non, bien sûr.

— Maman, tu as dit toi-même qu'il m'aurait retrouvée avec ou sans mon numéro. Et je n'ai pas dit non.

Valérie lui raconta comment tout s'était déroulé. Et pour une fois, sa mère l'écouta sans l'interrompre.

— A quoi penses-tu, maman ?

— Que c'est une grosse erreur.

— Pourquoi ?

— Il a prouvé qu'il était un menteur en cachant ton état à Wagner. Qu'est-ce qui te fait croire qu'il ne ment pas encore en te disant qu'il respectera tes conditions ?

— Il a trop à perdre s'il ne le faisait pas.

— Tu sais que je vais perdre mon boulot à cause de ça.

— Pourquoi le perdrais-tu ?

— Parce que sa femme ne veut pas qu'Hannah ait deux grands-mères auprès d'elle, et veut m'écarter d'elle.

— Alors, c'est peut-être le moment de prendre les devants, et de trouver une autre place, comme tu menaces de le faire depuis longtemps. Je sais que tu as reçu des propositions.

— Oh, génial. Tu veux que je chamboule complètement ma vie pour que la tienne soit facile. Franchement, Valérie, tu es tellement égoïste. Il n'y a que toi qui comptes.

Stupéfaite, Valérie serra le téléphone aussi fort qu'elle le put.

— Comment peux-tu dire ça ? Ce n'est pas vrai.

— Je t'avais parlé de la contraception et tu as quand même eu un enfant. Tu as accepté l'argent de Senior pour avoir la vie facile, au lieu d'aller au bout de ton chemin et payer pour tes erreurs, comme j'ai fait. Tu es partie vivre loin de moi, résultat, je ne vous ai pas vues souvent ma petite-fille et toi.

— C'est toi qui m'as dit de déménager, maman ! Tu avais peur que Mme Rawling s'aperçoive de mon état. M. Rawling a payé mes études commerciales pour me donner les moyens de gagner ma vie. Sans lui, j'étais bonne pour l'aide sociale. Tu aurais été fière de moi, hein ? Mais je me suis débrouillée seule après. Et nous avons toujours eu de quoi manger et un toit ma fille et moi. Sans l'aide de personne. Pas même de toi. Ça n'avait pas l'air de te tracasser de nous voir ou pas, et tu téléphonais rarement. Maintenant que tu es en compétition avec Mme Rawling, nous te verrons peut-être plus souvent.

Le silence qui suivit fut le plus long, le plus culpabilisant de sa mère. Il y eut un clic. Et voilà. Elle avait raccroché.

Valérie enfouit son visage dans ses mains. Elle était allée trop loin. Beaucoup trop loin. Et ne se le pardonnerait jamais.

Mais comment pouvait-elle supporter tant d'émotion !

D'abord la mort de Wagner, puis la traque, le mensonge, l'exigence de Senior. Elle lui avait imposé les siennes et était fière d'elle, mais était toujours aussi stressée, car il lui restait encore à parler à Hannah de ses grands-parents.

Et maintenant, sa mère…

Les secrets. Tout le mal venait de là. Si elle avait osé dire à sa mère qu'elle avait une liaison avec Wagner, et attendait un bébé, le cours de sa vie aurait peut-être changé. Oh, elle ne regrettait pas d'avoir mis Hannah au monde, ça non, mais la situation aurait été peut-être plus facile si Wagner l'avait su… mais Senior s'était bien gardé de le lui dire.

Les secrets étouffaient. Ecrasaient. Détruisaient.

Et il y avait aussi David — le beau, le troublant, le tentant David, qui avait éveillé le désir en elle. Un désir dévorant, mais vite étouffé. Et des sentiments qu'elle gardait pour elle secrets.

Oh, comme elle aimerait fuir tout cela. Impossible. Elle avait un emploi, un enfant à élever, des dettes à régler. Quant à son projet de vie sociale, il n'était pas allé plus loin que son amitié avec Dixie. Elle n'avait plus envie de sortir pour faire des rencontres. Et savait très bien pourquoi.

Luttant contre ses larmes, elle se leva et fit les cent pas sans parvenir à calmer ses nerfs. Le mieux était de s'abrutir en accomplissant une tâche quelconque. Passer l'aspirateur partout, ou ramasser les feuilles mortes, bien que ce soit le travail de Joseph.

David était parti faire du vélo avec lui, peu avant le départ du bus d'Hannah. Et sa dernière balade avait duré des heures. Elle avait le temps de faire à fond ménage de la maison.

Elle remonta l'allée presque en courant, traversa la cuisine en trombe, grimpa l'escalier quatre à quatre et entra dans la chambre de David. Son lit était plus défait que d'habitude, comme s'il avait souffert d'insomnie toute la nuit. Jetant les draps et les couvertures au pied du lit, elle se pencha pour rajuster le drap housse, entendit du bruit, et se retourna.

David était là, les cheveux mouillés, nu sous la serviette nouée autour des hanches.

— Mais… quand êtes-vous rentré ? demanda-t-elle, au lieu de s'excuser comme elle l'aurait dû.

Elle n'était plus elle-même. Du moins, pas la sage Valérie. Seulement une femme aux nerfs à fleur de peau — prête à toutes les folies — qui aspirait seulement à la détente et à l'oubli.

— Juste le temps de prendre une douche. Je me suis froissé un muscle ou je ne sais quoi dans le mollet.

Il s'approcha d'elle en boitant légèrement.

— Qu'est-ce qui ne va pas ?

Elle ne voulait pas rester, elle ne voulait pas lui parler. Mais au lieu de partir, elle posa une main sur son torse encore humide.

— Valérie, dit-il d'une voix douce et rauque.

Paralysée par l'indécision, elle le regarda. Elle ignorait ce qu'il voyait dans ses yeux, mais vit l'étonnement faire place au désir dans les siens. Alors, elle ne pensa plus à rien.

— Tu es sûre ? demanda-t-il en pressant sur sa main pour qu'elle la pose à plat sur sa peau.

— Non.

Il sourit à demi, et l'attira à lui.

— Effrayée ?

— Troublée… Affamée…

Une faim inassouvie… depuis des années.

Il posa son front contre le sien. Elle sentit son souffle chaud trembler sur sa peau. Sa tendresse la fit frissonner.

— Je te désire, Valérie.

Elle aussi le désirait, mais elle était incapable de prononcer le moindre mot tant elle était émue, elle se contenta donc de hocher la tête.

Il ne perdit pas une seconde. Sa bouche fut sur la sienne en un éclair. Brûlante. Vorace. Et, savourant la liberté qu'elle s'accordait, elle caressa son torse nu avec volupté.

— Tu es beau, dit-elle contre sa bouche.

— C'est à moi de dire cela, tu sais ?

— Je ne suis pas…

Il l'empêcha d'aller plus loin en l'embrassant et l'entraîna près du lit. Sans cesser de l'embrasser, il déboutonna son chemisier et le jeta sur le tapis.

Elle n'avait pas prévu cela et ne put s'empêcher de regretter de ne pas porter de lingerie sexy et affriolante. Mais de toute façon, David ne s'y intéressa que pour les lui retirer.

Avec une adresse remarquable, il dégrafa son soutien-gorge, avant de le jeter au petit bonheur. Il atterrit sur son pied, au moment précis où il enserrait ses seins dans ses paumes, taquinait ses mamelons du pouce, et les agaçaient.

La tête renversée, elle les lui offrait. Elle ne cherchait plus maintenant à cacher son désir.

— Je savais que tu serais aussi belle. Et aussi sensuelle…

Il prit un mamelon dans sa bouche et le mordilla.

— … que savoureuse.

Elle gémit, se cambra davantage, et sentit les mains de David s'insinuer sous sa ceinture. D'une secousse, il fit glisser son pantalon. Il lui caressa les fesses, à travers le fin tissu de sa culotte, puis il s'agenouilla et lentement, doucement, il lui la lui retira. Alors, elle fut enfin nue…

Et se souvint du danger.

— Je ne prends pas la pilule, David.

— Je ferai attention, dit-il en écartant les bras.

Lui aussi était nu, elle avait été trop bouleversée pour se rendre compte qu'il se déshabillait. Mais il était bien là devant elle, nu, dans toute la splendeur de sa virilité. Elle toucha son sexe érigé d'un doigt timide, puis l'enveloppa de sa main, le sentit grossir encore dans sa paume, et entendit le grondement animal de David.

Jamais elle ne s'était sentie aussi… nécessaire.

Il l'embrassa avec tant de fougue, de chaleur et de fièvre que, sous le feu de ses baisers et de ses caresses, elle se libéra de ses peurs et de ses tabous. Elle comprit soudain qu'elle n'avait pas résisté à son attirance pour préserver son emploi ou par indépendance, mais par peur de s'engager dans la voie de l'amour. L'amour qui depuis qu'elle était arrivée dans cette maison n'avait fait que croître et s'épanouir.

Je t'aime. Cette déclaration, elle la lui fit, mentalement, silencieusement, tandis qu'il la renversait sur le lit. Il lui jeta un regard brûlant de désir et lui caressa tendrement le cou. Puis ses seins, son ventre, ses cuisses, prenant tout son temps pour explorer son corps. C'était divin, mais elle en voulait davantage. Elle en exigeait davantage. Dans son impatience de le sentir en elle, elle s'arqua vers lui. Oubliant toute réserve, elle le supplia à haute voix, il n'était plus temps d'avoir honte ou de se sentir gênée. Elle avait envie de lui, elle avait envie de le sentir en elle, dur et puissant. Quand enfin, il introduisit un doigt en elle, elle cria. Et elle cria son nom, lorsqu'il se mit à la caresser en un lent et envoûtant va-et-vient.

— C'est ça, murmura-t-il. Laisse venir.

Elle n'avait pas le choix de toute façon. Le désir venait tout seul. Il savait où la caresser, où la taquiner, quand bouger, quand s'arrêter. Et sans même lui laisser le temps de reprendre conscience, il était sur elle, en elle, remuait, l'emplissait, la faisant monter plus haut, toujours plus haut. Elle s'agrippait à lui, répondant à chacun de ses assauts, comme si elle n'en avait jamais assez. Et quand l'orgasme s'abattit sur eux, leurs cris se firent écho.

Je t'aime. Les mots revinrent, silencieux et dévastateurs.

David resta un moment sur elle, avant de rouler sur le côté et de la prendre dans ses bras.

— Nous en avions envie depuis tellement longtemps, dit-il en lui caressant tendrement le cou.

Elle fit courir un doigt sur son torse. Ce n'était pas ce qu'elle attendait, mais elle avait conscience de ne rien pouvoir exiger, et que c'était mieux ainsi. Alors, elle rentra dans son jeu.

— Depuis combien de temps pour toi ?

— Depuis que je t'ai vue en maillot de bain le premier jour.

Il joua avec les boucles de ses cheveux.

— Et toi ?

— Je ne sais pas exactement. Depuis longtemps.

Il lui prit la nuque et l'embrassa. Un baiser doux, tendre. Le désir était toujours là, mais moins violent, moins urgent.

— Ne devais-tu pas aller au bureau ? demanda-t-elle en se sentant soudain gênée.

Tous ses doutes, tous ses problèmes lui revenaient à l'esprit malgré ses efforts pour ne pas y penser. Et puis, David n'avait pas dit les bons mots…

— Il se peut que je travaille de chez moi aujourd'hui.

Il effleura ses cheveux de ses lèvres.

— Je ne suis pas fatigué. Et toi ?

Elle aussi avait envie de rester dans ses bras… à jamais.

— J'ai un bon patron et des horaires flexibles.

Il rit doucement, la serra contre lui, et cessant de penser à demain, elle s'abandonna aux délicieuses sensations que la bouche de David faisait naître en elle.

— Qu'est-ce qui te tracasse encore ? murmura-t-il.

Elle sentit son désir s'éteindre aussitôt.

— Je ne veux pas en parler quand je suis nue dans tes bras.

— Mais tu me le diras ?

— Oui. Mais pas aujourd'hui.

Il ne dit rien, et elle comprit qu'il était contrarié.

— Je n'ai pas besoin qu'on s'occupe de moi, David.

— J'avais compris.

Elle aurait été heureuse de s'appuyer sur lui, mais si elle lui parlait de ses dettes, il ne manquerait pas de proposer de les régler. Ce qu'elle n'accepterait pas plus de lui que de Senior. Elle avait songé à lui demander un prêt déductible de sa paie, à un taux moindre que ce qu'elle payait, mais y avait renoncé. Et s'y refusait encore plus aujourd'hui. Ils avaient déjà mélangé le travail et le plaisir. Les répercussions ne tarderaient pas.

— Mais j'ai quand même envie de t'aider.

— Je sais, David. Et j'apprécie.

Elle se souvint de l'ébahissement de Laura, quand elle lui avait dit que David était protecteur. Il n'était peut-être pas le même avec elle. Peut-être qu'elle avait quelque chose de plus qui comptait pour lui… Elle ferait mieux de penser à autre chose, mais ne savait que penser ni ce qu'elle allait devenir. Ni quel tour prendraient leurs relations. David s'attendrait-il à ce qu'elle soit tout le temps à sa disposition à présent ? Serait-il exclusif ou sortirait-il avec d'autres qu'elle ?

Le téléphone sonna. Elle bondit. Mais David laissa se déclencher la messagerie. C'était Noah.

— Tu ne réponds pas sur ton téléphone portable, tu n'es pas chez toi non plus. Ça commence à bien faire, David !

Il lâcha un soupir et se calma.

— Bon, écoute. Quelqu'un est en train de contrôler notre situation financière. Je veux que tu viennes au bureau pour t'en occuper. Tout de suite.

Noah raccrocha sèchement.

— Je crois qu'il est grand temps de le mettre dans le coup. Ce doit être Peterson et Koning, dit David en se tournant vers elle. Il faut que j'y aille. J'aurais préféré… Désolé.

De toute façon, elle voulait qu'il parte pour être seule avec ses pensées pendant un moment.

— Je comprends.

— Je n'ai vraiment pas envie de me lever.

Il écarta ses cheveux de son visage souriant.

— Tu as l'air contente de me voir partir.

— C'était merveilleux.

— Tu es une femme compliquée. Je te croyais simple et facile à comprendre, mais je me trompais.

— Tant mieux.

Il l'embrassa longuement. Et l'espace d'un instant, elle fut sur le point de succomber de nouveau. Puis il sauta du lit et se dirigea vers la salle de bains. Soudain, il se retourna et surprit son regard appréciateur.

— J'appelle Noah pour lui dire que tu arrives ? demanda-t-elle en se cachant derrière un oreiller.

Elle se sentit tout à coup très intimidée.

— Trop tard. Je t'ai vue. Et je te trouve très belle.

Elle rougit et baissa les yeux.

— Oui, c'est une bonne idée de l'appeler, reprit-il d'un ton plus sérieux. Merci.

Il disparut dans la salle de bains. Elle se rhabilla à la hâte et appela Noah. Lorsqu'elle raccrocha, David était déjà de retour, prêt à partir travailler.

— Il est… irrité contre toi.

— Il le sera encore plus quand il saura ce que je lui ai caché !

— Bonne chance.

— Tu ne m'embrasses pas pour me dire au revoir ?

— Et ça, qu'est-ce que c'était ? dit-elle en montrant le lit.

— C'était pour se dire bonjour.

Oh… devait-elle en déduire que ce n'était qu'un début ?

— Nous allons devoir en parler.

— Pourquoi ne pas continuer et voir où cela nous mène ?

— Je travaille pour toi, alors ce n'est pas si simple.

— Cela ne compliquera pas forcément les choses, Valérie.

Il en doutait, mais n'avait pas le temps de discuter.

— Je t'appelle pour te dire à quelle heure je rentre dîner.

— Nous devons faire attention… Hannah…

— Je sais. Nous ferons attention. A ce soir, Valérie.

Il passa un bras autour de sa taille et l'embrassa jusqu'à ce qu'elle réponde à son baiser… et plus encore.

En proie à une nouvelle flambée de désir, elle le regarda partir avec une pointe de regret mêlée à l'euphorie d'un corps comblé. Quel que soit le tour que prendraient les choses, ce n'était rien de plus que l'histoire banale de deux êtres en bonne santé, désireux de briser la solitude dans laquelle ils s'étaient emmurés.

Sauf qu'elle était amoureuse. Et pas lui.

- 16 -

— Nous ne pouvons pas perdre, Noah. Au contraire, ce projet va nous rapporter énormément d'argent.

Indigné de savoir que David avait agi dans son dos, Noah s'opposait systématiquement à tout investissement.

— Même limitée, une perte est une perte, qui porte atteinte à notre réputation. Nous sommes connus, David.

— Pas au Mans. Cela rapporte d'y être connu, tu sais ?

— Nous sommes connus pour notre classe, notre style. Et la qualité de nos voitures s'adresse à une clientèle limitée.

— « Limité » est le mot-clé. Le monde change, Noah. Nous devons changer pour rester compétitifs, assurer notre avenir et celui de la compagnie.

— Et tu veux des bolides ! C'est risqué, tu sais ?

— Pas plus risqué que ne l'étaient nos affaires au départ. Tu te souviens du bazar que nous a laissé papa ? Nous avons su nous implanter, acquérir un certain renom, une réputation solide, pas la notoriété. La course dynamisera formidablement notre image de marque, Noah ! Tout le monde parlera des Automobiles Falcon. Cela nous fera une publicité incroyable, et gratuite en plus.

— Après avoir investi des millions de dollars.

— J'ai consacré beaucoup de temps et d'énergie à ce projet, Noah. Après avoir tout calculé, j'ai parlé à des types qui s'y connaissent. Ils ont étudié le marché et sont prêts à miser sur nous. Pour eux, c'est du solide. Tu veux des preuves ?

Il prit un dossier dans son attaché-case et le lui tendit.

— Le profil des fans du Mans américain correspond à celui de notre clientèle — vingt-cinq à quarante-neuf ans et revenus conséquents. C'est tout à fait notre marché, surtout aux Etats-Unis. C'est le moment ou jamais de prendre le train en marche et d'en tirer profit.

Noah se leva et s'assit près de lui sur le canapé.

— Je ne comprends pas que tu sois malheureux de faire ton travail, David. Je ne peux croire ce que m'a dit Gideon.

— C'est la vérité, Noah. Je ne peux pas continuer comme ça. Je ne dis pas que je veux démissionner, mais que je veux gérer cette nouvelle branche de l'entreprise. C'est *mon* bébé.

Il vit que Noah s'était calmé et poursuivit.

— Nous aurons vite des concessionnaires, car ce genre de fou du volant court les expos et les salons partout dans le monde, et achètera un de nos bolides après l'avoir testé. Pas seulement pour frimer, mais parce que ce sera la voiture la plus formidable de sa vie.

— Et si ça ne tient pas la route, c'est nous qui capotons. Nous avons travaillé trop dur pour risquer notre réputation, David. Si cette affaire échoue…

— Nous ne pouvons pas échouer, Noah. Papa n'avait pas le sens des affaires. Nous avons prouvé que nous sommes plus doués. Et je *sais* que nous finirons par avoir des tas de clients parmi tous ces nouveaux jeunes millionnaires américains. Je *sais* que nous avons les moyens de changer de cap. Et je veux le faire. Ce qui suppose que nous engagions un ou deux représentants pour me remplacer sur le marché européen.

— Tu veux te décharger de tes fonctions ?

— Mais non ! Je continue à faire mon boulot. C'est juste un changement de responsabilités.

— Et ce changement t'excite.

— Oui. Plus que tu ne crois.

Beaucoup de choses changeaient dans sa vie… et il avait fait l'amour avec Valérie ce matin. La douce, la sensuelle, la secrète Valérie.

Il se dépêcha de tendre un autre dossier à Noah.

— Les représentants potentiels pour le Vieux Continent. Même si l'affaire du Mans ne marche pas, je veux en engager un, et me concentrer sur le développement de l'entreprise aux Etats-Unis. C'est plus près de chez moi.

Noah jeta le dossier sur son bureau.

— Bon. Quand penses-tu avoir une réponse de Peterson et de Koning ?

— A la fin de la semaine prochaine, probablement.

— Le temps d'étudier tous les détails et je te rappelle.

Noah n'avait pas rejeté l'idée de façon catégorique, mais impossible de savoir ce qu'il en pensait. Il ne s'ouvrait pas facilement, encore moins depuis la mort de sa femme. Et il faisait tourner sa maison comme ses affaires.

David regarda sa montre et se leva. En partant maintenant, il éviterait l'heure de pointe sur la Highway 80.

— Je rentre.

— Très bien. Tu seras chez toi demain ?

Demain, c'était vendredi. Hannah irait à l'école, ce qui

lui donnerait toute la journée pour être seul avec Valérie, avant la semaine de vacances.

— Je pense.

— Je n'apprécie pas tes absences répétées, David.

— Ne me parle pas comme papa, tu veux ? Nous sommes associés. Je me suis donné à fond dans l'affaire, et si je veux travailler chez moi, j'en ai le droit.

Il était si agacé, qu'il n'attendit pas la réponse de Noah. Le trajet du retour lui donna l'occasion de se calmer. Et très vite, il n'eut plus qu'une idée en tête : Valérie.

En sortant du garage, il repéra Hannah près de la piscine, les bras croisés autour des jambes, la tête sur les genoux. Il fut surpris par cette attitude, qui ressemblait si peu à la petite fille joyeuse qu'il connaissait. Ce n'était pas ses affaires, mais il ne put s'empêcher d'aller voir ce qui se passait.

Et il alla s'asseoir à côté d'elle.

— Mauvaise journée, Hannah ?

Elle hocha la tête.

— Tu veux m'en parler ?

Elle marmonna quelque chose sur ses genoux.

— Je ne t'entends pas.

Il fit un geste vers sa nuque comme pour la consoler. Elle releva un peu la tête.

— Je suis en colère contre maman.

— Où est-elle ?

— Chez nous. Elle téléphone. A mon *grand-père*.

Il n'avait jamais entendu parler d'un grand-père.

— Qu'y a-t-il de mal à cela ?

Elle le regarda enfin dans les yeux. Les traces de ses larmes striaient ses joues.

— C'était un secret. Et maintenant, je dois les rencontrer. Lui *et* une autre grand-mère.

Cela devait être en rapport avec ce que Valérie lui avait caché ces temps-ci, un drame familial qu'elle ne voulait pas lui révéler.

— Tu ne veux pas les voir ?

— Tout allait bien, vous savez ? dit-elle, les yeux baignés de larmes. Nous nous plaisons ici. Nous *aimons* être ici. J'ai déjà une grand-mère qui n'est pas très drôle.

Elle avait parlé tout bas, comme si sa mère était là.

— J'ai pas besoin d'une autre.

— Le fait que tu aies des grands-parents ne signifie pas que tout va changer, voyons. Tu continueras à vivre ici.

Enfin, il l'espérait. Et si Valérie avait dit le contraire à sa fille ? S'il perdait Valérie ? Elle avait promis de rester…

N'étant pas au courant de la situation réelle, il lui était difficile de conseiller Hannah, mais il pouvait lui parler de ce qu'il avait lui-même vécu.

— Tu sais, pendant toute mon enfance, les gens n'ont pas arrêté d'entrer et de sortir de ma vie. Même ma mère.

Il vit qu'Hannah concentrait toute son attention sur lui.

— Votre maman ne vivait pas avec vous ?

— Elle est partie quand j'avais onze ans. Je la voyais de temps à autre, mais je vivais avec mon père et mes frères.

— Au moins, vous en aviez. Moi je n'ai même pas ça. J'aimerai tellement avoir un petit frère.

Bien que son ton passionné lui donne envie de rire, David prit son désir au sérieux.

— Alors, j'espère que tu en auras un. En attendant, tu as des grands-parents. Moi, je n'en avais pas.

— Aucun ?

— Aucun. Ils sont tous morts avant ma naissance.

— C'est horrible.

— Je le pensais, aussi. Quand rencontreras-tu les tiens ?

— Après-demain. Vous serez là, monsieur Falcon ?

Son regard plein d'espoir lui fit regretter de ne pas avoir le droit de rester près d'elle samedi.

— Je crains que ce ne soit pas possible.

— J'ai tellement peur. Maman dit que ce sont des gens très importants. Je ne sais pas comment me comporter avec eux.

— Donne-leur une chance. Sois toi-même et ils t'aimeront tout de suite, crois-moi.

— C'est aussi ce que m'a dit maman.

Elle fronça le nez comme si elle ne les croyait pas.

— Alors, tout va bien. Si ta maman l'a dit aussi, tu peux être sûre que c'est vrai.

— Merci.

— Tu n'as pas à me remercier. Et si jamais tu as besoin de quelque chose que je peux faire, tu n'as qu'à demander.

— Hannah.

Valérie remontait vers eux. Elle l'interrogea du regard.

— J'ai épousseté son bureau, avoua Hannah.

— Quoi ?

— C'était notre secret. M. Falcon m'a surprise en train d'épousseter son bureau. Il m'a dit de ne plus recommencer, et je ne l'ai pas fait. J'ai promis.

David cacha un sourire.

— Oui, elle a tenu sa promesse.

— Il m'a aussi dit que je devrais tout te dire, mais je ne l'ai pas fait. Maintenant, je sais que c'est pas bien de garder des secrets. Je ne le ferai plus jamais.

Elle se jeta dans les bras de sa mère.

Il se leva, désireux de laisser la mère et la fille régler

leur problème ensemble. Mais il entendit ce qu'Hannah disait à Valérie.

— M. Falcon a dit aussi que je devais laisser une chance à mes grands-parents. Alors, je vais le faire, maman.

Il n'entendit pas ce que murmurait Valérie, mais Hannah avait l'air d'aller mieux.

Et il y était pour quelque chose.

Le lendemain matin, Valérie alla chez David en traînant les pieds. Elle lui était reconnaissante d'avoir conseillé et suffisamment calmé Hannah, pour qu'elles aient toutes les deux une conversation. Mais maintenant qu'il connaissait des bribes de cette histoire, elle devait tout lui raconter pour qu'il n'interprète pas les choses de façon erronée.

Elle ne voulait pas lui parler de son premier amour, alors qu'ils venaient juste d'entamer une relation intime, mais elle n'avait pas le choix.

Dès qu'Hannah fut dans le bus, elle prit son courage à deux mains, gravit les marches de la cuisine et entra. David l'attendait, il la prit dans ses bras et l'embrassa.

— Bonjour, dit-elle, un peu étourdie et déjà très excitée.

— Le bus avait trois minutes de retard.

Elle rit. Il l'entraîna par la main au bas de l'escalier, puis la souleva, et la porta dans sa chambre. Son geste romantique enchanta Valérie et l'enhardit suffisamment pour prendre des initiatives. Elle le déshabilla, lentement, et en lui prodiguant mille caresses. De ses mains, de sa bouche, elle le découvrait, elle le dévorait. Les gémissements de David la comblaient de bonheur. Elle pouvait sentir le désir monter en lui, un désir dont elle était la maîtresse. Et le fait qu'il était nu alors qu'elle était habillée rendait la situation encore plus… excitante… et follement érotique.

Puis tout à coup, il la renversa sur le lit et la déshabilla avec une urgence aussi maladroite qu'excitante. Enfin, il l'enlaça. Elle aimait le sentir nu sur sa peau, aimait qu'il la désire avec autant de force, et aimait aussi l'effort qu'il faisait pour se retenir et faire durer le plaisir. Si bien que lorsqu'il la pénétra, elle eut un orgasme immédiat, s'ancra à lui, s'arc-bouta pour le sentir au plus profond d'elle-même, tandis que de longs et graves cris d'amour s'échappaient de sa gorge.

Quand la vague qui l'avait emportée s'apaisa, il roula sur le dos et amena Valérie à le chevaucher. Ses cheveux balayèrent son visage quand, prenant appui sur l'oreiller, elle se redressa légèrement, seins offerts. Il n'y résista pas, les lécha, aspira un de ses mamelons et le suça délicatement. De ses mains, il lui caressait le dos, le ventre avant de glisser sur ses hanches qu'il enserra pour l'aider à accélérer son rythme frénétique. Et il jouit à son tour. Ravie, et flattée, par l'expression de plaisir pur et de satisfaction qui se répandait sur le visage de David, elle ne le quitta pas des yeux. Puis quand il eut repris ses esprits, il la serra contre lui.

Elle aurait voulu rester toujours comme ça, pressée contre son corps, sans bouger, sans penser. Mais déjà, la réalité reprenait le dessus. Elle devait lui raconter sa vie et n'en avait aucune envie. Leur relation était si neuve, si fragile…

Il la réveilla en ramenant les draps sur eux, dans la fraîcheur du petit matin, et ce fut lui qui prit les devants.

— Bon, et maintenant dis-moi ce qui te tracasse.

Peut-être que ce serait plus facile, en étant au lit, serrés l'un contre l'autre, sans le regarder ?

— Et si tu commençais par le début ?

Elle ferma les yeux, posa sa main sur son torse, et sentit battre son cœur. Elle avait appris à le connaître en deux mois, et en était tombée follement, stupidement, amoureuse. Maintenant, elle allait devoir lui faire plus confiance que jamais.

— Je t'ai dit un jour que ma mère était gouvernante à Palm Springs.

— Je m'en souviens.

— C'est leur résidence secondaire. Ils y sont presque tous les week-ends, parfois même des semaines entières. Wagner Senior, sa femme… et autrefois leur fils, Wagner Junior.

— Je parie qu'il s'agit de l'histoire de Junior.

— Oui, sauf que son nom était Wagner. Il avait quatre ans de plus que moi. Nous nous disions tout et jouions beaucoup ensemble. Ma mère ne voyait pas cela d'un bon œil, mais les Rawling n'y trouvaient rien à redire. Mais quand Wagner est parti à l'université à seize ans, je ne comptais plus pour lui.

» Il me manquait. Et il ne faisait pas attention à moi quand il venait, ou pire, me traitait comme une bonne. Mais quand j'ai quitté le lycée, et lui l'université, nous avons renoué. Différemment. Il est devenu mon amant. J'étais amoureuse de lui. Ce n'est qu'après son départ en Europe, où il ne devait travailler que quelques mois, que j'ai su que j'étais enceinte. »

David l'écoutait en lui caressant le dos, ce qui facilitait sa confession.

— Je ne savais pas comment le joindre, alors j'ai demandé à son père, qui s'est aperçu du changement de ma silhouette et m'a questionnée. Je lui ai dit la vérité. Peu après, il me remettait une lettre de Wagner disant qu'il ne m'avait jamais aimée, qu'il était fiancé et allait se marier. Apparemment, il avait dit à son père que je couchais avec qui voulait, et prétendais que l'enfant était de lui pour qu'il me donne de l'argent…

— Mais ?

— Il était le premier et le seul. Je venais d'avoir dix-huit ans. Et j'étais désespérée. Son père m'a fait signer un accord — il paierait toutes les dépenses liées à l'enfant et m'enverrait dans une école de commerce. Loin de Palm Springs.

— Et ta mère dans tout ça ?

— Elle était très en colère contre moi, car cela aurait pu lui faire perdre son emploi. Et elle aussi a voulu que je signe ce contrat, et m'a dit que c'était plus que je ne méritais.

David se raidit.

— Plus que tu ne méritais ? Mais…

— Ne dis rien. Il m'a fallu des années pour lui pardonner. S'il te plaît, n'en parlons plus.

Elle serra les paupières pour retenir ses larmes.

— Le temps que je décide ce que j'allais faire, Wagner était marié. Je n'ai rien pu lui dire. Nous ne nous sommes jamais revus.

— Un test ADN prouverait sa paternité.

— Je sais, mais à l'époque, je ne voulais pas qu'il sache qu'il était le père de mon enfant.

David hésita.

— Tu as dit qu'il était mort.

— Oui. Il y a deux semaines, en faisant du bateau.

— Et maintenant, les grands-parents d'Hannah surgissent et veulent la connaître.

— La femme de Wagner ne lui a pas donné d'enfant. Hannah est tout ce qui leur reste de leur fils. Et le pire, c'est que Senior m'a avoué n'avoir rien dit à Wagner… et que la lettre était de lui.

David la serra encore plus fort et elle sentit à quel point il était en colère.

— Mais alors, pourquoi diable traites-tu avec lui ?

— A cause d'Hannah. Ce sont ses grands-parents. Et Mme Rawling ne mérite pas d'être rejetée. Elle non plus ne savait rien et souffre d'avoir perdu son fils unique. Hannah peut l'aider à supporter sa douleur.

— Tu es plus généreuse qu'ils ne méritent.

— Peut-être. Mais quand tu as toi-même un enfant, tu vois les choses autrement. Crois-moi, s'il ne tenait qu'à moi, je leur refuserais le droit de la voir, mais je ne peux pas faire ça à Hannah. Tu l'as vue hier. Imagine sa réaction si je ne lui disais rien et qu'elle l'apprenait plus tard. Cela creuserait un abîme entre nous.

— Et si…

— Chut. Je ne veux plus en parler, d'accord ? Nous serons moins souvent seuls la semaine prochaine. Si nous profitions de cette journée pour faire autre chose ?

Elle se sentait soudain d'une assurance souveraine.

Et follement amoureuse. Folie et sottise n'étaient qu'une à ses yeux, car une fois de plus, elle aimait l'homme qu'il ne fallait pas. Mais on ne contrôlait pas si facilement son cœur.

Alors, elle s'abandonna à David, lui offrit tout ce qu'elle avait, prit de lui tout ce qu'il pouvait donner, et s'endormit dans ses bras. Les regrets pouvaient attendre.

Ils viendraient bien assez vite.

- 17 -

David s'arrangea pour être chez lui quand les Rawling arriveraient, au cas où cela irait mal, et faisait le guet du haut de la terrasse. Il les vit remonter l'allée, main dans la main, jusqu'à la porte. Mme Rawling s'appuya alors sur son mari, qui l'encouragea d'une brève étreinte avant de frapper.

Valérie les fit entrer, puis se pencha au-dehors et le repéra. Il leva la main pour la rassurer, et elle disparut.

Il lui avait conseillé de les rencontrer dans un lieu public, mais elle avait répondu qu'Hannah se sentirait moins mal à l'aise dans son environnement. Elle avait sans doute raison, n'empêche que si les choses se gâtaient, il lui serait plus difficile de les mettre à la porte que de sortir d'un restaurant avec sa fille.

C'est pourquoi il veillait sur elles, et le ferait tant que les Rawling seraient là. Quelques minutes plus tard, le camion de Joseph s'arrêta au bas de l'allée. Heureux d'avoir un bon prétexte pour se rapprocher du cottage, il alla à sa rencontre.

— A qui est cette Cadillac de rêve devant chez toi ?

— A des amis de Valérie. Qu'est-ce qui t'amène ?

— Tu viens au Stompin'Grounds ce soir ?

— Cela ne fait pas partie de mes projets. Pourquoi ?

— Los Hombres passent pour une visite-surprise.

— Surprise ?

— Ils veulent tester leur nouveau matériel. Nous essayons de faire salle comble pour eux.

— C'est plein à craquer chaque fois que j'y vais, Joe.

— Oui, mais certains soirs sont plus mous que les autres, et Los Hombres veulent un public vraiment réactif.

David haussa les épaules.

— Je ne te promets rien, mais je vais essayer.

— Ça commence à 9 heures, dit Joseph en regagnant son camion. Ne sois pas en retard.

— Hé, où vas-tu ? Tu viens juste d'arriver.

— Je crois qu'une invitation personnelle attirera plus de monde, dit Joseph par-dessus son épaule. Et ma liste est longue. Peut-être que Valérie aimerait venir aussi ?

— Je lui demanderai, mais je pense qu'elle sera occupée.

— On verra. Dix va certainement l'appeler, de toute façon.

David reprit sa surveillance. Est-ce que tout se passait bien ? Il aurait dû dire à Valérie de laisser l'Interphone branché pour qu'il puisse écouter comment cela se passait. Il soupira d'un air excédé et s'assit près de la piscine en fourrageant dans ses cheveux. Bon sang, qu'est-ce qu'il faisait là ?

Lui qui ne voulait pas se rapprocher de la fille de Valérie, voilà qu'il montait la garde au cas où elle aurait besoin de lui ! Il savait ce qu'il risquait s'il allait plus loin avec Valérie, mais cela ne l'avait pas empêché de faire l'amour avec elle.

Ni de surveiller la porte du cottage pendant des heures… Il était pourtant à trop longue distance pour lire sur le visage de Valérie et des Rawling lorsqu'ils sortirent enfin du Cottage.

En l'apercevant, Valérie se demanda depuis combien de temps il était là. Depuis le début ? Cela faisait quatre heures que les Rawling étaient arrivés !

Comment Laura avait-elle pu ignorer son côté protecteur ?

David se présenta lui-même. Elle le vit également échanger un regard avec Hannah et cette dernière répondre en levant le pouce en signe de victoire. Elle était incapable de dire quand ils s'étaient rapprochés, ni même ce que cela lui faisait.

— Les grands-parents d'Hannah l'emmènent au restaurant et au cinéma, dit-elle aussi joyeusement que possible.

— Et je peux veiller tard ce soir, ajouta Hannah qui avait l'air toute contente de sortir avec ses grands-parents.

— Nous la ramènerons vers 10 heures et demi, dit Senior en se tournant vers Valérie.

Ne voulant pas avoir l'air d'une mère poule, elle décida de ne pas les accompagner jusqu'à la voiture, embrassa sa fille et la regarda partir.

— Cela se présente bien, lui dit David une minute plus tard.

— Oui. Ils ont apporté des photos de Wagner quand il était petit. C'était la meilleure chose à faire. Hannah était fascinée. Et elle s'est ouverte à eux. Ils lui ont raconté des histoires sur son père que je ne connaissais pas.

Elle se frotta les bras.

— Le temps va me paraître long jusqu'à son retour.

— J'ai une bonne idée.

Elle le regarda fixement.

— Je ne suis pas d'humeur, David.

— Non, je ne pensais pas à cela, dit-il en riant. Ce serait pourtant un très bon moyen de te changer les idées ! Mais, il s'agit d'autre chose. Joe est venu tout à l'heure. Il m'a appris que Los Hombres jouaient au Stompin'Grounds ce soir. Cela te dit de venir avec moi ?

— Je dois rester près du téléphone.

— Mets le tien sur vibreur, et enfile ton jean. En le fourrant dans ta poche arrière, tu le sentiras. C'est à deux pas d'ici, nous serons là en cinq minutes.

— Mais que diront les gens ?

— Pas question de slow ce soir. Allez viens, nous dînerons sur place. Cela te distraira. Je te ramènerai vers 10 heures.

— D'accord. Merci. En attendant, je dois m'occuper. Il y a du rangement à faire dans le buffet de la cuisine.

Il sourit en secouant la tête.

— Si tu as besoin de moi, tu me trouveras dans le bureau.

— Tu ne veux pas m'aider ?

— Si tu y tiens, mais je te préviens que je ne pourrai pas m'empêcher de te toucher et de t'embrasser…

Se détendant enfin, Valérie lui rendit son sourire.

Au Stompin'Grounds, David avait fait de son mieux pour bien se tenir. Ils avaient dîné, pris une bière, et dansé un de ces trucs idiots où on ne se touchait pas, ce qui l'avait un peu énervé. Puis Valérie s'était réfugiée près de Dixie et ses amies, dans leur coin habituel, pendant que Los Hombres s'installaient.

Accoudé au bar, il buvait une bière et la regardait bavarder et rire avec elles. Il n'aurait jamais cru qu'elle, si réservée, si sérieuse quand il l'avait engagée, s'entendrait si bien avec ces filles délurées. Il est vrai qu'elle lui avait prouvé qu'elle n'était pas si sage que ça.

Il but encore une autre bière, il ne se sentait pas très à l'aise ce soir. Il aurait aimé être seul avec Valérie, pour lui prouver avec quelle ardeur il la désirait. Soudain, il la vit sortir son téléphone de sa poche, blêmir en regardant l'écran, et aller dehors pour mieux entendre. Naturellement, il la suivit.

— Comment as-tu deviné ? demandait-elle dans l'appareil lorsqu'il la rattrapa. J'attendais de voir comment cela tourne pour te le dire. Désolée que tu le prennes sur ce ton, mais c'est ma vie… ma décision. Et je crois que nous ferions bien d'en finir avec cette discussion.

David se rapprocha pour signaler sa présence. Elle leva les yeux d'un air effrayé.

— Je t'appelle demain… Bon, d'accord, tu m'appelles dès que tu es prête. Au revoir.

Elle fourra le téléphone dans sa poche.

— Mme Rawling a appelé ma mère pour lui dire combien elle était émue de partager leur petite-fille. Maman pense qu'elle a pris le pas sur elle et savoure sa victoire.

— Tu le penses aussi ?

— Je ne sais pas. Je faisais attention avec Mme Rawling. Elle était très exigeante et à cheval sur l'étiquette. Il est vrai qu'elle n'avait connu que les privilèges de l'opulence dans sa jeunesse. Ma mère ne l'a jamais aimée.

— Pourquoi est-elle restée, alors ?

— La sécurité. Et je suis sûre que le fait qu'ils ne soient pas là tout le temps l'y a aidée. Elle menaçait très souvent de les laisser tomber, mais n'a jamais rien fait pour cela. Elle était si malheureuse chez eux, David. J'ai été surprise que Senior ne la renvoie pas, quand il a su que j'étais enceinte.

— Il devait avoir peur qu'elle dise tout à sa femme s'il le faisait.

— Oh. Je n'avais pas pensé à ça. Mais alors, depuis tout ce temps, maman avait le dessus et ne s'en rendait pas compte ?

Elle secoua la tête.

— Quelle ironie.

De l'intérieur du bar, on annonça Los Hombres, qui se lancèrent d'emblée sur un rythme d'enfer.

— Tu préfères rentrer à la maison ?

— Non. Allons danser, David. Je veux m'amuser.

Mais le temps de fendre la foule pour rejoindre Joseph et Dixie qui dansaient déjà, la musique cessa. Le guitariste prit le micro.

— Merci à tous d'être venus. Nous testons un nouveau matériel et j'espère que ça vous plaira. Mais avant, Joseph veut vous dire quelque chose. Joe ?

Il tendit le micro à Joseph, qui frotta ses mains moites de sueur sur ses cuisses, avant de le prendre.

— Vous me connaissez tous ici, pas vrai ?

Des sifflements accompagnés d'insultes le firent sourire.

— Et vous connaissez tous Dixie.

La foule l'acclama dans un tonnerre d'applaudissements.

Dixie leva les deux bras avec un large sourire, mais David était assez près pour lire le trouble dans ses yeux.

— Nous étions ensemble avant que j'aie l'âge de conduire.

— Plus ou moins, cria Dixie.

— Plutôt plus que moins. Maintenant, je sais que tu peux me supporter, et j'espère que tu me supportas encore.

Il sortit un écrin noir de sa poche et mit un genou à terre. Il y eut un effet Larsen dans le micro, puis le silence.

— Je t'aime, ma belle. Veux-tu devenir ma femme et la mère de mes enfants ?

Dixie porta ses mains à sa bouche, puis se ressaisit et s'en servit comme d'un mégaphone.

— Hé, qu'est-ce que tu fais à trente mètres de moi ? Viens donc me passer la bague au doigt, Joseph McCoy !

Encouragé par les acclamations et les cris d'animaux de la foule qui s'ouvrait devant, Joseph s'exécuta et la rejoignit. David jeta un coup d'œil à Valérie et vit des larmes dans ses yeux. Des larmes de joie pour Dixie ? Ou parce qu'elle avait un enfant et que personne ne l'avait demandée en mariage ? Pour autant qu'il sache, du moins.

Mais Valérie embrassait déjà Dixie et Joseph. David en fit autant. La foule se calma. Et le groupe se remit à jouer.

— M'accorderais-tu cette danse, ma belle ? dit Joseph.

— J'en serais honorée, Joe.

Et tous deux gagnèrent le centre de la piste. Au diable sa promesse de ne pas danser le slow avec elle devant les autres, songea David. Mais juste au moment où il allait inviter Valérie à danser ce slow avec lui, elle sortit de sa poche son téléphone portable et se dirigea vers la sortie.

— J'arrive dans cinq minutes, Hannah, d'accord ? Tu n'as qu'à t'asseoir près de la piscine… Je sais qu'il fait froid, ma chérie. Désolée. Cinq minutes.

Valérie se retourna vers le bar.

— Oh ! Tu es là. Ils sont déjà rentrés — avec plus d'une heure d'avance ! Tu peux me ramener là-bas, s'il te plaît ?

— Et comment ! Viens vite.

Une minute plus tard, ils étaient dans la voiture.

— Alors, es-tu surpris par la demande de Joseph ?

— Il ne m'en avait rien dit.

— Dixie avait l'air si heureuse.

— Elle a été vraiment très patiente.

— Parce qu'elle l'aime vraiment.

David regarda le reflet de son visage sur le tableau de bord allumé. Son expression était calme, comme toujours.

— Parfois, l'amour ne suffit pas.

— L'amour a raison de tout.

— Non. L'amour évolue avec le temps. Et meurt.

— Pas le véritable amour. Celui-là ne meurt jamais.

Elle avait toujours été si pragmatique et logique avec lui, que sa vision de l'amour lui parut presque… maladive.

— Comment fais-tu la différence entre l'amour véritable… et les autres formes d'amour ?

— Tu le sais bien.

Il se gara dans l'allée. Il ne savait pas trop s'il était heureux que leur arrivée mette fin à la conversation ou déçu de ne pas avoir le temps de lui dire qu'elle se faisait des illusions en croyant à l'amour éternel. Cet amour-là n'existait pas. Il en avait trop vu pour y croire. La plupart du temps, l'amour ne durait pas plus longtemps que la lune de miel.

— Il n'y a pas si longtemps, tu m'as dit qu'ils étaient faits l'un pour l'autre, dit Valérie d'une voix sereine.

— Je pense que si des gens peuvent y arriver, c'est bien Joe et Dixie. Après tout, cela fait quinze ans qu'ils s'y préparent. D'habitude, les gens décident de se marier alors qu'ils ne se connaissaient pas un an auparavant. Pas étonnant qu'il y ait tant de divorces.

Elle lui tapota la main, avec un petit sourire, puis sauta de la voiture et dévala l'allée qui menait à la piscine. De son côté, Hannah la remontait en courant et lui sauta au cou.

— Alors, tu t'es bien amusée, ma chérie ?

— J'ai mangé du homard !

Valérie prit sa fille par la taille en rejoignant les Rawling qui les attendaient un peu plus loin.

— Et tu as aimé cela ?

— C'était bon. Et ils m'ont acheté un bracelet. Regarde.

Elle leva son poignet étincelant de pierres roses.

Des vraies ? se demanda-t-il en s'approchant.

— C'est très beau. Maintenant, dis au revoir à tes grands-parents.

Il sentit la tension de Valérie dans sa voix. Sa fille l'avait-elle sentie aussi ? Elle semblait un peu raide à présent.

— Bonne nuit, dit-elle poliment. Merci.

Mme Rawling la serra contre elle en l'embrassant, mais Hannah garda ses bras le long du corps.

— Nous nous reverrons demain, mon enfant.

La fillette regarda sa mère dans les yeux un instant, et partit en courant. Il y avait du drame dans l'air, il en avait la certitude.

Personne ne dit mot jusqu'à ce qu'Hannah claque la porte du cottage.

— Ce bracelet est trop coûteux pour une enfant, dit Valérie.

— Nous avons le droit de gâter notre petite-fille, il me semble, rétorqua Senior d'un ton acerbe.

Belle gronda. Tout le monde se tourna vers elle. David ne s'était même pas rendu compte de sa présence.

— Couché. C'est bon, ma Belle. Tout va bien.

Elle le regarda comme si elle ne voulait pas lui obéir, puis recula de quelques pas et s'assit sur son train arrière, au lieu de se coucher le museau entre les pattes comme à son habitude.

Valérie se tourna de nouveau vers les Rawling.

— Les enfants de cet âge perdent souvent leurs affaires ou abîment des objets dont ils ignorent la valeur.

Mme Rawling intervint.

— Nous lui avons bien fait comprendre que c'est un bijou de valeur et elle y fera attention.

— Qu'est-ce qui est de valeur pour un enfant de huit ans…

Elle s'arrêta, et sembla se maîtriser.

— Qu'importe. Ce qui m'ennuie le plus, c'est que vous ne m'ayez pas consultée avant de projeter de la voir demain.

— C'est Hannah qui l'a proposé, pas nous, dit Senior, qui jeta un coup d'œil à sa femme. Mais Loretta et moi voulons vous demander une faveur. Nous savons qu'Hannah sera en vacances la semaine prochaine. Nous aimerions l'emmener quelques jours au Lac Tahoe, si vous le permettez.

Valérie croisa les bras.

— Où seriez-vous exactement ?

— Un couple de nos amis possède une maison là-bas, mais ne l'utilise pas en cette saison. Je vous assure que nous aurons l'œil sur elle à chaque instant.

— J'y réfléchirai. Je vous appellerai demain matin et vous ferai part de ma décision.

David était admiratif. Elle leur tenait tête et n'avait pas l'air intimidée pour deux sous.

— Nous avons passé une merveilleuse soirée, dit Mme Rawling. C'est presque une jeune fille. Elle a du caractère et aussi de la douceur. Je vois mon fils en elle, dans ses yeux.

Sa voix chevrotante énerva David. Elle était aveugle ou quoi ? Hannah était le portrait de sa mère, sa miniature en devenir. Les mêmes yeux, la même couleur de cheveux, la même silhouette. Il imaginait d'ici la réaction de Valérie.

— Elle est simplement Hannah, dit Valérie. Ma mère m'a dit que vous l'aviez appelée. Puis-je savoir pourquoi ?

— Je pensais que je devais lui parler. Notre situation est un peu… embarrassante, n'est-ce pas ? J'essayais de faire en sorte que votre mère se sente plus à l'aise.

Elle leva le menton, mais Senior l'entoura de son bras.

David trouvait cette conversation de plus en plus gênante et aurait aimé y mettre fin avant l'escalade, mais ce n'était pas à lui de le faire. Valérie lui reprocherait fatalement son intervention. Heureusement, Senior s'en chargea.

— Il faut y aller maintenant, ma chère. Nous attendons votre coup de fil demain matin. Bonsoir, Valérie.

L'homme était habile, se dit David, regrettant que Gideon ne soit pas là pour mieux le jauger. Mais ce dont il était sûr, c'est que Valérie ferait bien de se méfier de Senior, de son pouvoir et de sa force. Devrait-il l'avertir ? Accepterait-elle un conseil de sa part pour une fois ? Probablement pas.

La seule solution, c'était de se tenir prêt à intervenir dès qu'il le jugerait utile.

Valérie ne bougea pas jusqu'à ce que les Rawling soient hors de vue, et se tourna ensuite vers lui.

— Je dois rentrer parler à Hannah.

— Je comprends. Vas-tu les laisser l'emmener à Tahoe ?

— Je ne sais pas encore. Je n'ai pas confiance, David.

Parfait. Elle avait capté. Il se détendit un peu.

— Tu as raison. Suis ton intuition. Bonne nuit.

Pendant un moment, un court moment, il crut qu'elle allait l'embrasser. Elle se pencha vers lui, puis soudain se détourna et s'éloigna. Il attendit qu'elle soit rentrée pour monter ses marches. Belle l'accompagna jusque chez lui.

— Tu es inquiète aussi, pas vrai, ma Belle ?

La chienne aboya.

— Compris. Nous resterons sur nos gardes tous les deux, et nous saurons nous occuper d'elles.

La dernière chose que voudrait Valérie, c'était bien qu'on s'occupe d'elle. Mais en l'occurrence, elle n'avait guère le choix. Elle était sous sa protection depuis le jour où il l'avait engagée. Et Hannah faisait partie du lot.

Il protégerait son bien.

- 18 -

Quand David s'éveilla, Valérie dormait encore dans ses bras. Depuis qu'Hannah était au Lac Tahoe, ils faisaient la grasse matinée tous les jours. Et vivaient des heures intenses, bien que Valérie soit tendue, car elle n'en était que plus passionnée, toujours plus avide et plus audacieuse. Et cela ne gênait en rien leurs relations de travail. Ils n'en parlaient pas. Advienne que pourra. La vie était trop belle. Parfaite, même. Et il espérait bien que cela durerait.

Valérie remua entre ses bras et, encore à moitié endormie, elle posa sa main sur le torse de David, qui la recouvrit aussitôt de la sienne et l'embrassa sur la tempe.

— Bonjour, dit-il. Bien dormi, ma jolie ?

— Bonjour. Oui, très bien. Et Hannah rentre aujourd'hui.

— Elle t'a manqué, hein ?

— Oui. C'est la première fois que nous sommes séparées plus de quelques heures. Heureusement que tu m'as aidée à penser à autre chose, ajouta-t-elle.

Elle leva la tête et lui sourit.

— Elle avait l'air d'aller bien. Mais je n'en serai pas sûre tant que je n'aurai pas vu ce qu'il en est vraiment.

David allait changer de sujet, mais le téléphone sonna, et il décrocha.

— David, c'est Ron Peterson. Peux-tu arranger une réunion dans mon bureau de Los Angeles aujourd'hui ?

— Nous allons conclure, Ron ?

— Cela dépend de l'issue de cette réunion.

— Je regarde les vols et je vous rappelle.

Il raccrocha, le cœur battant.

— On y est, Valérie. Je crois que c'est la dernière réunion.

— Ils ont accepté le projet ?

— Si j'ai bien compris, j'aurai la réponse aujourd'hui.

— Je suis si heureuse pour toi.

Il la serra fort dans ses bras.

— Ton aide a été inestimable.

— Je t'en prie. Je me charge de la réservation pendant que tu prends ta douche, d'accord ?

— Oui, merci. Laisse-moi d'abord appeler Noah pour voir s'il veut y aller aussi.

Valérie repoussa les couvertures et sortit du lit. Il resta encore une minute pour le seul plaisir de l'admirer pendant qu'elle enfilait sa robe de chambre. Elle ne cherchait pas à l'aguicher, mais elle ne rougissait pas non plus de se tenir là, nue devant lui. Nature. Voilà ce qu'il aimait en elle.

— Je mettrai le café en route en allant dans le bureau.

Il hocha la tête et saisit le téléphone.

Quelques heures plus tard, il posait son bagage près de la cuisine. Valérie faisait son sac et dès que sa fille serait là, il les déposerait chez Noah, qui venait avec lui à Los Angeles. C'était son premier voyage depuis la mort de sa femme, et il avait accepté de venir seulement quand Valérie lui avait dit qu'elle remplacerait sa bonne d'enfants qui prenait des cours du soir deux fois par semaine à Sacramento.

Le téléphone sonna. Il reconnut le numéro du téléphone portable de Valérie. Elle l'avait donné à Hannah.

— Salut, mignonne, quoi de neuf ?

— Monsieur Falcon, dit Hannah en murmurant presque.

Il appuya davantage le combiné sur son oreille.

— Qu'est-ce qui ne va pas ?

— Est-ce que ma maman est là ?

— Elle est au cottage. Tu veux que j'aille la chercher ?

— Non. Vous m'avez dit de vous appeler si j'avais besoin de quelque chose, vous vous souvenez ?

Il serra plus fort le téléphone.

— Je me souviens.

— J'ai entendu ce que disaient mes grands-parents tout à l'heure. Ils ne le savent pas, et…

Tout son esprit était en alerte.

— Compris. Raconte.

— Ils parlaient de moi, du moyen de me garder avec eux tout l'été… et peut-être plus longtemps.

David se détendit.

— Tout va bien, Hannah. Ils ne peuvent pas te garder si tu ne le veux pas. Et ta maman ne les laissera pas faire.

— Mais, monsieur Falcon, ils ont dit aussi que maman sentait la bière l'autre soir et que cela suffisait pour la déclarer incapable. Vous savez ce que ça veut dire ?

Et voilà, ça y était. Il *savait* qu'on ne pouvait faire confiance aux Rawling. Bon sang ! Même Belle l'avait su. Il fallait agir vite pendant qu'il était encore temps.

— Monsieur Falcon ?

— Oui ?

— Vous allez arranger ça, dites ?

— Je vais arranger ça, Hannah. Je te le promets.

— Vous allez le dire à ma maman ?

— Dès que j'aurai tout arrangé.

— Elle ne sera pas contente. J'ai promis de ne plus garder de secrets. Plus jamais.

— Je sais. Mais elle va se tracasser et on ne veut pas de ça nous deux, pas vrai ? Laisse-moi d'abord voir ce qu'il en est. Tu peux faire ça ? Juste pour un jour, Hannah ?

— Oh, ils arrivent. Au revoir.

Elle raccrocha. David savait que les Rawling avaient prévu de déposer Hannah au cottage et de rentrer à Los Angeles dans leur jet privé. Le timing n'aurait pu être plus parfait.

Valérie entra dans la cuisine, toute heureuse à l'idée de revoir sa fille, elle souriait aux anges. Il ne voulait plus la voir malheureuse. Inquiète ou pire, effrayée.

Il l'embrassa tendrement avant de partir, lui jurant par ce baiser qu'il était là pour la protéger, et ne laisserait plus personne la tourmenter.

— Qu'est-ce qui ne va pas ? demanda Valérie tout en bordant le lit de sa fille dans la chambre d'amis de Noah.

Hannah se cramponnait à elle et ne la perdait pas de vue depuis son retour. Ce n'était pas normal. Elle ne l'avait jamais vue comme cela.

La fillette tira les couvertures sur son menton, avant de lever les yeux sur sa mère. Son regard était grave.

— Je ne peux pas te le dire, maman.

— Qu'est-ce que tu dis là ? Plus de secrets, Hannah, tu te souviens ? Cela a un rapport avec tes grands-parents ?

— Je ne peux pas te le dire, maman. Je l'ai promis à M. Falcon.

Valérie en resta bouche bée, soufflée.

— M. Falcon ? Me dire ce qui te tourmente est cent fois plus important pour moi qu'une promesse à M. Falcon.

— Mes grands-parents veulent m'enlever à toi, maman.

— Ils veulent… Quoi ?

Bouillant de colère, cette fois, elle voyait rouge.

— Comment sais-tu cela, Hannah ?

— Je les ai entendus parler. Ils croyaient que je dormais.

— Et que vient faire M. Falcon là-dedans ?

— Je l'ai appelé, et il m'a dit qu'il allait s'en occuper. Je savais qu'il pourrait tout arranger. Je le savais.

Elle tira les couvertures jusqu'à ses yeux.

— Il a dit qu'on t'en parlerait demain, quand il aurait tout arrangé, marmonna-t-elle. Ne te fâche pas.

Valérie se dépêcha de la rassurer.

— Tout va bien, ma chérie, tout va bien. Tu as bien fait de me le dire. Cela me rassure. Alors, n'aie jamais peur de me dire la vérité, mon petit cœur.

— Mais je ne veux pas que tu te disputes avec M. Falcon à cause de moi, maman. C'est mon… ami. Tu sais quoi ? Il est vraiment gentil avec moi. Comme un…

Elle hésita un moment.

— Comme un papa, finit-elle en un murmure. Mon papa.

Non ! Depuis quand s'était-elle mise à rêver que David devienne son père ? Elle avait remarqué leur complicité l'autre jour, mais comment avait-elle fait pour ne pas se rendre compte qu'il y avait plus que cela ? David savait-il qu'Hannah l'aimait comme un père ?

Comment pouvait-il lui donner de faux espoirs, lui qui ne voulait ni femme ni enfants, et l'avait dit clairement ? Entretenir une liaison avec une femme qui savait à quoi s'en tenir était une chose, mais une enfant en était une autre.

— Tout s'arrangera bientôt, Hannah, dit-elle, chavirée par son regard inquiet. Il faut dormir maintenant.

— Tu viendras dormir avec moi ?

— Bien sûr que oui. Et j'ai fait mon lit, regarde. Mais je dois attendre le retour de Jessica pour aller me coucher. Elle rentre tard de Sacramento. Dors bien, ma chérie.

Elle-même ne s'attendait pas à dormir beaucoup.

Et quand son téléphone portable vibra et qu'elle vit que l'appel était de David, elle laissa la messagerie. Et en fit autant, sans l'ombre d'un regret, pour les trois suivants…

Valérie se servait un verre d'eau devant la fenêtre de la cuisine de Noah, lorsqu'elle entendit une voiture arriver dans l'allée. Elle regarda sa montre — 11 heures.

La voiture apparut dans la cour, pas celle de Jessica, mais un 4x4 qu'elle ne connaissait pas. Mais elle reconnut Gideon dans la lumière des phares, et déverrouilla la porte pendant qu'il grimpait les marches.

— Un problème avec votre téléphone portable ? dit-il en en franchissant le seuil sans même la saluer.

Compris. Il venait l'espionner pour le compte de David.

— Non.

— Vous captez bien ?

— Oui.

— La ligne de Noah fonctionne ?

— Oui.

Gideon fronça les sourcils.

— Alors, vous avez des ennuis.

— Ah. Pourquoi ?

— Cela fait des heures que David vous appelle, comme vous le savez. Qu'est-ce qui ne va pas ici ?

Il fit trois pas dans la cuisine et regarda autour de lui.

— Les enfants dorment. Tout va bien. Mais vous pouvez le vérifier vous-même si cela vous amuse.

Il leva les sourcils au ton incisif de sa voix.

— Ça alors, même la douce Valérie a du mordant. Mon petit frère vous a mise en rogne ?

— On peut dire ça. Il vous a envoyé me surveiller ?

— Oui. J'ai reçu son message en rentrant de Sacramento et je l'ai eu il y a cinq minutes en arrivant chez moi. Il sait ce qu'il a fait de mal ?

— Je suis certaine qu'il le sait.

— Je parie qu'il ne sait pas pourquoi vous êtes en colère.

— Il le sait, mais il lui arrive d'oublier.

Gideon sourit de toutes ses dents.

— Exact. Et vous attendez qu'il vienne pour l'assommer avec une poêle ou une casserole, c'est ça ?

elle serra les lèvres.

— Erreur. Je ne veux même pas le voir, martela-t-elle, choquée de s'entendre le dire à haute voix.

Gideon regarda par la fenêtre et se mit à rire en voyant une voiture se garer dans la cour.

— Je ne vois pas comment vous pourrez l'éviter.

— Vous voulez dire que c'est David ?

— Si vous lui aviez répondu, vous le sauriez. Ne vous en faites pas comme ça, ce n'est que la nurse des enfants.

Et il trouvait cela drôle ? Elle l'aurait étranglé !

Jessica entra en coup de vent.

— J'arrive en retard pour la fête ?

— Dites plutôt l'affrontement, ma belle.

— Je vous en prie, Gideon. C'est personnel, répliqua Valérie d'un ton cinglant.

Jessica les regarda à tour de rôle et haussa les épaules.

— Je vous laisse. Merci de m'avoir remplacée, Valérie. Et de m'avoir écoutée. Bonsoir.

— Tu as pris une décision ? demanda Valérie.

Jessica opina et alla se coucher.

— Ou je me trompe fort ou Noah est bon pour chercher encore une autre bonne d'enfants.

— Et vous, vous pouvez rentrer, riposta Valérie. Comme vous le voyez, tout va bien ici.

Gideon s'adossa au comptoir bras croisés.

— Pas question de rater le feu d'artifice !

— Il n'y en aura pas, Gideon. Je déteste les scènes.

— Tant mieux. David a été témoin des violentes disputes de nos parents quand il était petit. Il déteste la bagarre.

— J'ai remarqué qu'il était très patient, reconnut-elle de mauvaise grâce.

— Moi pas. Merci de me l'apprendre ! Tout ce que je savais, c'est qu'il n'aime pas la bagarre.

Valérie se raidit… une voiture arrivait.

— Les poêles sont dans le placard près de la cuisinière, dit Gideon en la défiant du regard.

Quelqu'un montait les marches en courant. La porte s'ouvrit brutalement. Et David apparut.

— Dieu merci, tu es là… Tu vas bien ?

— Bien sûr que je suis là. Et oui, je vais bien.

Elle but une gorgée d'eau et s'aperçut qu'elle tremblait.

— Alors, pourquoi ne répondais-tu pas au téléphone ?

Noah le poussa pour entrer à son tour et ferma la porte.

— Vos enfants vont bien, Noah. Jessica vient juste de se coucher. Je suis désolée que vous vous soyez inquiété.

— Moi ? Pas du tout.

Il lança un regard noir à Gideon.

— Tu aurais quand même pu appeler David pour lui dire que tout allait bien.

Gideon leva les mains.

— Doucement. Je viens juste d'arriver.

— Vous avez conclu l'affaire ? demanda-t-elle à Noah, en évitant le regard de David.

Noah hocha la tête. La tension grimpait comme s'ils étaient face à un taureau écumant prêt à charger.

— Je crois qu'une petite explication s'impose, Valérie, dit David calmement, mais les traits crispés.

— Pas ce soir.

Demain. Quand elle serait maîtresse d'elle-même...

— Ce soir. Maintenant. Ici ou dehors.

Elle sentit peser sur elle le regard de ses frères.

— Dehors.

Il lui ouvrit la porte. Elle descendit le perron et s'éloigna de la cuisine pour qu'on ne puisse les entendre.

— Qu'est-ce qui ne va pas, Valérie ?

— Comme si tu ne le savais pas.

Il eut un geste d'agacement, qu'il s'efforça de contrôler.

— Je ne le sais pas.

— C'est pourtant clair, David. Tu ne me respectes pas. Tu ne me reconnais pas en tant qu'adulte responsable. Tu me crois incapable de m'occuper toute seule de moi et de mon enfant.

David fronça les sourcils.

— C'est faux. Je te sais compétente. Et je te respecte.

— Alors, pourquoi as-tu traité avec Senior à ma place ?

— Comment l'as-tu appris ?

— Quelle importance ?

— Je ne comprends pas. J'ai simplement voulu t'aider.

— Je n'ai pas besoin de ton aide. J'ai pris une avocate. Elle s'occupe de tout. Tu n'as pas le droit d'agir sans me consulter.

— Il suffit parfois de discuter d'homme à homme pour arranger les choses.

— Et c'est ce que tu as fait ? grinça-t-elle. Tu as eu une discussion d'*homme à homme* avec Senior ?

— Oui. Et il n'est plus question de la garde d'Hannah. Mais seulement d'exercer son droit de visite.

A demi suffoquée par le soulagement, qui la clouait sur place, elle prit une profonde inspiration et riposta.

— Il n'aurait rien obtenu de plus avec moi.

— Tu ne connais pas les hommes de sa trempe. Moi si. Et les arguments de ton avocate — Laura, je suppose — n'auraient pas pesé lourd face à Rawling et à son bataillon d'avocats. Ils l'auraient déboutée en trois coups de cuiller à pot, et tu en aurais fait les frais. J'ai mis les choses au point. Tu n'as plus rien à craindre de lui à présent.

— Et je devrais t'en remercier ? D'accord, merci.

L'acidité de sa voix disait le contraire.

— Mais tu as mis ma fille dans le secret, et elle a fait des crises d'angoisse toute la journée. Comprends-tu ma colère à présent, et le mal que tu lui as fait ?

— Oui. Je reconnais mon erreur. Et je la regrette.

Comment répondre à cela ? Il était si désarmant.

— Je crois que je vais devoir chercher un autre emploi.

Elle vit la souffrance passer en éclair dans les yeux de David avant qu'il ne les ferme. Quand il les rouvrit, son visage était de pierre.

— Tu n'en trouveras jamais un aussi bien payé, et qui te permette de régler rapidement toutes tes dettes.

Le sang de Valérie se figea dans ses veines.

— Comme sais-tu que j'ai des dettes ?

— Ma société vérifie systématiquement la solvabilité de tous les nouveaux employés.

— Pourquoi ?

— Parce que cela permet de situer la personne, Valérie. La plupart des sociétés le font, tu sais ?

Tout ce qu'elle savait, c'est qu'elle ne *supportait* pas qu'il sache qu'elle croulait sous les dettes.

— Ecoute, tu m'as parlé de cette histoire de harcèlement sexuel, et je sais qu'il est très difficile de trouver du travail dans ce cas. J'aurais moi-même été grillé si cela m'était arrivé. Je n'ai donc pas retenu cela contre toi.

Etait-il possible qu'il soit aussi insensible, pour ne pas sentir qu'il était d'une condescendance insupportable ?

— Et puisque tu es déjà furieuse contre moi, ajouta-t-il, autant te dire tout de suite que j'ai viré sur ton compte en banque la somme nécessaire pour couvrir tes dettes.

— Quoi ? Mais pourquoi ? Je ne veux pas de ton…

— C'est un prêt, Valérie, pas un don. Tu rembourseras, avec des intérêts si tu veux. A toi d'en fixer le montant. Ce sera automatiquement prélevé sur ton salaire.

— Pourquoi ne m'en as-tu pas parlé d'abord ?

— Je voulais te faire une surprise. Je croyais que tu en serais heureuse.

Difficile de lui en vouloir quand elle-même avait songé à lui demander un prêt. Mais il était si… dictatorial.

Elle l'avait bien cherché aussi en ayant une liaison avec lui au lieu de rester à sa place !

Comment arriverait-elle à rester avec lui ?

— Tu as tort, tu sais ? dit-elle.

— A propos de quoi ?

— Je peux trouver un emploi aussi bien payé qu'ici dès aujourd'hui. Jessica m'a dit qu'elle s'en allait et que Noah payait bien. Très bien même.

— C'est vrai. Mais sache que Noah ne t'engagerait pas.

— Pourquoi ?

— Parce que je lui demanderais de ne pas le faire. C'est mon frère. Cela compte, tu sais.

Il se rapprocha d'elle.

— Je t'en prie, Valérie, ne démissionne pas.

Elle ne voulait pas le quitter, si bête que cela soit, elle l'aimait. Mais elle savait aussi que le rêve d'Hannah ne se réaliserait jamais. Et que si elle-même se sentait capable de vivre avec son chagrin et sa déception, sa petite fille ne le pourrait pas. Ravalant les larmes qui lui brûlaient la gorge et les yeux, elle secoua la tête.

— Je ne vois pas comment faire autrement, David.

Il tendit prudemment la main vers elle pour lui caresser les cheveux. Elle recula d'un bond. Il s'approcha encore, émit un petit son de gorge apaisant, et effleura sa joue. Secouée au tréfonds d'elle-même, le seul contact de sa main la tétanisa.

— Rentrons à la maison, Valérie. S'il te plaît.

— Non. Hannah s'est endormie.

— Je la porterai jusqu'à la voiture.

Ah non. Rien de paternel. Pas maintenant. Ni jamais.

— Elle va à l'école demain. Je l'y conduirai. Je reste avec elle et je dors ici comme prévu.

— C'est contraire à ta religion de modifier tes plans ?

Sa voix trahissait tant de frustration — de colère ? — qu'elle recula avant de protester.

— Je ne suis pas *si* rigide, David.

— Si. Tu l'es.

Elle était trop vexée pour revenir sur ses positions.

— Si tu as autre chose à dire, fais-le tout de suite. C'est le moment ou jamais de crever l'abcès.

Il y eut grand moment de silence.

— Je n'ai plus rien à dire.

Il détestait la bagarre. Gideon avait raison.

Mais il pourrait au moins lui demander pardon.

— A demain, David.

Elle regagna la maison, gravit rapidement les marches, traversa la cuisine sans un regard pour Gideon et Noah, puis rejoignit Hannah dans son lit, où elle ne ferma pas l'œil de la nuit.

David rentra à son tour, ferma lentement la porte de la cuisine et dut affronter ses frères.

— De toute évidence, vous ne vous êtes pas embrassés et réconciliés, remarqua Gideon.

— Quoi ? *Quoi ?* Embrassés ? dit Noah. Tu es fou ? Tu as une liaison avec elle ?

— Il faut être deux pour danser le tango.

— Tu es complètement fou. Tu es son patron !

— Tu crois que je voulais que cela arrive ?

Il parlait à voix basse, mais sa voix tremblait.

— C'est la dernière chose que je voulais.

— Pourquoi est-elle si en colère ? demanda Gideon.

— J'ai réglé en douce ses affaires personnelles.

Le silence s'abattit pendant plusieurs longues secondes.

— Tu t'es excusé, j'espère ? demanda Gideon.

— Non.

— Pourquoi ?

— Parce que je ne regrette pas d'avoir fait ce qu'elle ne pouvait pas faire elle-même.

— Tu es sûr ?

David hésita. L'était-il ? L'affrontement avec Senior avait été rude, mais il l'avait envoyé au tapis…

— Oui.

— Les hommes ont parfois intérêt à s'excuser d'avoir fait une chose dont ils n'ont aucune raison de s'excuser, dit Noah. Pour avoir la paix.

— Valérie a tort d'être en colère, déclara David d'un air contrarié. Je les ai protégées sa fille et elle. Elles sont sous ma responsabilité.

— Excuse douteuse, dit Gideon.

— Tu peux le dire, approuva Noah.

Ils le mettaient en boîte, mais il n'était pas d'humeur.

— Oh, la ferme !

Ses frères éclatèrent de rire.

Furieux, David sortit en coup de vent et claqua la porte.

Conduire la Falcon, cheveux au vent, rouler comme un fou et se griser de vitesse, l'aurait sans doute calmé. Mais à cause de Noah et de ses bagages, il n'avait que la SUV, et pour la pousser celle-là… fallait pas rêver. Il râlait encore en arrivant chez lui, gara la voiture dans le garage, et monta à l'étage pour sortir Belle. Au moins, il y en avait une ici qui était heureuse de le voir.

Il la suivit en bas de la pente, alluma les lumières de la piscine, et s'assit sur une chaise longue. Belle trotta vers lui, posa sa tête sur ses genoux et lui lécha la main.

— Tu as passé une bonne journée, toi ? demanda-t-il en lui grattant les oreilles.

Elle remua la queue.

— La mienne aussi a plutôt bien commencé. Mais s'est beaucoup moins bien terminée.

Son regard se posa sur le cottage. Une minute plus tard, il ouvrait la porte et entrait. Belle n'attendit pas qu'il allume pour filer dans la chambre d'Hannah. Et en ressortit quelques secondes plus tard, en pleurnichant.

— Je sais ce que tu ressens, Belle, dit-il, les mains dans les poches, au centre de la grande pièce de séjour dont le vide l'étouffait. Je ne comprends pas pourquoi Valérie est en colère parce ce que je la protège. Et toi ? C'est le devoir du plus fort de protéger le plus faible, non ?

David soupira.

— Ce n'est pas qu'elle soit faible, hein ? Elle serait furieuse si elle m'entendait dire cela. C'est juste qu'elle ne peut pas affronter un type comme Senior. Et ne devrait pas avoir à le faire.

Il s'assit sur le canapé et ouvrit l'album de photos posé sur la table basse. Hannah, de sa naissance à la photo de groupe de l'école d'ici. Des photos prises dans d'autres lieux où elles avaient dû vivre avant. Des petites pièces bien rangées, au mobilier vieillot, probablement acheté dans des vide-greniers ou dans des magasins bon marché. Hannah souriait sur toutes ses photos. Elle était ravissante sur celles où elle posait en tutu. Et rayonnante de joie.

Il sourit, posa l'album, et alla voir ce qu'il y avait dans le réfrigérateur, mais Belle l'entraîna dans la chambre d'Hannah. Les murs étaient tapissés de photos et de posters de danseuses. Il ignorait tout de ce monde, et supposa qu'il s'agissait de ballerines célèbres. Il espérait que Valérie l'autoriserait un jour à payer les cours dont elle avait besoin pour réaliser son rêve. Un jour…

Non. C'était la fille de Valérie. Son choix.

La porte de la salle de bains commune était ouverte. Il y entra, sentit le parfum ou le savon, cette odeur fruitée qu'il n'arrivait pas à identifier sur Valérie. Quelque chose de féminin et d'enivrant. Puis il alla dans sa chambre.

Elle était à son image. Nette. Simple. Sans autre décor personnel que les photos joliment encadrées posées sur la commode. Il regarda par la fenêtre, et fut surpris de voir si nettement la piscine d'ici, maintenant que la végétation était maîtrisée. Il avait souvent nagé tout nu depuis qu'elle était là. L'avait-elle observé ou détourné les yeux ?

— Viens, Belle, ordonna-t-il calmement.

Ils regagnèrent la maison. En montant pour aller dans sa chambre, il s'arrêta devant le mur couvert de photos et se concentra sur une photo de son père.

— Tu m'as mis dans un sacré pétrin, et pas qu'un peu, dit-il en pointant sur elle un doigt vengeur, accusateur.

Il se tourna vers celle de sa mère.

— Et toi, encore plus.

Le cœur serré, il acheva de monter l'escalier, entra dans sa chambre et resta debout devant son lit. Etait-ce ce matin qu'il s'était réveillé avec Valérie, heureux et satisfait ? Comme tout pouvait basculer en un jour…

Belle alla jusqu'à son panier, mais ne s'étendit pas, et aboya une fois.

— Je sais. Je te perturbe. Désolé.

Désolé. Quel mot si simple. Pourquoi ne pouvait-il dire à Valérie qu'il était désolé d'être intervenu ? Il l'avait dit pour Hannah. Pourquoi était-ce si difficile avec sa mère ?

Il ferait peut-être bien de suivre le conseil de Noah, et lui demander pardon, pour faire la paix avec elle ? Si ce n'était pas plus compliqué que cela, ça valait la peine de mettre sa fierté dans sa poche. Il savait ce qui l'attendait si Valérie s'en allait. Tout redeviendrait comme avant. Sa vie... *toute* sa vie sombrerait dans le chaos. Et il dormirait seul de nouveau.

Et qu'obtiendrait-il s'il demandait pardon ? La paix. Valérie dans son lit, dans ses bras. Hannah dansant autour de la piscine, souriante et heureuse.

Après avoir longtemps regardé son lit vide, il retourna au rez-de-chaussée, prit une chaise et s'assit dans un coin de l'entrée, d'où il pouvait voir les photos de ses parents, et, sans craindre le ridicule, il leur dit tout ce qu'il pensait d'eux, il vida son sac en se comparant à son père, et Valérie à sa mère.

Après quoi, il pensa à Valérie. Pas sa gouvernante, ni son assistante, mais elle-même. La femme qu'il ne voulait pas, ne supporterait pas de perdre. Puis il se questionna lui-même, fouilla son âme et fut plus honnête avec lui qu'il ne l'avait jamais été.

Quand l'aube se leva, il savait ce qu'il avait à faire.

Et il n'était pas question de s'excuser.

- 19 -

Les nerfs à vif, Valérie s'arrêta devant l'école d'Hannah, et essaya de ne pas lui montrer qu'elle était épuisée.

— Maman ?

— Mmm ?

— S'il te plaît, ne sois pas fâchée contre moi.

Elle lâcha le volant et prit sa fille par les épaules.

— Mais je ne suis pas fâchée contre toi, voyons. Qu'est-ce qui te fait penser cela ?

— Tu ne me parles pas, répondit-elle les larmes aux yeux. Je te promets que je n'aurai plus de secrets. Je te le promets.

— Chérie, tu n'as rien fait de mal. Absolument rien. Je suis seulement très fatiguée, c'est tout. Je suis désolée que tu aies cru que j'étais fâchée contre toi. Je ne le suis pas du tout.

— Tu n'es pas fâchée non plus contre M. Falcon ?

Que répondre à cela ?

— Nous avons discuté hier soir. Tout va bien.

— Tu ne vas pas démissionner, dis ?

— Oh, Hannah.

Valérie ne savait pas encore ce qu'elle allait faire et ne voulait pas lui mentir.

— Je ne peux pas te promettre cela. La vie nous réserve tant de surprises.

Hannah la regarda dans les yeux.

— M. Falcon a parlé à mes grands-parents, comme il a dit ?

— Oui. Tout est arrangé à présent. Tu les verras seulement si tu le veux, et pas plus longtemps que tu veux.

— Oooh… Il est trop… il est si gentil, maman.

— Oui, il est gentil.

— J'aime être là, dans sa maison. C'est chez nous, tu sais ?

Valérie la serra contre elle.

— Bonne journée, mon trésor. A ce soir.

Elle la regarda jusqu'à ce qu'elle soit en sécurité dans le bâtiment, et se rendit à son rendez-vous avec son avocate.

— Alors, vous avez du nouveau ? demanda Laura.

Valérie lui raconta ce qu'avait fait David.

— Il a décidé de s'occuper seul de tout avec les Rawling. Résultat, il n'y a plus de problème de garde.

— Qu'a-t-il fait ?

— Il n'a donné aucun détail, mais a laissé entendre que je ne devrais plus torturer ma charmante petite tête à ce sujet.

— Cela vous ennuie, dit Laura.

— Je suis contente que tout soit réglé, mais pas qu'il ait agi dans mon dos, et mis Hannah dans le secret.

— David n'est pas réputé pour sa patience. Il est plus porté à l'action et à la résolution rapide des problèmes.

— Je m'en rends compte.

— Vous savez que sa mère est partie après avoir divorcé ?

— Il me l'a dit. Mon père a fait la même chose, alors que j'avais à peine deux ans. Et alors ?

— Pas étonnant que vous soyez si entêtés tous les deux, dit Laura en se renversant dans son fauteuil.

— Bon Dieu, Laura. Dire que je commençais à vous aimer.

Laura ne la lâchait pas des yeux une seconde.

— Sa mère l'a abandonné. Votre père vous a abandonnée. Le père d'Hannah l'a fait aussi, du moins le pensiez-vous. Ni vous ni David n'admettrez jamais que vous avez besoin l'un de l'autre, parce que vous avez peur. Et que vous êtes plus obstinés que des mulets.

— Je n'ai pas besoin que vous…

Laura leva la main.

— De par mon métier, j'ai acquis une grande expérience de ces choses. Et constaté que ceux qui ont été abandonnés ont beaucoup de mal à nouer des liens solides. Pour vous, c'est un peu différent, car vous avez un enfant, et que rien n'est plus solide que le lien de la mère à l'enfant. Mais combien de petits amis avez-vous eus depuis la naissance d'Hannah ?

— Aucun, admit Valérie calmement.

— Pourquoi ?

— Je n'ai jamais cru que quelqu'un…

— Resterait, dit Laura, en terminant la phrase. C'est ça ? Vous pensiez que tous partiraient un jour ou l'autre.

Valérie réfléchit un instant, et hocha la tête.

— David pense comme vous. Dès qu'une relation devient sérieuse, il prend la poudre d'escampette.

— Nous n'avons pas de relation de ce genre.

— Ne me prenez pas pour une idiote.

Au bout d'un moment, Valérie se leva. Laura lui emboîta le pas, et lui serra la main sur le pas de la porte.

— Merci pour tout, Laura.

— De rien.

Valérie eut envie de lui proposer de déjeuner ensemble un jour, mais n'était pas très sûre de vouloir se lier d'amitié avec une femme qui avait connu David intimement.

Elle sortit du bureau de Laura et retournait à sa voiture, quand elle vit Dixie venir à sa rencontre. Et le moins que l'on puisse dire, c'est qu'elle n'avait rien d'une joyeuse future mariée. En fait, elle fondit en larmes en lui disant bonjour.

— Que se passe-t-il, Dixie ? demanda Valérie, effrayée.

— Joe.

— Il lui est arrivé quelque chose ?

— Il ne veut pas fixer la date.

Dixie se massa les tempes, faisant danser ses boucles dans tous les sens, et passa de la douleur à la colère.

— Il m'a fait attendre pendant des années, jusqu'à ce qu'il sente que je n'en pouvais plus et voilà qu'il recommence !

— Sais-tu ce qui lui fait peur ?

— Non. C'est une malédiction qui ne frappe que les mâles de la famille McCoy. Ses sœurs sont mariées, mais son frère lui et ne veulent pas s'engager. Je ne le comprends pas. Ses parents sont heureux en ménage. Les miens aussi. Alors, il ne devrait pas avoir si peur de se marier.

— Tu lui laisses encore combien de temps ?

— Pas beaucoup.

Dixie regarda sa montre.

— Je suis en retard. Merci de m'avoir écoutée, Valérie.

— De rien. Viens me voir quand tu veux.

Le désespoir s'empara de Valérie. Si Joseph et Dixie n'y arrivaient pas, qui le pourrait ? Elle entendait David et son « Tu vois ? Je te l'avais bien dit. » Et il aurait raison. Encore un clou planté dans le cercueil du mariage et de la famille.

L'estomac noué, elle entra dans le garage, et fut soulagée de ne pas y voir la voiture de David. Elle alla droit au cottage, y entra au moment où le téléphone sonnait. C'était Senior. Formidable. Il ne manquait plus que lui.

— Allô ?

— Je n'ai pas du tout apprécié l'intervention de votre chien de garde. Nous aurions pu arranger cela entre nous.

Elle se laissa choir sur le canapé et y jeta son sac.

— Pas à mon avantage, je pense. Et vous avez déjà fait des dégâts. Hannah vous a entendu parler d'elle avec Mme Rawling. Cela lui a fait si peur que je doute fort qu'elle soit à l'aise avec vous à présent.

Il y eut un blanc.

— Je ne savais pas. Attendez. Ne raccrochez pas.

Il couvrit le combiné… et Mme Rawling prit le relais.

— Chère Valérie, vous avez ma parole que nous ne voulons pas nous interposer. Ce n'était qu'un rêve. Le rêve de parents qui voulaient revoir leur fils. Vous n'avez rien à craindre de nous. Et nous le dirons aussi à Hannah.

Valérie la crut.

— C'est bon. Je vous fais confiance.

— Nous appellerons plus tard pour convenir d'une visite.

— D'accord.

— J'avoue que votre mère va vraiment me manquer après

tant d'années. C'est une excellente gouvernante. Mais elle a sans doute agi pour le mieux.

Valérie était sous le choc, mais ne fit pas de commentaire, et raccrocha quelques instants plus tard. Sa mère ne lui avait rien dit. Elle attendit une seconde, et lui téléphona.

— Alors, quoi de neuf, maman ? Tu n'aurais pas trouvé un autre emploi récemment et donné ta démission, par hasard ?

— Comment le sais-tu ? Je l'ai fait il y a vingt minutes !

Valérie s'efforçait de lui parler d'un ton léger pour ne pas ajouter de l'huile sur le feu. Au moins, sa mère lui parlait.

— C'était dans l'air, maman. Allez, raconte-moi tout.

— Tu te souviens de Mme Cullen ? Cela fait des années qu'elle me demande de travailler pour elle. Et cette fois, j'ai accepté. J'avais besoin de changer d'emploi. Tu avais raison, tu sais ? Cette compétition avec Mme Rawling n'était pas saine pour Hannah, ni pour aucun de nous. Mais si tu crois que ça m'est égal de ne pas vous voir, ma petite-fille et toi, tu te trompes. Vous comptez beaucoup pour moi. Je n'ai peut-être pas su vous le montrer.

Valérie tremblait de soulagement en l'écoutant.

— Nous non plus sans doute.

— Vous pourriez peut-être me rendre visite, quand je serai installée ?

— Bien sûr que oui. Tu me manques, maman.

La conversation se poursuivit encore un peu, mais bien que cela aille mieux entre elles, elle ne dit rien à sa mère de ses rapports avec David. En raccrochant, elle se demanda si elle allait ou non monter chez lui, juste pour voir s'il lui restait du travail à faire.

Ou s'il lui avait laissé un mot… enfin, quelque chose.

Le grondement de sa voiture dans le garage la tétanisa. Paniquée. Le cœur battant à tout rompre.

Viendrait-il la voir ? Reprendraient-ils leur discussion ? Il avait peut-être réfléchi cette nuit et décidé qu'elle devait s'en aller. Qu'elle compliquait trop sa vie.

Elle attendit… attendit… attendit. En vain.

N'en pouvant plus de l'attendre, elle sortit du cottage. Elle avait besoin d'air, de bouger, marcher… mais se figea sur le seuil en voyant le jardin. Il y avait des fleurs en pot partout ! Des violettes, des pensées, des marguerites, des chrysanthèmes, et d'autres trop loin pour qu'elle les identifie. Eberluée, elle regarda dans tous les sens et vit enfin David… qui l'observait du haut de la terrasse.

— Tu es fou, cria-t-elle.

— Peut-être. Probable même.

— Est-ce ta manière de t'excuser ?

— Non.

Elle gémit de frustration. Elle espérait qu'il rendrait sa décision plus facile à prendre. Et il faisait tout le contraire.

— Ne bouge pas. J'arrive, cria David.

En quelques enjambées, il fut devant elle.

— J'ai passé une nuit blanche, Valérie. Une nuit riche de révélations. J'ai exorcisé des fantômes, affronté mes démons.

Il lui montra le jardin d'un geste circulaire.

— Et voilà le résultat. Ce n'est pas ma façon de demander pardon, mais de te dire que je t'aime.

Elle le regarda, bouche bée. Y avait-il un mot assez fort ? *Stupéfaite* ? *Bouleversée*, peut-être ?

— Et de te demander de rester, dit-il d'une voix rauque, et cependant si tendre, si pleine d'émotion…

Il lui disait les mots qu'elle attendait, mais pas tous. Elle était tentée d'oublier les excuses qu'il lui devait, mais céder l'entraînerait dans une relation inégale, ce serait toujours lui le patron et elle la petite chose docile et cela, elle ne voulait pas en entendre parler. Elle le toisa d'un air de défi.

— Mais pas de te faire pardonner ?

— Je n'ai rien fait de mal, Valérie. Je t'aime. Je donnerais ma vie pour te protéger. Ce qui veut dire que je ferai parfois des choses qui ne te plairont peut-être pas, mais sache que ce sera toujours pour ton bien. Pour te protéger.

Elle comprenait par quoi David était passé et que cela pouvait expliquer bien des choses, et elle ne put s'empêcher de sourire face à tant d'assurance.

— Non, mais… quel ego tu trimballes avec toi !

Elle aurait voulu tout lui dire, car elle attendait plus de lui, beaucoup plus, mais avait peur de le montrer.

Il attendit. Elle glissa enfin ses mains dans les siennes.

— Je t'aime aussi, David.

Il serra si fort ses mains, qu'il lui fit un peu mal.

— Alors, tu vas m'épouser. D'accord ?

Voilà. Enfin. Les mots magiques. La joie explosa en elle.

— Oui. Oh, oui.

— Et me laisser adopter Hannah, dit-il contre sa bouche.

Elle hocha la tête, les yeux pleins de larmes. Tous ses rêves se réalisaient en même temps.

— Hannah pense que tu ferais un bon père.

— J'en arrive à le croire aussi. Elle est entrée dans mon cœur, je ne sais comment, mais j'aime cette enfant. Je crois aussi que j'aimerais en avoir quelques autres.

Il poussa un long soupir.

— Encore une révélation de la nuit dernière…

— Je n'ai pas dormi non plus cette nuit, répondit-elle en le regardant avec une infinie tendresse.

— En combien de temps peux-tu organiser un mariage ?

Elle joua avec un bouton de sa chemise.

— Je suis sacrément efficace quelquefois, tu sais ?

— Je m'en suis rendu compte.

— Tu m'as dit un jour que les gens devraient prendre le temps de mieux se connaître avant de se marier. Et tu as déjà changé d'avis ?

— Oui.

Il écarta les cheveux de son visage qu'il couvrit de baisers, éveillant en elle un désir à la fois brûlant et bouleversant.

— Une jolie femme pleine de sagesse m'a dit un jour que l'amour a raison de tout… quand il est véritable.

Le bruit caractéristique du bus scolaire se fit entendre, dans une minute Hannah serait là. Ce n'était pas le moment de faire l'amour pour célébrer leur bonheur.

Plus tard, en revanche… Demain. Oui, demain. Le premier des milliers de lendemains qui les attendaient.

Il la prit doucement par la main.

— Allons annoncer la bonne nouvelle à notre fille.

Passions

— Le 1er juin —

Passions n°146

La promesse d'une nuit - Maureen Child

Puisque Nick Falco refuse de lui parler depuis qu'il l'a quittée sans ménagement, Jenna décide d'embarquer à bord du *Falcon's Pride*, le luxueux bateau de croisière de Nick. Ainsi sera-t-il forcé de l'écouter lorsqu'elle lui apprendra que leur nuit de passion n'a pas été sans conséquences...

Une maîtresse inoubliable - Ally Blake

Lorsqu'il aperçoit, parmi les invités de la noce, la silhouette qui hante ses rêves depuis des années, Caleb est d'abord frappé de stupeur. Mais bien vite, il comprend que ce mariage est l'occasion rêvée de prendre sa revanche sur cette femme qui lui a brisé le cœur par le passé...

Passions n°147

Un enfant avec toi - Christine Rimmer

Crystal sait bien que la liaison qu'elle entretient avec Tanner Bravo ne repose que sur une irrésistible attirance physique. Mais, loin de la tourmenter, cette situation lui convient au contraire parfaitement. Elle n'a aucune envie, en effet, de renoncer à son indépendance et à sa liberté. Jusqu'au jour où elle découvre qu'elle est enceinte...

L'héritière amoureuse - Stella Bagwell

Après des années d'absence, Mercedes est enfin de retour à Sandbur, la grande exploitation familiale. Elle est heureuse de retrouver le cadre idyllique de son enfance, ses immenses plaines ensoleillées et le rythme trépidant de la vie au grand air. Mais hélas, sa joie est de courte durée, car elle se heurte très vite au beau Gabe Trevino, le nouveau dresseur de chevaux...

Passions n°148

Le secret d'Helena - Yvonne Lindsay

A la mort de son mari, Helena Davis comprend, atterrée, qu'une seule personne au monde peut l'aider à sauver l'entreprise familiale : Mason Knight. Un homme qui la méprise ostensiblement depuis leur nuit de passion, des années plus tôt, et auquel elle n'a jamais avoué son lourd secret...

Mariage dans le Pacifique - Natalie Anderson

Quand Cally découvre qu'elle est enceinte de Blake McKay, alors qu'elle pensait ne jamais pouvoir avoir d'enfant, elle est partagée entre la joie et la crainte, car le séduisant homme d'affaires lui a bien fait comprendre que leur aventure devait rester sans lendemain. Aussi tombe-t-elle des nues quand, apprenant la nouvelle, il exige qu'elle l'épouse sur le champ...

Passions n°149

Rendez-vous avec le destin - Nicole Foster

Lorsqu'au cours du mariage de l'une de ses amies, Aria fait la connaissance de Cruz Déclan, elle est profondément troublée par son incroyable beauté, par son air sombre de mauvais garçon. Mais elle ne lui prête pourtant que peu d'attention. En effet, aussi séduisant soit-il, Cruz n'est pas du tout le genre d'homme avec lequel elle pourra fonder la famille dont elle rêve tant.

Une princesse rebelle - Nancy Robards Thompson

Dès qu'il pose les yeux sur Sophie Baldwin, Luc Lejardin est sous le charme. L'attirance qu'il éprouve pour elle est immédiate... Interdite surtout. Car, même si elle l'ignore encore, Sophie est l'unique héritière du royaume de Saint-Michel. Une princesse promise à un avenir exceptionnel, un avenir dans lequel, Luc le sait bien, il n'a pas sa place...

Passions n°150

Au bout de la passion - Diana Palmer

Blessée par l'attitude méprisante de Jared Cameron à son égard, Sara s'efforce de contenir les mots qu'elle brûle de lui jeter au visage. Parce qu'elle ne peut pas se permettre de fâcher un client, mais surtout à cause des émotions contradictoires qui la bouleversent depuis que ce nouveau venu dans la région a surgi dans sa vie...

Les lois du désir - Emily McKay

Incapable de continuer à travailler pour Derek Messina, le séduisant patron qu'elle aime en secret depuis des années, Raina décide de démissionner et d'aller vivre à l'autre bout du pays. Hélas, au moment où elle s'apprête à lui annoncer sa décision, il la supplie de l'aider à s'occuper de l'enfant dont il vient juste d'apprendre l'existence...

Best-Sellers n°375 • roman

L'héritière australienne - Lynne Wilding

A la mort de son père, Carla Stenmark hérite d'un domaine viticole dans la Barossa Valley, en Australie. Une propriété dont son père ne lui a jamais parlé. Pas plus que de son passé secret, qu'elle découvre à la lecture de son journal intime : accusé à tort d'avoir séduit la fiancée de son frère, Rolfe a été renié et banni par son propre père. En s'installant à Sundown Crossing avec son fils, c'est donc un double défi que Carla s'apprête à relever : remettre en état un vignoble en friche depuis des années, et renouer avec le clan Stenmark, bien qu'héritière d'un fils maudit…

Best-Sellers n°376 • roman

Les filles du capitaine - Benita Brown

Depuis la mort de leur mère, Josie et Flora Walton sont choyées par leur père et leurs grands-parents maternels. Mais le capitaine a un faible pour Flora, portrait vivant de sa défunte épouse qu'il adorait. Et si Flora est capricieuse et instable, comment lui en vouloir quand on sait que leur mère est morte en la mettant au monde ? Une tragédie que nul n'ose évoquer et dont Josie ne garde qu'un souvenir confus. Pourtant, elle sent qu'on lui cache quelque chose. Un secret de famille qu'elle est bien décidée à découvrir pour exorciser enfin les ombres du passé et permettre à tous les siens de s'ouvrir enfin à l'avenir — et à l'amour…

BestSellers

Best-Sellers n°377 • thriller

Le lien maudit - P.D. Martin

A l'âge de 8 ans, Sophie Andersen a brutalement eu la vision de la scène du meurtre de son frère. Ce drame l'a marquée à jamais. Devenue flic, elle exerce ses talents de *profiler* au FBI tout en essayant d'occulter ce don terrifiant. Cependant une enquête, la plus perturbante de sa carrière, l'oblige à faire appel à ses visions : plusieurs meurtres particulièrement brutaux, d'abord imputés au même tueur en série, semblent avoir été perpétrés non pas par un, mais par plusieurs assassins, qui tuent à l'unisson...

Best-Sellers n°378 • suspense

Sombre présage - Heather Graham

Lorsque Genevieve O'Brien engage Joe Connolly pour enquêter sur la mort d'un membre éminent des « Corbeaux », un club d'amateurs d'Edgar Poe dont fait partie sa mère, celui-ci n'accepte qu'à contrecoeur. Pourtant, Geneviève le sent, la mort rôde autour des Corbeaux. Et Joe, qui possède le don de communiquer avec les défunts, comprend rapidement qu'un tueur obsédé par Edgar Poe rôde dans la ville...

Best-Sellers n°379 • thriller

Jusqu'au dernier souffle - Rita Herron

Survivante d'un *serial killer* qui enterrait ses victimes vivantes, Lisa Langley a vécu l'enfer. Elle tente de se reconstruire lorsque, quatre ans plus tard, des meurtres identiques sont perpétrés. Terrorisée, elle se tourne vers Brad Booker, l'agent du FBI qui l'a déjà arrachée à la mort. Car un autre tueur semble vouloir continuer « l'œuvre » du psychopathe dont Lisa a été cible, et la poursuivre jusqu'à ce qu'elle rende son dernier souffle...

BestSellers

Best-Sellers n°380 • historique

Un parfum d'Irlande - Erin Yorke

Irlande, 1588

Un soir de tempête, alors qu'Alanna O'Donnell cherche un moyen de fuir un mariage forcé, les gardes du château de son oncle capturent l'équipage d'un galion espagnol suspecté d'appartenir à la flotte envoyée par le roi d'Espagne pour envahir l'Angleterre. Nus et entravés, les prisonniers sont déférés devant le seigneur des lieux, et Alanna, est chargée de jouer les interprètes. Troublée, elle ne peut détacher son regard de leur chef, Lucas del Fuentes, un homme insolent qui, en dépit de la situation, ne se gêne pas pour la courtiser. L'oncle d'Alanna, agacé par la tournure des événements, rend son verdict: Lucas et ses hommes seront pendus à l'aube...

Best-Sellers n°381 • roman

Le fruit défendu - Erica Spindler

Issue d'un milieu qu'elle a rejeté et qui lui fait honte, Hope est prête à tout pour échapper à un destin qu'elle hait. La chance se présente à elle sous les traits de Philip St. Germaine, un homme de la haute société qu'elle parvient à tromper sur ses origines et à épouser. Mais la naissance d'une petite fille réveille les démons d'un passé qu'elle croyait avoir laissé derrière elle à tout jamais. Un passé sulfureux dont la petite Glory risque d'hériter... à moins que Hope, qui a pour sa fille les plus grandes ambitions, ne parvienne à lui mentir à son tour sur ses origines...

Composé et édité par les

éditions Harlequin

Achevé d'imprimer en France (Malesherbes)
par Maury-Imprimeur
en avril 2009

Dépôt légal en mai 2009
N° d'imprimeur : 144988 — N° d'éditeur : 14251